FJB

DOROTHY HEARST

DER SCHWUR DER WÖLFE

DIE
WOLFS-CHRONIKEN 1

Aus dem Amerikanischen
von Ane Dahm

Überarbeitet von
Maria Poets

FJB

MIX
Papier aus verantwortungsvollen Quellen
FSC® C083411

Erschienen bei FISCHER FJB

Die Originalausgabe erschien unter dem Titel
»Promises of the Wolves« im Verlag Simon & Schuster, New York

Published by arrangement with the original publisher,
Simon & Schuster, Inc.

Für die deutschsprachige Ausgabe:

Überarbeitete Ausgabe. Bereits erschienen unter dem Titel
›Das Versprechen der Wölfe‹
Satz: Pinkuin Satz und Datentechnik, Berlin
Druck und Bindung: CPI books GmbH, Leck
Printed in Germany
ISBN 978-3-8414-2226-2

*Gewidmet meiner Familie und meinen Freunden
sowie Happy, dem besten Hund, den es je gegeben hat,
und Emmi, dem besten (und hellsten) Hund,
den es augenblicklich gibt.*

TEIL EINS
DAS RUDEL

PROLOG

Vor 40 000 Jahren

Es wurde kalt. Es wurde so kalt, sagt die Legende, dass sich die Hasen monatelang unter die Erde verkrochen, die Elche sich an das Leben in Höhlen gewöhnten und die Vögel vom Himmel fielen, weil ihre Flügel mitten im Flug zu Eis gefroren. Es wurde so kalt, dass die Luft vor den Schnauzen der Wölfe des Großen Tals bei der Jagd zu Kristallen erstarrte. Jeder Atemzug versengte ihre Lungen, und selbst ihr dichtes Unterfell konnte sie nicht schützen. Wölfe waren für den Winter geschaffen, doch dieser Winter war selbst für die Wölfe unerträglich. Die Sonne hatte sich von dieser Seite der Erde abgewandt, und der Mond, einst ein strahlendes Leuchtfeuer, war kalt und dunkel.

Der Rabenkönig sagte, dies sei der Winter, der das Ende der Welt brächte. Drei volle Jahre würde er dauern, und er sei gekommen, um diejenigen zu strafen, die den Willen der Ahnen missachteten. Alles was Lydda wusste, war, dass sie hungrig war und dass ihr Rudel nicht jagen konnte.

Lydda zog es fort von ihrer Familie, sie bemühte sich nicht einmal, der Fährte einer Wühlmaus oder eines Hasen entlang des Weges zu verfolgen. Tachiim, ihr Leitwolf, hatte dem Rudel verkündet, die Jagd sei ein für alle Mal zu Ende. Die Elche im Großen Tal seien zu selten geworden und das Rudel zu schwach, um die wenigen, die noch übrig waren, zu fangen. Jetzt warteten sie nur noch darauf, dass die eisige Todeskälte die Kälte in der Luft ersetzte. Lydda würde nicht warten. Sie hatte ihre Rudelgefährten verlassen, vor allem die Welpen mit ihren hungrigen Blicken, deren Knochen deutlich sichtbar unter ihrem Fell hervortraten. Es war die Pflicht eines jeden Wolfs im Rudel – selbst einer Jungwölfin wie Lydda –, die Jungen zu ernähren, und wenn Lydda das nicht konnte, war sie es nicht wert, Wolf genannt zu werden.

Selbst die leichtere, äußere Schicht ihres Felles schien schwer auf Lydda zu lasten, als sie sich durch die tiefen Schneewehen kämpfte. Raben flogen über sie hinweg, und sie sehnte sich nach Flügeln, die sie zur Jagd auf die Ebene hätten tragen können. Lydda hielt Ausschau nach dem größten und stärksten Elch, den sie finden konnte, und sie würde ihn herausfordern und bis zum bitteren Ende bekämpfen. So schwach wie sie war, würde das ihren Tod bedeuten, das wusste sie. Sie erreichte den Kamm des schneebedeckten Hügels, von dem aus sie die Jagdebene überblicken konnte, und ließ sich schwer atmend auf den Bauch fallen. Unvermittelt erhob sie sich wieder, das hellbraune Fell gesträubt. Sie witterte einen Menschen, und sie wusste, dass sie sich fernhalten musste, denn uralte Gesetze verboten es Wölfen und Menschen, sich einander zu nähern. Doch dann musste sie über sich selbst lachen. Was hatte sie schon zu befürchten? Sie suchte den Tod. Vielleicht würde der Mensch ihr den Weg dorthin zeigen.

Als sie den Menschen fand, war sie enttäuscht. Weinend saß er da, den Rücken gegen einen Felsen gelehnt. Er war, wie sie selbst, kaum erwachsen und sah nicht furchterregender aus als ein Fuchswelpe. Er war mager und hungrig wie die übrigen Geschöpfe im Tal, und der lange, todbringende Stecken, den seinesgleichen stets bei sich trug, lag harmlos an seiner Seite. Als sie sich näherte, blickte der Mensch auf, und Lydda erkannte zuerst Furcht, dann Ergebenheit und schließlich Willkommen in seinem Blick.

»Kommst du mich holen, Wolf?«, fragte er. »Dann nimm mich. Ich kann meinen hungrigen Schwestern und Brüdern keine Nahrung mehr bringen, denn ich bin zu schwach, um den flinken Elch zu jagen. Ich kann nicht schon wieder mit leeren Händen zu meiner Familie zurückkehren. Nimm mich.«

Die Augen des Menschen waren von einem dunklen Braun, und Lydda sah in ihnen ihre eigene Verzweiflung. Er wollte genau wie sie die Jungen seines Volkes füttern. Die Wärme seines Körpers zog sie an, und langsam, Schritt für Schritt ging sie auf ihn zu. Er warf seinen Spitzstecken weit von sich und öffnete seine Arme, bot ihr seinen Hals und seinen Bauch dar. Wenn sie wollte, könnte sie ihm mit Leichtigkeit das Leben entreißen. Stattdessen stand sie vollkommen still und beobachtete den Menschen. Lydda hatte nie einen Menschen lange betrachtet. Man hatte sie davor gewarnt.

»Jeder Wolf, der sich mit den Menschen einlässt, wird vom Rudel verstoßen«, hatte Tachiim erklärt, als sie und ihre Wurfgefährten noch Welpen waren. »Sie sind uns ebenbürtig bei der Jagd und sehen uns als Beute. Ihr werdet euch mit einer Kraft zu ihnen hingezogen fühlen, die ebenso stark ist wie der Jagdtrieb. Haltet euch fern, oder ihr seid nicht länger Wölfe.«

Lydda sah den Jungmenschen an. Wie Tachiim gesagt hatte, fühlte sie sich zu ihm hingezogen, genauso wie sie sich zu den Welpen im Rudel hingezogen fühlte oder zu einem Wolf, der ihr Gefährte werden könnte. Verwirrung ergriff sie und beutelte sie wie ein gerade gefangenes Kaninchen. Ihr Verstand ermahnte sie, davonzulaufen, doch ihr war, als würde ihr das Herz aus der Brust springen, um zu ihm zu gelangen. Sie stellte sich vor, wie es wäre, neben ihm zu liegen und die Kälte aus ihren Knochen zu vertreiben. Sie schüttelte sich und trat zurück, doch sie konnte den Blick nicht von ihm lösen. Ein kalter Windstoß von hinten schob sie einen Schritt näher an den Jungen heran. Er hatte die Arme gesenkt, doch nun hob er sie wieder zögernd.

Sie lief in seine geöffneten Arme, streckte ihren Körper über seine Beine und legte ihren pelzigen Kopf auf seine Brust. Der Junge trug mehrere Schichten aus Beutehaut, um die Kälte von seinem kaum behaarten Körper fernzuhalten, dennoch spürte sie die von ihm abstrahlende Wärme. Nach einem Augenblick der Überraschung schloss er sie in die Arme. Kein einziges Mal wandte sie den Blick von seinem Gesicht ab.

Tausend Herzschläge lang lagen sie beieinander, der Herzschlag des Wolfs verlangsamte sich, um sich dem des Jungen anzupassen, und der des Jungen beschleunigte sich, um den Puls des Wolfes zu finden. Lydda spürte, wie ihre Kraft wuchs. Der Menschenjunge musste es ebenfalls gespürt haben, denn sie erhoben sich gleichzeitig und wandten sich der Jagdebene zu.

Zusammen liefen sie über die Ebene auf die Beute zu

und wählten wortlos einen Bock aus der Herde. Der Elch schüttelte nervös den Kopf, als sie näher kamen, und verriet damit seine Verletzlichkeit. Wie ein Sonnenstrahl setzte Lydda dem Elch nach, verflogen war die Müdigkeit in ihren Läufen. Sie hetzte den Elch und jagte ihn weiter, verwirrte und erschöpfte ihn. Dann, mit einem plötzlichen Spurt, trieb sie ihn auf den wartenden Menschenjungen zu. Der Spitzstecken des Jungen flog, drang tief in die Brust des Elches ein, und als das Tier stürzte, riss ihm Lydda das Leben aus dem Leib.

Während Lydda, schwindelig vom Geruch und Geschmack der lang entbehrten Nahrung, am Fleisch des Elches riss, stieß etwas Schweres sie beiseite. Der Junge drängte sich an die Beute, um sich seinen Anteil zu holen. Knurrend verteidigte sie ihren Platz, und beide zerrten sie nun an dem Kadaver. Bevor sie zu voll war, um sich noch bewegen zu können, erinnerte Lydda sich an ihre Pflicht, und begann, eine Keule des Elchs für ihre hungrige Familie zu lösen. Als sie es endlich geschafft hatte, hatte der Mensch bereits die andere Keule mit einem scharfen Stein abgetrennt und arbeitete daran, die Beute weiter zu zerlegen. Lydda nahm das schwere Bein in die Schnauze, froh, nicht allzu weit entfernt von zu Hause zu sein. Gestärkt durch das frische Fleisch in ihrem Magen, machte sie sich auf den Weg zu ihrem Rudel.

Sie war so beschäftigt mit ihrem vollen Bauch und dem Geschmack des guten, frischen Fleisches, dass sie den Menschen für einen Augenblick ganz vergessen hatte. Doch als sie den Waldrand erreichte, drehte sie sich nach ihm um. Er hatte ebenfalls innegehalten, das schwere

Bein des Elches über seine mageren Schultern gelegt und eine Elchrippe in der Hand. Den anderen Arm hob er zum Gruß. Sie ließ ihre Keule fallen und neigte den Kopf, um den Gruß zu erwidern.

Ihre Rudelgefährten rochen das gute Fleisch, noch bevor sie die geschützte Lichtung erreichte. Als Lydda sich näherte, blickten die erwachsenen Wölfe ungläubig auf das Fleisch, das sie trug. Vorsichtig legte sie es ab.

Es war wenig Fleisch für so viele Wölfe, doch es war Fleisch, und das bedeutete Hoffnung. Es war die erste richtige Mahlzeit für das Rudel seit mehr als einem halben Mond. Sobald die Wölfe begriffen hatten, dass dieses Fleisch tatsächlich vor ihnen lag und nicht etwa ein Todestraum sie narrte, umringten sie Lydda und vergaßen über die frohe Begrüßung ihre Schwäche. Lydda trat zur Seite, verneigte sich vor Tachiim und bot ihm das Fleisch an. Er berührte sie zärtlich mit der Nase und bedeutete dem Rudel, das Fleisch zu teilen. Anschließend brach er mit den Wölfen, die noch kräftig genug waren, auf, um der Fährte zu folgen, die zu Lyddas Jagdbeute führte.

Lydda wandte sich den Welpen zu, die beim Geruch des frischen Fleisches zu winseln begonnen hatten. Sie beugte den Kopf zu ihnen hinunter, und als einer von ihnen sie schwach an der Schnauze stupste, würgte sie ihr Fleisch für die Welpen heraus. Obwohl ihr ausgehungerter Körper nach der Nahrung verlangte, die sie für die Welpen hergab, war es die Freude wert, ihnen beim Fressen zuzusehen. Die Welpen des Großen Tals würden nicht länger hungern.

Lydda sprang Tachiim und den anderen nach, um aufzuteilen, was noch von der Beute übrig war. Sie war so überwältigt vom Erfolg ihrer Jagd, so erfreut, dass sie ihr Rudel versorgt hatte, so verwirrt von ihrer Begegnung mit dem Menschenjungen, dass ihr der neue, langsam stärker werdende Hauch von Wärme in der Luft nicht auffiel. Er war so leicht, dass man ihn ohne weiteres für einen Traum hätte halten können.

Lydda und ihr Menschenjunge ruhten an einen Felsen gelehnt, nicht weit von der Stelle, an der sie einander das erste Mal begegnet waren. Der schmelzende Schnee hatte einen Flecken der warmen Erde freigegeben. Einen ganzen Mond lang hatten die Wölfe aus Lyddas Rudel gemeinsam mit den Menschen gejagt. Einen ganzen Mond lang hatten sie das Fleisch mit den Menschen geteilt, mit ihren Jungen gespielt und waren mit ihnen im Licht der Morgen- und Abenddämmerung umhergestreift. Lydda verbrachte jeden möglichen Augenblick mit ihrem Menschen, denn sie hatte das Gefühl, in ihm etwas gefunden zu haben, von dem sie nicht gewusst hatte, dass sie es verloren hatte.

Sie saßen zusammen an ihren Felsen gelehnt, Lydda schmiegte sich an die kräftigen Beine des Jungen, und er ließ seine Finger durch ihr Fell gleiten. Sonne schien auf sie, und Erde ließ Grashalme wachsen, um sie zu grüßen. Mond wartete neidisch darauf, dass er an die Reihe kam, sie zu sehen. Und Himmel – Himmel spannte sich schützend um sie.

Denn die Ahnen hatten gewartet. Gewartet und gehofft. Sie hatten das Ende aller Geschöpfe nicht gewollt.

1

Vor 14 000 Jahren

Wenn sich das Blut der Wölfe des Großen Tals mit dem Blut der Wölfe außerhalb des Tals mischt, wird den Legenden nach der Wolf, der dieses Blut in sich trägt, für immer zwischen zwei Welten stehen. Es heißt, ein solcher Wolf habe die Macht, nicht nur sein eigenes Rudel zu vernichten, sondern das gesamte Volk der Wölfe. Dies war der wahre Grund, weshalb Ruuqo vier Wochen nach unserer Geburt in der frühen Morgendämmerung kam, um meinen Bruder, meine Schwestern und mich zu töten.

Wölfe hassen es, Welpen zu töten. Es ist unnatürlich und abscheulich, und die meisten Wölfe würden eher ihre eigenen Pfoten abnagen, als einem Welpen weh zu tun. Doch meine Mutter hätte uns niemals werfen dürfen. Sie war keine ranghohe Wölfin und hatte daher kein Recht, Junge zu haben. Aber das wäre noch verzeihlich gewesen. Viel schlimmer war, dass sie eines der wichtigsten Gesetze des Großen Tals gebrochen hatte, jener Gesetze, die unsere Blutlinie schützen. Ruuqo erfüllte nur seine Pflicht.

Er hatte bereits Rissa einen Bauch voller Welpen beschert, wie es sich für die ranghöchsten Wölfe eines Rudels gehörte. Ohne die Einwilligung der Leitwölfe paarte sich kein anderer Wolf, denn zusätzliche Welpen zu ernähren war schwierig, es sei denn, es war ein ausgesprochen gutes Jahr. Das Jahr, in dem ich geboren wurde, brachte Aufruhr ins Tal, und die Beutetiere wurden knapp. Wir teilten uns das Große Tal mit vier anderen Wolfsrudeln und mehreren Menschenstämmen. Während die meisten anderen Wölfe die Grenzen unseres Reviers respektierten, taten die Menschen das nicht – sie vertrieben uns wann immer möglich von unserer Beute. Daher hatte das Rudel vom Schnellen Fluss in dem Jahr meiner Geburt keine Nahrung übrig. Gleichwohl glaubte meine Mutter wohl nicht, dass Ruuqo uns tatsächlich etwas antun würde. Sie musste gehofft haben, er werde unsere fremde Abstammung nicht bemerken, nicht an uns wittern.

Nur zwei Tage bevor Ruuqo in der Morgendämmerung kam, um unser Leben zu beenden, kletterten mein Bruder Triell und ich neugierig den steilen Gang in der weichen, kühlen Erde zum Ausgang unserer Höhle hinauf. Sanftes Licht fiel in die tiefe Höhle, und das Japsen und Knurren der Wölfe draußen hallte von den Wänden unseres Zuhauses wider. Die Gerüche und Geräusche der Welt dort draußen faszinierten uns, und wenn wir nicht gerade tranken oder schliefen, versuchten wir, uns hinauszuschleichen.

»Wartet«, ermahnte uns unsere Mutter und stellte sich uns in den Weg. »Es gibt Dinge, die ihr vorher wissen solltet.«

»Wir wollen doch nur sehen, was dort draußen ist«, bettelte Triell. Ich sah das unternehmungslustige Funkeln in seinen Augen, wenn wir versuchten, an unserer Mutter vorbeizuschleichen.

»Hört zu.« Sie hob ihre große Pfote und drückte uns

fest auf den Boden. »Jeder Welpe muss sich einer Prüfung unterziehen, bevor er in das Rudel aufgenommen wird. Wenn ihr die nicht besteht, werdet ihr nicht überleben. Ihr müsst auf das hören, was ich euch lehre.« In ihrer Stimme, die sonst so sanft und tröstlich klang, lag auf einmal ein besorgter Unterton, den ich noch nie vernommen hatte. »Wenn ihr den Leitwölfen Ruuqo und Rissa gegenübersteht, müsst ihr ihnen zeigen, dass ihr stark und gesund seid. Ihr müsst ihnen beweisen, dass ihr es wert seid, Mitglieder des Rudels vom Schnellen Fluss zu werden. Und ihr müsst ihnen Respekt und Achtung entgegenbringen.« Sie ließ uns los und betrachtete uns noch einmal besorgt. Dann beugte sie sich zu unseren Schwestern, die uns zum Höhlenausgang gefolgt waren, um sie zu putzen. Triell und ich zogen uns in einen Winkel der warmen Höhle zurück und überlegten, was wir tun könnten, um Teil des Wolfsrudels zu werden. Ich glaube, mir kam überhaupt nicht in den Sinn, dass wir scheitern könnten.

Zwei Tage später, als wir dann schließlich aus der Höhle auftauchten, sahen wir Rissas fünf Welpen bereits auf der Lichtung herumtapsen. Sie waren zwei Wochen älter als wir und schon so weit, dem Rudel vorgestellt zu werden und ihre Namen zu bekommen. Rissa stand ein wenig abseits und beobachtete, wie Ruuqo die Welpen musterte. Unsere Mutter trieb uns an, zu ihnen zu gehen, obwohl wir auf unseren schwachen Beinen nur taumelnd vorankamen.

Mutter blieb stehen, um sich auf der kleinen, staubigen Lichtung umzublicken. »Rissa lässt Ruuqo entscheiden, ob die Welpen aufgenommen werden oder nicht«, sagte sie und presste die Lefzen besorgt zusammen. »Verbeugt euch vor ihm. Ihr müsst ihm Respekt entgegenbringen und seine Gunst gewinnen. Je mehr ihr ihm gefallt, desto größer ist eure Chance zu überleben.« Ihre Stimme wurde schroff. »Hört ihr, Welpen? Ihr müsst ihm gefallen, dann werdet ihr leben.«

Die Welt außerhalb der Höhle war ein Durcheinander aus unbekannten und verlockenden Gerüchen. Die Witterung des Rudels war die stärkste und aufregendste. Um uns herum hatten sich Wölfe versammelt, um die Welpen willkommen zu heißen. Mindestens sechs verschiedene Wolfsgerüche vermischten sich mit dem Duft von Blättern, Bäumen und Erde, verwirrten unsere Nasen und brachten uns zum Niesen. Die warme, süße Luft lockte uns fort von dem sicheren Platz an der Seite unserer Mutter. Leise winselnd folgte uns unsere Mutter.

Ruuqo sah sie an und wandte den Blick wieder ab, sein graues Gesicht blieb undurchdringlich. Seine eigenen Welpen, allesamt größer und fetter als wir, fiepten und purzelten um ihn herum, leckten seine gesenkte Schnauze und warfen sich auf den Rücken, um ihre weichen Bäuche anzubieten. Einen nach dem anderen beschnüffelte Ruuqo sie, drehte sie vorsichtig mal auf diese, mal auf jene Seite, suchte sorgfältig nach Schwächen oder Krankheiten. Nach einer Weile hieß er alle bis auf einen Welpen im Rudel willkommen, indem er jede kleine Schnauze vorsichtig ins Maul nahm.

»Willkommen, Welpen«, sagte er. »Ihr seid Teil des Rudels vom Schnellen Fluss, und jeder Wolf aus dem Rudel wird euch schützen und füttern. Willkommen Borlla. Willkommen Unnan. Willkommen Reel. Willkommen Marra. Ihr seid unsere Zukunft. Ihr seid Wölfe vom Schnellen Fluss.«

Ein kleines, struppiges Junges beachtete er gar nicht, ließ es links liegen und weigerte sich, ihm einen Namen zu geben. Sobald ein Welpe einen Namen erhalten hatte, war jeder Wolf des Rudels verpflichtet, ihn zu beschützen. Deshalb gaben Leitwölfe einem Welpen, von dem sie annahmen, dass er bald sterben würde, keinen Namen. Rissa kroch zurück in ihre Höhle und brachte eine kleine, schlaffe Gestalt heraus, ein winziges Junges, das nicht überlebt hatte. Rasch vergrub sie es am Rand der Lichtung.

Das Rudel heulte sein Willkommen für die neuesten Mitglieder. Jeder Wolf beugte sich einer nach dem anderen zu den Welpen hinunter, um sie zu begrüßen, wedelte mit der Rute und stellte die Ohren vor Freude auf. Dann begannen sie zu spielen, einander zu jagen, sich im Staub und in Blättern zu wälzen und vor Übermut zu fiepen. Ich sah, wie sie vor Freude tanzten, vor Freude über junge Welpen, die nicht anders waren als wir. Ich stupste Triell an der Wange.

»Es gibt nichts, wovor wir uns fürchten müssten«, sagte ich. »Du musst nur zeigen, dass du stark bist und Respekt hast.« Triells Rute wedelte freundlich, während er bei der Welpenbegrüßung zusah. Ich musterte seine lebendigen Augen, seinen schmalen, starken Hals und wusste, dass wir genauso gesund waren wie Ruuqos und Rissas Welpen und ihnen ebenbürtig. Meine Mutter hatte sich umsonst Sorgen gemacht. Gleich würden wir an der Reihe sein, von Ruuqo aufgenommen zu werden. Dann würden wir unsere Namen erhalten und zum Rudel vom Schnellen Fluss gehören.

Mit gesenktem Blick kam Ruuqo auf uns zu. Er war der größte Wolf im Rudel, mit breitem Brustkorb und mindestens um ein Ohr höher als jeder andere Wolf vom Schnellen Fluss. Die Muskeln unter seinem grauen Fell bewegten sich gebieterisch, als er seine eigenen Jungen dem Rest des Rudels überließ und zu uns herüberschritt. Er zögerte. Dann beugte er sich über uns und öffnete sein großes Maul. Unsere Mutter sprang vor uns, um ihn aufzuhalten.

»Bruder«, flehte sie, denn Rissa und sie waren Wurfgeschwister und waren gemeinsam in das Rudel vom Schnellen Fluss gekommen, »du musst sie am Leben lassen.«

»Sie tragen das Blut eines Fremden in sich, Neesa. Sie werden meinen Kindern das Fleisch wegnehmen. Das Rudel kann keine zusätzlichen Welpen ernähren.« Seine Stimme war so kalt und zornig, dass ich zu zittern begann. Neben mir hörte ich Triell winseln.

»Das ist eine Lüge.« Unsere Mutter hob den Kopf, um Ruuqo anzusehen, ihre bernsteinfarbenen Augen waren unverwandt auf ihn gerichtet. Sie war viel kleiner als Ruuqo. »Wir sind auch schon früher durchgekommen, auch wenn die Beute knapp war. Du hast nur Angst vor allem, was anders ist. Du bist ein zu großer Feigling, um das Rudel vom Schnellen Fluss zu führen. Nur ein Feigling tötet Welpen.«

Knurrend stürzte Ruuqo sich auf sie und warf sie zu Boden.

»Meinst du, es gefällt mir, Welpen zu töten?«, fragte

er. »Während meine eigenen Jungen keine zwei Wolfslängen entfernt stehen? Deine Welpen sind nicht nur ›anders‹. Sie haben die Witterung von Wölfen außerhalb des Großen Tals. Ich habe sie nicht in diese Welt gesetzt, Neesa. Ich habe das Abkommen nicht gebrochen. Dafür bist du verantwortlich.« Er nahm ihren Nacken zwischen seine Fänge und biss zu, bis sie zu jaulen begann, dann ließ er sie los.

Mutter rappelte sich auf, sobald Ruuqo sie freiließ und wich vor ihm zurück, so dass nichts zwischen uns und seinen tödlichen Kiefern stand. Wir rannten alle zurück und scharten uns um sie. »Aber sie haben Namen!«, rief sie aus.

Meine Mutter hatte uns bei der Geburt Namen gegeben und damit gegen den Wolfsbrauch verstoßen. *»Wenn ihr Namen habt«*, hatte sie uns gesagt, *»gehört ihr zum Rudel. Dann wird er euch nicht töten.«* Sie hatte meine drei Schwestern nach den Pflanzen, die rings um unsere Höhle standen, benannt und meinen Bruder Triell nach der Dunkelheit der mondlosen Nacht. Er war der einzige schwarze Wolf in ihrem Wurf, und seine Augen funkelten wie Sterne in seinem dunklen Gesicht. Mich hatte sie Kaala genannt, Tochter des Mondes, wegen des weißen Halbmonds in meinem grauen Brustfell.

Zitternd standen Triell und ich neben unserer Mutter. Meine Schwestern verkrochen sich auf die andere Seite. Wir hatten unserer Mutter geglaubt, als sie uns erzählt hatte, wir könnten im Rudel aufgenommen werden. Ich hatte über ihre Sorgen gelacht. Wir glaubten, wir müssten uns nur wie Wölfe verhalten, die es wert waren, zum Rudel zu gehören, um akzeptiert zu werden. Jetzt begriffen wir, dass wir vielleicht nicht einmal die Chance bekämen, zu überleben.

»Sie haben Namen, Bruder«, wiederholte sie.

»Nicht von mir«, antwortete Ruuqo. »Sie sind nicht legitim, und sie gehören nicht zum Rudel. Geh zur Seite.«

»Das werde ich nicht«, sagte sie.

Eine große Wölfin, fast so groß wie Ruuqo und mit einer Narbe quer über Gesicht und Hals, sprang meine Mutter an und zwang sie beiseite. Ruuqo half der großen Wölfin, unsere Mutter von uns fortzutreiben.

»*Welpenmörder!* Du bist nicht mein Bruder«, knurrte sie. »Du bist es nicht wert, Wolf genannt zu werden.«

Selbst ich merkte, dass die Worte meiner Mutter Ruuqo verletzten. Knurrend trieb er sie zurück zum Eingang der Höhle, so dass wir allein auf einer Erhebung im warmen Teil der Lichtung zurückblieben. Die große Wölfin bewachte unsere Mutter. Dann wandte Ruuqo sich uns zu. Rissa trat vor, verließ ihre Welpen, die winselnd versuchten, ihr zu folgen. Sie stellte sich neben Ruuqo.

»Gefährte«, sprach sie, »dies ist genauso meine Pflicht wie deine. Ich hätte ein wachsameres Auge auf meine Schwester haben sollen. Ich werde tun, was zu tun ist.« Ihre Stimme war tief und melodisch, und ihr weißes Fell schimmerte im Morgenlicht. Sie roch nach Stärke und Selbstvertrauen.

Ruuqo leckte ihre Schnauze und legte ihr kurz den Kopf auf den weißen Hals, als ob er Mut aus ihrer Entschlossenheit ziehen könne. Dann schob er sie sanft zur Seite und drängte sie fort von uns. Der Rest des Rudels stand auf der Lichtung, einige winselten, andere sahen nur zu, doch alle hielten sich von Ruuqo fern, der jetzt drohend über uns stand. Selbst heute noch schaue ich ihn manchmal an und sehe ihn wieder über mir stehen, bereit, mich beim Nackenfell zu packen und zu schütteln, bis ich mich nicht mehr bewege. So, wie er es mit meinen drei Schwestern und dann mit Triell tat, meinem Bruder, der mir von meinen Geschwistern der Liebste war.

Ázzuen sagt, ich könne mich unmöglich daran erinnern, was wirklich an diesem Tag geschah, ich sei doch erst vier Wochen alt gewesen, doch ich erinnere mich. Eine nach der anderen nahm Ruuqo meine Schwestern in die Schnauze und schüttelte das Leben aus ihnen heraus. Dann packte er Triell. Mein Bruder lag neben mir, an mich geschmiegt, und dann war er nicht mehr da. Plötzlich waren die Wärme seines Körpers und seines Fells von meiner Seite verschwunden. Er jaulte auf, als Ruuqo ihn vom Boden hochzog. Triells Blick hielt meinen fest, und ich vergaß mein Entsetzen und versuchte, mich auf die Hinterbeine zu stellen, um ihn zu erreichen. Doch ich hatte meine Kräfte überschätzt und fiel zurück auf den Boden, als sich Ruuqos scharfe Zähne um Triells kleinen, weichen Körper schlossen. Er packte meinen Bruder mit diesen fürchterlichen Zähnen und zerschmetterte das kleine Wesen, bis das Leuchten in Triells Augen erloschen war, sein Körper erschlaffte und sich nicht mehr regte. Ich konnte nicht fassen, dass er tot war. Ich konnte nicht glauben, dass er seinen Kopf nie wieder heben würde, um mich anzublicken. Ruuqo ließ ihn neben die schlaffen Leiber meiner Schwestern fallen. Und dann wandte er sich mir zu. Meine Mutter hatte sich vom Höhleneingang zurückgeschlichen und kroch auf dem Bauch heran. Die Ohren flach angelegt und die Rute unsichtbar unter ihr verborgen, flehte sie Ruuqo an aufzuhören. Er beachtete sie nicht.

»Er tut, was er tun muss, Neesa«, erklärte ihr ein alter gutmütiger Wolf. »Die Welpen tragen fremdes Blut in sich. Er tut, was jeder gute Leitwolf tun muss, um sein Rudel zu schützen. Du solltest es ihm nicht noch schwerer machen.«

Ich stand auf, blickte zu Ruuqos riesiger Gestalt hinauf. Unterwürfigkeit und Betteln hatten meinen Geschwistern nicht geholfen. Als Triells Körper sich aus Ruuqos Kiefern gelöst hatte und unbeschreiblich sanft zu Boden gefallen war, hatte sich mein Zittern in Zorn verwandelt. Egal ob wir schliefen oder fraßen, Triell und ich waren unzertrennlich gewesen. Zusammen hatten wir davon geträumt, unsere Plätze im Rudel einnehmen zu können. Jetzt war er tot. Ich fletschte die Zähne und ahmte das Knurren nach, das ich in Ruuqos Stimme gehört hatte. Ruuqo war so verblüfft, dass er zurücktrat und sich schüttelte, ehe er erneut auf mich zukam. Wut ließ mich meine Furcht vergessen, und ich sprang ihm an die Kehle. Meine schwachen Beine trugen mich nur bis zu seiner Brust, und er warf mich mühelos zur Seite. Doch Ruuqo sah aus, als hätte er dem großen Todeswolf persönlich ins Auge geblickt. Reglos blieb er stehen und betrachtete mich lange, während ich mit so viel Zorn knurrte, wie ich aufbringen konnte.

»Es tut mir leid, kleiner Wolf«, sagte er sanft, »aber du musst verstehen, dass ich das tun muss, was das Richtige für das Rudel ist. Ich muss meine Pflicht tun.« Er beugte sich herunter und öffnete seine Kiefer, um mich zu zerquetschen. Die anderen Wölfe des Rudels jaulten gequält auf und schmiegten sich zitternd aneinander. Aus der Dämmerung war längst heller Tag geworden, und das strahlende Licht blendete mich, als ich dem Tod entgegensah.

»Ich glaube, dieses möchte leben, Ruuqo.«

Ruuqo hielt inne, das Maul immer noch geöffnet, die hellen bernsteinfarbenen Augen verrieten seine Verwirrung. Zu meiner Überraschung schloss sich sein tödliches Maul, und er hob den Kopf, legte seine Ohren an und trat zurück, um den Neuankömmling zu begrüßen.

Als ich seinem Blick folgte, sah ich einen Wolf, der größer war, als irgendein Wolf es jemals sein konnte. Seine Brust war auf einer Höhe mit Ruuqos Schnauze, und sein breiter, kräftiger Hals schien mir fast ebenso hoch wie die Sonnenstrahlen, die jetzt auf die Lichtung fielen. Seine Stimme grummelte belustigt. Er hatte seltsame grüne Augen, ganz anders als die bernsteinfarbenen Augen der erwachsenen Wölfe meines Rudels oder die blauen Augen der Welpen. Nach einer Weile trat ein weiterer riesiger Wolf mit den gleichen grünen Augen und einem dunkleren, zottigeren Fell an seine Seite.

Alle Wölfe aus dem Rudel meiner Mutter eilten von den Rändern der Lichtung herbei, um diese fremden und ehrfurchtgebietenden Gestalten zu begrüßen. Sie näherten sich ihnen ehrerbietig, die Ohren angelegt und die Ruten tief gesenkt. Dann warfen sie sich auf die Bäuche, um den größeren Wölfen den größtmöglichen Respekt zu erweisen.

»Das sind die Höchsten Wölfe«, flüsterte meine Mutter. Sie hatte sich zu mir geschlichen, als die riesigen Wölfe unsere Lichtung betreten hatten. »Jandru und Frandra. Zwei der wenigen, die es noch im Großen Tal gibt. Sie sprechen mit den Ahnen, und wir gehorchen ihnen alle.«

Die Höchsten Wölfe nahmen die Begrüßung der kleineren Wölfe gnädig entgegen.

»Fürstliche Wölfe, seid willkommen.« Ruuqo sprach respektvoll mit gesenktem Kopf. »Ich tue, was ich tun muss. Ich habe diesen Wurf nicht gestattet, und ich muss für mein Rudel sorgen.«

»Ein zweiter Wurf wird oft am Leben gelassen.« Jandru senkte die Schnauze, um Trielles leblosen Körper zu beschnuppern. »Wie du sehr wohl weißt, Ruuqo. Es ist erst vier Jahre her, dass du und deine Wurfgefährten verschont wurden. Für dich mag das vielleicht eine lange Zeit sein, aber nicht für mich.«

»Das war in Zeiten des Überflusses, Fürstlicher Wolf.«

»Ein einziges Junges frisst nicht viel. Ich würde sie am Leben lassen.«

Ruuqo schwieg einen Augenblick, um Jandrus Zorn nicht auf sich zu ziehen.

»Da ist noch etwas, Fürstlicher Wolf«, sagte Rissa und trat vor. »Das Junge hat fremdes Blut in sich. Wir dürfen die Gesetze des Tals nicht brechen.«

»Fremdes Blut?« Es war nicht mehr die geringste Spur eines Lächelns in Jandrus Stimme. Er starrte Ruuqo finster an. »Warum hast du mir davon nichts gesagt?«

Ruuqo senkte seinen Kopf noch tiefer. »Ich wollte nicht, dass ihr glaubt, ich hätte mein Rudel nicht im Griff.«

Schweigend betrachtete Jandru ihn eine ganze Weile, dann wandte er sich voller Zorn an meine Mutter. »Was hast du dir dabei gedacht, die Sicherheit des Rudels zu gefährden?«

Frandra, die Höchste Wölfin, ergriff zum ersten Mal das Wort. Sie war noch größer als ihr Gefährte, und ihre Stimme klang stark und sicher. Ihre Augen leuchteten hell aus dem dunklen Fell. Sie sprach so laut und erschreckte mich so sehr, dass ich zurücksprang und auf mein Hinterteil fiel.

»Du hast leicht reden, Jandru. Du kannst dich folgenlos jederzeit und überall paaren, wie es dir gefällt. Sie hat nicht von alleine empfangen.« Jandru wirkte beschämt und senkte die Ohren ein winziges Stück. Frandra sah ihn einen Augenblick an und wandte ihren gewaltigen Kopf dann meiner Mutter zu. »Aber warum hast du sie lange genug am Leben gelassen, dass sie sich selbst Wölfe nennen können? Du hättest wissen müssen, dass sie nicht am Leben bleiben dürfen. Du hättest sie töten sollen, nachdem du sie zur Welt gebracht hattest.«

»Ich wollte, dass sie zum Rudel gehören. Ich dachte, sie könnten wichtig werden.« Die Stimme meiner Mutter klang leise und ängstlich. »Ich habe geträumt, sie würden das Volk der Wölfe retten. In manchen Träumen haben sie die Beute daran gehindert, das Tal zu verlassen. In anderen Träumen haben sie die Menschen verjagt. Immer haben sie uns gerettet. Seht ihr nicht, wie furchtlos sie ist?«

Ich stand wieder auf und bemühte mich, das Zittern in meinen Beinen zu unterdrücken, bemühte mich, wie ein Wolf zu wirken, der es wert war, zum Rudel zu gehören.

»Fürstliche Wölfe, meine Schwester hat sich schon immer gewünscht, eine bedeutendere Rolle im Rudel zu spielen«, erklärte Rissa. »Manchmal haben uns ihre Träume zu einer guten Jagd geführt, aber sie hat immer schon Junge gewollt.«

»Das spielt keine Rolle«, sagte Jandru abrupt. »Das Junge trägt fremdes Blut in sich und darf nicht am Leben bleiben. Tu, was du tun musst, Ruuqo.«

Jandru wandte sich ab und trat dabei beinahe auf mich, also knurrte ich ihn ebenfalls an und zeigte ihm meine Zähne.

»Es tut mir leid, Milchzahn«, sagte er. »Ich würde dich retten, doch ich kann das Abkommen nicht brechen. Mögest du einst zurückkehren ins Große Tal.«

Ich spürte die Ungerechtigkeit in seinen Worten wie den kalten, feuchten Wind, der manchmal in den Bau meiner Mutter geweht war. Wieso konnte ein so riesiges Geschöpf nicht das tun, was es will? Ich begann, mich auf der Lichtung umzusehen und nach einem Platz zu suchen, an dem ich mich verstecken könnte. Ich drehte mich um und wollte davonlaufen. Frandra stellte sich über mich und brachte ihren eigenen Körper zwischen meinen und Ruuqos scharfe Zähne.

Sie knurrte.

»Ich werde es nicht zulassen, dass du dieses Junge tötest«, erklärte sie. »Dann hat es das eben bisher noch nie gegeben! Die Dinge ändern sich, Gefährte, und wir müssen uns mit ihnen verändern. Die Menschen nehmen sich mehr Beute als je zuvor, und mit jedem Tag geraten sie weiter außer Kontrolle. Das Gleichgewicht ist bereits gestört, und wir können nicht länger warten, ehe wir handeln. Wir müssen uns ebenfalls verändern, und zwar jetzt.« Die Höchste Wölfin blickte auf mich herab. »Wenn sie fremdes Blut in sich trägt, dann sei es so. Dieses unbändige Junge am Leben zu lassen kann böse Folgen haben, doch es kann genauso gut unsere letzte Hoffnung sein. Ihr Überlebenswille ist zu stark, als dass wir ihn missachten sollten. Wir müssen auf die Botschaften hören, die uns die Ahnen senden.«

»Frandra«, setzte Jandru an.

»Hast du verlernt, deine Nase *und* deine Ohren zu gebrauchen, Jandru?«, fuhr sie ihn an. »Du weißt, dass uns kaum noch Zeit bleibt. Und wir sind dabei zu scheitern.«

»Ich werde das Risiko nicht eingehen«, erklärte er. »Wir haben diese Ausnahme nicht gestattet, und wir dürfen uns nicht gegen den Rat der Höchsten Wölfe stellen. Das ist meine Entscheidung.«

»Du entscheidest hier nicht allein.« Frandra hielt seinem Blick stand. »Willst du gegen mich kämpfen? Komm, kämpf gegen mich, wenn du es wagst.«

Für einen winzigen Moment war Jandru wie gelähmt. Frandra ergriff erneut das Wort.

»Sieh auf ihre Brust, Gefährte«, flüsterte sie so leise und eindringlich, dass nur Jandru, meine Mutter und ich sie hören konnten. »Sie trägt das Zeichen des Mondes, das Symbol des Gleichgewichts. Der Rat der Höchsten Wölfe ist stur, und sie erkennen die Dinge nicht immer als das, was sie wahrhaftig sind. Was, wenn sie diejenige ist? Vielleicht haben die Vorfahren sie für uns erwählt?«

»Ich habe sie Kaala genannt, Tochter des Mondes«, sagte meine Mutter.

Jandru sah mich lange an. Er drehte mich auf den Rücken, um die Mondsichel auf meiner Brust besser sehen zu können. Als er mich so mit seiner Pfote hielt, die fast so groß war wie mein ganzer Körper, versuchte ich, etwas zu finden, irgendetwas, womit ich ihn überzeugen konnte, dass ich es wert war, am Leben gelassen zu werden. Doch ich konnte nur in seine seltsamen Augen blicken, während er über mein Schicksal entschied. Endlich trat er von mir zurück und verbeugte sich vor Frandra.

»Gib ihr eine Chance«, sagte er zu Ruuqo. »Wenn sich das als Fehler erweist, werden die Höchsten Wölfe die Verantwortung auf sich nehmen.«

»Aber, Fürstliche Wölfe«, begann Ruuqo.

»Du wirst dieses Junge nicht töten, Wolf.« Frandra baute sich drohend vor ihm auf. »Die Höchsten Wölfe wachen über die Gesetze des Tals, und wenn wir wollen, können wir auch Ausnahmen zulassen. Wir haben gute Gründe, dieses Junge zu verschonen.«

Als Ruuqo erneut ansetzen wollte, etwas zu sagen, knurrte die Höchste Wölfin, setzte ihm beide Vorderpfoten auf den Rücken und zwang ihn zu Boden. Als sie ihn schließlich losließ, kam er wieder auf seine Füße und senkte unterwürfig den Kopf, doch seine Augen brannten vor Zorn. Frandra beachtete seine Verbitterung nicht.

»Viel Glück, Kaala Milchzahn.« Frandra öffnete ihre gewaltige Schnauze zu einem breiten Lächeln, während sie Jandru zur Seite schob und in den Wald trabte. »Wir werden uns gewiss wiedersehen.« Jandru folgte ihr nach.

Als die Höchsten Wölfe die Lichtung verlassen hatten, eilte meine Mutter an meine Seite.

»Hör zu, Kaala«, flüsterte sie mir eindringlich zu. »Hör genau zu. Ruuqo wird mich ganz sicher nicht im Rudel bleiben lassen. Doch du musst bleiben, und du musst überleben. Du musst alles tun, um zu überleben und ein Mitglied des Rudels zu werden. Dann, wenn du erwachsen und vom Rudel akzeptiert bist, musst du nach mir suchen. Es gibt Dinge über deinen Vater und über mich, die du wissen musst. Versprichst du mir das?«

Ihr Blick hielt meinen fest, und ich konnte ihr das Versprechen unmöglich verweigern.

»Ich verspreche es«, flüsterte ich. »Aber ich will mit dir gehen.«

»Nein«, sagte sie. Sie rieb das weiche Fell ihrer Schnauze an meinem Gesicht. Ich atmete ihren Geruch ein. »Du musst bleiben und Teil des Rudels werden. Erst dann darfst du mir folgen. Du hast es versprochen.«

Ich wollte sie fragen, warum. Ich wollte fragen, wie ich sie finden sollte, doch ich bekam keine Gelegenheit mehr dazu. Sobald die Höchsten Wölfe außer Hörweite waren, stürzte sich Ruuqo auf meine Mutter und biss sie so heftig in den Nacken, dass sie blutete und aufjaulte. Er warf sie zu Boden, und noch im Fallen schubste sie mich mit der Hüfte aus dem Weg. Ich stolperte rückwärts und landete auf dem Rücken. Mühsam kam ich wieder auf die Beine.

»Du hast Unruhe in unser Rudel gebracht, meinen Kindern und mir«, knurrte Ruuqo, »und du hast das Rudel vom Schnellen Fluss gezwungen, das Gleichgewicht zu stören.«

Normalerweise verletzen Wölfe einander nicht, wenn sie kämpfen, denn die meisten Wölfe kennen ihren Platz im Rudel und vermeiden Auseinandersetzungen. Doch Ruuqo durfte seinen Ärger nicht an mir auslassen, und noch weniger konnte er die Höchsten Wölfe angreifen.

Also wandte er sich gegen meine Mutter. Sie versuchte, sich zu wehren, doch als Minn, ein einjähriger Rüde, und die große, narbengesichtige Wölfin sie ebenfalls angriffen, winselte sie und kroch zum Rand der Lichtung. Als sie versuchte, zum Rudel zurückzugelangen, griffen die beiden sie erneut an und schlugen sie in die Flucht. Ich wollte zu meiner Mutter laufen, um ihr zu helfen, doch mein Mut hatte mich verlassen, und ich konnte nur noch entsetzt zuschauen.

Rissa nahm Reel, den Welpen, der ihr am nächsten stand, in die Schnauze und lief zurück in ihren Bau.

»Lass mich lang genug bleiben, um sie zu entwöhnen, Bruder«, bat meine Mutter verzweifelt. »Dann werde ich gehen.«

»Du wirst jetzt gehen«, antwortete Ruuqo. »Du gehörst nicht länger zum Rudel.« Er trieb sie zum Rand der Lichtung, und jedes Mal, wenn sie versuchte, zurückzukommen, griffen er und die anderen beiden Wölfe sie an. Schließlich floh sie blutend und winselnd in den Wald, die drei Angreifer setzten ihr nach.

Als er zurückkam, stieß Ruuqo ein herrisches Bellen aus, und er sowie alle anderen erwachsenen Wölfe außer Rissa verließen die Lichtung. Ihnen blieben nur noch wenige Stunden, bis die sengende Sonne die Jagd unmöglich machen würde, und Ruuqo hatte ein Rudel zu ernähren.

Ich wollte meiner Mutter in den Wald folgen, doch mein Körper und meine Seele waren erschöpft, und ich sank auf den harten Boden, der selbst in der warmen Morgensonne kalt war.

Zwei von Rissas größeren Welpen, Unnan und Borlla,

stolzierten herüber zu mir und musterten mich von oben bis unten. Borlla, die Größere der beiden, stieß mich mit der Schnauze schmerzhaft in die Rippen.

»Sieht nicht so aus, als würde es lange überleben«, sagte sie zu Unnan.

»Sieht mir nach Bärenfutter aus«, antwortete er.

»Hey, Bärenfutter«, rief Borlla, »bleib bloß von unserer Milch weg.«

»Oder wir bringen zu Ende, was Ruuqo begonnen hat.« Unnans bösartige kleine Augen blitzten mich voller Verachtung an.

Die zwei Welpen trotteten zurück zum Eingang der Höhle, in die sich Rissa bereits verzogen hatte. Auf ihrem Weg dorthin trat Borlla beiläufig nach dem kleinsten Jungen des Wurfs, dem struppigen männlichen Welpen, der keinen Namen bekommen hatte. Unnan knurrte Marra an, das andere kleine Junge, und stieß sie in den Staub. Zufrieden erhoben sie ihre Ruten und stolzierten in den Bau. Einen Augenblick später erhob sich Marra und folgte ihnen, doch der kleinste Welpe blieb zusammengekauert liegen, wo er hingefallen war.

Ich blieb allein auf der Lichtung zurück und wartete den ganzen Tag auf meine Mutter, selbst als die Sonne heiß und sengend wurde. Ich dachte, wenn ich nur lange genug warten würde, käme meine Mutter zurück zu mir, nähme mich mit in ihre Verbannung.

Meine Mutter kam den ganzen restlichen, langen Tag nicht zurück und auch nicht in der Nacht, obwohl ich wartete, bis das Rudel für seinen Nachmittagsschlaf zurückkehrte und dann erneut zur Abendjagd aufbrach, bis die furchteinflößenden Geräusche unbekannter Tiere um mich herum mich abermals um mein Leben fürchten ließen. Noch immer kam sie nicht zurück. Ich war am Leben, aber ich war allein und hatte Angst, und das Rudel, das sich um mich hätte kümmern sollen, verachtete mich.

2

Ich kehrte nicht in den Bau meiner Mutter zurück, denn er roch nach meinen toten Geschwistern und bedeutete nichts als Einsamkeit. Doch ich roch Milch und warme Körper, und ich hörte die unverkennbaren Geräusche des Säugens. Hunger drang durch die Duldungsstarre, die mich im Staub hatte kauern lassen. Ein Teil von mir fragte sich, wie ich überhaupt an Nahrung denken konnte, wo doch meine Mutter für immer verschwunden war, aber ebenso wenig konnte ich einen Sinn darin erkennen, mich gegen Ruuqo aufgelehnt zu haben, wenn ich jetzt ein paar Wolfslängen von Rissas warmer Milch entfernt verhungern würde. Ich hatte keine Ahnung, ob sie mich säugen würde, aber ich war das Junge ihrer Schwester, war also mit ihr eng verwandt. Ich musste es versuchen. Ich hatte Borllas und Unnans Drohungen nicht vergessen, doch der Hunger war stärker als meine Furcht. Ich kehrte den toten Leibern meiner Geschwister den Rücken zu und kroch in die Richtung der guten Gerüche und Geräusche, die aus Rissas Bau kamen. Ich hielt an, als ich das struppige Junge erblickte, das unglücklich am Rand der Höhle kauerte.

»Du wirst verhungern, wenn du hier draußen bleibst.« Er blickte zu mir auf, als ich mit ihm sprach, antwortete aber nicht. Am rechten Auge hatte er eine Wunde, dort, wo Borlla ihn getreten hatte, und sein stumpfes, hellgraues Fell ließ ihn kleiner aussehen, als er war. Doch er hatte helle, silbrig schimmernde Augen. Es waren diese ungewöhnlichen Augen, ähnlich wie die von Triell, die mich auf dem Weg zu meinem Mahl innehalten ließen und dafür sorgten, dass ich ihn nicht ignorierte.

»Kleiner Wolf«, sagte ich und gebrauchte damit den Kosenamen, den meine Mutter immer benutzt hatte, »wenn du zulässt, dass sie dich herumschubsen, wirst du ewig ein Ringelschwanz bleiben.« Die meisten Rudel hatten einen Ringelschwanz, einen Wolf, der ständig den Schwanz einzog, auf dem herumgehackt wurde, der nur wenig zu fressen bekam und stets am Rand des Rudels blieb. Aber ich glaubte nicht, dass dieser winzige Welpe überhaupt lange genug am Leben bleiben würde, um ein Ringelschwanz und Schwanzeinzieher zu werden, wenn er nicht bald etwas zu fressen bekam und in die warme Sicherheit des Baus kriechen konnte.

Er schlang seine dürre Rute um die Läufe und schaute hinunter auf die ebenso dürren Grashalme, die im Staub wuchsen. Missmut verdüsterte seine leuchtenden Augen. »Du hast gut reden, mit den Höchsten Wölfen auf deiner Seite. Sie wollen alle, dass ich sterbe. Deshalb haben sie mir nicht mal einen Namen gegeben.«

Ungeduldig wandte ich mich ab. Ich hatte keine Zeit für einen Welpen, der nicht einmal leben wollte. Mein Bruder Triell hätte alles gegeben, um diese Chance aufs Überleben zu haben. Er hätte nicht gewinselt und vor Furcht gezittert. Für so einen Wolf gab es keinen Platz in einem Rudel. Ich steckte meine Nase in den Bau und hörte Rissas Stimme.

»Kommt, Welpen«, sagte sie. »Kommt, trinkt und ruht euch aus.«

Mir wurde leichter ums Herz, und ich begann in die Höhle zu klettern. Doch dann blieb ich stehen und schaute erneut zu dem Winzjungen zurück. Die Erinnerung überkam mich, wie es sich anfühlte, allein und unwillkommen zu sein. Ich konnte ihn nicht dort draußen verhungern lassen. Rückwärts kroch ich wieder aus dem Bau, und ohne weitere Worte zu verlieren, schob ich ihn von hinten, bis er in den Bau purzelte. Mit einem überraschten Winseln rollte er nach vorne, und ich kroch hinter ihm her.

Rissas Bau war größer als der meiner Mutter, die festen Erdwände wurden von den Wurzeln einer mächtigen Eiche gehalten, die sich über die ganze Höhle zogen. Trotzdem war der Bau klein genug, um sich geborgen zu fühlen. Die vier Welpen tranken gierig an Rissas Bauch. Als das Winzjunge und ich näher krochen, sah Unnan uns aus dem Augenwinkel an und knurrte. Das Winzjunge neben mir zitterte und zog sich zurück.

Ich war immer noch voller Kummer über den Verlust meiner Geschwister und meiner Mutter und wütend darüber, wie das gesamte Rudel mich behandelt hatte. Mir wurde am ganzen Körper heiß, ich spannte jeden Muskel an, und mein Nackenfell sträubte sich. Als ich Unnan und die fette Borlla sah, die so zufrieden nebeneinander saugten und alles gierig für sich behalten wollten, schubste ich Unnan beiseite und schuf Platz für mich und das Winzjunge. Keinen Augenblick dachte ich daran, was für Konsequenzen es haben könnte, sich Unnan zum Feind zu machen. Ich war einfach nur wütend. Als das Winzjunge zögerte, schnappte ich es am weichen Nackenfell und zerrte es zu einem Futterplatz.

»Trink«, befahl ich ihm.

Unnan schubste mich, während ich zu saugen versuchte, und Borlla knurrte mich an, doch ich ignorierte sie und machte mich über Rissas warme, lebenspendende Milch her. Das Winzjunge kuschelte sich zwischen mich und Marra, das freundlichste von Rissas Jungen. Satt und warm schliefen wir alle an Rissas starkem Körper ein.

Am nächsten Morgen versuchten Unnan und Borlla, mich endgültig loszuwerden. Rissa, die es nach Bewegung verlangte, überließ uns den beiden einjährigen Wölfen des Rudels und machte sich mit Ruuqo zur morgendlichen Jagd auf. Jungwölfe aus dem letzten Jahr passten häufig auf die Welpen auf, wenn die Erwachsenen fort waren. Minn, der geholfen hatte, meine Mutter zu verjagen, war ein brutaler Kerl und zeigte kein besonderes Interesse daran, uns zu hüten, aber er hatte Angst vor seiner Schwester Yllin, und sie nahm ihre Verantwortung ernst. Sie spielten wüst mit uns, und ich mochte es, wenn sie knurrten und so taten, als würden sie mit uns kämpfen. Als sie es leid waren, uns auf sich herumtollen und sich in die Schwänze beißen zu lassen, beobachteten sie uns von einem schattigen Platz aus, während wir miteinander tobten. Während sie langsam eindösten, spielte ich mit Marra und dem Winzjungen. Es war fast so klein wie ich, obwohl es zwei Wochen älter war, und es hatte nicht die Körperkraft eines Wolfes, der um jeden Preis überleben wollte. Doch als ich mir seine funkelnden Augen genauer ansah, stellte ich fest, dass sie nicht mehr diesen hoffnungslosen, ängstlichen Ausdruck zeigten, den ein dem Tode geweihtes Junges hatte. Es war lebhaft und munter, selbst mit zu wenig Nahrung im Bauch und obwohl Borlla und Unnan uns ständig schikanierten. Überrascht und froh über diese Veränderung, stürzte ich mich auf es, und es fiepte fröhlich, als wir uns im Staub wälzten.

Weil sein Fell dunkel war wie Triells und es auch kaum größer war als mein verstorbener Bruder, hatte ich das Gefühl, das Winzjunge schon sehr lange zu kennen. Zwischen unseren Raufereien stupste ich es zärtlich mit der Nase in die Wange. Begeistert stieß es mir seine kalte Nase so kräftig ins Gesicht, dass ich umfiel. Mit einem wenig eleganten Plumps landete ich auf dem Boden und wirbelte eine Staubwolke auf. Zuerst blickte das Winzjunge erschrocken und entschuldigend drein, doch dann stürzte es sich auf mich, und wir tobten ausgelassen. Mit einem Quieken schloss Marra sich unserem Spiel an. Die anderen drei Welpen kümmerten sich zuerst nicht um uns. Borlla war rundlich, hatte helles Fell und roch nach der Milch, die sie sich vor uns allen nahm. Ihr Fell hatte nicht das helle, reine Weiß von Rissas Pelz, sondern besaß einen dunkleren, schmutzigen Farbton. Unnans Fell war schlammig graubraun, er hatte eine schmale Schnauze und kleine Augen, mit denen er eher wie ein Wiesel als wie ein Wolf aussah. Reel war zwar größer als Marra und das Winzjunge, aber kleiner als Borlla und Unnan, und er musste sich anstrengen, um mit den größeren Welpen mitzuhalten, wenn sie im groben Spiel miteinander kämpften. Ich spielte und tobte mit Marra und dem Winzjungen, bis ich schließlich müde wurde und mich unter einen stacheligen Beerenstrauch legte, um ein wenig auszuruhen, während Marra das Winzjunge um die Eiche jagte. Ich schloss die Augen, schläfrig von der warmen Sonne und der glücklichen Erschöpfung nach dem Spiel mit den anderen Welpen.

Kurz bevor sie über mich herfielen, hörte ich die Angreifer und sprang auf die Pfoten. Unnan, Reel und Borlla stürzten sich gleichzeitig auf mich und warfen mich flach auf den Rücken. Ich war auf den Ansturm nicht vorbereitet, und sie hielten mich sofort am Boden fest und fingen an, mich zu beißen. Für Yllin und Minn, die schläfrig aus dem Schatten herübersahen, musste es wie Spiel aussehen. Aber die Welpen spielten nicht. Ihre Zähne gruben sich in mein Fell, und sie versuchten, mir sämtliche Luft aus der Lunge zu pressen.

»Ruuqo war zu weich, um dich zu töten, aber wir bringen es zu Ende«, knurrte Unnan.

»In unserem Rudel ist kein Platz für dich«, zischte Borlla, während sie versuchte, mich in den Hals zu beißen.

Reel sagte nichts, als er versuchte, mich am Bauch zu reißen.

Ich knurrte und biss und fletschte die Zähne und kämpfte gegen sie, so gut ich konnte, aber sie waren zu dritt, und ich war allein, und ich wusste, dass sie, selbst wenn sie mich nicht töten würden, mich doch so ernstlich verletzen konnten, dass ich zu schwach zum Überleben wäre.

Gerade als meine Kräfte zu schwinden begannen, riss etwas Unnan und Borlla von mir herunter. Ich biss Reel in die Schulter und sprang auf die Beine. Das Winzjunge war mir zu Hilfe gekommen und hatte seine beiden Geschwister dermaßen überrascht, dass sie ungelenk zu Boden gestürzt waren. Jetzt hielt Unnan ihn auf dem Boden fest, während Borlla Anstalten machte, ihm die Kehle aufzureißen. Ich sprang Borlla an, landete auf Unnan, stieß ihn vom Winzjungen fort und biss in sein hässliches Fell. Er schmeckte nach Schmutz. Borlla brach ihren Angriff auf das Winzjunge ab und kam Unnan zu Hilfe. Zusammen drückten sie mich zu Boden.

»Dein Vater war eine Hyäne«, höhnte Borlla über mir stehend. »Und deine Mutter ist eine Verräterin und ein Schwächling.«

»Deshalb hat sie dich verlassen«, fügte Unnan hinzu und zeigte seine Zähne.

Beide Welpen knurrten und fletschten die Zähne in der Erwartung, dass ich mich von ihrem höheren Wuchs und ihrer größeren Kraft beeindruckt zeigen würde. Aber ich war schon zornig gewesen, weil sie sich gegen das Winzjunge verbündet hatten. Dass sie jetzt meine Mutter beleidigten, machte mich nur noch wütender.

Wie können sie es wagen? Die Stimme in meinem Kopf dröhnte so laut, dass sämtliche Geräusche auf der Lichtung verblassten. Der Geruch von Blut in meiner Nase überdeckte all die Gerüche von Eiche und Fichte und Wolf. *Töte sie. Sie sind nicht würdig, Wolf genannt zu werden.* Zum zweiten Mal erfasste mich der Zorn, wie der Wind ein Blatt ergreift, und ich schüttelte beide Welpen ab. Ich hätte sie beide getötet, ich wusste, dass ich dazu fähig gewesen wäre, doch Reel hatte das Winzjunge gefangen, und ich musste ihm helfen. Als ich Reel von ihm herunterstieß, stellte sich das Winzjunge neben mich, und gemeinsam boten wir den drei anderen knurrend die Stirn. Ich sah, wie Marra zu unseren Aufpassern lief, um Hilfe zu holen. Ich roch den

Hass in Unnan und Borlla und die Angst in Reel. Ich sah, wie das Winzjunge mich aus dem Augenwinkel beobachtete, und entdeckte so etwas wie Ehrfurcht in seinem Blick. Mein linker Hinterlauf blutete aus einer tiefen Wunde, die ich während des Kampfes gar nicht bemerkt hatte, und ich fühlte, wie mein Bein immer schwächer wurde. Das Winzjunge hielt die rechte Vorderpfote hoch, als ob sie schmerzte.

Über die Köpfe unserer Gegner hinweg sah ich, wie Yllin über die Lichtung sprintete, gefolgt von einem wütenden Ruuqo. Die anderen Welpen folgten meinem Blick, und Borlla, Unnan und Reel drehten sich zu Ruuqo um und warfen sich auf den Bauch. Das Rudel war früh von einer erfolglosen Jagd heimgekehrt. Als sie näher kamen, hörte ich Yllin mit leiser Stimme sprechen.

»Es tut mir leid, Leitwolf«, sagte sie, die Ohren gesenkt. »Sie haben gespielt, und dann haben die großen Welpen angegriffen. Die Kleinen haben nur gekämpft, um sich zu verteidigen.« Sie hielt einen Moment inne, wagte es dann aber, weiterzusprechen, was mir sehr mutig erschien, denn Ruuqo hätte ziemlich böse auf sie sein können, weil sie den Kampf so hatte ausarten lassen. »Sie haben gut gekämpft.«

Ruuqo stellte die Ohren auf, zog die Jungwölfin aber nicht zur Verantwortung. Ich merkte, dass er Yllin mochte. Er ließ ihr viel mehr durchgehen, als er es bei einem anderen Jungwolf getan hätte. Sein Blick wanderte zu uns.

»Kein Wolf verletzt einen anderen aus dem Rudel ernsthaft oder tötet ihn ohne Grund«, erklärte er. »Merkt euch das, oder ihr könnt nicht zum Rudel gehören. Alle Wölfe vom Schnellen Fluss kennen den Unterschied zwischen Rangkämpfen und einem Kampf auf Leben und Tod.« Er wandte sich an den geduckten Reel. »Was ist der Unterschied, Welpe?«

Reel drehte sich hilfesuchend nach Borlla und Unnan um, und Ruuqo versetzte ihm einen Hieb.

»Ich habe nicht deine Geschwister gefragt, sondern dich. Nun?«

Reel antwortete nicht, sondern warf sich nur winselnd auf den Rücken.

»Yllin«, befahl Ruuqo, »erkläre bitte den Unterschied.«

Yllins Ohren und Schwanz hoben sich. »Rangkämpfe sind nötig, damit ein Wolf seinen Platz im Rudel findet. Oder damit ein Leitwolf die Rudelmitglieder disziplinieren und die Ordnung aufrechterhalten kann. Aber dabei verletzt man seinen Gegner nur so weit wie unbedingt nötig«, erklärte sie. »In einem Kampf auf Leben und Tod versuchst du, den Gegner zu verletzen oder zu töten. Du kämpfst nur auf Leben und Tod, wenn dir keine andere Wahl bleibt.«

Ruuqo kläffte bestätigend. »Alle Wölfe müssen wissen, wie man kämpft, sonst werden sie nicht zum Rudel gehören«, fuhr er fort. »Doch nur die Leitwölfe dürfen töten oder anderen befehlen, ein Mitglied des Rudels zu töten. Und wir Wölfe vom Schnellen Fluss werden keinen anderen Wolf töten, es sei denn, wir werden von einem gegnerischen Rudel angegriffen, oder das Leben des Rudels steht auf dem Spiel.«

Ruuqo schlug Borlla, als diese versuchte, sich zu erheben. Unnan und Reel waren klug genug, um liegen zu bleiben. Dann wandte er sich mir und dem Winzjungen zu. Wir kauerten uns nieder und erwarteten seinen Stoß. Behutsam beschnüffelte er das Winzjunge. Mich schaute er nicht einmal an.

»Wolf zu sein«, erklärte er, »bedeutet mehr, als die Kraft zu besitzen, einen Kampf zu gewinnen, oder die Schnelligkeit, Beute zu fangen.« Er sprach laut genug, dass das gesamte Rudel ihn hören konnte, doch seine Worte waren eindeutig an die Welpen gerichtet, die er zurechtgewiesen hatte. »Größe, Stärke und Schnelligkeit sind alles Eigenschaften, die einen Wolf auszeichnen, der für ein Rudel nützlich ist. Doch Mut und Ehrgefühl sind ebenso wichtig. Das Wohl des Rudels steht an erster Stelle, und jeder Wolf muss dem Rudel dienen, so gut er kann.« Er sprach jetzt Borlla, Unnan und Reel direkt an. »Wölfe, die sich das nicht merken können, sind im Rudel vom Schnellen Fluss nicht willkommen.«

Ich weiß, es war gar nicht nett von mir, aber ich musste zugeben, dass mir das Zittern und Winseln von Borlla und Reel und vor allem von Unnan gefiel, der sich so tief auf den Boden gekauert hatte, dass man glauben konnte, er werde vom Erdboden verschluckt. Doch was Ruuqo als Nächstes tat, überraschte mich. Wenn ein Junges keinen Namen erhalten hat, musste es normalerweise mindestens drei Monde warten, ehe es doch ins Rudel aufgenommen wurde, und dann hatte es mit Sicherheit einen niederen Rang. Ruuqo wandte sich an das Winzjunge und sagte sanft:

»Du hast Mut, Ehrgefühl und Unerschrockenheit bewiesen, alles Eigenschaften eines wahren Wolfes. Ich heiße dich im Rudel vom Schnellen Fluss willkommen.« Er nahm die Schnauze des Winzjungen zwischen seine Kiefer.

Ungeduldig trat Rissa vor, die Rute hoch erhoben, das weiße Fell leuchtete in der Sonne. Sie sprach, ehe Ruuqo fortfahren konnte.

»Wir nennen dich Ázzuen. Es ist der Name eines Kriegers, der Name meines Vaters«, sagte sie. »Trage deinen Namen mit Würde, damit das Rudel vom Schnellen Fluss stolz auf dich sein kann.«

Und so wurde das Winzjunge Teil des Rudels. Es geschah so schnell, dass meine Freude für ihn und meine Eifersucht sich nicht entwirren ließen – meine Mutter hatte mir zwar einen Namen gegeben, aber niemand würde mich bei diesem Namen nennen. Ich hatte tapferer gekämpft als Ázzuen, doch Ruuqo hatte mich übergangen und würde *meinen* Mut nie anerkennen. Ich muss gestehen, für einen Augenblick wollte ich Ázzuen beim Nackenfell packen und schütteln. Doch als er zurück zum Bau schritt, wippte seine kleine Rute vor Stolz so verführerisch hin und her, dass ich nicht widerstehen konnte. Ich spürte jede Gemeinheit in mir versiegen, schlich mich von hinten an ihn heran, sprang und kniff ihn spielerisch in den Schwanz. Überrascht drehte er sich um, ich grinste ihn an und lief in Rissas Bau. Mit einem lauten Bellen, das man diesem winzigen Welpen gar nicht zugetraut hätte, sprang er mir nach, hinein in die nach Milch duftende Erde. Nichts konnte mir Triell zurückbringen, aber in Ázzuen hatte ich wieder einen Bruder gefunden.

* * *

Ruuqo konnte sich zwar den Höchsten Wölfen nicht widersetzen und mich einfach umbringen, aber er würde meinen Namen nicht anerkennen und mir das Überleben nicht leichtmachen. Als wir Welpen zum ersten Mal außerhalb der Höhle gefüttert wurden, stand er drohend über Rissa, trat zur Seite, um die anderen Welpen vorbeizulassen, damit sie zu ihrem Futter konnten, doch als ich es versuchte, fletschte er knurrend die Zähne. Ich musste meinen ganzen Mut zusammennehmen, um mich an ihm vorbeizudrängen und an meine Milch zu gelangen. Jedes Mal, wenn er mich sah, knurrte er. Obwohl sie keinen Versuch mehr wagten, mich zu töten, folgten Unnan und Borlla Ruuqos Beispiel und griffen mich an, wann immer sie nur konnten.

Drei Abende nachdem die Höchsten Wölfe eingeschritten waren, um mein Leben zu retten, heulte Ruuqo laut, um das Rudel zu versammeln, und befahl ihm, sich für den Aufbruch am nächsten Morgen bereitzumachen.

»*Ruuqo!*« Verärgert hob Rissa, die neben dem Bau ruhte, den Kopf. »Keines der Jungen ist schon alt genug für die Wanderung.«

»Was für eine Wanderung?«, fragte Reel Borlla.

»Wir gehen zu unserem Sommerplatz«, antwortete Yllin, die Jungwölfin, die sich nach dem Kampf für uns eingesetzt hatte. Sie stand neben der großen Eiche, die dem Höhlenplatz Schatten spendete.

»Es ist unser bester Sammelplatz. Dort seid ihr sicher, während wir jagen und euch Futter bringen. Der Höhlenplatz ist zu klein und zu warm, um den ganzen Sommer hier zu verbringen.«

»Ist es weit?«, fragte ich.

»Für einen Welpen ist es weit. Die meisten Rudel haben ihre Sammelplätze für den Sommer in der Nähe der Höhlenplätze. Doch unser alter Platz mit dem Bau für die Jungen wurde im vorletzten Winter überflutet, also müssen wir jetzt weiterwandern.« Sie runzelte die Stirn. »Letztes Jahr hat Ruuqo gewartet, bis wir acht Wochen alt waren, um uns zum neuen Platz zu bringen. Ich habe keine Ahnung, was er sich jetzt dabei denkt.«

Rissa kniff die Augen zusammen und beobachtete Ruuqo, wie er unruhig auf der Lichtung hin und her lief.

»Du willst es den Höchsten Wölfen heimzahlen«, warf sie ihm vor. »Du willst, dass das Junge stirbt.« Keiner von uns musste fragen, welches Junge gemeint war. Sie stand auf, ging zu Ruuqo und legte die Schnauze an seine Wange. »Die Entscheidung ist für dich getroffen worden, Gefährte. Du kannst dich Jandru und Frandra nicht widersetzen.«

»Nein«, sagte er, »das kann ich nicht. Aber genauso wenig darf ich die Geister der Ahnen verärgern. Du weißt, dass die Wölfe des Großen Tals ihre Blutlinie rein halten müssen, oder sie werden die Folgen zu spüren bekommen. Wenn wir ihr gestatten, weiterzuleben, könnten die Ahnen Dürre schicken oder eine Kälte, die alle Beutetiere tötet, oder eine Seuche. Das ist alles schon geschehen. Die Legenden lehren es uns.« Widerwillig schüttelte er den Kopf. »Und wo werden Frandra und Jandru sein, wenn die anderen Höchsten Wölfe sie sehen und ihnen nicht gefällt, was sie ist? Oder die anderen Rudel im Tal? Die Höchsten Wölfe müssen nicht mit den Folgen ihrer Entscheidungen leben, und dennoch können sie uns zu Handlungen zwingen, die unseren Untergang bedeuten können. Ich werde mein Rudel nicht dafür bezahlen lassen.«

Werrna, die Wölfin mit der Narbe, die im Rang gleich hinter Ruuqo und Rissa stand, ergriff das Wort. »Die Wölfe vom Felsgipfel haben das Rudel vom Feuchten Wald ausgelöscht – während ein paar der Höchsten Wölfe zusahen –, weil sie einen Wurf mit fremdem Blut am Leben ließen. Und wir können es nicht mal verstecken«, meinte sie, mit einem Blick auf mich. »Sie trägt das Zeichen des Unglücks. Sie könnte unserem Rudel den Tod bringen.«

Rissa achtete nicht auf Werrna. »Dann werde ich die kleineren Welpen tragen, wenn sie es nicht über die Ebene schaffen.«

»Kein Welpe wird getragen. Ein Junges, das die Wanderung nicht schafft, ist es nicht wert, ein Wolf vom Schnellen Fluss zu sein«, antwortete Ruuqo. »Wenn der Wolfsmond will, dass *sie* überlebt, dann sei es so. Aber ich werde nur starke Wölfe in mein Rudel aufnehmen.«

»Ich werde es nicht zulassen, dass dein Stolz meine Welpen in Gefahr bringt«, fuhr Rissa ihn an.

»Es geht nicht um meinen Stolz, Rissa, sondern um unser Überleben. Wir werden bei Sonnenaufgang aufbrechen.«

Ruuqo sprach fast nie in einem herrischen Ton mit Rissa und kommandierte sie nur selten herum. Doch wenn er es tat, dann stellte er eindeutig klar, dass er der Leitwolf war. Rissa war mehrere Pfund leichter als er und vom Säugen der Jungen geschwächt. Würde sie ihn herausfordern, würde sie den Kürzeren ziehen.

Seine Stimme wurde weicher. »Wir wissen seit unserer Jugend, dass wir das Abkommen einhalten müssen, Rissa. Und wir haben ihm beide schon einmal Opfer gebracht.« Nie zuvor hatte ich solche Traurigkeit in seiner Stimme vernommen, und ich fragte mich, woher sie wohl rühren mochte.

Rissa blickte ihn lange an, dann schritt sie schließlich davon. Mit angelegten Ohren und gesenkter Rute sah Ruuqo ihr nach.

* * *

Früh am nächsten Morgen machte sich das Rudel bereit. Rissa weigerte sich, an dem Ritual zum Aufbruch teilzunehmen, und hielt sich abseits, als sich der Rest des Rudels um Ruuqo versammelte, jeder ihn berührte und jaulend eine gute Wanderung wünschte. Fasziniert sah ich zu, wie die erwachsenen Wölfe um Ruuqo herumsprangen, mit der Nase sein Gesicht und seinen Nacken berührten. Er wiederum legte den Kopf auf Schultern und Hälse und leckte die emporgereckten Schnauzen.

»Willst du nicht zu uns kommen, Rissa?«, fragte er. »Eine gute Abschiedsfeier bringt eine gute Reise.«

»Sorgfältige Planung bringt eine gute Reise«, antwortete sie bissig. »Ich werde diesen Aufbruch nicht feiern.«

Ruuqo sagte nichts mehr, sondern erhob die Stimme zu einem wundervollen Heulen. Einer nach dem anderen fielen die übrigen Wölfe ein und besangen den Himmel. Unsere Wanderung begann.

Wir verließen den Höhlenplatz und die alte Eiche und

erklommen die Anhöhe, die den Bau schützte. Unsere Lichtung lag am äußersten Rand einer kleinen Baumgruppe, die uns Schutz bot, und hinter den Bäumen erstreckte sich eine gewaltige Ebene. Sie führte sanft aufwärts, und ein Ende konnte ich nicht erkennen.

An den ersten Teil dieser Wanderung kann ich mich nur noch dunkel erinnern. Mit vier Wochen war ich nur zwei Wochen jünger als Rissas Welpen, doch das machte einen gewaltigen Unterschied. Meine Läufe waren um zwei Wochen kürzer, meine Lungen um zwei Wochen schwächer, meine Augen um zwei Wochen weniger geschärft. Die Wunde an meinem Bein war noch nicht verheilt, und es schmerzte, das Bein voll zu belasten. Ich konnte sehen, dass Ázzuens Vorderpfote ihm ebenfalls noch weh tat. Wir hatten alle fürchterliche Angst, zurückgelassen zu werden, und versuchten nicht einmal, die neuen Geräusche und Gerüche aufzunehmen. Doch Ázzuen, Marra und ich waren die Kleinsten, und für uns war es schwerer als für die anderen Welpen. Bald blieben wir hinter den anderen zurück. Wir liefen und liefen, es kam uns vor wie Stunden, und endlich sahen wir, dass die Wölfe vor uns im Schatten eines großen Felsens angehalten hatten. Wir beeilten uns aufzuschließen, und kaum angelangt, brachen wir erschöpft zusammen. Selbst Borlla und Unnan keuchten schwer und waren zu müde, um mich zu piesacken. Wir bekamen jedoch nur einen kurzen Moment der Erholung zugestanden, schon schoben und stießen uns die erwachsenen Wölfe wieder auf die Pfoten, und die Wanderung begann von neuem. Mir war weniger Zeit zum Ausruhen geblieben als den anderen, da ich den Felsen als Allerletzte erreicht hatte, und meine Beine zitterten im Stehen. Als wir den Kamm des langgestreckten Hangs erreicht hatten, konnten wir über die gewaltige Ebene hinweg eine ferne Baumgruppe erkennen.

Rissa stieß ein lautes Heulen aus. »Euer neues Zuhause liegt auf der anderen Seite, Welpen. Wenn ihr es bis zum Wald und zu dem Sammelplatz beim Gefallenen Baum geschafft habt, dann seid ihr in Sicherheit. Ihr werdet eure erste Prüfung als Wölfe bestanden haben.«

Der Rest des Rudels stimmte in ihr Heulen mit ein. »Bleibt auf dem Weg. Sammelt eure Kräfte.«

Wir marschierten ewig über diese riesige Ebene und erschauderten vor dem weiten, offenen Himmel. Wir waren so sehr an die Bäume über uns gewöhnt, dass der Anblick und die Geräusche des großen, flachen Landes uns überwältigten. Als ich das Gefühl hatte, ein halbes Leben mit Laufen verbracht zu haben, blickte ich zur Sonne empor und stellte fest, dass der Tag erst zur Hälfte vorüber war. Ich konnte mir nicht vorstellen, dass wir die andere Seite vor Anbruch der Dunkelheit erreichen würden. Ruuqo und Rissa liefen voran, der Rest des Rudels folgte, wobei die erwachsenen Wölfe uns Welpen umkreisten. Rissa, die einjährigen Jungwölfe und der Altwolf mit Namen Trevegg kamen immer wieder zurück, um nach den Nachzüglern zu schauen, und einer von ihnen ging immer neben uns. Marra, die zwei Wochen älter war als ich und außerdem besser gefüttert als Ázzuen, schaffte es mitzuhalten, doch schon bald vergrößerte sich der Abstand zwischen dem Hauptrudel und den Nachzüglern – Ázzuen und ich fielen zurück.

Bellend befahl Ruuqo den Erwachsenen an unserer Seite, zu ihm aufzuschließen. Trevegg, der Altwolf, der mit uns lief, drehte sich nach mir um und hob mich vorsichtig mit der Schnauze hoch. Von weit vorn ertönte ein weiteres scharfes Bellen von Ruuqo.

»Jedes Junge wird den Weg laufen. Sie werden auf den eigenen Pfoten ankommen, oder sie taugen nicht zum Wolf.«

Trevegg zögerte, doch dann setzte er mich sanft auf den Boden.

»Lauf weiter, kleiner Wolf. Wenn du nicht aufgibst, wirst du uns finden. Halte durch! Du bist ein Teil des Gleichgewichts.«

Als Trevegg mich absetzte, konnte ich nicht wieder aufstehen, sondern blieb verzweifelt hocken, während das übrige Rudel weiterzog. Winselnd setzte sich Ázzuen neben mich.

Da brach Yllin, die eigensinnige Jungwölfin, noch einmal aus dem Rudel aus und rannte zu uns zurück. Ihre starken Läufe bewältigten die Strecke zwischen mir und dem Rest des Rudels in wenigen Augenblicken, und ich fragte mich verzweifelt, ob meine müden Beine jemals stark genug sein würden, mich weit und schnell genug zu tragen. Yllin hatte eine scharfe Zunge und wenig Geduld für Schwäche, und ich war mir sicher, dass sie zurückgekommen war, um mich zu verhöhnen. Doch als sie stehen blieb, ohne weiter auf Ruuqos ärgerliche Warnung zu achten, blitzten ihre bernsteinfarbenen Augen verschmitzt auf.

»Komm, kleine Schwester«, sagte sie. »Ich habe vor,

eines Tages die Leitwölfin vom Schnellen Fluss zu werden, und dann brauche ich eine Zweite Wölfin an meiner Seite. Enttäusche mich nicht.« Sie beugte sich vor und sprach so leise, dass nur ich sie verstehen konnte.

»Dies hier gehört zum Wolfsein dazu. Es ist die erste von drei Prüfungen, die du bestehen musst. Wenn du sie alle drei bestanden hast – die Überquerung der Ebene, die erste Jagd und den ersten Winter –, muss Ruuqo dir *Romma* geben, das Zeichen, dass das Rudel dich akzeptiert. Jeder Wolf, den du triffst, wird wissen, dass du ein Wolf vom Schnellen Fluss und des Rudels würdig bist.« Sie hielt inne. »Manchmal hilft ein Leitwolf einem schwächeren Welpen durch die Prüfungen. Wir alle lieben Welpen und wollen, dass sie überleben. Wir würden eher die Jagd aufgeben und Gras fressen, als ein Junges zu verletzen. Wenn aber Leitwölfe beschließen, die Stärke eines Welpen auf die Probe zu stellen, dann können sie ihm Prüfungen auferlegen. Ist ein Welpe stark genug, solche Prüfungen zu bestehen, dann ist er auch stark genug, um zum Rudel zu gehören. Wenn nicht, bleibt mehr Futter für die anderen.«

Dann, ehe Ruuqo kommen konnte, um sie zu holen und für ihren Ungehorsam zu bestrafen, rannte Yllin mit gesenkter Rute zum Rudel zurück, und ich konnte sehen, wie sie Ruuqo um Vergebung bat.

Das Rudel bewegte sich immer weiter fort, bis ich die dunklen Gestalten in der offenen Ebene kaum noch erkennen konnte. Doch Treveggs Freundlichkeit und Yllins muntere Aufmüpfigkeit ermutigten mich. Ich kam auf die Pfoten und begann, einen schmerzenden Fuß vor den anderen zu setzen. Ázzuen folgte mir. Doch nach einer

Stunde konnte ich nur noch hechelnd atmen, und ich blickte nicht mehr so oft nach vorn, um nach dem Rudel zu suchen. Die Wunde an meinem Bein begann wieder zu bluten und brannte bei jedem Schritt. Ázzuen fiel zurück, und ich verlangsamte meinen Schritt noch mehr, damit er aufschließen konnte.

Wir gingen. Wir gingen, bis meine Pfoten wund waren und jeder Atemzug so viel Kraft kostete, dass ich mir wünschte, ich bräuchte die Luft nicht. Ich konnte mein Rudel nicht länger sehen, und seine Witterung wurde immer schwächer, bis ich mir nicht mehr sicher sein konnte, ob ich der richtigen Fährte folgte.

Der Himmel verdunkelte sich.

Erwachsene Wölfe wandern nachts und vermeiden die Hitze des Tages, doch ein Welpe ist Beute, und jedes Rudel, dem Welpen etwas bedeuten, vermeidet es, die Jungen nach Anbruch der Dunkelheit in offenes Gelände zu schicken, bevor sie nicht alt genug sind, für sich selbst sorgen zu können.

»Bärenfutter«, hatte Unnan mir zugeflüstert, als wir am Morgen aufgebrochen waren. Ich hatte Ruuqo und Rissa zugehört, die sich über die Wanderung stritten, und nicht gemerkt, dass Unnan hinter mir aufgetaucht war.

»Noch vor morgen früh wirst du Bärenfutter sein. Oder Langzahnmutter wird dich als Zwischenmahlzeit für ihre Jungen fangen.«

So würdevoll wie möglich war ich davonstolziert, doch jetzt, als Ázzuen und ich allein unterm freien Himmel vorwärtstaumelten, verfolgten mich seine Worte.

Dennoch gingen wir weiter. Ich war wütend und verletzt, weil das Rudel sich nicht darum scherte, ob ich lebte oder starb, aber ich konnte nirgendwo anders hingehen, und es war die einzige Familie, die ich hatte. Also ging ich weiter, bis meine Beine unter mir nachgaben und meine erschöpfte Nase die Fährte meines Rudels nicht länger von den anderen Gerüchen der Ebene unterscheiden konnte. Als eine düstere Dämmerung den Himmel überzog, sank ich zu Boden und wartete auf den Tod. Ázzuen sackte neben mir zusammen.

Der Schlaf kam und mit ihm die Träume. Träume von Bären und scharfen Zähnen. Doch als ich tiefer in den Schlaf sank, sah ich ein Gesicht, das freundliche Gesicht einer jungen Wölfin. Ich kannte sie nicht, bisher waren mir nur die Wölfe meines eigenen Rudels vertraut. Sie roch nach Nadelwald und verströmte eine unbekannte warmsäuerliche Witterung. Und genau wie ich trug sie das weiße Zeichen des Mondes auf ihrer Brust, das kein anderer Wolf des Rudels besaß. War sie eine Vision meiner Mutter aus früheren, glücklicheren Zeiten?

Die Traumwölfin lachte. »Nein, kleiner Milchzahn, obwohl ich tatsächlich eine deiner vielen Mütter aus einer Zeit bin, die so lang vergangen ist, dass du es dir nicht einmal vorstellen kannst.« Ich spürte, wie eine Wärme mich umfing und die Schmerzen in meinem Körper linderte. »Es ist dir nicht bestimmt, heute zu sterben, Wolfsschwester. Du hast deiner Mutter versprochen, zu überleben und ein Mitglied des Rudels zu werden. Du musst leben und mein Werk fortführen. Du hast noch viel vor dir.« Unvermittelt wurde ihr freundliches Gesicht zuerst traurig, dann zornig. »Du wirst dafür leiden müssen«, sagte sie.

Traurigkeit und Zorn verschwanden so schnell, wie sie gekommen waren. »Aber du wirst auch viel Freude erfahren. Steh jetzt auf, meine Schwester. Geh, meine Tochter. Dein Weg wird immer schwer sein, und du musst jetzt lernen, durchzuhalten, auch wenn du glaubst, es geht nicht mehr. Geh, Kaala Milchzahn. Nimm deinen Freund und finde euer Zuhause.«

Verwirrt stellte ich mich auf die Pfoten, ohne auf den Schmerz in meinem verletzten Lauf zu achten. Ich stupste Ázzuen an, bis er erwachte, ignorierte sein Stöhnen und drängte ihn, bis er aufstand. Als er wieder umfiel, biss ich ihn.

»Steh auf«, zischte ich, da meine Kehle zu trocken und zu müde war, um lauter sprechen zu können. »Ich gehe jetzt, und du kommst mit. Ich werde dich hier nicht sterben lassen.«

»Sie haben mir einen Namen gegeben, aber es ist ihnen trotzdem egal, ob ich lebe oder sterbe«, flüsterte er kläglich. »Sie haben mich einfach hiergelassen.«

Ázzuens Selbstmitleid machte mich ungeduldig, und ich biss ihn erneut, diesmal noch fester.

»Hör auf, dich selbst zu bemitleiden«, sagte ich, ohne auf seinen Schmerzensschrei zu achten. »Du hast mir das Leben gerettet, als die anderen Welpen mich umbringen wollten, deshalb musst du jetzt mit mir kommen. Zeig ihnen, dass du zum Rudel gehörst. Willst du etwa, dass Unnan und Borlla recht behalten? Dass sie sagen können, du seist zu schwach, um zum Rudel zu gehören?«

Zitternd stand Ázzuen auf und dachte einen Moment lang nach. »Borlla und Unnan sind mir egal. Dir war es wichtig, dass ich Milch bekomme. Ich werde dorthin gehen, wo du hingehst, Kaala.« Er blickte mich so vertrauensvoll an, als sei ich eine erwachsene Wölfin, und sein Glaube in mich gab mir Kraft. Ázzuen vertraute darauf, dass ich ihn nach Hause bringen würde, also würde ich es tun.

Der Schmerz in meinen Pfoten und in meiner Brust schien vergessen, und die Fährte der Traumwölfin führte mich wie zuvor die Fährte des Rudels. Ich wusste nicht einmal, ob sie mich zu meinem Rudel führen würde, doch ich konnte die Witterung meiner Familie nicht länger erkennen, also folgte ich ihr. Ich blickte auf und sah das wundervolle Licht des Mondes, vollkommen rund und so hell, dass mein Weg nicht mehr im Dunkeln lag. Der Mond spendete keine Wärme wie die Sonne, doch sein Licht ermutigte mich, und ich ging entschlossen weiter. Aus den Augenwinkeln sah ich die Gestalt der jungen Traumwölfin, die mich führte. Sobald ich versuchte, sie direkt anzusehen, verschwand sie, und ich hatte das Gefühl, sie würde mich auslachen. Sobald meine Beine ermüdeten, dachte ich an Ázzuen, der vertrauensvoll neben mir hertrottete, und schon ging es weiter.

Und dann, als ich glaubte, wirklich kein Stück mehr gehen zu können, wurde die Nacht dunkler und der Boden unter meinen Pfoten kühler. Bäume ragten über meinem Kopf auf und dämpften das Licht des Mondes. Ich hatte die riesige Ebene durchquert. Mit dem Mondlicht verschwand auch die Traumwölfin, und mein gesamter Körper schmerzte. Allein im Wald zu sein erschien mir nicht sehr viel besser, als allein auf der Ebene zu sein, und meine müde Nase konnte den Geruch meines Rudels nirgendwo finden. Doch schließlich nahm ich eine bekannte Witterung wahr.

»Ich habe auf euch gewartet.« Hochaufgerichtet stand Yllin am Waldrand. »Ich wusste, du würdest den Weg hierher finden, kleine Schwester. Und willkommen auch du, Winzjunges.« Sie grinste Ázzuen an. Ich war zu müde, um irgendetwas zu tun, außer ihre gesenkte Schnauze dankbar mit der Nase zu berühren. Wir fanden die Fährte des Rudels und gingen eine letzte Stunde bis zum Sammelplatz. Dort brachen wir vor Erschöpfung zusammen.

Ruuqo begrüßte uns nicht einmal. Er blickte nur hinüber zu Rissa, die seinen Blick herausfordernd erwiderte.

»Sie kann bleiben«, erklärte er, »bis ihr das Winterfell wächst. Aber ich verspreche nicht, dass ich sie ins Rudel aufnehmen werde.«

Ich verstand nicht, was er meinte, aber Yllin hatte etwas Ähnliches erwähnt. Ich hatte keine Kraft mehr, um mir darüber Gedanken zu machen. Und einen Augenblick später machte mir das auch nichts mehr aus, denn Rissa und das übrige Rudel kamen zu mir, leckten mich zur Begrüßung und nannten mich bei meinem Namen.

3

Der Platz, der unser Zuhause werden sollte, während wir heranwuchsen und die Gepflogenheiten des Rudels erlernten, war eine große schattige Lichtung, eine Stunde vom Waldrand entfernt. Sie war von den gleichen Fichten und Wacholderbüschen umgeben wie unser Höhlenplatz und roch nach Geborgenheit. Eine kleine Erhebung an der Nordseite der Lichtung bot eine gute Sicht in den Wald. Später lernte ich, dass Ruuqo immer Plätze mit guten Aussichtsstellen wählte – kleine Hügel, Felsen oder Stämme von umgestürzten Bäumen –, um das Rudel besser schützen zu können. Zwei mächtige Eichen standen am Eingang zur Lichtung Wache, und eine umgestürzte Fichte reichte fast vom einen bis zum anderen Ende. Es gab weiches Moos, um darauf zu liegen, und zarten Staub, in dem man spielen konnte, und die hohen Bäume würden uns an den kommenden heißen Sommertagen Schatten spenden. Es war den langen, furchterregenden Weg und das wunde Bein wert gewesen.

Ázzuen, Marra und ich standen zusammen bei den Wurzeln der umgestürzten Fichte und betrachteten diesen wundervollen Platz voller Staunen. Borlla und Unnan steckten in der Nähe eines großen Felsblocks die Köpfe zusammen, flüsterten und blickten in unsere Richtung. Reel steckte die Nase zwischen die beiden, um zu verstehen, was sie tuschelten. Mir war klar, dass sie irgendetwas zu unserem Nachteil ausheckten. Doch bevor sie Ärger machen konnten, trottete der alte Trevegg über die Lichtung und brachte sie dorthin, wo wir standen. Borlla trat so kräftig auf Ázzuens verletzte Pfote, dass er aufheulte, doch ich widerstand der Versuchung, sie kopfüber in den Staub zu schmeißen.

»Hört zu, Welpen«, sagte Trevegg, bevor Ázzuen oder ich Vergeltung üben konnten, »dies ist der Sammelplatz beim Gefallenen Baum, einer von fünf Sammelplätzen oder Lagern in unserem Gebiet. Ihr müsst ihn euch genau einprägen und dürft ihn nicht vergessen.«

Trevegg war der älteste Wolf im Rudel und Ruuqos Onkel. Er hatte dieselben dunkelumrandeten Augen wie Ruuqo, doch während Ruuqos Augen immer Besorgnis auszustrahlen schienen, war Treveggs Blick offen und freundlich. Das Fell an der Schnauze und rund um die Augen war zu einem helleren Grau verblasst als der Rest seines Pelzes und verlieh ihm ein sanftes, liebenswürdiges Aussehen. Er öffnete das Maul, um die Gerüche unseres neuen Zuhauses wittern zu können.

»An den Sammelplätzen treffen wir uns, um Beutezüge zu planen und um zu beraten, wie wir unser Revier verteidigen können. Sie sind die Orte, an die Wölfe, die das Rudel verlassen haben, zurückkehren können und an dem die Welpen heranwachsen, während das Rudel jagt. Wölfe müssen umherziehen, um zu fressen, doch gute, sichere und gesunde Sammelplätze stärken ein Rudel.« Er blickte über die Lichtung. »Vergesst niemals einen Sammelplatz, denn ihr wisst nie, wann ihr ihn einmal brauchen werdet.«

Ich hob die Schnauze in den Wind, schmeckte den von Eicheln geprägten Duft des Sammelplatzes am Gefallenen

Baum. Ich merkte mir das Rauschen einer Brise in den Büschen und steckte die Nase in den Staub, der nach meinem Rudel roch.

»Schaut her, Welpen!«, rief Yllin uns über die Lichtung hinweg zu. Sie warf sich über die Schulter auf den Boden und wälzte sich im Staub auf dem Rücken hin und her, dabei grunzte sie zufrieden. Sie und ihr Bruder Minn waren gerade ein Jahr alt, sie waren Rissas und Ruuqos Welpen vom letzten Jahr. Obwohl sie schon fast ebenso groß wie die erwachsenen Wölfe waren und beinahe als vollwertige Rudelmitglieder galten, waren sie noch nicht ganz erwachsen. Wir beobachteten sie neugierig.

»Wenn ihr etwas von euch selbst auf der Erde hinterlasst«, erklärte Trevegg, während Yllin sich weiter ausgelassen im Staub herumwälzte, »oder an einem Busch, einem Baum oder dem Körper eines Tieres, dessen Geist zum Mond zurückgegangen ist, dann antwortet ihr dem Gleichgewicht.« Wenn Trevegg uns unterrichtete, wirkte er jünger, die Spuren von Jahren des Jagens und Kämpfens in seinem Gesicht wurden weniger. »Das Gleichgewicht ist es, das unsere Welt zusammenhält. Die Ahnen – Sonne, Mond, Erde und Großmutter Himmel –, die über das Leben aller Geschöpfe herrschen, haben das Gleichgewicht erschaffen, damit kein einzelnes Geschöpf zu stark wird und den anderen Schwierigkeiten bereitet. Ihr werdet mehr über die Ahnen erfahren«, sagte er, als Ázzuen die Schnauze öffnete, um ihn mit einer Frage zu unterbrechen, »sobald ihr euren ersten Winter überlebt habt. Jetzt braucht ihr nur zu wissen, dass die Ahnen mächtiger sind als alle anderen Geschöpfe. Und dass wir ihre Gesetze befolgen müssen, genauso wie die Gesetze des Gleichgewichts. Jedes Geschöpf«, fuhr er fort, »jede Pflanze, jeder Atemzug ist ein Teil des Gleichgewichts. In allem, was wir tun, müssen wir die Welt achten, die uns geschenkt wurde. Wenn wir also etwas nehmen – Wasser aus dem Fluss oder Fleisch von einer erfolgreichen Jagd –, lassen wir immer auch einen Teil von uns zurück, um unsere Dankbarkeit zu zeigen für das, was die Ahnen uns gegeben haben.«

Einer nach dem anderen warfen wir uns auf den Rücken und wälzten uns an einer Stelle, an der Wochen zuvor ein Hase gestorben war. Ein übelriechender Fuchs hatte ihn längst fortgeschleppt, doch der Geruch dessen, was einmal Leben gewesen war, war geblieben. Wir hüllten uns mit diesem Geruch ein, fügten der Stelle unsere eigenen Ausdünstungen hinzu und beanspruchten damit den Sammelplatz am Gefallenen Baum als unser Zuhause. Da begriff ich, was mir zuvor nicht klar gewesen war: Ruuqo konnte entscheiden, ob ich zum Rudel vom Schnellen Fluss gehören würde oder nicht, aber niemand konnte mir jemals nehmen, ein Wolf zu sein – und Teil des Gleichgewichts. Ich merkte, dass Unnan mich beobachtete, sein wieselartiges Gesicht hatte etwas Hinterhältiges. *Ich bin hier*, dachte ich, *und du kannst daran nicht das Geringste ändern.* Ich hob den Kopf und nahm noch mehr von meinem neuen Zuhause in mir auf.

Nach der Anstrengung, meine Witterung zu hinterlassen und den Sammelplatz zu erkunden, überkam mich mit einem Mal eine Welle der Erschöpfung, und ich konnte mich kaum noch auf den Beinen halten. Im Schatten eines großen Felsblocks erspähte ich ein weiches Moospolster. Mit dem Gefühl, jeden Moment im Stehen einzuschlafen, wankte ich hinüber zu diesem guten Ruheplatz. Doch ehe ich auch nur die Hälfte des Weges zurückgelegt hatte, stellten sich Borlla und Unnan mir feindselig in den Weg. Borlla kniff ihre Augen zusammen.

»Willst du etwa zu unserem Felsen?«

Mein Fell sträubte sich, und ich stellte mir vor, ihr ein Stück aus ihrem Hals zu reißen. Hechelnd öffnete sie die Schnauze und wartete auf meinen Angriff. Ázzuens Stimme drang durch meine Wut.

»Kaala, wir sind hier drüben.« Er und Marra hatten ein schattiges Plätzchen im Schutz der umgestürzten Fichte gefunden. Ich überwand meinen Zorn – Schlaf brauchte ich dringender als die Genugtuung, Borlla eine Lektion zu erteilen. Ich trottete hinüber zu meinen Freunden, hielt für Borlla und Unnan die Nase hoch in die Luft und erhob die Rute, um ihnen mein Hinterteil zu zeigen. Der Boden unter der Fichte war wundervoll weich und feucht, und genau die richtige Menge Sonnenschein verhinderte, dass das Fleckchen zu kalt wurde. Dankbar sank ich auf die einladende Erde und schnüffelte am weichen Fell von Ázzuens Hals. Marra legte ihren Kopf auf Ázzuens Rücken und schlief beinahe sofort ein. Doch Ázzuen blickte mich lange an.

»Danke«, sagte er schließlich. »Wenn du mir nicht geholfen hättest, hätte ich die Wanderung vermutlich nicht geschafft.«

»Wir haben einander geholfen«, sagte ich verlegen.

»Nein«, widersprach er und schüttelte den dunkelgrauen Kopf, so dass Marra sich im Schlaf umdrehte. »Du bist die Stärkere von uns beiden.«

Wie gerne hätte ich ihm gesagt, dass ich gar nicht so stark war, und ihm von der Traumwölfin erzählt, die zu mir gekommen und mir Kraft gespendet hatte. Unsere Wanderung über die Ebene und unsere Kämpfe mit den anderen Welpen hatten ein Band zwischen Ázzuen und mir geschmiedet, und ich war es leid, allein im Rudel zu sein. Doch ich erzählte ihm nichts davon. Auf gar keinen Fall wollte ich noch mehr als etwas Besonderes angesehen werden, als es ohnehin schon der Fall war. Ich stupste kurz Ázzuens Schnauze an und sank in den Schlaf.

Ein scharfer Schmerz im Ohr weckte mich. Als ich versuchte aufzustehen, wurde es noch schlimmer. Jemand riss mir das Ohr ab. Ich schüttelte den Kopf und fragte mich, was im Namen des Mondes es jetzt wieder auf mich abgesehen hatte. Ich versuchte, nach hinten auszuweichen, konnte mich aber nicht befreien. Ázzuen schnarchte neben mir, ohne diese neue Bedrohung bemerkt zu haben. Marra konnte ich nicht sehen, aber ich roch, dass sie in der Nähe sein musste. Ich drehte mich auf den Rücken, um meinen Gegner erkennen zu können, mit dem einzigen Erfolg, dass der Schmerz noch schlimmer wurde.

Ich drehte mich weiter, bis es sich anfühlte, als würde sich mein Kopf vom Hals lösen, und blickte in ein Paar brauner Knopfaugen in einem schlanken, kleinen Kopf. Ich sah lange schwarze Federn und roch Blätter und Wind. Ein großer, schwarzer, glänzender Vogel hatte mich im Griff und zwickte mich mit seinem scharfen Schnabel ins Ohr. Aus seiner Kehle kam ein leises, gurgelndes Geräusch, und er wirkte überaus zufrieden mit sich. Er merkte, dass ich ihn ansah und zog noch härter an meinem Ohr. Ich winselte. Der Vogel ließ mein Ohr los und blickte mich mit funkelnden Augen an. Dann stieß er ein ohrenbetäubendes Kreischen aus.

»Leckeres Wölfchen.
Wacht auf zur rechten Zeit. Uups.
Kein Futter für mich.«

Die merkwürdige Art des Vogels zu sprechen verwirrte mich, und ich starrte ihn stumm an. Er starrte zurück und wartete ab, was ich tun würde. Hilfesuchend blickte ich mich nach dem Rest des Rudels auf der Lichtung um. Minn und Yllin jagten mehrere der schwarzen Vögel und wurden selbst von ihnen gejagt, während die älteren Wölfe zuschauten. Warum kamen sie ihnen nicht zu Hilfe? War dies eine weitere Prüfung für uns? Ich hätte am liebsten geweint und mich zu einer kleinen Kugel zusammengerollt, aber der scharfe Schnabel machte mich argwöhnisch. Der Vogel griff mich zunächst nicht wieder an, sondern betrachtete mich, den Kopf zur Seite geneigt. Müde rappelte ich mich auf und knurrte ihn an. Selbst in meinen eigenen Ohren klang mein Knurren wenig überzeugend. Marra wachte auf, stellte sich stocksteif neben mich und beobachtete den Vogel ebenfalls. Ich stieß Ázzuen mit der Hüfte an, um seine Aufmerksamkeit zu erregen. Langsam öffnete er die Augen und erblickte den schwarzen Vogel. Seine Augen weiteten sich, und sein Unterkiefer klappte nach unten. Jaulend sprang er hinter mich. Der Vogel lachte kreischend und schlug mit den Flügeln, was Zweige und Staub über uns regnen ließ und uns zum Husten brachte.

»Duck dich, Babywolf.
Dann fängt der Rabe dich nicht.
Vielleicht nächstes Mal.«

Erneut blickte ich mich hilfesuchend nach meinem Rudel um. Auf der Lichtung war Chaos ausgebrochen. Die älteren Wölfe hatten endlich in den Streit eingegriffen, aber zu meiner Überraschung schienen sie den Kampf nicht ernst zu nehmen. Vögel stießen auf die Wölfe nieder, versuchten, ihre Schwänze, ihre Ohren, ihre Hinterteile zu erwischen, was immer sie in die Schnäbel kriegen konnten. Die Wölfe schnappten in die Luft und versuchten, die Vögel mit ihren Schnauzen zu fangen. Aber sie ließen kein wütendes Knurren hören und versuchten auch nicht, die Vögel zu verletzen. Sie japsten aufgeregt und wedelten mit den Ruten.

»Es macht ihnen Spaß«, sagte Marra langsam. »Die spielen mit den blöden Vögeln.«

Zuerst glaubte ich, sie würde spinnen, doch als ich Ruuqo bei der Verfolgung eines Vogels Hals über Pfoten stolpern sah, merkte ich, dass sie recht hatte. Ich versuchte, die Vögel auf der Lichtung zu zählen, doch sie bewegten sich so schnell, dass man nur schwer erkennen konnte, wie viele es waren. Ich schätzte die Anzahl auf ungefähr zwölf. Ein besonders großer Vogel, größer noch als Yllins Kopf, landete auf ihrem Hals und flog wieder fort, ehe sie nach ihm schnappen konnte. Flügelschlagend flog er genau über ihrem Kopf und lachte sie aus.

Mein Angreifer hatte das Manöver beobachtet, doch plötzlich riss er den Kopf herum und packte mein anderes Ohr.

»Lass mich los, Vogel!«, schrie ich.

»Lass los, oh, lass los.
Kleiner Wolf hat solche Angst.
Babywolf Wölfchen.«

Er ließ mein Ohr los, und als ich erleichtert den Kopf schüttelte, erwischte er meine Nase. Ich jaulte auf, riss mich los und stolperte gegen Ázzuen.

»Blöder Vogel«, sagte ich atemlos, »ich sollte dich in der Mitte durchbeißen.«

Er sah mich an und lachte, dann warf er sich mit flatternden Flügeln in die Höhe, als Minn und Yllin sich von hinten auf ihn stürzen wollten.

»Komm her, Schnabelweis«, rief Yllin. »Lass die Welpen in Ruhe. Oder hast du Angst vor einer ausgewachsenen Wölfin?« Sie wandte sich an Minn. »Ich habe das Gefühl, sie hat Angst vor ausgewachsenen Wölfen«, sagte sie mit funkelnden Augen. Ich war beeindruckt, wie mutig sie sprach. Aber sie war ja auch sehr viel größer als der blöde Vogel.

»Wo ist hier eine ausgewachsene Wölfin?«, fragte Schnabelweis und vergaß ihre merkwürdige Art zu sprechen. »Ich weiß noch, wie du ein miauendes, dreckfressendes Junges warst.« Sie flog über Yllins Kopf hinweg, und Yllin sprang hoch in die Luft, verdrehte ihren Körper in einem verblüffend akrobatischen Sprung. Ich war mir sicher, sie würde den Vogel aus der Luft holen. Doch Schnabelweis war zu schnell. Sie lachte schallend, während sie auf und davon flog. Marra, die Wagemutigste von uns, schlug versuchsweise nach dem Vogel, war jedoch zu klein, um ihn zu erreichen.

»Yllin, warum greifen sie uns an?« Ázzuens Stimme zitterte vor Angst und Müdigkeit. »Ich dachte, wir wären hier sicher.« Er starrte die Vögel finster an. »Warum töten wir sie nicht einfach?«

Ohne Schnabelweis aus den Augen zu lassen, schnaubte Yllin. »Sie greifen uns nicht an, Dummerchen. Hast du den Unterschied zwischen Kampf und Spiel nicht gelernt? Wenn du nicht einmal spielen kannst, wie willst du dann jagen?«

»Sei nicht zu hart, Yllin. Du warst auch einmal ein Welpe«, sagte Rissa und trottete zu uns herüber.

Sie schüttelte einen Raben von ihrem Rücken, dessen schwarze Federn einen beeindruckenden Kontrast zu ihrem weißen Fell bildeten. Mit funkelnden Augen drehte sie sich knurrend zu dem Raben um, der immer noch vergeblich versuchte, ihre sich schnell bewegende Rute zu erwischen. Rissa war immer noch mager von der Geburt und dem Säugen der Welpen, doch sie war voller Kraft, und ich spürte, wie meine eigene Rute als Antwort auf ihre gute Laune zu wedeln begann.

Yllin schnaubte verächtlich und jagte zwei Raben nach. »Ich war nie so ein Ringelschwanz«, behauptete sie.

»Das war sie sehr wohl, das könnt ihr mir glauben«, erklärte Rissa und blickte ihrer Tochter liebevoll hinterher.

Als Borlla, Unnan und Reel merkten, dass Rissa uns ihre

Aufmerksamkeit schenkte, stürmten sie von ihrem Felsen herbei. Zwei Raben folgten ihnen dicht auf den Fersen und drehten erst ab, als die Welpen auf Rissa zu stolperten und sich hinter ihr versteckten. Mit spöttischem Geschrei flogen die Vögel zu ihren Freunden.

»Hört zu, Welpen«, sagte Rissa und verteilte sanfte Bisse, damit wir aufpassten. »Es gibt Geschöpfe, die sind weder Wolf noch Beute oder Gegner.« Wir mussten ziemlich verwirrte Gesichter gemacht haben, denn sie dachte kurz nach und begann noch einmal. »In der Welt gibt es Wölfe und Nicht-Wölfe. Unter Wölfen ist das Rudel das Wichtigste. Das Gute im Rudel übertrifft immer das Gute in einem einzelnen Wolf. Das Rudel ist wichtiger als das Leben, wichtiger als die Jagd.« Sie ließ ihre Worte wirken und fuhr dann fort: »Nach dem Rudel gibt es Wölfe, die nicht zum Rudel gehören. Einige von ihnen sind unsere Feinde, einige unsere Freunde. Zu den Nicht-Wölfen gehört die Beute, die wir töten. Ihr dürft jede Beute töten, solange ihr die Gesetze der Jagd befolgt.«

»Woher wissen wir, ob etwas Beute ist oder nicht?«, fragte Ázzuen. Mir war aufgefallen, dass er immer derjenige war, der die Fragen stellte und die Dinge schneller begriff als der Rest von uns.

»Das wirst du schon merken«, sagte Yllin, die hechelnd zurückgekommen war, um sich zu uns zu gesellen. »Wenn es wegläuft, jagst du ihm nach.«

»Ganz so einfach ist es nicht«, erklärte Rissa und öffnete die Schnauze zu einem Lächeln. »Ihr werdet mehr darüber erfahren, wenn ihr alt genug seid, um mit auf die Jagd zu gehen. Pass auf!«, sagte sie und knuffte Unnan leicht, als dieser sich duckte, um Marras Schwanz anzuspringen. »Neben der Beute gibt es noch Rivalen, von denen manche gefährlicher sind als andere. Mit Füchsen, Rotwölfen und Raubvögeln muss man rechnen und sie davon abhalten, die Beute zu stehlen. Für einen ausgewachsenen Wolf stellen sie aber keine große Gefahr dar. Rotwölfe jagen wie wir in Rudeln, doch sie sind kleiner als wir und fordern uns darum selten heraus. Bären, Langzähne, Höhlenlöwen und sogar Hyänen können einen ausgewachsenen Wolf töten und sind eine echte Gefahr. Und dann gibt es noch die anderen Geschöpfe, die alle Teil des Gleichgewichts sind, aber keine große Rolle im Leben eines Wolfes spielen.«

Ich dachte an all die Geschöpfe, die ich bereits gesehen hatte, und überlegte, wie viele es wohl gab, die ich noch nicht getroffen hatte. Ich dachte an die Insekten und kleinen Tiere des Waldes, an die Eulen, die ich so gefürchtet hatte. Es schien viel zu viel für meinen Verstand zu sein, zu viel, als dass ich es hätte begreifen können. Ich tat mein Bestes, um alles, was Rissa uns erzählte, zu verstehen und mir zu merken.

»Und schließlich«, sagte sie und beobachtete zwei Raben, die sich an Ruuqo heranschlichen, »gibt es Geschöpfe, die Fast-Wölfe sind. Es sind die Geschöpfe, die uns im Gleichgewicht am nächsten stehen und denen viele Privilegien der Wölfe zugebilligt werden. Raben gehören dazu. Sie helfen uns, Nahrung zu finden, und erleichtern uns die Jagd.« Sie schüttelte sich erneut, um Schnabelweis zu vertreiben, die auf ihrem Rücken gelandet war und im Takt ihrer Worte hin- und herschaukelte.

Das war eine Menge Stoff zum Nachdenken. Mir fiel auf, dass Unnan und Borlla ungeduldig herumzappelten, während Ázzuen still dasaß und sich bemühte, alles zu begreifen.

»So schwer ist es gar nicht, Welpen«, sagte Yllin und stieß Ázzuen mit der Nase in die Rippen. »Wir spielen mit ihnen, und sie verhelfen uns zu guten Jagderfolgen.«

»Verlasst euch drauf, Welpen!«, sagte Rissa lachend. »Rabenspiel ist eine gute Übung für die Jagd. Und es ist niemals zu früh, sich auf die Jagd vorzubereiten.« Sie trabte in die Mitte der Lichtung, wo Minn, Ruuqo und Trevegg mit einigen Raben einen regelrechten Krieg ausfochten. Unnan, Borlla, Marra und Reel rannten ihr nach, doch Ázzuen blickte ihnen zweifelnd hinterher.

»Das ist Spiel?«, meinte er leise genug, so dass niemand außer mir ihn hören konnte. Er seufzte. »Also auf, Kaala. Dann sollten wir wohl besser spielen gehen.«

Er klang so sehr wie ein kleiner Altwolf, dass ich lachen musste, als er zum Rest des Rudels hinübertrottete.

Probeweise schlich ich mich von hinten an einen kleineren Raben an, der sich etwas abseits von den anderen hielt. In meiner Brust fühlte ich das Jagdfieber aufsteigen, und ich engte mein Blickfeld auf seinen gefiederten Rücken und Schwanz ein. Ich war sicher, dass er mich nicht sehen konnte, als ich mich von hinten anschlich. Ganz bestimmt würde ich ihn fangen. Ich beugte die Hinterläufe, ignorierte den Schmerz in meinem verletzten Bein und sprang. Der kleine Rabe wirbelte herum und flog über mich hinweg, wobei er mir mit den Flügeln ins Gesicht schlug.

»Wolf kann nicht springen.
Tlitoo ist zu schnell für dich.
Rabe gewinnt stets.«

Verärgert setzte ich mich auf den Boden und starrte den Vogel finster an, während er mich beobachtete. Er blinzelte ein paarmal und öffnete den Schnabel, als ob er etwas sagen wollte. Ich war ebenso überrascht wie er, als Minn ihn fast von hinten geschnappt hätte. Mit zerrupftem Federkleid zog Tlitoo sich in den Schutz der größeren Raben zurück. Doch er beobachtete mich weiterhin mit diesem eindringlichen und äußerst unangenehmen Blick.

Auf ein Signal hin, das mir vollkommen entgangen sein musste, gaben Wölfe und Raben ihr Spiel auf. Der größte Rabe mit dem glänzendsten Gefieder ließ sich neben Ruuqo auf dem Felsen nieder, den Borlla und Unnan zuvor zu ihrem erklärt hatten.

»Also, Edelschwing«, sagte Ruuqo und sprach zu dem Raben wie zu seinesgleichen, »was hast du an Beute im Tal gesichtet? In der Weiten Ebene gibt es keine Elche.«

»Die Beutetiere verlassen das Tal immer noch, aber es bleiben noch genügend für eine gute Jagd. Die Elen bleiben«, antwortete Edelschwing. Anscheinend konnten die Raben ganz normal sprechen, wenn sie wollten. Edelschwing war ein vornehmer Vogel, hochgewachsen und stolz. Die anderen Raben schwiegen, während er sprach. Jetzt, wo alle aufgehört hatten, herumzuflattern, erkannte ich, dass es nur sieben Raben waren, nicht zwölf, wie ich zuerst angenommen hatte, und die meisten von ihnen waren fast so klein wie Tlitoo.

Edelschwing fuhr fort: »Die Wölfe vom Felsgipfel und die Menschen nehmen sich, was sie kriegen können, doch für kluge Wölfe ist immer noch genug übrig. Es gibt immer noch viele Pferde. Die Elen sind widerspenstig.«

»Genau das, was wir brauchen«, warf Minn ein, »widerspenstige Elen.«

»Ah«, sagte Edelschwing. »Der Welpe vom letzten Jahr.« Obwohl er viel vernünftiger wirkte als Schnabelweis, konnte er es nicht lassen, Minn zu necken. »Widerspenstige Beute bedeutet, dass du dich mehr anstrengen musst, und verhindert, dass du fett und langsam wirst.« Er beobachtete Minn verschmitzt. »Auerochsen sind sehr lecker. Ein Langzahn hat letzte Woche gerade einen für uns erlegt, und er schmeckte einfach phantastisch. Möchtest du auch einen fangen, Minnchen?«

Trevegg hatte uns von Auerochsen erzählt. Er sagte, eines dieser Tiere könne ein Rudel wochenlang ernähren, aber sie seien groß und gefährlich. Ein männlicher Auerochse wog so viel wie zwanzig Wölfe.

Minn war in seinem Stolz gekränkt.

»Ich kann Auerochsen jagen!«, beschwerte er sich bei Ruuqo. »Warum jagen wir keine Auerochsen? Das würde dem Rudel vom Felsgipfel zeigen, wer der Herr im Tal ist.«

»Solange wir andere Beute finden, jagen wir keine Auerochsen,«, erklärte Ruuqo geduldig. »Sollen die Höchsten Wölfe sie bekommen, samt den gebrochenen Rippen, die dazugehören. Es ist schlimm genug, wenn wir Elen jagen müssen.« Er sah den Raben an. »Lass ihn in Ruhe, Edelschwing.«

»Gönnst du mir denn gar keinen Spaß?« Edelschwing zog ein bockiges Gesicht wie ein zurechtgewiesener Welpe. »Seit wann sind Wölfe so ernst? ›Du darfst die Gefühle vom kleinen Wolf nicht verletzen, sonst kann er nicht gut jagen.‹ O, armer kleiner Wolf.« Er krächzte, als Minn versuchte, ihn zu fangen.

»Der langsame Wolf.
Fängt niemals Auerochsen.
Hungriges Wölfchen.«

»Edelschwing«, sagte Ruuqo warnend.

»Minnchen fürchtet Jagd.
Will Raben beißen. Traurig.
Rabe viel zu schlau.«

Ruuqo knurrte, und das nicht nur im Spiel. Er stürzte sich auf Edelschwing, der sich auf den umgestürzten Baum in Sicherheit brachte. Schnabelweis flog an seine Seite.

»Du hast keinen Sinn für Humor, Ruuqo«, sagte Edelschwing und putzte sein zerzaustes Federkleid.

»Kein Wunder, dass du jetzt schon aussiehst wie ein Altwolf«, fügte Schnabelweis hinzu. »Nichts gegen dich, mein Hübscher.« Sie zwinkerte dem alten Trevegg zu, der sie freundlich angrinste.

»Vielleicht findet die schöne Rissa ja einen anderen Gefährten«, sagte Edelschwing und breitete die Flügel aus, als wollte er sich auf Ruuqo stürzen.

»Ich sagte *genug*, Edelschwing«, schnauzte Ruuqo.

»Also, wenn du in dieser Saison nicht von Käfern und Beeren leben willst, sag mir, wo die Beute läuft.«

Edelschwing schüttelte sich und ließ sich mit einem beleidigten Seufzer wieder nieder. Aus den Augenwinkeln sah ich, wie der kleine Rabe Tlitoo sich anschlich, um sich direkt neben Edelschwing zu stellen. Der Leitvogel musste ihn bemerkt haben, jagte ihn aber nicht fort.

»Die Menschen und die Wölfe vom Felsgipfel treiben die Beute von der Weiten Ebene.« Ich war überrascht, ihn plötzlich so ernst sprechen zu hören. Ázzuen drängte sich neben mich, um besser verstehen zu können, was der Rabe sagte. »Weder das Rudel vom Felsgipfel noch die Menschen teilen mit uns. Und irgendetwas stimmt nicht.« Finster starrte er Ruuqo an, als dieser ihn unterbrechen wollte. »Stimmt *ganz und gar* nicht, Wolf, und nein, ich weiß nicht, was es ist. Aber mit der Beute stimmt etwas nicht. Irgendetwas liegt da in der Luft. Wir machen uns Sorgen.« Er schüttelte sich, und der Schalk kehrte in seine Augen zurück. »Aber die Ebene des Hohen Grases ist voll, jede Menge Antilopen und Pferde, und die Elen durchstreifen das Revier. Sie werden auf die Ebene zurückkehren. Mit unserer Hilfe werdet ihr reiche Beute machen.«

»Was sind die Menschen? Wer sind die Wölfe vom Felsgipfel?«, fragte Marra neben mir ungeduldig.

»Sei still«, flüsterte Ázzuen. »Ich will das hören.«

»Die Ebene des Hohen Grases ist zu nah am Felsgipfel«, meinte Ruuqo und beachtete uns nicht. »Sie ist immer umkämpft. Und sie liegt zu nahe am derzeitigen Lager der Menschen.«

»Wenn sich die Beute dort aufhält, werden wir dort hingehen«, sagte Rissa entschieden. »Ich bin es leid, dass die Wölfe vom Felsgipfel Stück für Stück unser Revier übernehmen. Es wird Zeit, dass wir uns nehmen, was uns gehört.«

»Das werde ich mir merken«, sagte Edelschwing mit einem Leuchten in den Augen. »Jetzt lasst uns die nächsten Beutezüge planen. Ich bin es leid, Maulwürfe und Wühlmäuse zu fressen. Sie haben zu viele Knochen.« Sehnsüchtig musterte er uns Welpen, als wollte er sich erneut auf uns stürzen, seufzte dann jedoch tief und flog zu Rissa auf den Aussichtsfelsen.

Ruuqo, Trevegg und zwei Raben gesellten sich zu ihnen. Sie steckten die Köpfe zusammen und flüsterten auf dem Felsen miteinander. Ich versuchte zu verstehen, was sie sagten, doch sie sprachen zu leise. Die restlichen Wölfe streckten sich und ruhten sich aus, um sich für die bevorstehende nächtliche Jagd zu stärken, während die Raben träge über die Lichtung hüpften. Ich ließ mich nieder und beobachtete das Geschehen um mich herum.

Etwas zog heftig an meinem Schwanz. Ich schluckte ein Jaulen hinunter, wollte mich nicht Babywolf nennen lassen. Ich drehte mich um und stellte fest, dass der kleine Rabe, Tlitoo, mich beobachtete.

»Hallo, Babywolf. Komm mit mir.« Seine Stimme war heller und klarer als die der größeren Raben. Er ging zum Rand der Lichtung. Bei den hohen Eichen blieb er stehen und drehte sich wartend nach mir um.

Ich leckte meine zerbissene Rute und musterte ihn genau. »Ich darf den Sammelplatz nicht verlassen«, sagte ich misstrauisch. Wahrscheinlich lauerten auf der anderen Seite der Bäume seine Brüder und Schwestern, um sich auf mich zu stürzen. Er krächzte.

»Babywolf winselt.
Hat Angst vor jedem Schatten.
Schnief-Schnief-Wolf ist dumm.«

Ich sah ihn so lange an, bis er zu mir zurückgeflogen kam. Er hielt seinen Schnabel dicht an mein Ohr, und ich zuckte aus Angst vor einem weiteren Biss zusammen. »Die Hochwölfe sagen, dass du kommen sollst, Kaala Milchzahn.« Ehe ich antworten konnte, flog er auf und setzte sich weit oben auf einen Ast der größeren Eiche.

Verwundert über meine eigene Torheit folgte ich ihm. Immer wieder sah ich mich um, ob ja niemand bemerkte, dass ich die Lichtung verließ. Direkt hinter den Eichen blieb ich auf einem grasbewachsenen Felsen stehen. Tlitoo flog zu mir herunter.

»Die Hochwölfe haben mir von dir erzählt«, sagte er. »Du bist kein echter Wolf.«

»Bin ich wohl!«, sagte ich tief verletzt. »Ich habe es über die Weite Ebene geschafft. Ich habe einen Namen. Ich gehöre zum Rudel vom Schnellen Fluss.« Ich ignorierte die Stimme in meinem Kopf, die mich daran erinnerte, dass Ruuqo mich nicht wirklich aufgenommen hatte, dass ich immer noch eine Außenseiterin war.

Tlitoo neigte den Kopf von einer Seite zur anderen. »Ich weiß nur, dass die Hochwölfe sagen, du seist mehr und weniger als ein Wolf und dass ich auf dich aufpassen soll. Ich bin auch mehr und weniger als ein Rabe«, sagte er stolz. »Ich bin nach unserem Vorfahr benannt, der im Namen aller Geschöpfe mit den Ahnen sprach. Ich trage sein Zeichen«, sagte er und hob einen Flügel, um mir den weißen Halbmond auf der Unterseite seiner Schwingen zu zeigen. »Ich wurde geboren, um mein Volk entweder zu retten oder zu vernichten. Genau wie du.«

»Sagst du mir endlich, warum ich mit dir kommen sollte? Ich könnte mir eine Menge Ärger einhandeln, weil ich hier bin.«

Tlitoo krächzte leise. »Wenn du dir ständig Sorgen machst, du könntest dir Ärger einhandeln, werden wir nie etwas erreichen.«

»Und was sollen wir erreichen? Weißt du das überhaupt?«

Er krächzte erneut und blinzelte mich an.

»Babywolf«, sagte er ungeduldig, »die Hochwölfe haben mir befohlen, zu dir zu gehen. Sie haben mir befohlen, dir zu sagen, dass du Ausschau nach ihnen halten sollst und dass du dich in Acht nehmen und dir keinen Ärger mit deinem Rudel einhandeln sollst. Sie haben mir gesagt, dass ich auf dich und du auf mich aufpassen sollst. Das ist alles.«

Seine Gereiztheit amüsierte mich. Ich hatte den Eindruck, die Höchsten Wölfe hatten ihm nicht so viel mitgeteilt, wie er sich gewünscht hätte. Ich wollte mehr von ihm erfahren. Ich wollte wissen, was die Höchsten Wölfe wirklich gesagt hatten, aber ich erhielt keine Gelegenheit zu fragen. Als Rissa ungehalten nach mir rief, ergriff er die Flucht und stürzte zurück auf die Lichtung.

»Treib dich nicht herum«, sagte Rissa, als ich zurück auf den Sammelplatz schlich. »Willst du als Bärenfutter enden? Du weißt noch nicht genug, um allein durch den Wald zu streifen.« Ich sah Unnan und Borlla feixend hinter ihr stehen und wusste, dass sie ihr erzählt hatten, dass ich verschwunden war. »Ich weiß, dass du froh bist, beim Rudel zu sein, Kaala, aber vergiss nicht, dass du noch viel zu lernen hast.« Sie leckte mich kurz und trabte dann davon, um wieder an der Diskussion zwischen Ruuqo und den Raben teilzunehmen. Ich schaute in den Wald, sah etwas Schwarzes aufblitzen und hörte ein paar Blätter rascheln. Irgendwo dort im Buschwerk beobachtete mich ein Paar brauner Knopfaugen.

4

Aus dem warmen Wetter wurde Hitze, und die Tage wurden länger. Je kräftiger unsere Körper wurden, desto weniger Schlaf brauchten wir, und wir begannen, uns an den Tagesablauf eines Wolfs zu gewöhnen. In den heißen Nachmittagsstunden schliefen wir, und in der Kühle der Morgen- und Abenddämmerung und der mondhellen Nacht spielten, lernten und fraßen wir. Wir lernten, dass der Mond nicht immer derselbe war, sondern sich in einem beständigen und beruhigenden Kreislauf jeden Tag wandelte, was uns half, die Zeit und die Jahreszeiten zu erkennen. Trevegg erklärte uns, dass der Mond noch fünfmal rund und hell werden müsse, dann würden wir bereit sein, mit dem Rudel zu jagen. Wir übten, indem wir die Wühlmäuse jagten, die sich in unser Lager verirrten, und lernten noch mehr im Spiel mit Tlitoo und den anderen jungen Raben aus Edelschwings Schar. Zweimal wurde der Mond zu einer hellen, runden Scheibe und ließ mich fröstelnd an unsere lange Wanderung über die Ebene denken.

Auf jenem Sammelplatz schmeckte ich mein erstes Fleisch, als Rissa uns nicht länger ihre reichhaltige Milch gab und das Rudel uns stattdessen Fleisch in ihren Bäuchen brachte. Wir waren zuerst verwirrt, als Trevegg sein Gesicht zu uns herunterbeugte. Wir rochen Fleisch, konnten aber nicht erkennen, woher der Geruch kam. Dann kniff Ázzuen seine klugen Augen zusammen und steckte die Nase in den Winkel von Treveggs ergrauter Schnauze. Der Altwolf würgte zweimal, und gutes Fleisch fiel aus seinem Rachen auf den Boden unter ihm. Als wir schließlich alle das Prinzip begriffen hatten, stupsten wir die anderen Wölfe an, und sie gaben uns frisches, weiches Fleisch.

Wir wurden stark und übermütig; es juckte uns, die Welt jenseits des Gefallenen Baumes zu erkunden. Unablässig lagen wir den Älteren in den Ohren und drängten sie, uns mitzunehmen, wenn sie zur Jagd oder zu Streifzügen durch das Revier aufbrachen, aber wir durften sie niemals weiter als die halbe Strecke begleiten. Endlich, drei Monate nachdem wir uns am Gefallenen Baum niedergelassen hatten, bekamen wir unsere Chance.

Kurz nach Einbruch der Morgendämmerung kamen Edelschwing und Schnabelweis träge zum Sammelplatz geflogen. Wir jagen zwar lieber nachts, aber Raben sind Geschöpfe des Tages, und so folgen die Wölfe ihnen gerne tagsüber zur Beute. Edelschwing landete auf Ruuqos Kopf, während der Wolf prüfend die Lichtung betrachtete. Gereizt schnappte er nach dem Vogel.

»Undankbarer Wolf!«, rief Edelschwing entrüstet. »Wenn dich die Neuigkeiten, die ich bringe, nicht interessieren, gehe ich damit zum Rudel der Wühlmausfresser. Die werden mich willkommen heißen.«

Ruuqo gähnte. »Wühlmausfresser bringen dir niemals etwas Besseres als ein halbausgewachsenes Reh. Wenn ihr anfangt, die Beute mit ihnen zu teilen, habt ihr ein mageres Jahr vor euch.«

»Ich kann immer noch kleine Welpen fressen, wenn ich Hunger bekomme«, gab Edelschwing zurück und schoss plötzlich auf Ázzuen und mich zu. Wir waren darauf vorbereitet. Ich hechtete nach rechts, Ázzuen nach links. Edelschwing bremste abrupt und entging nur knapp einem Sturz auf den Boden.

»Du musst schon um einiges schneller werden, wenn du ein Junges vom Schnellen Fluss erwischen willst«, sagte Rissa. »Was für Neuigkeiten bringst du uns, Edelschwing?«

Edelschwing putzte seine Federn. »Aber nur, weil du mich fragst, Rissa«, antwortete er mit einem Seitenblick auf Ruuqo. »Auf der Ebene des Hohen Grases liegt eine Stute, frisch erlegt, und nur ein einsamer kleiner Bär frisst an ihr.«

Rissa öffnete ihre Schnauze und zeigte die Zähne. »Dann denke ich, dass wir den Bären um sein schweres Mahl erleichtern sollten. Wie hat es ein langsamer Bär überhaupt geschafft, ein Pferd zu fangen?«

»Es lahmte«, antwortete Schnabelweis, »und war schon halb verendet. Doch die Bärin benimmt sich, als sei sie die Einzige auf der Ebene, die es hätte töten können. Sie ist weder besonders schnell noch besonders stark. Mutige Wölfe könnten ihr die Beute abjagen.« Ihre Augen blitzten herausfordernd auf.

»Ich dachte, wir müssten unsere Beute selbst fangen!«, fragte Ázzuen verwundert.

»Fleisch ist Fleisch, Wölfchen«, meinte Minn. »Wenn ein blöder Bär etwas für uns fängt, nehmen wir uns gerne unseren Anteil. Bären stehlen uns auch oft genug die Beute.«

»Die gierige Bärin will mit uns nicht teilen«, krächzte Edelschwing. »Sie beansprucht das ganze Pferd für sich und droht uns, wenn wir uns nähern. Ihr werdet mit euren Rabenfreunden teilen, nicht wahr?«

»Wenn ihr uns zu dem Pferd bringt, bevor der Bär alles aufgefressen hat, werden wir selbstverständlich teilen.« Rissa grinste erneut, wobei sie ihre scharfen Zähne zeigte. »Zeigst du uns den Weg, kluger Edelschwing?«

»Es ist weit für Welpen«, meinte Edelschwing und betrachtete uns abschätzend. »Wolfsjunge wachsen so fürchterlich langsam. Glaubst du, die Babywölfe werden es bis zur Ebene des Hohen Grases schaffen?«

Ich stellte die Ohren auf. Bedeutete das, dass wir endlich richtige Beute sehen durften? Ich hörte, wie Ázzuens Herz schneller schlug und Marras Atem zu einem Hecheln wurde.

»Meine Welpen sind stark«, sagte Rissa würdevoll und weigerte sich, auf Edelschwings Anspielung einzugehen. »Es sind Wölfe vom Schnellen Fluss.« Ich richtete mich zu voller Größe auf. Ein erneuter langer Weg beunruhigte mich, aber niemals hätte ich jemandem meine Furcht gezeigt. Und wir waren auch gar nicht mehr so klein. Unsere Köpfe reichten schon fast bis an die Schultern der Erwachsenen des Rudels. Ázzuen fiepte vor Aufregung. Unnan verdrehte die Augen und stupste Borlla, um sie auf uns aufmerksam zu machen und Ázzuen lächerlich zu machen. Aber er selbst konnte nicht verhindern, dass seine eigene Rute aus Vorfreude auf unser Abenteuer heftig zu wedeln begann.

Yllin und Minn stimmten in die Aufregung um die bevorstehende Jagd mit ein. Yllin nahm spielerisch Minns Schnauze zwischen die Kiefer, und Minn drückte Yllin mit den Pfoten zu Boden. Sie entwischte ihm, sprang über einen bemoosten Felsen und landete in einer Pfütze, wobei sie ihn mit schlammigem Wasser bespritzte. Grinsend wälzte sie sich auf dem Rücken und lud ihn damit ein, sich auf sie zu stürzen. Als er auf sie zusprang, drehte sie sich einmal um die eigene Achse, griff ihn an und kletterte auf den Felsen. Dort oben schüttelte sie ihr Fell und spritzte ihm dabei dreckiges Wasser in das emporgestreckte Gesicht.

Während die Jungwölfe spielten, bereitete Rissa das Rudel auf die Jagd vor. Sie ging von einem Wolf zum nächsten, um den Zusammenhalt des Rudels zu stärken. Wenn eine Jagd erfolgreich sein soll, so hatte Trevegg uns gelehrt, muss das Rudel zusammenarbeiten, als sei es ein einzelnes Tier. Jeder Wolf muss die Absichten seiner Rudelgefährten wittern können und die Gedanken seiner Mitjäger erahnen. Jede Wölfin muss sicher sein, dass das Rudelmitglied, zu dem sie die Beute jagt, auch darauf vorbereitet ist. Deshalb wird der Anführer einer Jagd sich vorher vergewissern, dass jeder Wolf nur an das Wohl des Rudels und den Erfolg der Jagd denkt. Dieses Sich-Sammeln ist wichtig vor langen Wanderungen und bevor Entscheidungen gefällt werden, die das Rudel betreffen. Aber niemals ist es wichtiger als vor einer Jagd.

Rissa legte den Kopf auf Treveggs Schulter und berührte Werrnas dunkle Schnauze mit der Nase. Werrna war nach Ruuqo und Rissa die ranghöchste Wölfin, und sie war schwierig und stur. Die Narben in ihrem Gesicht waren das Ergebnis der vielen Kämpfe, die sie in ihrer Jugend ausgefochten hatte. Sie war immer noch eine starke Kriegerin und plante alle Feldzüge der Wölfe vom Schnellen Fluss. Ihr dunkelgraues Gesicht und die schwarzen Ohren schienen sich nie zu bewegen, und sie war der einzige Wolf, der kaum mit uns Jungen spielte. Ich wurde nicht schlau aus ihr. Ungelenk erwiderte sie Rissas Zärtlichkeit, dann setzte sie sich, um zuzuschauen, wie die anderen Wölfe miteinander spielten. Mit einem Schnauben wandte Rissa sich ab, trabte zu Ruuqo und setzte ihm die Vorderpfoten auf den Rücken. Ich glaubte, er würde sich über sie ärgern, doch er öffnete grinsend das Maul und drehte sich auf den Rücken. Er balgte mit ihr, als wären sie beide nicht älter als Welpen. Minn und Yllin rannten herbei und pressten ihre Leiber eng an den Boden, damit die älteren Wölfe sie ins Spiel einbeziehen würden. Selbst Borlla und Unnan gesellten sich dazu, genau wie Marra und Ázzuen. Ich blieb sitzen, schaute zu und fühlte mich ein wenig ausgeschlossen.

Mit einem staubigen Niesen rappelte Ruuqo sich auf. Sofort hörte das Rudel mit dem Spiel auf und beobachtete ihn aufmerksam. Rissa setzte sich auf die Hinterpfoten und öffnete ihren Rachen weit, um ein gewaltiges Geheul auszustoßen. Ruuqo ging zu ihr hinüber, setzte sich und heulte mit ihr. Einer nach dem anderen stimmten die erwachsenen Wölfe mit ein, und ihre Stimmen erfüllten den Sammelplatz. Jedes Heulen hatte einen anderen Ton, und alle zusammen bildeten sie den Klang des Rudels vom Schnellen Fluss. In ihrem Heulen erkannte ich den Ruf zur Jagd.

»Kommt, Welpen«, sagte Rissa, »dies ist auch eure Jagd.«

Unsere Stimmen waren nicht so kräftig wie die der Erwachsenen, trotzdem stimmten wir genauso in das Lied mit ein. Die Schwingungen des Geheuls brachten unser Blut in Wallung. Die Herzen des Rudels begannen, wie eins zu schlagen, und unser Atem floss im selben Rhythmus. Ich sah Entschlossenheit und Konzentration in den Augen aller Wölfe des Rudels, und spürte, wie mein eigener Blick zuerst glasig und dann schärfer wurde als je zuvor. Das Heulen hallte in meinem Kopf wider, und ich begann die Welt anders zu sehen. Ich roch nicht länger die verschiedenen Düfte des Sammelplatzes und hörte nicht länger das Geraschel um mich herum. Ich hörte nur noch Rissas Ruf und witterte mein Rudel, während die Wölfe von der Lichtung stürmten. Alle meine Sinne waren darauf gerichtet, dem Rudel zu unserer nächsten Mahlzeit zu folgen. Mit einem Stups von Trevegg folgten wir den erwachsenen Wölfen von der Lichtung in den Wald.

Ich war überrascht, wie kräftig ich geworden war. In den Wochen am Gefallenen Baum war ich so groß geworden wie Marra und größer als Ázzuen und Reel, und das Spiel mit den Raben hatte mich zäh und kräftig gemacht. Anstatt den anderen Welpen hinterherzuhinken, rannte ich jetzt mit Unnan und Borlla um die Wette. Je weiter wir liefen, desto lichter wurde der Wald. Dürftige Buchen ersetzten die dichter wachsenden Fichten und Eichen unseres Sammelplatzes. Es war ein perfekter Morgen, noch nicht zu warm zum Laufen, und vom süßen Duft der späten Sommerblumen wurde mir schwindelig. Ich musste mich zusammenreißen, nicht anzuhalten und an jeder neuen Blume und jedem neuen Busch zu schnüffeln, doch das Rudel lief in einem gleichmäßigen Tempo, und jeder von uns Welpen konnte den Schritt halten. Keiner wollte mit Schimpf und Schande zum Sammelplatz zurückgeschickt werden.

Dann, mit einem Mal, kam mir ein scharfer, beißender Geruch in die Nase, und ich hielt abrupt an, wobei ich beinahe kopfüber in den Staub stürzte. Die anderen Welpen waren ebenfalls stehen geblieben. Zuerst sprang Borlla, dann Unnan in den Strauch, aus dem der Geruch kam. Einen Augenblick später folgte ihnen der Rest von uns, berauscht von dem starken Duft. Ázzuen sprang als Letzter. Ich hörte ein Kratzgeräusch und blickte mich um, nur um zu sehen, wie er mit erstaunter Miene an der Rute wieder herausgezogen wurde. Werrnas narbige Schnauze, ärgerlich verzogen, stieß wieder in den Busch, packte Marra am Nackenfell und zog sie heraus. Als Ruuqos Stimme ertönte, drängte der Rest von uns sich zusammen.

»Welpen!«, bellte er. »Verlasst niemals das Rudel. Haltet eine Jagd nicht auf! Kommt sofort heraus, oder ihr könnt euch von Blumen und Blättern ernähren.«

»Man sollte Welpen niemals auch nur in die Nähe von Traum-Salbei lassen«, knurrte Werrna verächtlich.

»Der letzte Welpe bekommt als Letzter zu fressen!«, rief Yllin.

Reel, der dem Rand des Gebüsches am nächsten war, sprang hinaus. Ich wäre als Nächste an der Reihe gewesen, doch Unnan und Borlla versperrten mir den Weg. Sie schoben mich tiefer in das Gestrüpp hinein, bevor sie selbst hinauskrabbelten. Ich brauchte eine Weile, um von den starken Ästen und klebrigen Blättern loszukommen. Als ich mich endlich befreit hatte, war ich desorientiert und kroch zweimal in die falsche Richtung, bis ich endlich die Witterung des Rudels hinter mir ausmachte. Niesend und den Dreck aus dem Fell schüttelnd schob ich mich aus dem Gebüsch, wo das Rudel schon ungeduldig auf mich wartete. Borlla und Unnan feixten.

»Welpe, wenn du nicht mithalten kannst, brauchst du auch nicht zu fressen. Fall lieber nie wieder hinter die anderen zurück.« Ruuqo starrte mich mürrisch an. Seine Ungerechtigkeit tat mir weh. Mit den anderen Welpen war er nicht annähernd so streng. Ohne mich eines weiteren Blickes zu würdigen, führte Ruuqo das Rudel weiter.

Mithalten, dachte ich. *Ich werde mehr als mithalten.*

Meine Beine fühlten sich kräftig und sicher, als ich mich duckte und über einen verdutzten Ázzuen sprang. Dann lief ich. Es fühlte sich an, als würden meine Läufe mich überallhin bringen, wohin ich wollte. Yllin kläffte ermutigend, als ich an den anderen vorbeiraste. Zu meiner Überraschung war Marra das einzige Junge, das mit mir mithalten konnte. Obwohl sie um einiges kleiner war als Borlla und Unnan, waren ihre Läufe doch lang und stark und die Knochen leicht. Mit leichten Schritten lief sie neben mir. Ich hechelte schwer, sie nicht. Ich hatte den Eindruck, dass sie mich mühelos hätte überholen können, wenn sie gewollt hätte. Um Atem ringend grinste ich sie an.

»Lass es uns diesen Ringelschwänzen zeigen«, sagte ich zu ihr und erhöhte meine Geschwindigkeit, überholte Borlla und schloss bis zu Werrnas dunklem Hinterteil auf. Ich wusste, dass die Erwachsenen schneller rennen konnten, wenn sie wollten – unsere Köpfe reichten bislang nur zu ihren Hüften hinauf –, aber das machte mir nichts aus. Wir liefen schneller, als wir je zuvor gelaufen waren. Die Gerüche des Waldes streiften meine Nase, die trockene Sommererde stob in einem Wirbelsturm unter meinen Pfoten auf. Ich stolperte kurz und schlug einen Purzelbaum. Marra umkreiste mich, während ich wieder auf die Pfoten kam. Nur am Rande nahm ich wahr, dass Ázzuen versuchte, mit uns mitzuhalten, und sein Atem in der Kehle rasselte. Ich wusste, dass ich auf ihn hätte warten sollen, dass es einfach nett gewesen wäre, aber ich hatte einfach zu viel Spaß am Laufen.

Ich war so begeistert davon, nicht mehr auf der Lichtung zu sein, kräftig und schnell zu sein, begeistert von all den überwältigenden Gerüchen und Geräuschen um mich herum, dass ich den Duft des Fleisches oder die durchdringende Witterung des unbekannten Geschöpfes am Waldrand erst nicht bemerkte. Rissa senkte mit einer raschen Bewegung den Kopf, um mich in meinem ungestümen Lauf aufzuhalten. Marra krachte von hinten in mich hinein.

»Es ist gut, flink zu sein, Welpen«, meinte Rissa und lachte leise, »aber ihr dürft euch nicht vergessen. Ihr wollt doch wohl nicht in *das da* hineinlaufen.« Der Wald war plötzlich zu Ende, und ein steiler Abhang führte auf eine trockene Wiese. Spätsommerliche Wildblumen sprenkelten das hohe Gras, das sich größtenteils bereits goldbraun verfärbt hatte. Die erwachsenen Wölfe waren am Waldrand stehen geblieben. Rissa deutete mit der Nase auf die Wiese, wo ein riesiges braunes Ungeheuer am Kadaver eines Pferdes riss. Die durchdringende Witterung stammte von ihm und vermischte sich mit dem überwältigenden Duft des

Fleisches. Weit draußen auf der Wiese grasten wachsam stämmige Pferde.

»Wie können sie einfach dort stehen, während einer aus ihrer Familie gefressen wird?«, fragte Marra. Sie war nicht einmal außer Atem von unserem Lauf. Hechelnd stolperte Ázzuen auf uns zu und sah mich vorwurfsvoll an.

»Die Pferde sind nicht wie wir«, antwortete Minn verächtlich. »Sie sind Beute und trauern nicht so wie wir. Ihre Herden sind groß und ohne den Zusammenhalt einer Wolfsfamilie. Der Tod quält sie nicht so sehr.«

»Da bin ich mir nicht so sicher, Minn«, sagte der alte Trevegg. »Wie können wir wissen, was sie empfinden? Ich habe gesehen, wie eine Mutter zwei volle Tage bei ihrem toten Fohlen stand und uns von der Mahlzeit abhielt. Und einmal habe ich von einem Elen gehört, der sich weigerte zu fressen, nachdem seine Mutter getötet worden war. Es starb an der Stelle, wo sie lag.« Er klang nachdenklich. »Wir müssen töten, um zu leben, aber wir dürfen das Leben, das wir auslöschen, nie gering achten. Wir müssen dem Mond für jedes Geschöpf danken, das uns gegeben wird, und darum müssen wir die Geschöpfe, die wir töten, achten. Jedes einzelne ist Teil des Gleichgewichts.«

Minn senkte ehrerbietig den Kopf, dann wanderte sein ruheloser Blick wieder zur Ebene. Ein ungeduldiges Knurren stieg in seiner Kehle auf.

»Still!«, zischten Ruuqo und Rissa gleichzeitig.

»Du musst lernen, dich zu zügeln, Minn, oder du wirst niemals eine Jagd anführen«, tadelte Rissa ihn. Minn senkte entschuldigend die Ohren.

»Welpen«, befahl Ruuqo, »ihr bleibt versteckt. Folgt

uns nicht, bis wir euch sagen, dass es sicher ist, oder ich werde euch die Ohren abbeißen und sie mit Fichtenharz an eure Hinterteile kleben. Minn, Yllin«, sagte er zu den Jungwölfen, »verliert nicht die Nerven. Ich weiß, ihr glaubt, ihr seid ausgewachsene Wölfe, aber ihr folgt Werrnas Befehlen.«

»Es ist kein besonders großer Bär«, brummte Minn. Als Ruuqo ihn scharf anblickte, senkte er erneut den Kopf. »Ich werde gehorchen, Leitwolf«, sagte er kleinlaut. Yllin kniff lediglich die Augen zusammen und beobachtete die Bärin aufmerksam.

Mir kam die Bärin ziemlich groß vor. Sie kauerte über dem toten Pferd, doch wenn sie sich aufrichtete, um ruhelos über die Wiese zu blicken, war sie so groß wie vier Wölfe. Ich konnte nicht glauben, dass Ruuqo und Rissa tatsächlich vorhatten, sie herauszufordern.

Rissa führte den Angriff. Sie duckte sich auf den Boden und kroch bis zum äußersten Rand des Waldes, die übrigen erwachsenen Wölfe folgten ihr. »Werrna«, flüsterte sie zur Zweiten Wölfin, »geh zusammen mit Minn und Yllin um die schwerfällige Bärin herum. Wartet auf mein Signal und stoßt dann im Kampf zu uns. Denk daran – uns fehlt ein Wolf.«

Meine Mutter ist der fehlende Wolf. Eine Woge der Traurigkeit überkam mich. Für die anderen Welpen war Familie etwas Selbstverständliches. Sie hatten Mutter und Vater. Rissa sorgte für mich wie für ihre eigenen Jungen, aber Ruuqo tat das keineswegs, und ich hatte niemanden, der wirklich zu mir gehörte. Wie lange würde es wohl dauern, bis ich meine Mutter suchen konnte? Wie sollte ich sie überhaupt finden? Ich wusste nicht einmal, wo ich mit der Suche anfangen sollte. Ich schluckte ein Winseln der Trauer und Enttäuschung herunter und hielt Ausschau nach der Bärin und meinen Rudelgefährten, die sie umzingelten. Dies war meine erste gemeinsame Jagd mit dem Rudel, und meine Mutter hätte mit mir dabei sein sollen.

Ich glaubte, ich hätte meine Gefühle gut verborgen, doch Ázzuen leckte mein Gesicht von der Seite. Als ich mich zu ihm umdrehte, sah ich, dass seine Augen voller Mitgefühl waren.

»Yllin sagt, deine Mutter sei der schnellste Wolf des Rudels gewesen«, meinte er verlegen. »Deine Schnelligkeit hast du von ihr.«

Mir tat das Herz weh, und ich wusste, dass meine Stimme zittern würde, wenn ich etwas zu sagen versuchte. Ich wollte Ázzuen meine Schwäche nicht zeigen, aber ich wusste auch nicht, wie ich ihm für sein Mitgefühl danken sollte, also legte ich nur den Kopf auf meine Pfoten und beobachtete den Angriff.

Werrna führte die Jungwölfe am äußeren Waldrand entlang, bis sie gut dreißig Wolfslängen entfernt auf der rechten Seite der Bärin wieder auf der Wiese auftauchten. Rasch liefen sie um die Bärin herum, weit genug von ihr entfernt, damit sie sich nicht bedroht fühlte. Sie blickte auf, entschied, dass sie keine Gefahr darstellten und wandte sich wieder ihrem Festmahl zu. Auf der anderen Seite der Bärin blieb Werrna stehen und sagte etwas zu Yllin. Yllin duckte sich hinter ein paar Heidesträuchern auf den Boden, während Werrna und Minn weiterliefen. Sie umkreisten die Bärin, blieben direkt hinter ihr stehen, und

Minn duckte sich, während Werrna den Kreis weiterzog und auf einer kleinen Anhöhe an der linken Flanke der Bärin haltmachte. Sie hatten jetzt die Bärin von drei Seiten umzingelt, und diese hatte nicht das Geringste bemerkt. Rissa vervollständigte mit dem Rest des Rudels den Kreis und schloss damit die Falle.

»Bist du sicher, dass sechs Wölfe ausreichen?«, fragte Trevegg. »Ich bin nicht mehr so flink wie früher.« Beschämt blickte er zu Boden.

»Du bist unsere Weisheit und unsere Stärke, Vaterwolf«, meinte Rissa und leckte Trevegg die Wange. »Mit wie vielen Bären hast du in deinem Leben schon gekämpft? Wenn irgendjemand weiß, wie man einen Bären austrickst, dann du. Deine Großnichte und dein Großneffe sind schnell und kräftig. Das Rudel ist stark. Und«, sagte sie grinsend und zeigte die Zähne, »wie Minn richtig bemerkt hat, es ist kein besonders großer Bär.«

Ein ungeduldiges Krächzen ließ uns zusammenzucken.

»Wartet ihr darauf, dass die Sonne ein Loch in die Steppe brennt?«, rief Edelschwing. Wir hatten weder gehört noch gewittert, dass er hinter uns angeflogen gekommen war, um auf den Ästen über uns zu landen. »Von dem Pferd wird nichts mehr übrig sein, wenn ihr mit eurem Gekläff fertig seid.

Wuff, wuff, – – wuff, wuff, wuff!
Wölfe kläffen, Bärin frisst.
Raben sind hungrig.«

Laut krächzend warf er sich in die Luft, gefolgt von Tlitoo und einem halben Rabenschwarm.

»Das war also unser Überraschungsangriff«, seufzte Ruuqo, als der Bär zu den lauten Vögeln aufblickte.

»Na gut, dann gibt es auch keinen Grund zu warten, bis der Mond aufgeht«, sagte Rissa. Sie gab einen leisen tiefen Ton von sich, fast wie ein Stöhnen, tief unten in ihrer Kehle. Werrnas schroffe Stimme antwortete ihr von der anderen Seite der Wiese. Prompt griff Minn die Bärin von hinten an. Zur gleichen Zeit rannte Yllin von rechts auf die Bärin zu, und auch Werrna verließ ihre kleine Anhöhe und sprintete in ihre Richtung.

Die Bärin stellte sich auf die Hinterbeine. Ihre Tatzen waren fast so groß wie der Kopf eines Wolfes, die Zähne riesig. Als sie die drei Wölfe durch das Gras auf sich zu rennen sah, drehte sie sich um und brüllte in anmaßender Wut. Ich brauchte ihre Sprache nicht zu kennen, um zu verstehen, was sie sagte: Kein mickriger Wolf würde ihr das Futter stehlen. Yllin, Minn und Werrna flitzten hin und her, knapp unter den todbringenden Tatzen der Bärin hinweg. Dann sprangen unvermittelt alle Wölfe sie gleichzeitig an, und während die Bärin durch diesen Angriff abgelenkt war, stürmten Rissa, Ruuqo und Trevegg den Abhang hinunter. Trotz seiner Bedenken hielt Trevegg mit den jüngeren Wölfen Schritt, die drei sprangen die verwirrte Bärin gleichzeitig an, und die wich taumelnd zurück. Jetzt waren die Wölfe auch nicht länger still, sondern knurrten die Bärin erbittert an.

Neben mir jaulte Ázzuen erschrocken auf. Die Bärin war so wütend, so bösartig, dass ich mir nicht vorstellen konnte, wie unsere Rudelgefährten ungeschoren davonkommen sollten. Doch sie sprangen so behände und geschickt hin und her und wirbelten mal in diese, mal in jene Richtung herum. Über ihren Köpfen kreischten ermutigend die Raben. Jetzt verstand ich den Sinn des Rabenspiels sehr viel besser. Es hatte auf mich ein wenig wie sinnloses Kraftvergeuden gewirkt, doch jetzt begriff ich, dass sich auch die erwachsenen Wölfe immer wieder in Geschicklichkeit üben mussten, wenn sie Bären bekämpfen wollten. Yllins elegante Wendungen und Minns Sprünge waren nichts weiter als eine Abwandlung ihres Spiels mit Edelschwing und seiner Familie. Ich verstand auch, warum ein schwacher Wolf das Rudel verwundbar macht. Wenn auch nur ein Wolf nicht seinen Teil beitrüge, könnte die Bärin einen Rudelgefährten mit Leichtigkeit töten oder verletzen.

Füchse und Hyänen, die darauf spekuliert hatten, der Bär würde ihnen etwas übrig lassen, sahen aufmerksam zu. Ein einsamer Adler kreiste über unseren Köpfen, bis er von Edelschwing und seinem Clan verjagt wurde. Unbarmherzig griffen die Wölfe die Bärin an und vertrieben sie schließlich. Sie kam noch einmal zurück in der Hoffnung, ihre Beute zurückzuerobern, doch sechs entschlossene Wölfe waren zu viel für sie. Jetzt erst sah ich, dass es eine junge Bärin war, nicht viel älter als Yllin und Minn. Mit einem Rudel schlauer Wölfe konnte sie es nicht aufnehmen. Vor Wut brüllend, stapfte sie zur gegenüberliegenden Seite der Wiese, über eine kleine Anhöhe und außer Sicht. Werrnas Gruppe setzte ihr nach, um sicherzustellen, dass sie nicht zurückkommen würde, während Rissa, Trevegg und Ruuqo den Kadaver bewachten und die Füchse und Hyänen fernhielten.

Mit hochaufgestellten Ohren und Ruten kamen Werrna und die Jungwölfe zurückgetrabt. Sie knurrten die Füchse und gefräßigen Hyänen böse an, als sie sich der Beute näherten. Das Rudel tanzte um Ruuqo und Rissa herum und feierte seinen Erfolg. Ruuqo legte sich auf den Bauch, um den ersten Bissen aus dem Pferd zu reißen, und das restliche Rudel gruppierte sich um ihn, fraß an allen Teilen der Beute.

»Welpen, kommt!«, rief Rissa.

Wir stürmten den Hang hinunter auf den Kadaver des Pferdes zu. Als wir näher kamen, rief Werrna uns eine Warnung zu.

»Achtet auf das, was hinter euch ist«, wies sie uns an und deutete mit ihrer jetzt blutbeschmierten Schnauze auf die Aasfresser. »Wenn die Schmarotzer unser Pferd nicht kriegen, dann nehmen sie genauso gerne einen Welpen. Wartet, bis die Erwachsenen gefressen haben, dann kommt ihr dran.«

Ohne die Füchse, Hyänen und den einsamen Adler aus den Augen zu lassen, riss das Rudel an dem Kadaver. Wir warteten, wie uns befohlen worden war. Nachdem die Erwachsenen eine halbe Ewigkeit gefressen hatten, krochen wir näher. Wir zögerten alle. Mir lief das Wasser im Mund zusammen, und mein Magen knurrte, aber das unbändige Fressen des Rudels schüchterte mich ein. Edelschwing und seine Schar fraßen neben ihnen, unbeeindruckt von den Kiefern und Zähnen, die an dem Pferd rissen, aber ich hatte Angst, die Erwachsenen könnten uns beißen, wenn wir ihnen zu nahe kämen. Der Bär hatte keine Gelegenheit gehabt, viel von dem Pferd zu fressen, und das Rudel feierte ein Festmahl. Es schien eine Ewigkeit zu dauern, bis Rissa uns erneut rief.

»Worauf wartet ihr, Welpen? Ihr müsst euch euer Fleisch schon selbst holen. Ihr seid zu alt, als dass wir euch noch länger das Fressen in unseren Bäuchen bringen könnten.«

Wir krochen zur toten Beute, hielten aber alle paar Schritte an, um sicherzugehen, dass Ruuqo und Rissa, die an der Mitte des Pferdes fraßen, es uns auch bestimmt nicht übelnahmen, wenn wir uns näherten. Wir winselten und bettelten, machten uns klein, damit die Erwachsenen wussten, dass wir nur mit ihrer Duldung kämen. Minn und Yllin waren am vorderen Teil des Pferdes, Trevegg und Werrna am hinteren. Als wir uns näherten, knurrten Minn und Yllin uns an. Rissa knurrte zurück.

»Lasst die Jungen fressen«, befahl sie. »Ihr hattet genug.« Als rangniederste Erwachsene traten Minn und Yllin widerwillig zur Seite und knurrten uns weiterhin an. Eingeschüchtert nahmen wir ihre Plätze ein. Es verletzte mich ein wenig, dass Yllin mich angeknurrt hatte, doch schon bald hatte das frische Fleisch alle unguten Gedanken verdrängt.

Ich riss an dem Leib der Stute. Nach dem ersten Bissen konnte ich mich nicht mehr beherrschen und begann zu schlingen. Der Geschmack des frischen Fleisches überwältigte mich, erstickte mich fast. Entschlossen, so viel wie möglich von dem Fleisch zu ergattern, biss ich und knurrte und schnappte nach den anderen Welpen. Das Blut pochte in meinen Adern, und mein Herz fühlte sich an, als würde es meinen Brustkorb sprengen. Plötzlich verstand ich, warum Yllin uns angeknurrt hatte. Unnan versuchte, mich aus dem Weg zu stoßen, aber ich biss ihn in die Schnauze. Er jaulte auf und drehte sich weg. Als Marra mich aus Versehen anstieß, knurrte ich sie ebenfalls an, und sie zog sich von der Beute zurück. Ich fletschte sogar die Zähne gegen den Leitvogel der Raben, Edelschwing, der mir als Antwort heftig auf den Kopf hackte. Ich zuckte vor Schmerz zusammen, fraß aber weiter.

Ich zerrte immer noch an dem guten Fleisch, als Minns dunkles Knurren mich kurz warnte, bevor er mich mit einem wuchtigen Schlag von meiner Mahlzeit vertrieb. Yllin und Werrna stießen Borlla und Unnan beiseite. Winselnd versuchten wir, zurück zu unserem Fressen zu gelangen, doch die erwachsenen Wölfe jagten uns fort, und uns blieb nichts anderes übrig, als ihnen beim Fressen zuzusehen. Erst jetzt bemerkte ich, dass Ázzuen, Marra und Reel schon vorher zur Seite gedrängt worden waren. Ich erinnerte mich vage daran, jeden von ihnen weggebissen zu haben, als sie zu fressen versucht hatten. Sie taten mir ein wenig leid, aber irgendwie fand ich, dass sie, wenn sie nicht bereit waren, für ihre Nahrung zu kämpfen, eben warten mussten, bis ich fertig war. Ich ließ mich auf den Boden fallen und beobachtete die Erwachsenen. Borlla und Reel saßen nebeneinander, und Unnan ließ sich schläfrig neben ihnen nieder. Müde stand ich auf und ging hinüber, um den Kopf auf Ázzuens weichen Rücken zu legen, doch er stolzierte davon und legte sich zu Marra.

Yllin, die von Werrna von der Beute vertrieben worden war, kam zu mir, den Bauch dick vom Fleisch.

»Es ist gut, stark zu sein, kleine Schwester«, sagte sie, »aber pass auf, dass du kein Rüpel wirst.« Verächtlich schaute sie zu Borlla und Unnan hinüber und schnaubte. »Eine Leitwölfin muss für das kämpfen, was ihr zusteht, doch sie muss auch auf das Rudel achten und ihre Stärke mit Bedacht einsetzen. Eine Leitwölfin darf sich nicht von Wut und Gier überwältigen lassen.«

Ihre Belehrung wäre sehr viel überzeugender gewesen, hätte sie mich vorher nicht selbst so heftig angeknurrt und wäre sie nicht unmittelbar darauf wieder zu dem Kadaver getrabt, um Minn ins Bein zu beißen und seinen Platz einzunehmen. Aber ich verstand, was sie meinte, als Marra vor mir zurückschreckte, und Ázzuen, der früher am Tag so freundlich zu mir gewesen war, seine kleine Nase in die Luft streckte und sich weigerte, neben mir zu liegen. Selbst Tlitoo schwebte lediglich hoch über mir. Ich blickte auf, um zu erkennen, was er dort oben tat, und er ließ einen großen Kiesel auf meinen Rücken fallen.

»Gieriger Babywolf«, rief er und flog davon.

Scham überkam mich. Ich hätte es besser wissen sollen. Es war noch gar nicht so lange her, da war ich der schwächste Wolf des Rudels gewesen. Ich wollte kein Rüpel werden wie Borlla und Unnan. Ich würde daran denken müssen, mein Temperament zu zügeln, oder ich wäre eines Tages ganz allein. Ich wollte mich gerne mit Ázzuen und Marra aussöhnen, doch das Fleisch lag schwer in meinem Magen, und ich konnte meine Augen nicht lange genug offen halten, um zu überlegen, wie ich es angehen sollte.

Ein kühler Wind weckte mich, ich blickte auf und sah, dass die erwachsenen Wölfe um uns herum lagen und dösten. Es war Schlafenszeit, die heißeste Zeit des Tages, in der man besser nicht jagte oder herumrannte. Der köstliche Geruch des Fleisches wurde vom Wind herübergetragen, und mir lief das Wasser im Mund zusammen. Werrna und Rissa schliefen neben der Beute und bewachten sie. Mehrere Raben hüpften auf den Überresten des Pferdes herum und fraßen, während die Wölfe schliefen. Ich begriff, dass sie ebenfalls jeden Schmarotzer melden würden, der sich näherte. Aber wenn ich käme, würden sie vielleicht nicht Alarm schlagen. Fast auf dem Bauch kroch ich zurück zur Beute. So leise wie möglich schlüpfte ich zwischen Werrna und Rissa hindurch, doch gerade als ich ein köstliches Stück Sehne zwischen den Zähnen hatte, hob Rissa ihren Kopf und knurrte, noch bevor sie vollends erwacht war. Als sie erkannte, dass nur ich es war, entspannte sie sich, stieß mich trotzdem von der Beute fort.

»Genug, Welpe«, meinte sie. »Für dich gibt's nichts mehr.« Sie lächelte. »Wenn du noch mehr frisst, platzt du, und wir müssen dich dann stückchenweise aus der Wiese sammeln.« Sie legte den Kopf auf die Pfoten und schloss die Augen.

Ich ging zurück zu den anderen Welpen. Ich langweilte mich und hatte keine Lust zu warten, bis das übrige Rudel aufwachte. Rastlos blickte ich über die Wiese. Ich dachte daran, Ázzuen zu wecken, aber ich war mir nicht sicher, ob er immer noch böse auf mich war. Es war zu heiß, um zu spielen, und die Mondsichel auf meiner Brust schmerzte und juckte, wie sie es noch nie zuvor getan hatte.

Wegen dieser Schmerzen war ich diejenige, die die merkwürdigen Geschöpfe zuerst erblickte. Sie waren zu zweit und beobachteten uns von der anderen Seite der Wiese aus, von dort wo kein Gras mehr stand und ein weiteres Wäldchen begann. Der Wind blies in ihre Richtung, und keiner von uns hatte ihre Witterung aufgenommen. Sie standen auf zwei Beinen, genau wie der Bär, als er uns bedroht hatte, aber sie waren nicht so groß und sehr viel schlanker. Ihre Vorderläufe hingen gerade hinunter, und darin hielten sie lange Stecken. Ich konnte nicht erkennen, ob sie nur wenig behaart oder ob Teile ihres Fells einfach sehr kurz waren. Der Wind drehte, und ich konnte sie wittern. Wie bei den Pferden auf der Wiese war ihre Haut feucht und verströmte einen kräftigen, nassen Geruch. Es war eine merkwürdige, nach Wacholder riechende, säuerliche Note, die mir bekannt vorkam. Verwirrt bellte ich, um die anderen zu warnen.

Die anderen Wölfe sahen mich verärgert an. Dann witterten sie den sonderbaren Geruch und bemerkten, was ich entdeckt hatte.

Augenblicklich sprangen die erwachsenen Wölfe auf, knurrten und umstellten die Beute. Die Raben erhoben sich kreischend in die Luft. Die fremden Geschöpfe senkten ihre Stecken und zeigten damit auf uns, und ich erkannte, dass die Enden der Stecken spitz waren wie sehr lange Dornen. Die Wesen traten ein paar Schritte vor. Sie waren immer noch mindestens vierzig Wolfslängen entfernt, aber ich hatte keine Ahnung, wie schnell sie laufen konnten. Ein Langzahn könnte diese Entfernung in einem Atemzug überwinden.

Ruuqo knurrte tief in der Kehle, das Fell auf seinem Rücken stellte sich drohend auf und ließ ihn doppelt so groß wirken wie er war. Er zog die Lefzen so weit wie möglich zurück und zeigte jeden einzelnen seiner zweiundvierzig scharfen Zähne. Um ihn herum knurrten alle Wölfe des Rudels vom Schnellen Fluss und zeigten, wie gefährlich sie werden konnten. Die beiden langgliedrigen Geschöpfe zogen sich zurück, ihre spitzen Stecken gesenkt, bis sie schließlich im Wald verschwunden waren. Das Rudel knurrte und schützte die Beute noch eine Weile länger.

»Werrna«, fragte Ruuqo seine Zweite Wölfin mit den scharfen Ohren, »sind sie weg?«

»Sie gehen zum Fluss, Leitwolf«, antwortete Werrna, die schwarzen Ohren konzentriert nach vorn gerichtet. »Fürs Erste sind wir in Sicherheit.« Der Schmerz im Mondmal auf meiner Brust ließ nach. Mir wurde bewusst, dass er stärker geworden war, als die Geschöpfe näher gekommen waren.

Ruuqo entspannte sich nur wenig. Die anderen Wölfe ließen sich erneut nieder, doch dieses Mal blieben alle in der Nähe des Fangs. Rissa blieb einige Wolfslängen entfernt stehen und blickte den fremden Geschöpfen nach. Sie stand angespannt dort, das Fell gesträubt, die Rute steif nach hinten gestreckt. Ruuqo bemerkte, dass sie sich nicht zum Rudel gesellt hatte.

»Gefährtin?«, fragte er.

Sie blieb einen Moment lang wortlos stehen.

»Das gefällt mir nicht«, sagte sie. »Das gefällt mir ganz und gar nicht.« Sie sah uns an, dann sagte sie zu Ruuqo: »Wenn der Mond aufgeht, überqueren wir den Fluss. Es ist Zeit, dass die Welpen von den Menschen erfahren.«

5

Das Rudel schwieg. Jedes Geräusch um uns herum wurde mir überdeutlich bewusst – die Raben, die sich um Fleischstücke zankten, kleines Beutegetier, das hinter uns in den Büschen raschelte, selbst die Flöhe, die auf Treveggs Fell herumhüpften. Ruuqo starrte Rissa an.

»Die Menschen«, sagte er. »Du willst ihnen die Menschen zeigen? Wenn sie gerade erst vier Monate alt sind? Ich dachte, du seist vorsichtig mit deinen Welpen, Rissa.«

»Ich bin vorsichtig«, gab sie zurück und ging steifbeinig zu ihm. »Deshalb will ich sie jetzt dorthin bringen. Du hattest kein Problem damit, sie über die Weite Ebene laufen zu lassen, Ruuqo, und das nur aus dem einen Grund, deinen verletzten Stolz wieder aufzurichten. Aber *diese* Entscheidung treffe jetzt ich.«

Ruuqo wich zurück. Wenn ich nicht selbst so erschrocken gewesen wäre, hätte ich über sein Erstaunen lachen müssen. Jeder, der glaubte, Ruuqo sei der alleinige Anführer des Rudels vom Schnellen Fluss, hatte Rissa noch nie wütend gesehen. Edelschwing und Schnabelweis blickten von der Beute auf, legten kurz die Köpfe schief, um zuzuhören, plusterten dann ihr Gefieder auf und widmeten sich erneut ihrem Mahl.

»Menschen«, sagte Ázzuen leise. »Sie sind nicht wie andere Geschöpfe. Sind sie Beute oder sind sie Gegner?« Verwirrt zog er die Brauen zusammen.

»Seit wann kommen die Menschen im Sommer zu der Ebene des Hohen Grases?«, wollte Rissa wissen. »Sie sollten zu dieser Jahreszeit am Gebirgsrand oder am Salamander-See sein. Nicht hier, nicht jetzt. Sie bleiben nicht länger in ihrem Revier. Sie gehen, wohin sie wollen, wann immer sie wollen. Willst du, dass die Welpen sie alleine treffen, völlig unvorbereitet? In einem Mond werden sie alleine durch die Gegend streifen. Vorher müssen sie Bescheid wissen.«

Ruuqo knurrte, als wollte er seine vorherige Feigheit wieder wettmachen. Rissa kniff die Augen zusammen und zog die Lefzen zurück. Sie war nicht mehr geschwächt vom Austragen der Welpen und hatte wieder annähernd so viel Gewicht wie Ruuqo. Ihr weißes Fell war glatt und gesund, die Schultern waren breit und kräftig. Es war offensichtlich, dass sie nicht nachgeben würde. Die beiden Anführer des Rudels vom Schnellen Fluss standen sich gegenüber und starrten einander finster an. Das Rudel um sie herum wurde ungeduldig. Niemand schätzt Unstimmigkeiten zwischen den Leitwölfen, es stellt die Stärke des Rudels in Frage. Trevegg ging zu Ruuqo und flüsterte ihm etwas ins Ohr, doch Ruuqo schob ihn beiseite. Minn winselte verängstigt, seine dürre Gestalt zitterte. Mir hatte sich der Magen vor Aufregung zusammengezogen. Was würde geschehen, wenn Ruuqo und Rissa tatsächlich miteinander kämpften? Ich spürte, wie Ázzuen neben mir zitterte, und hörte Marras scharfe Atemzüge. Nur Yllin und Werrna wirkten ebenso interessiert wie besorgt. Yllins Blick wanderte von Rissa zu Ruuqo und wieder zurück. Ich konnte ihre Gedanken förmlich hören, während sie die beiden beobachtete und sich alles einprägte, was es über das Verhalten eines Leitwolfs zu lernen gab. Werrna knurrte ganz leise, während sie die Auseinandersetzung ruhigen und berechnenden Auges verfolgte. Jedes Anzeichen von Schwäche bei einem der beiden Leitwölfe bot einem ehrgeizigen Wolf die Möglichkeit zum Aufstieg. Ich glaubte nicht, dass mir Werrna als Anführerin des Rudels gefallen würde.

»Ich denke nur an das Rudel, Rissa.« Ruuqo gab nicht nach, aber er drängte Rissa auch nicht in eine Position, aus der heraus ihr nichts anderes übrigbleiben würde, als gegen ihn zu kämpfen. »Das Rudel vom Felsgipfel ist stark, und du musst ihr Revier betreten, um die Menschen zu beobachten«, sagte er vernünftig. »Wir können es uns nicht leisten, dieses Jahr Welpen zu verlieren. Wenn der Winter kommt, brauchen wir jeden einzelnen Jäger. Die Beute ist nicht mehr, wie sie einmal war.«

Zorn stieg in mir auf. Ruuqo war es egal gewesen, ob Ázzuen oder ich bei der Überquerung der Ebene starben oder nicht. Ich hatte ihn zu Werrna sagen hören, jedes Rudel verlöre Welpen, was also bedeuteten schon zwei Schwächlinge? Jetzt tat er, als sei er um unsere Sicherheit besorgt. Ich schuldete Ruuqo meine Ergebenheit, aber leiden konnte ich ihn nicht besonders. Ich unterdrückte ein Knurren.

Doch Rissas Stimme wurde sanfter, als sie zumindest Besorgnis in Ruuqos Argumentation erkannte.

»Ja, die Beute ist nicht mehr, was sie einmal war«, sagte sie. »Die Beute ist nicht mehr so zahlreich, weil die Menschen sich alles nehmen. Bald kommt die Zeit unserer Winterwanderungen, Gefährte, und dann werden wir sie sicher sehen. Die Welpen müssen Bescheid wissen. Und zwar jetzt.«

»Das gefällt mir nicht«, sagte Ruuqo, doch sein Rückenfell glättete sich. »Wenn wir vorsichtig sind, können wir sie bis zum Winter einfach ignorieren.«

»So wie Hiiln sie ignoriert hat?«, fragte sie.

Ruuqo zuckte zusammen. Ich hatte die Erwachsenen über Hiiln flüstern hören. Er hatte das Rudel vor unserer Geburt verlassen.

»Du kannst einen Langzahn auf der Jagd nicht ignorieren, Gefährte«, fuhr Rissa fort. »Du weißt genauso gut wie ich, dass es geschehen muss. Wir werden bis zum Mondaufgang warten. In der Nacht sind die Menschen so blind wie frisch geschlüpfte Küken. Das wird sicher genug sein.«

Ruuqo ließ die Schultern leicht hängen, doch er nickte zustimmend.

»Minn und Trevegg bleiben mit mir hier, um unser Fleisch zu bewachen. Du nimmst Yllin und Werrna mit.« Yllin und Werrna waren gute Kämpferinnen. Vielleicht war es ihm ja doch nicht gleichgültig, ob uns etwas zustieß. Oder zumindest, ob Rissa etwas zustieß. Rissa legte Ruuqo sanft das Kinn auf den Nacken, und ich spürte, wie sich das Rudel um mich herum entspannte. Die Raben, die so eingenommen von ihrem Mahl gewirkt hatten, stießen erfreute, gurgelnde Laute aus. Dann plötzlich öffnete Edelschwing den Schnabel und krächzte warnend.

Das merkwürdige Kitzeln in meiner Brust kehrte zurück, und ich wusste, dass die Menschen zurückgekommen waren. Doch bevor ich die anderen warnen konnte, schossen Werrnas Ohren in die Höhe.

»Sie kommen zurück. Und diesmal sind sie zu mehreren.« Ein Knurren stieg tief aus ihrer Brust auf. »Sie kommen, um unsere Beute zu stehlen!«

Wir drehten uns zu Ruuqo um.

»Wie viele sind es?«, fragte er Werrna.

»Sieben«, antwortete Edelschwing, der auf der Beute saß, und breitete die Schwingen aus. »Alles Erwachsene, alle männlich.« Er seufzte krächzend. »Lasst uns lieber sofort so viel Fleisch wegschaffen, wie wir können. Bevor nichts mehr übrig ist als blutiges Gras.«

»Ihr solltet mit uns zu den Menschen kommen«, schlug Rissa amüsiert vor.

»Wenn ihr euch nicht davor fürchten würdet, ihnen tagsüber zu begegnen, würden wir das auch«, antwortete Schnabelweis. »*Wir* haben keine Angst vor ihnen. *Wir* gehen zu ihnen, wann immer wir wollen.«

»Die Menschen werfen mit Sachen nach uns«, erzählte Tlitoo und landete neben Ázzuen und mir. »Aber sie lassen gute Dinge zum Fressen am Rand ihres Lagers zurück. Es gibt vieles, das man sich nehmen kann, wenn sie einen nicht sehen.« Er zwinkerte uns zu. »Ich bringe euch hin, wenn euer Rudel das nicht tut. Ich kenne den Weg.«

»Sollen wir sie diesmal bekämpfen, Leitwolf?« Werrnas Blick war finster und entschlossen.

Ich wartete darauf, dass Ruuqo das Signal zum Kampf gab, und hoffte, er würde uns Welpen dieses Mal mit einbeziehen. Ich fühlte das Prickeln der Erregung. Ich verstand, warum die Erwachsenen uns nicht mit der Bärin hatten kämpfen lassen – ein Hieb mit der Tatze, und wir wären tot gewesen. Doch am Kampf gegen diese schwächlich wirkenden Menschen würden sie uns doch gewiss teilnehmen lassen. Die hatten nicht die starken Gliedmaßen der Bären und waren nicht einmal besonders groß.

»Wie viel Lärm sie machen!«, flüsterte Marra, als die Menschen auf die Ebene des Hohen Grases zu getrampelt kamen. Wir konnten sie ausgezeichnet hören, obwohl sie noch weit entfernt waren. »Sind sie dumm oder einfach nur unvorsichtig? Wir dürfen nie so viel Krach machen.«

»Vielleicht haben sie ihre Gründe, sich keine Sorgen zu machen«, sagte Ázzuen und spähte aufmerksam über die Wiese. »Sie schienen vorhin keine Angst vor uns zu haben, sondern waren nur vorsichtig. Sie sind anders, so viel ist sicher.«

»Es sind Rivalen, Idiot«, sagte Unnan. »Du bist nur zu dumm, um das zu merken.«

Ázzuen ließ sich nicht von Unnan verunsichern. »Nein«, meinte er. »Da ist noch etwas anderes. Spürst du das nicht?«

Unnan verdrehte die Augen und wandte sich ab, doch Marra nickte langsam. Ich wollte ihnen erzählen, wie ich mich gefühlt hatte, wie der Halbmond auf meiner Brust warm geworden war, als die Menschengeschöpfe näher gekommen waren, doch ich zauderte. Wenn irgendjemand mir helfen konnte, das alles zu verstehen, dann der schlaue Ázzuen, doch ich wollte nicht das Risiko eingehen, dass einer der anderen davon hörte. Das warme Gefühl in meiner Brust nahm zu, und ich sah mich selbst schon durch die Luft springen und eines dieser Geschöpfe zu Boden werfen. Ázzuen wäre an meiner Seite, und zusammen würden wir eines von ihnen besiegen. Töten würde ich es jedoch nicht. Ich würde ihm das Leben schenken und mich vielleicht mit ihm anfreunden. Es war ein sonderbarer Gedanke, aber ich konnte mir vorstellen, mit einem von ihnen zu laufen, über Wiesen und durch Wälder zu rennen. Ich schüttelte den Kopf. Mit Beute oder Rivalen lief man nicht. Man jagte sie oder bekämpfte sie. Ich drehte mich wieder zu Ruuqo um.

»Rückzug, Wölfe«, befahl er. »Nehmt von der Beute, so viel ihr könnt, und zieht euch in den Wald zurück.«

Sofort begannen Yllin, Werrna und Trevegg damit, Fleisch aus dem Pferd zu reißen. Ich konnte nicht fassen, dass Ruuqo davonlaufen wollte. Ein scharfer Biss von Minn ließ mich aufjaulen.

»Worauf wartest du noch, im Namen des Mondes?«, sagte er. Zum ersten Mal fiel mir auf, wie sehr er mit seinem schmalen Gesicht dem wieselgleichen Unnan ähnelte. Ihre Persönlichkeiten ähnelten einander ebenso. »Tu, was man dir sagt.«

Immer noch verdutzt lief ich zur Beute. Yllin war es gelungen, eines der Vorderbeine des Pferdes herauszulösen, zusammen mit einem Großteil der Schulter und einigen Rippen, und jetzt mühte sie sich mit dem Beutestück ab, um es unter die Bäume zu ziehen. Ázzuen und ich liefen zu ihr, um ihr zu helfen, während Trevegg die übrigen Welpen den Abhang hinauf und in den Wald trieb. Jeder von ihnen schnappte sich ein kleines Stück des Pferdes. »Beeilt euch!«, rief Trevegg. »Die Menschen sind heute schnell.«

»Warum kämpfen wir nicht gegen sie?«, fragte ich Yllin, während ich die Schulter des Pferdes packte. Ázzuen nahm sich das Bein am unteren Ende und zog ruckartig daran. Tlitoo balancierte auf dem Stück, das wir trugen, und pickte an der Schulter herum, während wir uns damit abmühten.

»Weil Ruuqo sich vor den Menschen fürchtet«, sagte Yllin, als sie innehielt, um Atem zu schöpfen. Sie blickte über die Schulter, um sich zu vergewissern, dass niemand nah genug war, um uns zu hören, und senkte die Stimme. »Sein Bruder, Hiiln, wurde verbannt, weil er zu viel Zeit bei den Menschen verbrachte. Deshalb wurde Ruuqo der Leitwolf. Rissa sollte eigentlich Hiilns Gefährtin werden, nicht Ruuqos. Deshalb ist er sich seiner Macht nicht sicher. Er denkt, er sei nur der Zweitbeste. Selbst sein Name verrät es – er bedeutet ›zweiter Sohn‹. Sein Vater gab ihm diesen Namen, als er und Hiiln erst vier Wochen alt waren.«

Rissa trabte mit einem großen Stück Fleisch im Maul vorbei. Sie kläffte anerkennend, als sie den riesigen Brocken sah, den wir ergattert hatten.

»Beeilt euch«, sagte Yllin, nahm die Schulter wieder ins Maul und zog dabei kräftig daran, so dass Tlitoo beinahe in den Staub gepurzelt wäre. Er schlug flatternd mit den Flügeln, um sein Gleichgewicht wiederzufinden und sah Yllin vorwurfsvoll an.

»Du bist so ungeschickt wie ein lahmer Auerochse«, grummelte er.

Ich grinste ihn an, schloss dann meine Kiefer um die Schulter des Pferdes und zog ebenfalls kräftig. Gemeinsam schleiften Ázzuen, Yllin und ich das Fleisch unter die Bäume, näher zu der Stelle, wo sich das übrige Rudel bereits versteckte. Der Fleischbrocken war so groß, dass wir nur langsam vorankamen. Schwer atmend von der Anstrengung blieben wir erneut stehen. Tlitoo blickte uns verächtlich an und flog davon, zurück zur Beute. Yllin sah ihm nach.

»Wir sollen uns zwar von den Menschen fernhalten«, sagte sie, »das ist ein Wolfsgesetz. Aber Ruuqo übertreibt es. Wir dürfen sie nicht töten oder verletzen, es sei denn, sie bedrohen uns. Und wir dürfen keine Zeit mit ihnen verbringen. Aber wir dürfen sie bestehlen und unsere Beute verteidigen, solange wir sie dabei nicht unnötig verletzen. Vorausgesetzt, der Leitwolf erlaubt es. Wir brauchen aber auch nicht zu verhungern, nur um Kämpfen mit ihnen aus dem Weg zu gehen. Wenn ich Leitwölfin wäre, würde ich sie bekämpfen.«

»Aber du bist keine Leitwölfin, Yllin, noch nicht.« Beim Klang von Treveggs Stimme zuckte Yllin zusammen, doch der Altwolf war gutgelaunt. »Du weißt genauso gut wie ich, dass es uns verboten ist, unnötig Kontakt mit den Menschen zu haben. Ein Leitwolf hat dafür zu sorgen, dass dieses Gesetz befolgt wird. Aber jetzt lasst uns dieses Fleisch vergraben, ehe selbst die nutzlosen Menschennasen es finden.«

»Ja, Grauwolf«, antwortete Yllin nachgiebig, ohne jedoch die Ohren zu senken.

Trevegg bemerkte ihre nicht gerade unterwürfige Zustimmung und schnaubte. »Du übst einen schlechten Einfluss auf die Welpen aus. Komm schon, Jungwölfin. Du kannst von uns Alten immer noch einiges lernen.« Er nahm das ganze Bein mitsamt Schulter und Rippen und zog es alleine in den Wald, während wir zurückblieben und bewundernd zusahen. Als wäre sie nicht gerade zurechtgewiesen worden, sprang Yllin ihm hinterher.

Wir durften nicht zusehen, wie die Menschengeschöpfe unsere Beute stahlen. Wie Kaninchen versteckten wir uns im Unterholz. Die Menschen waren so laut wie die Raben, als sei es ihnen egal, dass jeder Bär und jeder Langzahn im Großen Tal sie hören konnte. Wir vergruben das Fleisch am Waldrand, an einer Stelle, die Rissa Heller Wald nannte, ein kleiner Sammelplatz, den wir benutzten, wenn wir auf der Ebene des Hohen Grases jagten.

Sobald das Fleisch versteckt war, versammelte Rissa uns Welpen um sich herum. Trevegg setzte sich neben sie, leicht hechelnd wegen der Hitze. Einer nach dem anderen gesellten sich die Wölfe des Rudels zu uns und ließen sich an den weichsten, kühlsten Stellen nieder, die sie finden konnten. Nur Ruuqo blieb ein wenig abseits und schaute zurück zur Beute, wo, wie wir hören konnten, die Menschen sich über unser Fleisch hermachten. Rissa wartete, bis wir sie alle ansahen, dann begann sie zu sprechen.

»Das Große Tal ist nicht wie andere Orte«, sagte sie, »und wir sind nicht wie andere Wölfe. Wir sind dazu auserwählt, eine große Aufgabe zu erfüllen, und haben geschworen, bestimmte Gesetze zu befolgen. Deshalb müsst ihr bei dem, was ich euch jetzt erzählen werde, gut zuhören, besser als jemals zuvor.«

Rissa sah mich nicht an, als sie von den Gesetzen sprach, doch ich spürte die Blicke des übrigen Rudels auf mir. Niemand hatte vergessen, was Ruuqo und die Höchsten Wölfe über meine Geburt gesagt hatten, dass sie gegen die Gesetze des Großen Tales verstieß. Ázzuen drückte sich eng an mich, doch ich stellte fest, dass ich mich nicht fürchtete. Vielleicht würde ich endlich erfahren, warum ich anders war, warum Ruuqo mich hasste. Ich lehnte mich so weit vor, wie ich konnte, um mir ja kein Wort entgehen zu lassen.

»Heute Nacht werden wir euch zu den Menschen bringen, die das Tal mit uns teilen«, fuhr Rissa fort. »Sie sind gefährlicher als der Bär, gefährlicher als die Raubvögel für Welpen. Es ist euch verboten, euch in irgendeiner Weise mit ihnen einzulassen. Wenn ihr sie seht, während ihr ohne Leitwolf unterwegs seid, lauft ihr fort, selbst wenn ihr gerade an der besten Beute nagt, die ihr je gefangen habt. Wenn die Leitwölfe es euch befehlen, dürft ihr von ihnen stehlen oder mit ihnen um Beute kämpfen, egal ob tot oder lebendig.«

Ich hörte Yllin leise vor sich hin grummeln. Sie war immer noch sauer, weil Ruuqo uns nicht mit den Menschen um das Pferd hatte kämpfen lassen. Rissa ignorierte sie.

»Jeder Wolf, der darüber hinaus mit den Menschen Umgang pflegt«, sagte die Leitwölfin, »wird vertrieben – nicht nur aus dem Rudel, sondern aus dem Großen Tal selbst.«

Ich sah mich um. Von unserem Versteck im Wald aus konnte ich weder die Berge noch die Hügel sehen, die unser Zuhause begrenzten. Das Tal war unermesslich groß, und ich konnte mir nicht vorstellen, es jemals zu verlassen.

»Vor allem jedoch«, sagte Rissa, »dürft ihr niemals einen Menschen töten, es sei denn, ihr verteidigt euer Leben oder euer Rudel. Wenn ihr einen Menschen ohne Grund tötet, werdet ihr und euer ganzes Rudel umgebracht. Die Höchsten Wölfe werden jeden Wolf töten, in dessen Adern euer Blut fließt.«

Das ließ uns aufhorchen. Wir hörten auf, herumzuzappeln. Alle starrten wir Rissa an.

»Es ist an der Zeit für euch«, sagte sie, »zu erfahren, was das Abkommen des Großen Tals bedeutet.«

Sie schwieg einen Augenblick und sah zu Ruuqo, als erwartete sie, dass er erneut mit ihr streiten würde. Doch er erwiderte nur kühl ihren Blick.

»Wenn du sie schon zu den Menschen führst, solange sie noch schlammhirnige Welpen sind«, knurrte er, »dann kannst du ihnen auch genauso gut von den Legenden erzählen.«

Steifbeinig entfernte er sich mehrere Wolfslängen von uns, fand eine feuchte Stelle in der Nähe eines verrottenden Baumstamms und ließ sich dort nieder, mit dem Rücken zu uns.

»Also gut«, meinte Rissa und weigerte sich, auf seinen Groll einzugehen. »Es gab einmal eine Zeit, in der Menschen und Wölfe einander bekämpften, und das Volk der Wölfe wurde nahezu ausgerottet.« Sie machte eine kurze Pause. »Ihr erinnert euch doch noch daran, was ihr über die Ahnen gelernt habt?«, fragte sie uns.

»Sonne, Mond, Erde und Himmel«, antwortete Ázzuen prompt und wiederholte, was Trevegg uns viele Monde zuvor erzählt hatte. »Sie schufen die Geschöpfe und das Gleichgewicht, und wir müssen ihren Gesetzen folgen. Aber mehr wollte Trevegg uns nie erzählen«, fügte er hinzu.

Rissa kläffte leise lachend über die Entrüstung in Ázzuens Stimme. Er hasste es, wenn er etwas nicht wusste. »Das ist richtig«, erwiderte sie. »Und ihr werdet mehr darüber erfahren, wenn es an der Zeit ist. Alles, was ihr jetzt wissen müsst, ist, dass unsere Vorfahren den Ahnen versprochen haben, dass dieses Tal ein Ort des Friedens sein wird. Darum geht es bei diesem Abkommen. Deshalb müssen wir dieses Versprechen halten, und aus diesem Grund lastet das Schicksal aller Wölfe auf unseren Schultern.«

Ihre Stimme passte sich dem Rhythmus der Geschichte an, den Legenden, die von einer Generation Wölfe an die nächste weitergereicht wurden.

»Das Versprechen wurde vor langer Zeit gegeben«, sagte sie, »als die Wölfe gerade zu Wölfen geworden und die Menschen noch keine richtigen Menschen waren. Damals traf ein Wolf namens Indru am Nordrand einer großen Wüste auf einen Menschen. Beide waren sehr hungrig, und beide führten ihre Rudel auf der Suche nach Nahrung an.«

»Damals«, fügte Trevegg hinzu, »unterschieden sich die Menschen noch nicht sehr von den anderen Geschöpfen.« Mit einem zufriedenen Seufzen ließ sich der Altwolf nieder. »Sie waren klüger als die einen und dümmer als die anderen, erfolgreicher im Überleben als manche und wiederum nicht so erfolgreich wie andere. Es gab weniger von ihnen als jetzt, und sie waren mit Fell bedeckt wie gewöhnliche Geschöpfe, nicht halbnackt so wie heute.«

Borlla prustete, und Trevegg grinste, bevor er fortfuhr.

»Aber schon damals standen sie hoch auf ihren Hinterläufen, und schon damals benutzten sie hin und wieder Werkzeuge, allerdings längst nicht so viele wie heute.«

»Was sind Werkzeuge?«, fragte Ázzuen, ehe ich die Gelegenheit dazu hatte.

»Habt ihr schon einmal gesehen, wie die Raben Zweige

von den Blättern befreien und sie dazu benutzen, Larven aus dem Inneren der Bäume hervorzuholen?«, fragte Trevegg. »Das meine ich. Der Zweig ist ein Werkzeug, und der Mensch ist besser darin, es zu benutzen, als irgendein anderes Geschöpf. Es ist eine der Gaben, die die Menschen von den Ahnen erhalten haben, so wie wir unsere flinken Läufe und die Klugheit bei der Jagd bekamen.«

»Die Werkzeuge damals waren aber nicht mit denen von heute zu vergleichen«, warf Yllin ein und unterbrach den Altwolf. »Der Vor-Mensch, den Indru damals traf, hatte nur einen Stecken zum Graben und einen geschärften Stein zum Schneiden. Es waren dieselben Werkzeuge, die schon seine Vorfahren und die Vorfahren seiner Vorfahren benutzt hatten. Er war noch nicht auf die Idee gekommen, den Stein am Ende eines Steckens zu befestigen oder das Ende des Steckens anzuspitzen und ihn auf die Beute zu schleudern.«

Yllin wirkte plötzlich verlegen, als sie bemerkte, dass sie das Erzählen übernommen hatte, doch als Rissa ihr ermutigend zunickte, fuhr sie fort.

»Damals waren die Menschen noch Schmarotzer«, erzählte die Jungwölfin, »die sich hauptsächlich von der Beute anderer Jäger ernährten und von dem, was sie selbst an kleinerer Beute fangen konnten.«

»Sie sind bloß Schmarotzer?«, wollte Unnan wissen. »Wieso müssen wir uns dann ihretwegen Sorgen machen?«

»Sei still, Welpe!«, befahl Ruuqo von seinem Platz neben dem Baumstamm aus. Ázzuen neben mir zuckte zusammen, und Marra fiepte leise. Ich hatte geglaubt, Ruuqo sei eingeschlafen, doch offensichtlich hörte er genau zu. Unnan legte seine Ohren an, und Ruuqo beobachtete ihn einen Augenblick, ehe er sich wieder von uns abwendete.

»Damals waren sie noch Schmarotzer«, erklärte Trevegg mit einem finsteren Seitenblick auf Unnan. »Heute sind sie es nicht mehr.«

Ich unterdrückte ein freudiges Fiepen über Unnans Beschämung und setzte mich auf die Hinterläufe.

»Es war eine harte Zeit«, fuhr Rissa fort, als hätte Yllin sie nie unterbrochen, »und es gab wenig Nahrung. Die Vor-Menschen waren dabei, den Überlebenskampf zu verlieren, und auch Indrus Rudel hatte Mühe, durchzukommen. Indru hatte seine Wölfe auf der Suche nach Nahrung bereits weit über das Land geführt. Obwohl es ihnen besser erging als den Menschen, konnte er nicht zulassen, dass ihnen gute Beute entkam. Und nach allem, was ein Wolf wusste, waren diese schwachen Geschöpfe, die vor seinem Rudel standen, nichts anderes als Beute.«

Ich dachte daran, wie ich mich gefühlt hatte, als ich die Menschen am anderen Ende der Ebene des Hohen Grases gesehen hatte. Wie ich hin- und hergerissen war zwischen dem Gefühl, sie bekämpfen zu müssen, und dem Gefühl, gemeinsam mit ihnen laufen zu wollen. Ich konnte mir vorstellen, wie ich dort neben Indru stand und die Menschen beobachtete. Und bevor ich wusste, was ich tat, hatte ich das Wort ergriffen.

»Aber er sah in ihnen keine Beute«, flüsterte ich, und dann stockte mir der Atem, als ich begriff, was ich gesagt hatte. Ich legte meine Ohren an, bevor irgendjemand mich zurechtweisen konnte.

Rissa zog ihre Lippen ein ganz klein wenig zurück und seufzte. Als sie dann wieder zu sprechen begann, war ihre Stimme sehr leise.

»Er sah in ihnen keine Beute. Er schaute den Menschen in die Augen und sah etwas, das ihm bekannt vorkam, etwas, das er genauso gut in den Augen eines Wolfs hätte sehen können.«

Ruuqo knurrte leise von seinem Platz neben dem Baumstamm und hob den Kopf.

»Entgegen aller Vernunft und allem Verstand«, fuhr Rissa fort, »befahl Indru seinem Rudel nicht, die Menschen zu jagen. Stattdessen lud er die aufrecht gehenden Geschöpfe ein, mit seinem Rudel zu spielen. Und als die Sonne hoch am Himmel stand und es zu warm geworden war, um zu laufen, legten sie sich zusammen zur Ruhe und schliefen Seite an Seite.«

Mit halbgeschlossenen Augen erzählte Rissa weiter. »Als sie erwachten, waren sie verändert. Indru sah, dass die Menschen sich nicht sehr von den Wölfen unterschieden. Als er genauer hinsah, erkannte er, wie schwach und krank sie bereits waren – wie nahe an der Schwelle des Todes. Und Indru wollte nicht, dass die Menschen starben. Er wollte bei ihnen sein, wollte mit ihnen laufen, so wie er mit seinem Rudel lief. Er konnte sie genauso wenig dem Tod überlassen, wie er eines seiner Jungen hungern lassen konnte, während sein eigener Bauch mit Fleisch gefüllt war. Er beschloss, den Menschen Dinge beizubringen, die ihnen helfen würden zu überleben. Manche glauben, wenn Wolf und Mensch nebeneinanderliegen, verbinden sich ihre Seelen, und selbst wenn sie sich wieder erheben und auseinandergehen, nimmt jeder ein Stück der Seele des anderen mit sich.«

»Das ist nicht Teil der überlieferten Geschichte!«, schnauzte Ruuqo, sprang plötzlich auf und erschreckte uns alle. Er stolzierte zu uns herüber. »So sollte die Legende nicht erzählt werden.«

»So habe ich es als Welpe gehört«, erwiderte Rissa. »Nur weil du nicht daran glaubst, heißt das nicht, dass es nicht wahr ist.«

Ruuqo knurrte tief und kehlig. Er ging wieder zurück zu seinem verrotteten Baumstamm und drehte sich unruhig um sich selbst. Ich wartete darauf, dass er sich wieder hinlegen würde, doch stattdessen ging er zu Rissa zurück und setzte sich neben sie, auf den Hinterläufen balancierend, als wäre er bereit zum Sprung. Rissa stieß ein leises, verärgertes Knurren aus, ehe sie fortfuhr.

»Die Wölfe lehrten die Menschen, wie man zusammenarbeitet, um Beute zu machen, damit sie nicht länger auf andere angewiesen waren, um Nahrung zu finden«, erzählte sie. »Sie lehrten die Menschen, Sammelplätze einzurichten, an denen sie zusammenkommen konnten, um sich auszuruhen und zu beraten.«

»Das waren Geheimnisse der Wölfe«, unterbrach Ruuqo, »und Indru hätte besser daran getan, sie nicht mit den Vor-Menschen zu teilen. Jedes Geschöpf hat seine Geheimnisse – Gaben, die ihm von den Ahnen verliehen worden sind –, und es ist verboten, diese Geheimnisse mit anderen zu teilen. Denn die Ahnen wussten, dass ein Geschöpf, das zu viel lernt, zu mächtig wird und damit das Gleichgewicht stören kann. Indru war von seinen Gefühlen für die Menschengeschöpfe so geblendet, dass er das Gesetz der Ahnen missachtete und ihnen Dinge beibrachte, die sie nicht hätten wissen dürfen. Es dauerte nicht lange, und die Menschen hatten sich verändert.«

Ruuqo verstummte und ging steifbeinig zurück zu seinem Baumstamm. Als klar war, dass er nicht weitererzählen würde, nahm Rissa den Faden wieder auf.

»Sie hatten sich gewaltig verändert. Weil sie im Rudel jagten, hatten sie mehr Nahrung und wurden stärker. Sie kamen an ihren neuen Sammelplätzen zusammen und machten die Erfahrung, dass der Verstand von vielen besser arbeitete als der eines Einzelnen. Sie entdeckten neue Wege, Nahrung zu finden, und bessere Möglichkeiten, sich zu schützen. In einer kalten Nacht, als sie es leid waren, vor Kälte zu zittern und sich vor den Jägern, die ihnen nachsetzten, zu verstecken, lernten sie, das Feuer zu zähmen.«

Ich hatte das Feuer gesehen, wie es sich manchmal durch die Bäume und das Unterholz des Waldes fraß. Es schien unmöglich, dass irgendein Geschöpf es beherrschen könnte, und ich fragte mich unwillkürlich, wie solch ein Geschöpf wohl sein mochte. Rissas Stimme riss mich aus den Gedanken. Ich schüttelte mich und kroch ein wenig näher an sie heran.

»Nachdem die Menschen gelernt hatten, das Feuer zu beherrschen«, erzählte sie, »brauchten sie ihr dickes Fell nicht länger, und es fiel von ihnen ab wie Blätter von einem Baum. Sie entdeckten neue Methoden, Werkzeuge herzustellen und zu benutzen, die ihre Vorfahren sich nicht einmal hätten vorstellen können. Sie fanden neue Wege zu töten und zu kämpfen. Sie wurden stolz und überheblich. ›Wir sind anders‹, sagten sie. ›Wir sind besser als die anderen Geschöpfe. Kein anderes Geschöpf kann Feuer machen. Kein anderes Geschöpf stellt Werkzeuge aus Stein und Holz her.‹«

Das Geräusch von Flügelschlägen ließ uns aufblicken. Edelschwing landete vor Rissa und Trevegg, den Schnabel noch blutig vom Mahl. Mein Magen rumorte beim Gedanken an das gute Fleisch, das jetzt außer Reichweite war.

»Wolf und Mensch sind stolz.
Beide Demut zu lehren
Ist des Raben Los.«

Er zog an Rissas Ohr und schlug Trevegg mit den Flügeln ins Gesicht. Als der Altwolf grinste und nach dem Raben schnappte, ergriff Edelschwing die Flucht und ließ sich auf einem Ast direkt über uns nieder, wo Schnabelweis schon auf ihn wartete. Ich fragte mich, wie lange die Raben wohl schon zugehört hatten und warum ihnen unsere Legenden überhaupt etwas bedeuteten. Rissa betrachtete sie einen Augenblick argwöhnisch, dann sprach sie weiter.

»Die Menschen entschieden, dass alle anderen Geschöpfe ihnen dienen sollten«, sagte sie. »Die Wölfe weigerten sich, und Menschen und Wölfe kämpften gegeneinander. In ihrem Zorn begannen die Menschen, jedes Geschöpf zu töten, das sich ihnen nicht unterwarf. Dann legten sie Feuer in dem Wald, in dem sie selbst lebten.«

Ich erschauderte. Trevegg hatte uns erzählt, dass das Feuer vor drei Jahren zwei unserer besten Sammelplätze zerstört hatte. Ich konnte mir nicht vorstellen, solch eine Zerstörung absichtlich herbeizuführen.

»Damit erregten sie die Aufmerksamkeit der Ahnen«, sagte Trevegg. »Und als sie sahen, was die Menschen von den Wölfen gelernt hatten und was die Menschen taten, da wussten sie, dass diese Geschöpfe das Gleichgewicht bedrohten. Dass sie weiterhin töten und alles zerstören und jedes Geschöpf um sie herum vernichten würden. Doch die Ahnen würden so etwas niemals zulassen. Also verkündete Himmel allen Menschen und Wölfen der Welt, dass für sie die Zeit des Todes gekommen war.«

»Als Indru das hörte«, sagte Rissa, »heulte er vor Trauer und Verzweiflung. Er stieg auf den höchsten Berg, den er finden konnte und rief die Ahnen an, flehte für das Leben der Wölfe und Menschen. Zuerst hörten sie ihn nicht.«

Rissa hob den Kopf, um Edelschwing und Schnabelweis in den Bäumen über ihr anzublicken. Beide breiteten die Flügel aus, und Edelschwing begann zu sprechen.

»Also flog Tlitookilakin, der Rabenkönig, der über die Wölfe und Menschen wachte, den ganzen Weg hinauf zur Sonne und pickte mit seinem scharfen Schnabel nach der Ahnin. Sonne sah hinab und erblickte Indru, und sie rief die anderen Ahnen – Mond, Erde und Großmutter Himmel –, um ihm zuzuhören. Tlitookilakin flog an Indrus Seite, denn er wollte nicht, dass seine Raben wegen der Dummheit der Wölfe verhungern mussten.«

Der Rabe legte den Kopf von der einen Seite zur anderen und machte es sich wieder auf seinem Ast bequem. Trevegg reckte witternd die Schnauze in den Wind, senkte sie dann wieder und sprach weiter.

»Mit demütig angelegten Ohren, die Rute höflich zwischen den Hinterläufen versteckt, stand Indru vor den Ahnen. Er sprach zu ihnen und bewies mehr Mut als je ein Wolf zuvor.

›Bestraft nicht alle Wölfe und Menschen‹, flehte er. ›Dass es so weit gekommen ist, ist allein meine Schuld und die meines Rudels. Bereitet unserem Leben noch kein Ende. Es gibt so viele Dinge, die wir noch lernen müssen, so vieles, was es noch zu entdecken gilt.‹

Himmel sandte einen warmen Wind, der durch Indrus Fell strich. ›Alle Geschöpfe haben ihre Zeit zu leben und ihre Zeit zu sterben‹, erklärte Himmel sanft. ›Es ist an der Zeit für euch, den Weg frei zu machen für das, was als Nächstes kommt. So ist es immer gewesen, und so muss es immer sein.‹

Indru blickte Himmel verzweifelt an, unsicher, was er jetzt machen sollte. Der Rabenkönig pickte ihn fest in den Hintern, und der Wolf ergriff erneut das Wort.

›Unsere Zeit ist noch nicht vorüber‹, flehte er. ›Wir haben gerade erst damit begonnen, diese wundervolle Welt, in der wir leben, zu erkunden.‹

Erde erbebte als Antwort auf das Kompliment und ließ den Berg erzittern. Da setzte sich Indru auf die Hinterläufe und heulte ein Lied, so süß und traurig, dass sogar Himmel zitterte. Und Mond und Erde standen zum ersten Mal in ihrem langen, langen Leben vollkommen still.

Die Ahnen betrachteten Indru neugierig. Kein anderes Geschöpf hatte je vor ihnen gestanden und so mutig und ruhig seine Sache vertreten. Die Ahnen lebten schon eine sehr, sehr lange Zeit und waren einander überdrüssig geworden. Sie langweilten sich und waren einsam – so einsam wie ein Wolf ohne Rudel. Im Lied des Wolfes fanden sie einen Weg, ihrer Einsamkeit zu entgehen und Gefährten zu finden. Sie berieten untereinander, während Indru und Tlitookilakin zitternd auf dem Gipfel des Berges warteten. Endlich, nach einer Weile, die Indru wie eine Ewigkeit vorkam, sprach Himmel.

›Wir werden dir deine Bitte erfüllen‹, sagte Himmel, und Indrus Herz begann wieder zu schlagen.

›Doch du musst uns ein Versprechen geben – ein Versprechen, das auch deine Kinder und die Kinder deiner Kinder werden halten müssen.‹

›Ich verspreche alles‹, rief Indru.

Himmel donnerte zustimmend. Er hatte nichts anderes erwartet.

›Da die Menschen jetzt glauben, sie seien besser als alle anderen Geschöpfe‹, erklärte Himmel, ›wird ihre eigene Macht sie blind machen. Sie werden Feuer entzünden, größer, als du sie dir vorstellen kannst. Sie werden kämpfen, und sie werden töten, und sie werden sich nicht darum kümmern, ob sie alles und jeden vernichten, der nicht ist wie sie. Wenn man sie sich selbst überlässt, werden sie das Gleichgewicht zerstören, und dann wird uns nichts anderes übrigbleiben, als nicht nur das Leben der Wölfe und Menschen zu beenden, sondern das der gesamten Welt.‹«

Trevegg machte eine Pause und blickte uns an. »Ihr erinnert euch daran, was ich euch von dem Gleichgewicht erzählt habe, als ihr noch Winzjunge wart?«, fragte der Altwolf. »Dass es das Gleichgewicht ist, das die Welt zusammenhält, und dass jedes Geschöpf, jede Pflanze, jeder

Lufthauch ein Teil davon ist? Nun, Himmel – der Anführer der Ahnen – fürchtete, dass die Ahnen selbst sterben könnten, wenn das Gleichgewicht gestört würde. Also ging er ein großes Risiko ein, als er Indru vertraute. Doch Himmel war einsam, und er wollte, dass die Wölfe Erfolg hatten.«

Der Altwolf streckte sich erneut und schloss die Augen, als könnte er so Indru auf seinem Berggipfel besser erkennen.

»›Wir werden die Menschen vor gewaltige Aufgaben stellen, werden ihnen heftige Stürme und Trockenheit und glühenden Tod von den Bergen und von oben schicken‹, erklärte Himmel dem Wolf. ›Das wird die Menschen davon abhalten, zu stark und überheblich zu werden. Sie werden sich abmühen müssen, und die Anstrengung wird sie davon abhalten, uns Schwierigkeiten zu machen. Doch dies müsst ihr uns versprechen, Wolf: Ihr dürft ihnen nicht wieder helfen. Ihr und euresgleichen müsst euch für immer von ihnen fernhalten. Ihr müsst ihre Gesellschaft meiden.‹

Indru hätte Himmel seine Nase und seine Zähne geopfert, wenn es nötig gewesen wäre, aber dieses Versprechen wollte er nicht geben. Er konnte sich nicht vorstellen, den Menschengeschöpfen auf immer und ewig fernzubleiben. Das wäre ebenso schlimm, dachte er, als würde man sterbende Rudelgefährten verlassen. Er wandte den Blick von Himmel und Sonne ab und antwortete nicht.

Die Erde erbebte unter seinen Pfoten. ›Dies ist der einzige Weg‹, sagten die Ahnen.

›Wenn du dich nicht von ihnen lossagst‹ – Sonne schien unbarmherzig auf seinen Kopf herab –, ›werden sie noch mehr von euch lernen. Sie werden so stark werden, dass selbst wir sie nicht mehr in ihre Grenzen weisen können. Ihr werdet sie bekämpfen, und sie euch.‹

›Dies ist der Preis, den ihr zahlen müsst‹, rief Mond laut von Erdes anderer Seite, um Gehör zu finden.

Doch erst als Tlitookilakin den Wolf so fest auf den Kopf pickte, dass dieser einen Schmerzensschrei nicht unterdrücken konnte, antwortete Indru den Ahnen. Da endlich senkte er seinen Kopf und versprach Himmel, dass die Wölfe die Gesellschaft der Menschen bis in alle Ewigkeit meiden würden.«

Trevegg schwieg, und für den winzigsten aller Augenblicke sah er mir in die Augen.

»Jahre über Jahre«, fuhr er fort und wandte den Blick ab, »gaben die Wölfe ihr Bestes, um Indrus Versprechen einzuhalten. Aber sosehr sie sich auch bemühten, sie konnten den Menschen nicht für immer fernbleiben.«

»Sie hatten nicht bedacht, wie schwierig es werden würde«, nahm Rissa den Faden der Geschichte auf, als der Altwolf schwieg. »Weder die Wölfe noch die Ahnen begriffen, wie stark die Anziehung zwischen Menschen und Wölfen wirklich war. Ob es daran lag, dass Wölfe und Menschen sich eine Seele teilten«, herausfordernd schaute sie zu Ruuqo, »oder weil sie zu viel Zeit miteinander verbracht hatten – für Indrus Kinder war es unmöglich, sich von den Menschen fernzuhalten. Immer wieder kamen sie zusammen, und jedes Mal wurde Himmel zorniger und riss sie wieder auseinander. Dann, viele Jahre später, lange nach Indrus Zeit, jagte eine Jungwölfin – nicht viel älter als ihr Welpen es jetzt seid – mit den Menschen und lehrte ihr Rudel, dasselbe zu tun. Dadurch verursachte sie einen großen Krieg. Zu dieser Zeit entstand das Abkommen des Großen Tals.«

»Die Ahnen hatten die Wölfe gewarnt, dass, wenn sie das Versprechen brächen, das Volk der Wölfe und das der Menschen sterben müssten«, sagte Trevegg. »Als also die Wölfin Lydda mit den Menschen jagte, sandte Himmel einen drei Jahre währenden Winter, um das Leben der Menschen und der Wölfe zu beenden. Doch dann, als schon alles verloren schien, tauchten riesige Wölfe auf, und sie sagten, sie seien geschickt, um unsere Hüter zu sein. Dies waren die ersten Höchsten Wölfe, und es heißt, sie seien auf den Strahlen der Sonne vom Himmel herabgeschritten und seien ein Teil der Ahnen selbst.«

»Die Höchsten Wölfe kamen, um uns eine letzte Chance zu geben. Sie kamen, um über die Wölfe zu wachen und um sicherzustellen, dass die Wölfe Indrus Versprechen nie wieder vergessen würden«, erklärte Rissa. »Und da die Höchsten Wölfe wussten, dass sie nicht für immer auf der Erde bleiben konnten, suchten sie Wölfe, die eines Tages ihre Stellung als Hüter der Wölfe übernehmen konnten, Wölfe, die über alle anderen wachen würden, damit Wölfe und Menschen nie wieder zusammenkämen. Auf der ganzen Welt suchten sie nach Wölfen, die stark genug für diese Aufgabe waren, und brachten sie hierher ins Große Tal. Dann riegelten die Höchsten Wölfe das Tal ab, bestimmten, welche Wölfe Junge haben durften und welche nicht, und duldeten nur jene Wölfe im Tal, die den Ahnen schworen, den Gesetzen zu gehorchen.«

»Dass wir uns so weit wie möglich von den Menschen fernhalten«, sagte Trevegg.

»Dass wir niemals ohne Grund einen Menschen töten«, fügte Yllin hinzu.

»Und dass wir unsere Blutlinie schützen und uns niemals mit einem Wolf von außerhalb des Tales paaren«, schloss Rissa. »Diese drei Gesetze werden jedem Wolf überliefert, der in diesem Tal geboren wird. Und jeder, der sie nicht befolgt, wird getötet oder fortgeschickt. Jedes Rudel, das diese Gesetze nicht durchsetzt, wird ausgelöscht. Seit damals sprechen die Höchsten Wölfe für die Ahnen und wachen über die Wölfe und diesen Schwur. Doch eines Tages, wenn sie zum Himmel zurückkehren, werden wir ihren Platz einnehmen. Wir müssen uns dieser Aufgabe würdig erweisen. Wir müssen darauf vorbereitet sein, wenn dieser Tag kommt, oder das Volk der Wölfe wird untergehen.«

6

Unnan war der Erste von uns, der etwas sagte. »Warum ist es so wichtig, dass wir uns nicht mit Wölfen von außerhalb des Tals paaren?«, fragte er und sah mich dabei demonstrativ an. »Warum ist es so falsch, einen Wolf mit gemischtem Blut am Leben zu lassen?«

Trevegg blickte Unnan scharf an, antwortete ihm jedoch. »Wölfe von gemischtem Blut können gefährlich sein«, sagte er. »Einige von ihnen fühlen sich zu sehr zu den Menschen hingezogen. Andere können nicht anders und töten Menschen. So oder so würde der Schwur gebrochen, und wir wären bei der Erfüllung unserer Aufgabe gescheitert. Wieder andere Mischlinge fühlen weder das eine, noch tun sie das andere und werden darüber verrückt. Niemand weiß, wie sich ein Mischling verhalten wird.«

»Also bringt es uns in Gefahr, einen Mischling in unserem Rudel zu haben?«, fragte Borlla mit scheinheiliger Unschuldsmiene. Ich konnte mich gerade noch beherrschen, ihr nicht ins Ohr zu beißen. Marra tat, als würde sie nach einem Floh kratzen, und grub dabei ihre Krallen in Borllas Hüfte. Knurrend stürzte Borlla sich auf sie. Bevor wir anderen uns in den Kampf einmischen konnten, packte Trevegg Borlla beim Nackenfell und zog sie fort.

»Genug!«, sagte der Altwolf. »Gelegentlich mischen wir unser Blut doch. Die Höchsten Wölfe bringen Wölfe von außerhalb des Tals zu uns. Andernfalls würden unsere Blutlinien zu schwach werden.«

»Am Ende gäbe es nur noch Wölfe mit drei Ohren und zwei Nasen«, sagte Yllin und knuffte Unnan spielerisch in die Seite. Er fiel um und funkelte sie böse an.

»Wir dulden Mischlinge, wenn die Höchsten Wölfe es gestatten«, erklärte Rissa, »so wie sie es bei Kaala getan haben.«

»Die Höchsten Wölfe könnten sich doch irren, oder?«, hakte Borlla nach. »Sie könnte immer noch gefährlich sein.«

»Darüber hast du nicht zu entscheiden, Welpe«, sagte Trevegg.

Ruuqo erhob erneut seinen Kopf, um mich anzusehen. Rissa kam zu mir, stellte sich neben mich und leckte mir den Scheitel.

»Wir werden nicht weiter darüber reden«, entschied sie. »Es ist der Wille der Höchsten Wölfe, und damit hat es sich. Ihr müsst euch nur merken, was ich euch über die Menschen und den Schwur erzählt habe. Jetzt schlaft, damit ihr bereit seid, in ein paar Stunden zu laufen.«

Als wäre nichts Ungewöhnliches geschehen, ließ sich das Rudel nieder, um den Rest des heißen Tages zu verschlafen. Ázzuen und Marra legten sich so dicht neben mich, wie es in der Nachmittagssonne gerade noch angenehm war, und ich war dankbar für ihre Unterstützung. Doch mein Herz raste. Es war nicht nur so, dass Ruuqo mich nicht im Rudel vom Schnellen Fluss haben wollte, es ging um noch viel mehr. Ich könnte für alles und jeden im Tal gefährlich sein. Ich wollte unbedingt mehr über die Menschen erfahren. Was hatten sie an sich, das sie so wichtig machte? Sobald die anderen Welpen schliefen, wollte ich Trevegg oder Yllin noch weitere Fragen stellen, doch die Hitze des späten Nachmittags machte mich müde, und bevor ich wusste, wie mir geschah, war ich wie mein Rudel in den Schlaf gesunken.

* * *

Rissa weckte uns zwei Stunden nach Mondaufgang. Wesentlich besser gelaunt als vor dem Einschlafen wälzte ich mich glücklich in der kühlen Abendluft. Ich war ein Welpe des Rudels vom Schnellen Fluss, und nichts von dem, was Borlla und Unnan vorbringen konnten, würde daran etwas ändern. Unser Aufbruchsritual ging schnell und leise vonstatten, mit nur ganz verhaltenem Bellen und Rufen. Die Menschen waren nicht mehr beim Pferdekadaver – nur die Erinnerung ihres Geruches war geblieben –, trotzdem würden wir kein Risiko eingehen. Rissa hatte erzählt, dass unser Geheul sie selbst aus der Ferne verstörte.

Wir verließen den Sammelplatz am Hellen Wald, überquerten die Ebene des Hohen Grases im Lauf und gelangten schnell zum Wald auf der anderen Seite. Alle Welpen taten ihr Bestes, um mit den Erwachsenen Schritt zu halten. Bevor wir aufgebrochen waren, hatte Ruuqo uns davor gewarnt, ungehorsam zu sein.

»Jedes Junge, das die Anweisungen nicht befolgt, wird alleine zurückgeschickt. Ihr weicht nicht von der Fährte ab, die Rissa euch führt. Jeder Welpe, der nicht gehorchen kann, bleibt hier.« Sein Tonfall erlaubte keinen Widerspruch. Wir hatten alle versprochen zu gehorchen.

Der Wald auf der anderen Seite der Ebene des Hohen Grases duftete stark nach Bäumen und Büschen, die ich nicht kannte, aber wir hielten nicht an, um die neuen Witterungen zu erkunden. Sowohl die Wiese als auch der Wald rochen stark nach Menschen, und der säuerliche Geruch machte mich leicht benommen. Er war leicht zu verfolgen, selbst mehrere Stunden später, und wir bewegten uns schnell im Mondschein. Es war heller, fast voller Mond, der die Welt in das klare, kontrastreiche Licht der Nacht tauchte und allem deutliche und scharfe Konturen gab. Die Blätter wurden vom Mondglanz umrissen, der Boden war voller Schatten, und wir konnten viel weiter sehen als im blendenden Tageslicht. Es war Jagdzeit, und es war einfach, der Fährte aus abgebrochenen Zweigen und dem aufgewirbelten Staub zu folgen, die die Menschen sorglos hinterlassen hatten. Der Menschengeruch war so stark, dass wir sie auch in einer mondlosen Nacht hätten verfolgen können, aber ich hatte nichts gegen die Hilfe des hellen Mondes, der die nächtliche Welt beschien.

Wir hörten den Fluss, bevor wir ihn sahen. Es klang wie ein starker Wind, der durch Hunderte dichtbelaubter Bäume strich. Natürlich roch es nach Wasser, aber auch nach feuchter Erde und verfaulendem Holz, nach reichlich gesättigtem Wald und kleinen, fetten Tieren – leckere Bissen Echse und Maus. Vor Aufregung begann ich zu hecheln, als wir uns dem Fluss näherten, der unser Revier von dem der Menschen trennte. Wie würde sich das Land jenseits des Wassers wohl von dieser Seite unterscheiden?

Der Fluss war größer und floss schneller dahin, als ich erwartet hatte. Die Böschung fiel sanft ab, doch das Ufer auf der anderen Seite stieg steil an. Am Rand des Wassers blieb ich zögernd stehen. Genauso wie die übrigen Welpen.

»Es ist nur Wasser, Welpen«, sagte Rissa, suchte die Umgebung nach Gefahren ab und senkte den Kopf, um zu trinken.

Als ich ihr lautes Schlabbern hörte, stellte ich fest, wie durstig ich war – seit der letzten Mahlzeit hatten wir nichts mehr getrunken. Das Wasser war köstlich. Es schmeckte nach Blättern und Fisch und fernen Orten.

»Wo er wohl aufhört?«, fragte Marra, den Blick flussabwärts gerichtet.

»Ich mache mir mehr Sorgen, wie wir auf die andere Seite kommen sollen«, sagte Ázzuen und blickte ängstlich zum anderen Ufer. Unnan kicherte, und Ázzuens Rute senkte sich leicht.

»Kommt, Welpen«, sagte Rissa fröhlich. Mit großen Schritten lief sie in den Fluss und schaute dann zu uns zurück. »Ihr müsst euch an das fließende Wasser gewöhnen. Manche Beutetiere können schwimmen, und ihr müsst ihnen nachschwimmen können. Ihr wollt doch nicht, dass euch eure Mahlzeit davontreibt«, grinste sie. Rissa konnte den größten Teil der Strecke waten und musste erst schwimmen, als sie die Mitte des Flusses erreicht hatte. Wir Welpen würden fast die ganze Strecke schwimmen müssen. Mit Leichtigkeit kletterte sie auf der anderen Seite hinaus, schüttelte sich und sah zu uns zurück. Werrna watete hinein und hielt genau dort an, wo der Fluss tiefer wurde.

Das Wasser bewegte sich wie der Wind. Ich schwamm

gerne und war fröhlich in dem kleinen Tümpel bei unserem Zuhause herumgepaddelt, aber so etwas wie dies hier hatte ich noch nie versucht. Ich tunkte eine Pfote ins Wasser und versuchte, meinen ganzen Mut zusammenzunehmen, um den Fluss zu durchqueren.

Etwas traf mich heftig von hinten, ich fiel und landete klatschend im Fluss. Ich schluckte eine Schnauze voll Wasser und Schlamm und kroch hustend zurück ans Ufer, wo ich mir das Wasser aus dem Fell und den Augen schüttelte. Auf der Böschung über mir entdeckte ich eine feixende Borlla. Ohne nachzudenken und ohne an Ruuqos Warnung zu denken, sprang ich sie an und warf sie in den Schlamm. Sie hätte mich ertränken können, und auf jeden Fall hatte sie mich lächerlich gemacht. Das würde ich ihr heimzahlen.

»Welpen!«, brüllte Werrna und watete durchs Wasser zurück, während Yllin den Kopf senkte, um Unnan und Ázzuen davon abzuhalten, sich in das zu stürzen, was ein ordentlicher Kampf zu werden versprach. »Benehmt euch gefälligst! Ihr seid keine Babywölfe mehr und solltet verständig genug sein, um auf einem Streifzug nicht mehr ständig überwacht werden zu müssen. Soll ich euch zurück zu Ruuqo schicken?«

Widerstrebend ließ ich Borlla los. Ihre Augen funkelten zornig, und ich merkte, dass sie zu gerne mit mir gekämpft hätte. Aber sie würde auf die nächste Gelegenheit warten. Die Möglichkeit, die Menschen zu sehen, würde sie sich genauso wenig entgehen lassen wie ich. Wir senkten beide den Kopf vor Werrna und warfen uns auf den Bauch. Borlla trat mir mit der linken Pfote tief zwischen die Rippen. Ich widerstand der Versuchung, sie in den Hals zu beißen.

Werrna beobachtete uns scharf. Offensichtlich zufrieden, dass wir die Balgerei eingestellt hatten, watete sie zurück in den Fluss, als wäre die rasche Strömung nichts weiter als eine leichte Brise. Unerschütterlich stand sie im Wasser, das Fell klebte an ihrem Körper, die Augen funkelten im Mondlicht.

»Wartet nicht die ganze Nacht«, murrte sie, als wir zögerten. »Der Mond wird hinter den Bergen verschwunden sein, ehe ihr den Mut aufbringt, euch die Pfoten nass zu machen.«

Auf der anderen Seite des Flusses lief Rissa auf und ab.

»Jetzt kommt schon«, meinte Yllin, als keiner von uns hineinwatete. »Der Fluss ist in dieser Jahreszeit langsam. Wartet nur, bis er nach den Regenfällen so schnell fließt, wie ich laufen kann.«

Ich holte tief Luft und trat in das Wasser. Borlla rempelte mich mit der Schulter an.

»Manche Wölfe fürchten sich vor allem«, sagte sie, »andere nicht.« Selbstsicher lief sie in den Fluss und begann zu waten, dann schwamm sie hinüber. Unnan folgte ihr, nicht ohne kurz innezuhalten und Ázzuen Wasser ins Gesicht zu spritzen. Sie wirkten nicht besonders anmutig, als sie schwammen. Die Beine paddelten fast verzweifelt unter ihrem Körper, die Köpfe waren hoch übers Wasser gereckt, aber sie waren kräftige Schwimmer.

»Ich glaube nicht, dass ich das kann«, Ázzuens Stimme war so leise, dass ich mich anstrengen musste, ihn zu verstehen. Er saß zusammengekauert neben Yllin. Ich hätte zu ihm gehen sollen, doch Unnan und Borlla waren schon beinahe bei Werrna in der Mitte des Flusses.

Marra stupste mich mit der Nase in die Seite.

»Wer als Erstes drüben ist«, rief sie und hechtete ins Wasser.

»Komm schon«, rief ich Ázzuen zu und sprang hinterher. Ich schaute nicht zurück, um zu sehen, ob er uns folgte. Ich konnte Marra nicht einholen, schaffte es aber sehr viel leichter durch den Fluss als erwartet. Die Strömung trug uns flussabwärts, da wir nicht so kräftig waren wie Rissa, und sie trabte das Ufer hinunter, um zu uns zu kommen.

»Gut gemacht, Welpen«, sagte sie anerkennend, dann richtete sie den Blick über den Fluss. Erst jetzt schaute ich zurück und sah Ázzuen und Reel am anderen Flussufer stehen und verängstigt auf das fließende Wasser starren. Yllin stupste sie von hinten an. Das Wasser trug ihre Stimme zu uns herüber.

»Soll ich euch etwa hinüberbringen?«, neckte sie. »Was wird Ruuqo denken, wenn wir ihm erzählen, wie ängstlich ihr gewesen seid?«

Komm schon, Ázzuen, dachte ich ungeduldig. Wenn er seine Furcht so deutlich zeigte, würde er nie richtig zum Rudel gehören. Zögernd wateten zuerst er, dann Reel hinein. Ázzuen schwamm unbeholfen und langsam. Nach drei Vierteln des Weges war er erschöpft und begann unterzugehen. Ich rief ihn.

»Schwimm weiter! Wenn der blöde Unnan das schafft, dann kannst du das auch!«

Meine Stimme schien Ázzuen neue Kräfte zu verleihen, und er schaffte auch den restlichen Weg, kletterte aus dem Fluss und schüttelte sich das Wasser aus dem Fell. Ich war stolz auf ihn, freute mich, dass es meine Ermutigung gewesen war, die ihm herübergeholfen hatte – und fühlte mich ein wenig schuldig, weil ich nicht auf ihn gewartet hatte.

»Ich wusste, dass du es schaffst.«

»Ja«, sagte er. »Jetzt muss ich es nur noch wieder zurückschaffen.« Er berührte meine Wange mit der Nase.

Ich drehte mich zu Borlla um und erwartete, sie würde uns wegen unserer Zuneigung füreinander aufziehen, doch ihr Blick war auf den Fluss gerichtet. Reel kämpfte sich ab. Er schien nicht zu verstehen, wie man schwamm, und hörte auf halbem Wege einfach auf, die Beine zu bewegen. Er versank schnell. Rissa bellte scharf. Yllin und Werrna wateten beide auf Reel zu, doch die Strömung trug ihn flussabwärts.

Borlla sprang ins Wasser, schwamm mit kräftigen Stößen zu Reel und packte ihn am Nackenfell. Sie hielt ihre beiden Köpfe so lange über Wasser, bis Yllin sie erreicht hatte und Reel in Sicherheit bringen konnte. Rissa untersuchte ihn von Kopf bis Fuß, vergewisserte sich, dass er nicht verletzt war und leckte ihn von oben bis unten, als könnte sie so die Gefahr von ihm abwaschen. Borlla hatte es allein zurück zum Ufer geschafft und lag hechelnd im Schlamm. Schüchtern ging Reel zu ihr und leckte ihr dankbar das Gesicht. Ich erwartete, dass sie sich über ihn lustig machen würde, dass er ein Schwächling sei, doch sie legte ihm nur sanft den Kopf auf den Hals. Eifersucht wallte in mir auf. Ich hatte nicht daran gedacht, Ázzuen zu trösten. Ich wandte mich um und sah, dass er mich aufmerksam beobachtete, doch bevor ich irgendetwas sagen konnte, ergriff Rissa das Wort.

»Du hast deinem Rudel einen großen Dienst erwiesen«, sagte sie zu Borlla. Ihr anerkennender Tonfall machte mich rasend vor Wut. »Und du«, sagte sie streng zu Reel, jetzt wo sie ihn in Sicherheit wusste, »musst kräftiger werden.« Sie berührte ihn ein weiteres Mal mit der Nase am Kopf und schüttelte den letzten Rest Wasser aus ihrem Fell.

»Das war der ungefährlichste Teil dieser Nacht, Welpen«, sagte sie. »Folgt mir und macht keinen Lärm. Wir werden nicht mehr anhalten, bis wir den Sammelplatz der Menschen erreicht haben.«

In einer Reihe, damit kein fremder Wolf erraten konnte, wie viele wir waren, liefen wir in den dichten Wald und auf die immer stärker werdende Witterung der Menschen zu.

* * *

Der Wald lichtete sich, und wir erreichten den Fuß eines kleinen, trockenen Hügels, bedeckt mit hohen Sommergräsern und stacheligen Büschen. Der Geruch der Menschen war überwältigend. Rissa befahl, anzuhalten und scharte uns um sich.

Ihre Stimme klang warnend. »Von der anderen Seite dieses Hügels aus werden wir den Sammelplatz der Menschen sehen können. Geht nicht näher an sie heran. Bleibt immer an der Seite eines Erwachsenen.«

Mein Herz schlug heftig vor Aufregung. Konzentriert und lautlos, wie wir es bei den älteren Wölfen beim Anpirschen an den Bären gesehen hatten, krochen wir zum Hügelkamm hinauf. Wir konnten die Menschen immer noch nicht sehen, aber wir konnten sie riechen und hören.

Rissa blieb erneut stehen, und wir warteten neben ihr. Yllin und Werrna passten auf – auf uns und auf jeden, der uns hätte bemerken können. Ázzuen neben mir begann leise zu zittern. Ich drehte mich zu ihm um, leckte ihm übers Gesicht und nahm seine Schnauze zärtlich ins Maul, wie Rissa es bei uns Welpen getan hatte, als wir noch jünger waren und uns vor irgendetwas fürchteten. Ich hörte seinen Herzschlag langsamer werden, als ich ihn beruhigte. Marra, die am Fluss so mutig gewesen war, kam zu mir und winselte ganz leise. Ich nahm ihre Schnauze ebenfalls ins Maul, und sie seufzte erleichtert. Ich schaute zu den anderen Welpen hinüber und sah, dass Borlla dasselbe mit Reel tat. Sie blickte mich frech an.

Auf ein Nicken von Rissa hin ließen wir uns auf den Bauch fallen und krochen weiter, verdeckt vom hohen, trockenen Gras. Rissa hatte erzählt, die Menschen seien nachtblind, trotzdem war ich um den Schutz froh, den das Gras und die stacheligen Büsche uns boten. Ázzuen und auch Marra fiepten leise vor Angst und Aufregung, bis ein scharfer Blick von Rissa und einige harte Knüffe von Yllin sie zur Ruhe brachten. Schließlich krochen wir über den Hügelkamm und blickten auf das Lager der Menschen. Endlich konnten wir sie nicht nur riechen und hören, sondern auch sehen.

Es gab mehrere Rudel dieser zweibeinigen Geschöpfe. Wie Bären vor dem Angriff lagerten sie auf einer Lichtung sechsmal so groß wie unser Sammelplatz. Ihre langen Körper waren glatt wie die von Echsen oder Schlangen, doch waren sie hier und da mit dünnem Fell überzogen. Um die Schultern und Schenkel trugen viele von ihnen Pelze von toten Beutetieren. Sie rochen nach Salz und Fleisch und weicher, feuchter Erde, nach der Haut von Beutetieren und Flusswasser. Doch diese Gerüche wurden überlagert von der säuerlichen Witterung, die es so einfach machte, sie selbst aus weiter Entfernung aufzuspüren. Es war der Geruch von Feuer, wie mir unvermittelt klarwurde, Feuerduft gemischt mit dem unbekannten Geruch von brennendem Felsen. Das Feuer wurde, wie ich jetzt erkennen konnte, eingefasst von einem Rund aus Steinen. Dieser Geruch hatte etwas Merkwürdiges an sich, das ich nicht zu benennen wusste.

Die Menschen bildeten Gruppen von der Größe kleiner Rudel, Erwachsene und Junge zusammen. Ihre Jungen balgten sich quiekend und kreischend auf der Lichtung. Manche waren so klein wie ganz junge Welpen, andere nahezu so groß wie ausgewachsene Wölfe. Die Kleineren stolperten unbeholfen über die Lichtung, Wolfswelpen so ähnlich, dass ich spürte, wie meine Rute zu wedeln begann. Die meisten Erwachsenen waren größer als ausgewachsene Wölfe, die männlichen kräftiger und mit dichterem Fell als die weiblichen. Plötzlich fühlte ich mich einsam. So einsam wie damals, als meine Mutter mich verlassen hatte.

»Kein Wunder, dass sie sich alle Beute im Tal nehmen!« Werrnas Stimme war schroff vor Erschrecken. »So viele waren es noch nie. Früher haben sie darauf geachtet, die Größe des Rudels zu bewahren.«

»Sie sind schlimmer als die Wölfe vom Felsgipfel«, stimmte Rissa zu. »Sie begnügen sich nicht länger damit, Nahrung in ihren eigenen Revieren zu suchen. Ich befürchte, sie werden eines Tages einfach auf unseren

Sammelplätzen auftauchen, ohne sich dabei etwas zu denken.«

Ich war verblüfft. Kein Wolf würde sich jemals in das Revier eines anderen wagen, ohne sich im Klaren darüber zu sein, dass er damit Gefahr heraufbeschwor. So etwas tat man nur, wenn es unumgänglich war, und dann war man sehr, sehr vorsichtig. Und immer auf einen Kampf gefasst.

»Wenn ihre Rudel zu groß werden, sollten sie welche fortschicken, so wie wir«, sagte Borlla. Verächtlich zog sie die Lefzen zusammen. »Sie sind eher eine Herde Beutetiere als ein Rudel.«

»Sie sind Jäger«, erklärte Rissa. »Vergesst das niemals. Sie sind Jäger, die weder die Gesetze der Jagd noch die Reviergrenzen respektieren. Deswegen müsst ihr schon so früh über sie Bescheid wissen, Welpen. Als ich jung war, genügte es, sie nicht zu beachten, um das Abkommen einzuhalten. Wir gingen ihnen aus dem Weg und sie uns. Aber jetzt sind sie überall, also müsst ihr immer die Augen nach ihnen offen halten.«

Wir beobachteten, wie ein Menschenweibchen sich in die Arme eines Männchens kuschelte. Ein kleines Kind hing am Hals eines anderen Weibchens, während sie über die Lichtung schritt. Ich spürte ein Winseln in meiner Kehle aufsteigen und schluckte es schnell hinunter. Es schien nicht richtig zu sein, dass wir nicht mit den Menschen zusammen sein durften, doch nach dem, was Trevegg über mein gemischtes Blut gesagt hatte, würde ich mich hüten, auch nur irgendeine Frage zu stellen.

Ich sah, dass Ázzuen mich beobachtete. »Aber warum dürfen wir nicht wenigstens ab und zu bei ihnen sein?«, fragte er. »Ich verstehe, warum wir nicht länger mit ihnen zusammen sein oder ihnen helfen dürfen, aber warum dürfen wir uns ihnen nicht einmal nähern?« Am liebsten hätte ich ihn vor Dankbarkeit in die Seite geknufft, sah ihn aber nur strahlend an.

»Sobald wir anfangen, unsere Zeit mit ihnen zu verbringen«, antwortete Rissa, »wollen wir damit nicht mehr aufhören. Wir wollen ihnen helfen und sie Dinge lehren, wie Indru es getan hat. Zumindest«, sagte sie und wandte den Blick ab, »hat man mir das als Welpe erzählt. Außerdem«, sie hielt einen Augenblick inne, als wolle sie sich entscheiden, ob sie uns mehr erzählen sollte, »wohnt in den Seelen der Wölfe und Menschen etwas, das nicht Seite an Seite leben kann. Die meisten Menschen fürchten sich vor der Wildheit, die dem Wolf eigen ist, weil sie etwas ist, das sie nicht kontrollieren können. Wenn wir zu viel Zeit mit ihnen verbringen, geben wir entweder diese Wildheit auf, um ihnen zu gefallen, oder wir weigern uns, sie aufzugeben, was wiederum die Menschen erzürnt. Oder *wir* werden böse und versuchen sie zu töten, und dann müssen die Höchsten Wölfe ein ganzes Rudel auslöschen. Aus diesem Grund haben unsere Vorfahren versprochen, die Nähe der Menschen vollkommen zu meiden. Außer natürlich«, meinte sie, und ein Funkeln stahl sich in ihre Augen, »um sie zu bestehlen, wenn wir können!«

Ázzuen verzog nachdenklich das Gesicht. »Aber warum haben dann«, fragte er, »die Ahnen damals keine Wölfe getötet, als die Jungwölfin mit den Menschen jagte – in den Legenden? Die Wölfe haben Indrus Versprechen gebrochen. Wenn es so gefährlich ist, mit ihnen zusammen zu sein, warum haben uns die Ahnen dann noch eine weitere Chance gegeben?«

»Du solltest froh sein, dass sie es getan haben«, grummelte Werrna und funkelte Ázzuen an. »Und es steht dir nicht zu, die Legenden anzuzweifeln.«

»Aber sich von ihnen fernzuhalten klappt doch nicht richtig, oder?«, beharrte Ázzuen und erhob sich unvermittelt. »Wenn die Menschen sich nehmen, was ihnen nicht gehört und die Reviergrenzen nicht achten. Und Edelschwing hat gesagt, sie würden die Beute aus dem Tal jagen!«

»Runter mit dir, Welpe!«, fauchte Rissa, »und sei still!«

Ázzuen warf sich auf den Boden, überrascht von Rissas Heftigkeit. Er öffnete den Mund, um zu protestieren, aber Rissa knurrte ihn an.

»Wir haben dir beigebracht, die Legenden nicht in Frage zu stellen. Jetzt sei still, oder du kannst alleine zurück durch den Fluss gehen.«

Dermaßen gerügt, duckte sich Ázzuen so tief wie möglich auf den Bauch. Ich berührte sein Gesicht mit der Nase und fühlte mich ein wenig schuldig, weil er seine erste Frage meinetwegen gestellt hatte. Dann richtete ich meine Aufmerksamkeit wieder auf die Menschen.

Sie wirkten nicht gefährlich. Ein kleines Mädchen rollte sich neben den Füßen eines Paares, das seine Eltern zu sein schien, zusammen. Sie roch wie frisch gefallener Regen.

Yllin beobachtete zwei junge Männchen, die wie einjährige Jungwölfe miteinander rauften. »Ihr werdet zu ihnen gehen wollen«, sagte sie leise. »Ihr werdet sie berühren und ihnen nahe sein wollen. Ihr werdet mit ihnen umgehen wollen wie mit euresgleichen. Aber es ist eure Pflicht als Wolf, dem Drang zu widerstehen. Die Verantwortung dem Rudel gegenüber und die Einhaltung des Abkommens stehen über euren eigenen Sehnsüchten.«

Rissa nickte bestätigend.

»Können sie uns nicht riechen?«, fragte Reel und trat ein Stück zurück.

»Ihre Nasen sind so nutzlos wie Flügel an einem Auerochsen«, meinte Werrna verächtlich. »Du könntest hinter einem von ihnen stehen und furzen, und er würde dich nicht riechen.«

»Na ja, das würde ich nicht gerade sagen«, lachte Rissa unwillkürlich, »aber ihre Nasen sind sehr viel schwächer als unsere, und auf diese Entfernung können sie uns nicht wittern.«

Ich dachte darüber nach. Wie konnte ein Geschöpf durchs Leben gehen, ohne dass es ihm möglich war, Gegner und Beute zu riechen? Meine eigene Nase war immer noch damit beschäftigt, die Gerüche ihres Lagers aufzunehmen, beunruhigt durch den fremdartigen Feuerduft. Schließlich fand ich heraus, was es war. Fleisch und Feuer zusammen. Verbranntes Fleisch. Der Geruch war irgendwie erschreckend und falsch – und gleichzeitig auch unwiderstehlich. Er zog mich genauso an wie die Geschöpfe selbst. Er machte mich hungrig. Hungrig nach dem Fleisch, aber tief in meinem Inneren auch hungrig nach etwas anderem.

»Wovon leben sie?«, fragte ich, um das Hungergefühl zu verdrängen. »Wie jagen sie, wenn sie nicht riechen können?«

»Sie leben und jagen genau wie wir«, antwortete Rissa.

»Bei Tageslicht sind ihre Augen ziemlich gut, und sie arbeiten im Rudel. Aber statt mit Zähnen und Klauen töten sie mit den Werkzeugen, die sie herstellen. Mit Spitzstecken – eine Art langer Dorn – und einem zweiten Stecken, den sie benutzen, um damit den ersten zu schleudern. Sie können Beute aus großer Entfernung töten. Sie sind ausgezeichnete Jäger«, sagte sie mit einem Anflug von Wehmut.

Wir verfielen in Schweigen, während wir das Lager der Menschen beobachteten. Ich verstand jetzt, warum es uns strengstens verboten war, mit ihnen zusammen zu sein. Sie waren uns auf merkwürdige Art ähnlich, sogar mehr noch als die Raben. Sie gaben Töne von sich, die wie Sprache klangen, und die Sprache ihrer Körper war so deutlich wie die eines jeden Wolfes. Ihre Jungen hockten zusammen und spielten ganz ähnlich, wie wir es taten. Ich stellte fest, dass ein großes muskulöses Männchen der Anführer der Gruppe war. Er roch nach Macht, und die dünnen, schlaksigen Jungen versuchten, seine Anerkennung zu gewinnen. Ich konnte mir nicht vorstellen, wie er in einem so großen Rudel für Ordnung sorgte, aber ich war wie verzaubert.

Die Luft neben mir wurde plötzlich wärmer, und ich spürte eine andere Wölfin neben mir. Ihre Witterung war mir vertraut, aber sie gehörte nicht zu meinem Rudel. Ich war überrascht, dass eine fremde Wölfin sich zu uns gesellen konnte, ohne Rissa zu grüßen und ohne von meinen Rudelgefährten bemerkt zu werden. Ich drehte mich um und sah eine junge Wölfin, ungefähr in Yllins Alter, die sehnsüchtig zu den Menschen blickte. Ich wollte sie nicht stören, doch sie sah so traurig aus, dass ich sie mit der Nase anstupste.

Die fremde Wölfin wandte mir ihren Kopf zu, und als ich den weißen Halbmond im Fell auf ihrer Brust erkannte, wusste ich, warum sie mir so vertraut war. Es war die Wölfin, die zu mir gekommen war, als ich auf der Weiten Ebene verzweifelt war, die Wölfin, von der ich angenommen hatte, ich hätte sie mir in meiner Erschöpfung und Verzweiflung nur eingebildet. Sie wirkte jedoch vollkommen gewöhnlich, eine eher kleine Wölfin, hellbraun und etwas mager. Ihrer Witterung war ich über die Ebene zu meinem Rudel gefolgt, ihre Witterung hatte Ázzuen und mir das Leben gerettet. Und mit einem Mal erkannte ich auch, dass der säuerliche Teil ihres Geruchs dem Feuer-Stein-Fleisch-Duft des Menschenlagers ähnlich war. Die fremde Wölfin roch nach Mensch.

»Du bist ziemlich gewachsen, kleiner Milchzahn«, sagte sie und berührte den weißen Halbmond auf meiner Brust mit ihrer Nase. »Schon bald wirst du kein Welpe mehr sein. Erzähl, wie stehen die Dinge beim Rudel vom Schnellen Fluss?«

Der Menschenduft an der Wölfin verwirrte mich immer noch. »Gehörst du zum menschlichen Rudel?«, fragte ich sie.

»Nicht ganz«, antwortete sie. Sie warf einen weiteren sehnsüchtigen Blick auf das Lager der Menschen und dann einen weiteren auf Rissa und die Welpen. Ich konnte kaum glauben, dass meine Rudelgefährten sie weder begrüßten noch anknurrten.

»Zu welchem Rudel gehörst du dann?«, fragte ich weiter.

»Nun ja, ich bin schon vom Schnellen Fluss, Kleines. Unter anderem. Dein Rudel ist auch mein Rudel.«

Jetzt war ich richtig verwirrt. Ich hatte gehört, dass einige der Welpen vom letzten Jahr, Yllins und Minns Wurfgefährten, das Rudel verlassen hatten, um sich mit anderen Wölfen zu paaren, und dass sie vielleicht für die Winterwanderung zurückkehren würden. Aber solch ein zurückkehrender Wolf hätte doch gewiss Rissa sofort begrüßt. Ich wollte ihr noch mehr Fragen stellen, aber ich zögerte, denn wenn sie das Rudel in Schande verlassen hatte, würde sie vielleicht nicht darüber reden wollen. Aber wenn das der Fall gewesen wäre, warum ließ Rissa sie dann hier bei uns liegen?

Ich starrte die fremde Wölfin verwirrt an, und sie lachte mich aus.

»Du sollst die Menschen beobachten, Kleines, nicht mich. Beobachte sie. Von allen Wölfen des Großen Tals musst du am meisten über sie lernen.«

»Warum?«, fragte ich überrascht.

»Ich habe einen Weg begonnen, den du vollenden musst, Tochterwolf.«

Ein tiefes und entferntes Heulen ließ uns beide zusammenfahren. Die junge Wölfin stellte ihre Ohren auf.

»Ich muss jetzt gehen, Wolfsschwester. Pass auf meine Rudelgefährten auf.« Sie schaute erneut zu den Menschen hinüber. »Alle meine Rudelgefährten.« Noch einmal berührte sie den Halbmond auf meiner Brust mit der Nase, dann verschwand sie im Wald. Mich fröstelte leicht, als die Luft um mich herum plötzlich abkühlte.

Ich stand auf und wollte der fremden Wölfin folgen. Das mondförmige Mal auf meiner Brust war noch warm von ihrer Berührung, und ich wollte sie fragen, was sie damit gemeint hatte, ich solle auf ihre Rudelgefährten aufpassen. Dann begann mich etwas in Richtung Menschenlager zu ziehen, so stark, dass ich nicht widerstehen konnte. Ich machte einen Schritt den Hügel hinunter.

»Runter!«, schnauzte Werrna. Meine Läufe zitterten, und in meinem Kopf drehte sich alles. Meine Brust begann zu brennen wie das Feuer, das die Menschen unterhielten, und ich fühlte mich, als hätte sich eine unsichtbare Ranke um mein Herz gewunden und zöge mich jetzt zum Lager der Menschen. Alles an ihrem Sammelplatz war klarer, deutlicher. Ihre Worte schienen nicht länger bedeutungsloses Gebrabbel zu sein, sondern wurden plötzlich so verständlich wie die Worte eines Wolfes. Ich sah, wie sich ein menschliches Kind in die Arme seiner Mutter kuschelte, und wünschte, diese Arme würden sich um mich legen. Ich wollte das Feuerfleisch in meinem Maul spüren, die Wärme des Feuers auf meinem Fell. Der Sog, den ich vorher verspürt hatte, verzehnfachte sich, und ich konnte ihn nicht länger bekämpfen.

Ich machte noch einen Schritt und dann einen dritten und kroch dann schnell den Hügel hinunter. Plötzlich rammten mich eine harte Schulter und ein Brustkorb, und ich wurde zu Boden gedrückt. Ich konnte ein Aufjaulen nicht unterdrücken, als Werrna auf mich sprang und mich am Boden festhielt.

»Sei still, dämliches Welpentier«, zischte Werrna. »Willst du, dass jedes Geschöpf in den Wäldern erfährt, dass wir hier sind?«

Immer noch versuchte ich, zu den Menschen zu gelangen und strampelte mit den Läufen unter Werrnas kräftigem Körper. Es hatte weh getan, als sie sich auf mich geworfen hatte. Der Schmerz in meiner Brust hatte nachgelassen, als ich mich auf die Menschen zubewegt hatte, und er wurde wieder stärker, weil ich nicht zu ihnen gehen konnte. Ich kämpfte weiter mit Werrna. Meine Sehnsucht, zu den Menschen zu gelangen, war stärker als die Angst vor Ärger und Schmerzen. Schließlich biss sie mich fest in die Schulter, und die Gewalt, die der Menschenduft über mich hatte, ließ nach. Ich erinnerte mich daran, dass ich ein Wolf war und zum Rudel vom Schnellen Fluss gehörte. Ich ließ mich den Hügel hinaufschleifen, wo Rissa verärgert wartete. Ázzuen und Marra blickten mich mit weitaufgerissenen Augen an. Selbst Unnan und Borlla waren zu überrascht, um irgendetwas zu sagen.

»Was im Namen des Mondes hast du dir dabei gedacht?«, wollte Rissa wissen. »Wie kannst du es wagen, zu den Menschen zu schleichen, nach allem, was wir dir erzählt haben?«

Ich wusste nicht, was ich antworten sollte. Ich konnte ihr nicht von einer Wölfin erzählen, die es vielleicht gab, vielleicht aber auch nicht. Ich konnte ihr nicht erklären, wie sehr ich mich zu den Menschen hingezogen fühlte, wie sehr ich das Gefühl hatte, eine von ihnen zu sein. Rissa würde mich für verrückt halten oder zu dem Schluss kommen, dass ich den Menschen folgen würde und vom Rudel verstoßen werden müsste. Ich brauchte nur an die Menschen zu denken und fühlte mich, als würde ich einen Felsen hinunterstürzen und unaufhaltsam immer tiefer fallen. Ich ließ den Kopf hängen.

»Antworte mir! Oder ich schicke dich alleine durch den

Fluss zurück auf die Ebene.« Ich hatte Rissa noch nie so erzürnt mit einem von uns Welpen erlebt. Erschrocken sah ich sie an. »Sag mir, warum du mir nicht gehorcht hast!«, verlangte sie.

»Es tut mir leid«, flüsterte ich. »Ich habe gemerkt, wie mich etwas zu ihnen hingezogen hat.«

Werrna und Rissa tauschten besorgte Blicke aus, und ich hörte, wie Borlla etwas über Mischlinge murmelte. Ázzuen beobachtete mich ängstlich. Ich merkte, dass er gerne zu mir gekommen wäre, es aber nicht wagte. Ich war dankbar für seine Sorge um mich, aber auch verärgert über seine Furchtsamkeit. Yllin sah ich nicht an, ich wollte die Enttäuschung in ihren Augen nicht sehen müssen.

»Was willst du damit sagen?«, fragte Rissa. »Wie hingezogen?«

»Als ob ich brennen würde«, flüsterte ich, »und als ob dieses Brennen aufhören würde, wenn ich zu ihnen gehe. Es tut mir leid.« Ich erzählte ihr nichts von der fremden Wölfin. Ich konnte es nicht.

»Ihr Erbe lässt sich nicht leugnen«, sagte Werrna und musterte mich von oben bis unten. »Erst vier Monde alt, und schon geht es los.«

»Ach, sei still, Werrna«, sagte Rissa. »Sie ist nur ein Welpe mit einer übergroßen Einbildungskraft. Viele Welpen versuchen, zu den Menschen zu gelangen, wenn sie sie zum ersten Mal sehen. Das hat nichts zu bedeuten.« Aber sie sah mich besorgt an und stupste den weißen Halbmond auf meiner Brust mit der Nase an.

»Das hat nichts zu bedeuten. Noch nicht«, meinte Werrna. »Wirst du es Ruuqo erzählen?«

»Nein«, antwortete Rissa. Sie hob ihren Kopf und blickte Werrna fest an. »Und du auch nicht.«

Werrna zögerte kurz, dann legte sie die Ohren an. »Wenn du meinst«, sagte sie und wandte sich ab, um das Fell an ihrem Lauf zu putzen.

Borlla stolzierte zu Rissa. »Ich habe diese Anziehung auch gespürt, aber ich habe nicht versucht, zu ihnen zu gehen«, sagte sie gehässig.

Unnan nickte zustimmend. »Niemand von uns anderen ist gegangen, nur Kaala.«

»Seid still, alle beide«, befahl Rissa. »Und ihr werdet diese Geschichte nie wieder erwähnen. Habt ihr mich verstanden? Kaala, du wartest am Fuß des Hügels. *Weit weg* von den Menschen. Der Rest von uns wird sich etwas von dem zurückholen, was die Menschen uns gestohlen haben.«

»Das wird Ruuqo gar nicht gefallen«, sagte Werrna.

»Ruuqo trifft nicht alle Entscheidungen für dieses Rudel«, gab Rissa zurück. »Wenn wir die Menschen nicht davon abhalten können, unsere Beute zu stehlen, werden wir uns wenigstens das holen, was sie gedankenlos am Rand ihres Sammelplatzes herumliegen lassen.« Ihr Blick streifte Werrna. »Du kannst mit den Winzjungen hierbleiben.«

Werrna öffnete den Mund, um zu widersprechen, doch der Ausdruck auf Rissas Gesicht belehrte sie eines Besseren.

»Jawohl, Leitwölfin«, sagte sie. »Vorwärts mit euch, Welpen!« Sie stieß Ázzuen und Reel zur Seite.

»Geh«, befahl Rissa, als ich zögerte. »Dir fehlt die Selbstbeherrschung für das, was wir vorhaben.«

Wenn selbst Werrna nicht mit Rissa stritt, versuchte ich es besser gar nicht erst. Ich bemühte mich, den Schmerz in meiner Brust zu ignorieren, und wandte mich von meinen Rudelgefährten ab, genau wie von den Menschen, die mich so sehr anzogen.

7

Ich trottete zum Fuß des Hügels hinunter und versuchte, den Schmerz in meiner Brust zu vergessen. Ich blickte hinauf zum Halbmond und hätte am liebsten vor Enttäuschung geheult. Aber Rissa hatte mich schon einmal gescholten, weil ich mich nicht beherrschen konnte. Niedergeschlagen ging ich weiter, fühlte jeden Krümel Erde unter den Ballen meiner Pfoten und winselte ein wenig vor mich hin. Als ich leise Schritte hinter mir hörte, blieb ich stehen.

»Ich komme mit dir«, rief Ázzuen und rannte los, um mich einzuholen. Sein kleines Gesicht verriet Besorgnis. Ich war ihm dankbarer, als ich zugegeben hätte. Es war schon schlimm genug, fortgeschickt und von den Menschen getrennt zu werden. Aber ganz allein zu sein war noch schlimmer. Wir erreichten den Fuß des Hügels, setzten uns und betrachteten den Mond durch die Bäume.

»Wird Werrna nicht bemerken, dass du fehlst?«, fragte ich.

Ázzuen grinste. »Sie ist zu wütend, weil sie zurückbleiben muss, als dass es ihr etwas ausmachen würde, wenn ich mich ein paar Wolfslängen entferne. Das ist einer der Vorteile, wenn man ein Winzjunges ist: Die Erwachsenen kümmern sich weniger darum, wenn man herumstreift. Sie denken, dass man ohnehin verhungert ist, bevor der Winter zu Ende ist.«

»Das ist nicht wahr!«, rief ich, erschrocken darüber,

dass Ázzuen so gering von seinen Fähigkeiten und seinem Platz im Rudel dachte. »Es war ihnen nicht egal, dass du es über den Fluss geschafft hast.«

»Sie wollen nicht, dass wir sterben«, sagte er, »aber sie rechnen nicht damit, dass Reel und ich es durch den Winter schaffen.«

»Ich werde dafür sorgen, dass du durch den Winter kommst«, versprach ich und hatte im selben Moment ein schlechtes Gewissen. Ich wollte ihm nicht das Gefühl geben, dass er tatsächlich schwach war.

Ázzuen schwieg einen Augenblick und dachte über meine Worte nach. Doch dann fing er an, von den Menschen zu reden.

»Warum bist du wirklich zu ihnen gegangen? Nach allem, was Trevegg und Rissa uns über den Schwur erzählt haben? Wir haben uns alle zu ihnen hingezogen gefühlt. Aber du hättest aus dem Rudel ausgestoßen werden können. Oder noch schlimmer.« In seiner Frage klang kein Vorwurf mit, er war nur neugierig.

»Für mich war es anders, Ázzuen. Zuerst fühlte ich mich nur zu ihnen hingezogen, genau wie du gesagt hast. Aber dann veränderte es sich. Ich konnte nicht mehr *nicht* zu ihnen gehen. Genau wie Rissa es bei Indru beschrieben hat. Wenn ich darüber nachdenke, weiß ich, dass es falsch ist, aber das ändert nichts daran. Wenn ich nicht wüsste, dass Rissa und Werrna mich davon abhalten würden, würde ich auf der Stelle zu den Menschen gehen.«

Ázzuen betrachtete mich. Mir fiel auf, dass sein Gesicht ein wenig voller geworden war. Auch wenn er sich selbst immer noch als Winzjunges bezeichnete, war er deutlich kräftiger geworden.

»Wenn du das nächste Mal zu ihnen gehen willst«, sagte er, »gib mir Bescheid. Dann setze ich mich auf dich drauf.«

Ich lachte, und der Schmerz in meiner Brust ließ ein wenig nach. Als ich Flügelrauschen über mir hörte, fuhr ich fast aus meinem Fell. Tlitoo landete vor mir und begann sofort, seine Federn zu putzen.

»Du bist nicht besonders schlau«, sagte er. Er blickte von seiner Tätigkeit auf, zog einen kleinen Zweig aus seinem Flügel und bewarf mich damit.

»Die Hochwölfe können dir nicht helfen, wenn du dich aus dem Rudel werfen lässt, Babywolf. Du wirst lernen müssen, dich zu beherrschen. Die Nähe der Menschen bringt das Mal auf meinem Flügel zum Brennen, aber ich habe gelernt, es zu ignorieren. Du musst nicht auf alles reagieren, was du fühlst, weißt du.«

»Was tust du überhaupt hier im Dunkeln?«, fragte ich mürrisch. Raben mögen die Nacht normalerweise nicht. »Warum bist du nicht bei deiner Familie?«

»Ich bin jetzt alt genug, um alleine loszuziehen, im Gegensatz zu Babywölfen«, sagte er. »Ich kann fliegen, wann und wohin ich will. Und irgendjemand muss dich ja davon abhalten, die ganze Nacht zu winseln.« Tlitoo starrte mich in der Dunkelheit an und blinzelte hektisch. »Die Hochwölfe werden ungehalten sein.«

Das hatte mir gerade noch gefehlt: Noch jemand, der an mir herummäkelte.

»Wenn es ihnen so wichtig ist, wieso sind sie dann nicht hier?«, raunzte ich. Dringender als je zuvor wollte ich mit ihnen sprechen. Ich wollte sie fragen, wer mein Vater war und ob wirklich fremdes Blut in meinen Adern floss. Ich musste wissen, ob ich eine Gefahr für mein Rudel war. Und ich musste wissen, ob irgendetwas mit mir nicht stimmte.

Tlitoo stieß einen tiefen Schrei aus und plusterte die Beinfedern auf.

»Die Hochwölfe kommen, wann es ihnen gefällt, Babywolf«, sagte er. »Sie haben wichtigere Dinge zu tun, als sich um deine verletzten Gefühle zu kümmern. Dummwolf.«

»Pass auf, was du sagst, Rabe«, sagte Ázzuen und baute sich neben mir auf. Ich war überrascht von seinem beschützenden Verhalten.

Tlitoo legte den Kopf schräg. »Es ist gut, Freunde zu haben«, sagte er. »Pass auf, dass du sie behältst. Es wird gut sein, nicht allein zu sein.«

»Bist du jetzt endlich fertig?«, fragte ich gereizt. Ich war es leid, dass er ständig mit irgendwelchen geheimnisvollen Botschaften und Nachrichten der Höchsten Wölfe auftauchte, aber nie wirklich etwas mitzuteilen hatte.

»Hör zu!« Tlitoos plötzliche Ernsthaftigkeit verunsicherte mich. Ázzuen drängte sich an mich, um mich zu stärken, nicht, weil er selbst Unterstützung bräuchte. »Pass auf, dass du nicht vom Rudel ausgeschlossen wirst, solange du zu klein bist, um dich selbst zu ernähren. Du darfst nicht so deutlich zeigen, dass du anders bist. Versuch, nicht so aufzufallen. Meinst du, du schaffst das? Wenigstens ein wenig?«

Ich wusste nicht, was ich darauf antworten sollte. Ich lehnte mich an Ázzuen und sah Tlitoo an.

Seine Stimme wurde weicher. »Du wusstest, dass du anders bist. Warum, glaubst du, haben die Hochwölfe dir sonst das Leben gerettet?« Behutsam fuhr er mir mit dem Schnabel durch das Fell auf meinem Kopf und summte leise. »Die Geheimnisse der Grummelwölfe gefallen mir genauso wenig, Wölflein, aber ich reiße mir deswegen keine Federn aus. Es gibt wichtigere Dinge, um die du dir im Augenblick Sorgen machen solltest.«

Seine Zuwendung überraschte mich. Ich öffnete den Mund, um ihm zu danken, doch er drehte sich um und schnippte mit den Schwanzfedern nach mir.

»Wolf jammert zu viel.
Jammern langweilt den Raben.
Da hilft Schwanzziehen.«

Er breitete die Flügel aus, als ob er sich auf mich stürzen wollte. Zu meinem Erstaunen sprang Ázzuen los, so dass Tlitoo zur Seite hüpfte und gutgelaunt zu glucksen begann.

»Ha«, sagte er. »Gut. Wenigstens ein Wolf, der nicht so zwanghaft ernsthaft ist.« Er wurde still und legte seinen Kopf schräg, als horche er auf etwas.

Ázzuen schaute zwischen uns hin und her. »Der merkwürdigste Rabe, den ich je getroffen habe«, sagte er halb lachend. »Und warum ist er mitten in der Nacht hier?« Er beugte sich zu mir und flüsterte mir zu: »Ich glaube, wir sollten nicht alles glauben, was er erzählt, Kaala.«

Eine Welle der Zuneigung für Ázzuen erfasste mich. Er hatte seinen Kleiner-Altwolf-Blick aufgesetzt, und ich fragte mich, ob er je die Gelegenheit haben würde, so alt zu werden wie seine Persönlichkeit. Er und Reel waren eindeutig die schwächsten Wölfe des Rudels. Wenn sie beide überlebten, würde einer von ihnen unweigerlich die Stellung des Ringelschwanzes einnehmen. Ázzuen würde es nicht werden, wenn ich das irgendwie verhindern konnte.

Doch Tlitoo sollte mir noch mehr Fragen beantworten. Ich blickte ihn durchdringend aus schmalen Augen an.

»Hör zu«, begann ich so vernünftig wie möglich.

»Ihr brecht besser auf, Babywölfe«, sagte Tlitoo unvermittelt und unterbrach mich. Er musterte mich kurz mit prüfendem Blick. »Und versuch, nicht aufzufallen wie ein entzündeter Schnabel.« Mit einem lachenden Krächzen, das die Nacht erfüllte, flog er davon.

Im Unterholz hinter uns krachte es. Meine Rudelgefährten stürmten den Hügel herunter, die meisten von ihnen trugen Fleisch in den Schnauzen. Rufe aus dem Menschenlager hallten ihnen nach. Yllins Augen funkelten, sie hatte ein riesiges Stück Fleisch, Feuerfleisch, zwischen den Zähnen.

»*Das* hat sie bestimmt nicht vom Rand des Sammelplatzes!«, rief Ázzuen.

»Sie sind *ins* Lager hineingegangen!«, rief ich neiderfüllt. Ich hatte Ärger bekommen, weil ich mich dem Lager nur genähert hatte. Der Duft des verbrannten Fleisches ließ mir das Wasser im Mund zusammenlaufen, aber wir hatten keine Zeit, um irgendetwas davon zu fressen.

»Lauft!« Rissa bellte durch das Stück Fleisch hindurch, das sie in ihrem Maul trug, doch ihr breites Grinsens milderte die Schroffheit ihres Befehls ab. Wir bemühten uns nicht länger, leise zu sein, und rasten durch den Wald. Wir liefen durch die helle, kühle Nacht und rannten mit dem gestohlenen Fleisch zwischen den Zähnen zurück in unser Revier. Als Ázzuen und ich den anderen folgten, hätte ich schwören können, dass ich den Schatten einer jungen Wölfin geräuschlos neben uns laufen sah.

* * *

Die Menschen verfolgten uns nicht weit. Durch ihre langsame, galoppierende Gangart war es ihnen unmöglich, mit uns Schritt zu halten, und da sie weder gut riechen noch gut hören konnten, brauchten wir nicht zu fürchten, dass sie unsere Spuren verfolgen würden. Sobald wir außerhalb der Reichweite ihrer Spitzstecken waren, waren wir vor ihnen sicher. Trotzdem rannten wir weiter. Der Wald roch nach den Wölfen vom Felsgipfel, und die menschlichen Rufe hinter uns klangen ausgesprochen wütend. Ich musste einfach lachen über ihre vergeblichen Versuche, uns zu fangen. Wir liefen wie der Wind, die Aufregung des Wettrennens ließ unsere Herzen schneller schlagen.

Marra, Borlla und Unnan trugen jeder kleine Brocken der gestohlenen Nahrung, ihre Ruten wippten voller Stolz. Ich musste ohne Fleisch mit Ázzuen und Reel laufen, den Winzjungen, obwohl ich genauso kräftig war wie die anderen. Unnan ließ ein Stückchen Fleisch fallen, und ich schlang es hinunter, ohne auch nur langsamer zu werden. Marra erwischte mich dabei, und ich grinste sie an. Sie verdrehte die Augen und legte einen plötzlichen Sprint hin. Ihre langen Läufe griffen weit aus, um zu Rissa aufzuschließen.

»Angeberin«, lachte ich, ein wenig außer Atem.

Schließlich wechselten wir zu einer ruhigeren, leichteren Gangart, liefen in einer Reihe im Mondlicht. Die Witterung des Rudels vom Felsgipfel verflüchtigte sich, als wir uns der Grenze zu unserem Revier näherten, und ich spürte, wie meine Rudelgefährten sich entspannten. Die Art, wie Ázzuens und Reels Schnaufen sich veränderte, verriet mir, wie froh sie waren, dass wir langsamer wurden.

Ich hatte erwartet, dass Rissa uns zu der Stelle bringen würde, wo wir den Fluss vorher durchquert hatten. Stattdessen führte sie uns über einen ausgetretenen Pfad, der von Rotwild auf dem Weg zur Tränke gebahnt worden war, und dann entlang des schlammigen Ufers weiter flussaufwärts, fort von der Stelle, an der wir hinübergeschwommen waren. Ich verstand nicht, warum wir einen so weiten Weg zurück nach Hause nehmen mussten. Fast eine Stunde waren wir entlang des Flusses unterwegs, bis Rissa endlich anhielt. Die ganze Strecke würden wir am anderen Flussufer wieder zurücklaufen müssen, bevor wir die Ebene des Hohen Grases erreichen würden. Das ergab doch keinen Sinn. Doch dann entdeckte ich die umgestürzte Erle, die eine natürliche Brücke über das Wasser bildete. Überrascht schaute ich auf den schmalen Baum, während Rissa uns hinüberführte. Werrna half Reel auf die andere Seite, Unnan und Borlla folgten ihr.

»Warum haben sie uns durch den Fluss schwimmen lassen, wenn es diese Stelle gibt?«, fragte ich Marra.

Yllin antwortete. »Jeder Wolf muss schwimmen können, wenn er jagen will«, sagte sie. Wir drei waren die Letzten, die den Fluss überquerten, und Yllin achtete darauf, dass Ázzuen sicher hinüberkam. »Und es ist ein weiter Weg bis hierher. Verschwendete Kraft ist Kraft, die uns bei der Jagd fehlt.«

Sie blickte über den Fluss, an dessen anderem Ufer Rissa auf uns wartete. »Ich glaube nicht, dass Rissa klar war, dass die Winzjungen so große Schwierigkeiten beim Schwimmen haben würden. Sie waren nicht wirklich in Gefahr – Werrna und ich hätten sie rechtzeitig erreicht –, aber wir können keine schwächlichen Welpen beaufsichtigen *und* Fleisch hinüberbringen.« Sie zwinkerte amüsiert. »Außerdem hat Minn das letzte Mal, als wir mit Fleisch hinüberschwimmen wollten, einen ganzen Beinknochen davontreiben lassen. Also benutzen wir die Baumüberquerung meistens, wenn wir vom Menschenlager zurückkommen.«

»Wie oft bestehlen wir denn die Menschen?«, fragte Marra erstaunt.

Yllin grinste. »Oft genug, dass wir den Fluss überqueren können müssen, wann immer wir wollen. Kommt, weiter.« Sie nahm ihr Fleischstück auf und trabte leichtfüßig über den Fluss, um zu den anderen zu gelangen.

Es ergab immer noch keinen Sinn.

»Ázzuen und Reel hätten ertrinken können«, sagte ich zu Marra. Nach allem, was Rissa erzählt hatte, dass das Rudel uns beschützen würde, verstand ich nicht, warum sie dieses Risiko eingegangen war. Ich schüttelte den Kopf, um ihn freizubekommen, und schaute Yllin nach.

»Sie haben uns wieder einmal auf die Probe gestellt«, sagte Marra und folgte meinem Blick. Es war ihr gelungen, eine gut abgelagerte Rehrippe zu stehlen, an der noch etwas Fleisch hing, und legte ihre Beute kurz nieder. Das

Licht der ersten Morgendämmerung färbte den Himmel, und meine Augen passten sich an das hellere, strahlende Licht der Sonne an.

»Sie wollten nicht, dass Ázzuen oder Reel ertrinken«, sagte Marra, »aber sie wollten sehen, wer von uns am stärksten ist. Genauso wie sie sehen wollten, wer das beste Fleisch stiehlt.« Sie grinste. »Du hättest Yllin sehen sollen. Sie ist ins Lager gelaufen, als die Menschen ihr den Rücken zuwandten, und hat das Fleisch direkt aus dem Feuer gestohlen. Deshalb mussten wir so schnell verschwinden. Rissa tat, als wäre sie sauer, aber man merkte genau, dass sie beeindruckt war.«

Rissa war beeindruckt, weil Yllin gutes Fleisch gestohlen hatte, und sie war beeindruckt, weil Borlla Reel über den Fluss geholfen hatte. Und um das Ganze noch schlimmer zu machen, hatte ich Ärger bekommen, weil ich nicht stark genug gewesen war, um den Menschen zu widerstehen. Ich seufzte. Dann schaute ich noch einmal zu Borlla und sah, dass sie ebenfalls Feuerfleisch hatte.

»Wieso durfte Borlla auf den Sammelplatz der Menschen gehen?«, fragte ich beleidigt.

»Ist sie gar nicht«, antwortete Marra und streckte den langen, schlanken Rücken. »Yllin hat ein Stück Feuerfleisch fallen lassen, und Borlla hat es geschnappt. Aber wenn man Borlla zuhört, dann war es ganz allein ihre Idee, Feuerfleisch zu stehlen.«

Rissa rief uns. »Worauf wartet ihr, ihr Faulpelze?«

Ich folgte Marra, als sie ihre Elenrippe aufhob und zu den anderen trabte. Rissa begutachtete das gesamte gestohlene Fleisch.

»Ihr habt es euch verdient, jetzt etwas davon zu fressen, Wölfe vom Schnellen Fluss«, sagte sie und hielt direkt hinter der Flussüberquerung an. Schnüffelnd begutachtete sie das Fleisch, schob den Großteil beiseite, um es Ruuqo und den anderen zu bringen. Mir lief das Wasser im Mund zusammen, und ich stellte fest, dass sie das gesamte Feuerfleisch für uns zur Seite gelegt hatte.

»Ruuqo wird das ohnehin nicht fressen«, sagte sie, als sie Werrnas missbilligenden Blick bemerkte. »Er behauptet, Feuernahrung sei keine richtige Nahrung.« Sie schüttelte den Kopf, dass ihre Ohren flatterten. »Also ersparen wir ihm den Ärger, es probieren zu müssen.«

Wir stürzten uns alle auf das Feuerfleisch, aber Werrna stieß mich grob aus dem Weg.

»Du bekommst nichts. Du bist ohnehin schon zu versessen auf die Menschen.«

Ich winselte entrüstet und versuchte, an ihr vorbei zu dem Fleisch zu schlüpfen, doch auch Rissa und selbst Yllin stießen mich fort. Reel und Ázzuen wurden genauso beiseitegeschubst. Beide ließen die Ruten hängen. Aber ich war zornig. Ich war kein schwächlicher Welpe. Ich machte zwei Schritte auf das Fleisch zu, doch Werrnas kalter, zorniger Blick hielt mich auf. Ich hätte sie beinahe angeknurrt, doch dann fiel mir Tlitoos Warnung ein, keine Dummheiten zu machen. Ich schluckte meinen Ärger hinunter und sah zu, wie meine Rudelgefährten das Feuerfleisch hinunterschlangen. Schließlich, als nur noch ein Stück übrig war, gab Rissa das Signal zum Aufbruch.

Nach nur wenigen Schritten blieb sie unvermittelt stehen. Ihr Fell sträubte sich, und ein tiefes Knurren stieg aus ihrer Kehle auf. Sie legte das Fleisch, das sie getragen hatte, nieder und stellte die Pfoten weit auseinander. Werrna, die die Nachhut bildete, lief an uns vorbei und stellte sich neben sie.

»Felsgipfler«, knurrte sie, »auf unserer Seite des Flusses.«

Ich schaute auf, und sah zwei große Wölfe, einen männlichen und einen weiblichen, die auf unserem Pfad aufgetaucht waren. Ich konnte nicht anders und musste den größeren der beiden Wölfe anstarren. Ich hatte gedacht, Werrnas Gesicht sei vernarbt, aber das Gesicht dieses Wolfs schien nur aus Narben zu bestehen. Die linke Seite seiner Schnauze war halb weggerissen, und sein linkes Auge war durch einen herunterhängenden Hautlappen fast vollkommen geschlossen. Auch mit seiner Witterung stimmte etwas nichts. Er roch säuerlich und verfault, nach Krankheit. Er roch, als wäre er nicht mehr in der Lage, sich auch nur auf den Beinen zu halten, geschweige denn, so stark und mächtig zu sein, wie er schien. Aber es bestand kein Zweifel daran, dass er ein kräftiger Wolf war, ein Leitwolf. Beide Wölfe waren sogar größer als Ruuqo und hatten gewaltige Muskeln. Es schien ihnen nicht das Geringste auszumachen, drei gegnerischen Wölfen gegenüberzustehen.

»Torell, Ceela«, grüßte Rissa die beiden Wölfe. Steifbeinig und mit gerader Rute stand sie da, das weiße Rückenfell ragte senkrecht in die Höhe.

Werrna und Yllin standen links und rechts neben ihr, die Ruten ein wenig niedriger als Rissa, aber ebenso steif.

»Es ist nicht das erste Mal, dass ihr das Revier vom

Schnellen Fluss unbefugt betretet.« Rissas Stimme klang sanft, aber Zorn schien wie Nebel von ihr aufzusteigen.

»Rissa«, sagte Torell, der Wolf, mit einem nur leicht angedeuteten Nicken. »Werrna.« Yllin und wir Welpen waren Luft für ihn. »Ich denke, du solltest nicht so voreilig sein mit deinen Anschuldigungen. Ihr seid heute Nacht in unserem Revier gewesen.«

»In unserem gemeinsamen Revier, Torell. Du weißt, dass alle Wölfe freien Zugang zum Menschenlager haben. Wir mussten unseren Welpen zeigen, was sie sind. Alle Rudel respektieren das.«

»Ich habe dem nie zugestimmt«, sagte er ebenso sanft wie Rissa. »Die Entscheidung über mein Revier wurde ohne mein Einverständnis getroffen. Aber ich werde darüber hinwegsehen, auch wenn ihr Fleisch von meinem Land geraubt habt.«

»Das möchte ich dir auch raten«, schnaubte Werrna, »wir sind in der Überzahl.«

Torell beachtete sie nicht. »Das sind eure Welpen für dieses Jahr?«

»Alle, die den ersten Mond erlebt haben«, erklärte Rissa stolz.

»Wie viele von euren haben überlebt?«, fragte Yllin und hob die Rute ein wenig höher. »Letztes Jahr waren es nur zwei, nicht wahr? Und beide haben das Tal verlassen.«

»Sei still«, befahl Rissa.

Ceela zog eine Seite ihrer Lefzen hoch und ergriff zum ersten Mal das Wort. Sie war etwas kleiner als Torell und hatte gelblich braunes Fell. »Vielleicht bringt ihr den Welpen dieses Jahr bessere Manieren bei. Obwohl ich einige sehe, die den Winter wohl kaum überleben werden.« Ihr Blick ruhte auf Ázzuen und Reel.

»Das lass mal unsere Sorge sein«, sagte Rissa. »Welpen, dies ist Ceela, und dies ist Torell, die Leitwölfe des Rudels vom Felsgipfel. Ihr braucht sie nicht zu begrüßen.«

»Als ob einer von uns sich bewegen würde«, flüsterte Ázzuen.

»Ihr werdet das Revier vom Schnellen Fluss verlassen, und zwar auf der Stelle«, sagte Rissa und trat ein kleines Stückchen zur Seite. »Wir werden euch ungehindert ziehen lassen.«

Ceela verzog das Gesicht zu einer Miene, die bei jedem anderen Wolf als Lächeln gegolten hätte. Bei ihr wirkte es eher wie ein Zähnefletschen.

»Dieses Mal werden wir gehen. Aber hör gut zu, Rissa. Unsere Reviere sind in Gefahr. Die Menschen stehlen unsere Beute. Die Langzähne in unserem Revier sterben bereits. Wir werden unser Rudel nicht leiden lassen, nur weil wir das Pech haben, die Menschen auf unserer Seite des Flusses zu haben.« Ceelas Blick streifte uns. »Das Revier vom Schnellen Fluss ist eines der reichsten im Tal. Wir werden uns unseren Anteil an der Beute holen.«

Rissa knurrte erneut. Dieses Mal stimmten Werrna und Yllin mit ein. Der Boden unter unseren Pfoten bebte.

»Es wird Zeit, dass ihr verschwindet«, sagte Werrna.

Torell sah Ceela an und nickte ihr kaum merklich zu, und die beiden setzten sich in Bewegung. Der Pfad war schmal, und sie mussten dicht an uns vorbei, oder sie hätten in den Wald ausweichen müssen, wo sie in ihrer

Bewegungsfähigkeit eingeschränkt gewesen wären, für den Fall, dass wir sie angegriffen hätten.

Torell ließ den Blick über uns Welpen schweifen, während er an uns vorbeischritt. Als er mich sah, blieb er stehen.

»Was ist das?«, zischte er und starrte mich an. »Sie trägt das Zeichen der Verfluchten und riecht nach fremdem Wolf.«

»Geh nach vorn«, sagte Yllin und stellte sich neben mich. Aber ich konnte mich nicht rühren.

»Ich sagte bereits, dass die Angelegenheiten des Rudels vom Schnellen Fluss dich nichts angehen«, fauchte Rissa. Werrna drehte sich um und baute sich vor Ceela auf, und damit waren die Wölfe vom Felsgipfel zwischen ihr und Yllin auf der einen und Rissa auf der anderen Seite eingeschlossen.

»Wir wiederholen uns nur ungern«, sagte sie. »Verschwindet ihr freiwillig aus unserem Revier, oder müssen wir euch hinausbegleiten?«

Torell zog seine Brauen zusammen.

»Wir gehen«, sagte er. Aber sein Blick ruhte auf mir, und erst als Werrna und Rissa sich langsam auf ihn zu bewegten, traten er und Ceela auf den Baum über dem Fluss. Leichtfüßig liefen sie hinüber und starrten uns vom anderen Ufer aus an.

»Los, Welpen«, sagte Rissa. »Heute Nacht werden sie unser Revier nicht mehr betreten.«

Sie hob das Stück Feuerfleisch auf, das sie fallen gelassen hatte, und glättete ihr Nackenfell. Rasch setzten wir uns erneut in Bewegung, schneller als zuvor. Ich konnte nicht aufhören zu zittern.

Etwas in Torells Blick, in seiner hasserfüllten Stimme, jagte mir kalte Schauer über den Rücken. Aber an diesem Abend waren zu viele seltsame Dinge geschehen, und so verdrängte ich den Gedanken an ihn. Es machte mir schon genug Sorgen, jemand könnte Ruuqo erzählen, dass ich zu den Menschen gelaufen war. Über Torell und die Wölfe vom Felsgipfel würde ich mir später noch Gedanken machen.

8

Als wir schließlich die Ebene des Hohen Grases erreicht hatten, stand die Sonne bereits hoch über den östlichen Bergen. Wir alle waren müde von den Abenteuern der Nacht. Das Rudel erwartete uns am Hellen Wald und nagte träge an den letzten Resten des Pferdes, die wir hatten retten können. Rissa erzählte Ruuqo von unserer Auseinandersetzung mit den Wölfen vom Felsgipfel. Er hörte aufmerksam zu, leckte ihr die Schnauze und sprach leise mit ihr. Er schien sich keine Sorgen zu machen. Streitereien zwischen Rudeln waren so häufig wie Regen, und dieser Streit hatte nicht einmal mit einem Kampf geendet. Ruuqo freute sich über das zusätzliche Fleisch, und falls er verstimmt war, dass Rissa Yllin und den anderen gestattet hatte, sich auf den Sammelplatz der Menschen zu wagen, dann ließ er es sich zumindest nicht anmerken. Er ignorierte den Geruch des Feuerfleisches, den er im Atem der Wölfe riechen musste, die das Glück gehabt hatten, ein Stück davon zu ergattern. Rissa schob das Stück, das sie aufgehoben hatte, Trevegg zu. Der Altwolf murmelte seinen Dank und verschlang das Fleisch mit einem Bissen.

Zu meiner Erleichterung erzählte Rissa Ruuqo nicht, dass ich versucht hatte, zu den Menschen zu gelangen. Den anderen hatte sie verboten, ihm gegenüber irgendetwas davon zu erwähnen. Trotzdem zog sich jedes Mal, wenn Borlla oder Unnan sich Ruuqo näherten, mein Magen vor

Furcht zusammen. Da mein Vater für ihn ein Fremder war und er ohnehin nach Gründen suchte, mich loszuwerden, würde mein Versuch, zu den Menschen zu gehen, ihm genau den Vorwand liefern, den er brauchte. Aber sie sagten nichts. Rissa erzählte ihm jedoch, dass Borlla Reel über den Fluss geholfen und erfolgreich Fleisch gestohlen hatte.

»Das hast du gut gemacht, Jungwölfin«, sagte Ruuqo. »Du wirst noch viel Gutes für das Rudel vom Schnellen Fluss tun.«

Es war das erste Mal, dass er einen von uns nicht mehr ›Welpe‹ nannte. Ein Jungwolf war ein Wolf, der die Wandlung von einem Welpen, der völlig abhängig von anderen war, zu einem vollwertigen Mitglied des Rudels vollzogen hatte. Borlla platzte vor Stolz fast aus ihrem Fell. Ruuqo lobte auch Unnan und Marra, was mir nichts hätte ausmachen sollen, mich aber dennoch ärgerte. Doch Borlla bekam das meiste Lob, sowohl für ihr Geschick beim Stehlen des Fleisches als auch für ihren Mut am Fluss. Yllin, Trevegg und sogar die bärbeißige Werrna machten viel Aufhebens um sie.

Als Borlla merkte, dass ich sie beobachtete, stolzierte sie zu mir herüber, blies mir ins Gesicht und ließ den frischen, süßlichen Duft von verbranntem Fleisch über meine Nase streichen. Dann wandte sie sich ab und zeigte mir ihre hocherhobene Rute. Ich spürte Zorn in mir aufsteigen, doch ich ging einfach davon. In diesem Moment hörte ich rauschende Flügel über uns und einen plötzlichen angeekelten Aufschrei von Borlla. Ich drehte mich um und sah, wie sie versuchte, Tlitoo zu fangen, der genau über ihrem Kopf flatterte. Ein großer Klecks Vogelkot hatte sie mitten auf den Kopf getroffen und war ihr über Gesicht und Augen gespritzt. Tlitoo machte weitere kleine Sturzflüge um sie herum, flog dann über ihren Kopf hinweg und lachte gackernd, während sie versuchte ihn zu fangen.

»Welpe sieht gut aus.
Dreckfell ist jetzt schön und weiß.
Danket dem Raben.«

Yllin fing als Erste an zu lachen, dann stimmte Minn ein und schließlich der Rest des Rudels.

»Du solltest besser lernen, schneller zu werden, Borlla«, sagte Rissa und wirbelte eine kleine Staubwolke mit der Nase auf, als sie den Kopf senkte und losprustete. Trevegg lachte so heftig, dass er sich auf dem Boden wälzte und mit den Beinen in der Luft strampelte. Ruuqo machte mit und stürzte sich auf den Altwolf, der sich immer noch im Staub wälzte. Yllin warf Borlla auf den Rücken, und als Borlla sie anknurrte, lachte sie nur noch lauter.

»Das wird dich lehren, zu stolz zu werden, Welpe!«, schnaubte sie. Sie ließ Borlla aufstehen und brachte sich mit einem Hechtsprung in Sicherheit, als Tlitoo eine weitere Serie von Klecksen fallen ließ. Er verfehlte beide Wölfe. Enttäuscht flog der Rabe erneut über Borlla hinweg, und sie rannte zu Rissa, um sich unter ihrem Bauch zu verstecken. Rissa ließ sich vor Lachen fallen, als Tlitoo, der offensichtlich sämtliche Vorräte verbraucht hatte, zu einem nahen Felsen flog.

Borllas Gesicht war vor Wut verkniffen, aber sie konnte es weder an Rissa noch an irgendeinem anderen der Erwachsenen auslassen. Mit hängenden Ohren und hochgezogenen Schultern lief sie steifbeinig zwischen den Bäumen hindurch in den Wald. Meine Laune hatte sich gebessert, und ich half, den Rest des gestohlenen Fleisches neben den Brocken des Pferdes zu vergraben, die wir vorher schon versteckt hatten. Ich nahm ein kleines Stück altes Pferdefleisch ins Maul und dachte mir, dass ich, wenn ich schon nichts von dem Feuerfleisch abbekommen hatte, wenigstens diesen Bissen haben könnte. Doch Werrna stieß mich fort und nahm es mir ab.

»Du hast dir dieses Fressen nicht verdient, Welpe«, sagte sie.

Ich sah hilfesuchend zu Rissa hinüber, doch sie wandte den Blick ab. Jetzt war die Reihe an mir, mich leise knurrend davonzuschleichen, während Ruuqo den Befehl gab zu rasten, bis es wieder kühler geworden wäre. Die Erwachsenen ließen sich im Schatten nieder, und Rissa hob ihren Kopf.

»Welpen«, sagte sie, »ihr könnt euch in der Nähe umsehen, wenn ihr nicht schlafen wollt. Aber lauft nicht zu weit.«

Ich entfernte mich von den anderen. Mir gefiel es nicht, dass mein Rang im Rudel so niedrig war. Ich sollte für das Rudel genauso wichtig sein wie Borlla oder Unnan. Hatte ich mich nicht behauptet, hatte ich nicht mehr Fleisch vom Pferdekadaver geholt als alle anderen, und war ich nicht ebenso kräftig geschwommen wie die anderen? Ich fürchtete, das Rudel würde mir verübeln, dass ich versucht hatte, zu den Menschen zu gelangen. Ich lief, bis ich den Rand der Wiese beim Hohen Gras erreicht hatte. Ázzuen folgte mir. Dann trat Borlla aus dem Wald. Sie hatte es geschafft, ihr Fell größtenteils vom Vogelkot zu befreien, und schnüffelte mehrere Wolfslängen zu meiner Linken an der Baumlinie entlang, immer auf der Hut vor Tlitoo. Unnan und Reel näherten sich ihr vorsichtig. Marra stöberte im herben Beerengestrüpp nahe bei der Stelle, an der wir das gestohlene Fleisch vergraben hatten, und kaute an den klebrigen Blättern. Ich steckte meine Nase in den leeren Bau eines Ziesels und buddelte in der lockeren Erde auf der Suche nach etwas Interessantem. Da vernahm ich Borllas Stimme, so hoch, dass sie weit trug.

»Du weißt doch, dass sie nicht in der Lage sein werden zu jagen, wenn es so weit ist«, sagte sie zu Unnan. Ruuqo hob den Kopf, durch Borllas Stimme aus seinem Nickerchen geweckt.

Es ärgerte mich, dass sie uns so offensichtlich vor Ruuqo schlechtmachen und ihn glauben lassen wollte, wir seien schlechte Jäger.

»Sie könnte es wenigstens etwas geschickter anstellen«, murrte Ázzuen.

»Sie können ja nicht einmal den Fluss überqueren oder Fressen stehlen«, fuhr Borlla fort. »Wie sollen sie dann irgendetwas erjagen?«

Reel zuckte zusammen. Mir kam das ziemlich gemein ihm gegenüber vor, erst recht, wo Borlla sich doch um das kleinere Junge hätte kümmern sollen. Ruuqo ließ seinen Blick erst auf Borlla, dann lange auf mir und Ázzuen ruhen, ehe er sich im Salbeigebüsch ausstreckte und wieder einschlief.

Aber Borlla hatte mich auf eine Idee gebracht. Ganz in

der Nähe witterte ich lebende Pferde. Nachdem ich der Fährte einige Wolfslängen weit gefolgt war, entdeckte ich die großen, stämmigen Tiere, die das trockene Gras auf offener Wiese fraßen.

»Wir werden sehen, wer hier ein Jäger ist«, sagte ich wie zu mir selbst.

»Was hast du vor?«, fragte Ázzuen beunruhigt.

Ich setzte mich auf meine Hinterläufe und beobachtete die Herde. Nicht mehr lange, und wir würden gemeinsam mit dem Rudel jagen dürfen. Wenn ich das erste Junge wäre, das lebendige Beute berührte, würden Borllas Worte bedeutungslos. Und vielleicht würde sich dann auch niemand mehr darum scheren, dass mein Vater möglicherweise ein Fremder war. Vielleicht könnte ich sogar selbst ein Beutetier erlegen. Mein Herz schlug schneller, als mir klarwurde, was ich im Begriff war zu tun. Ich sah Ázzuen über die Schulter an und setzte mich in Richtung der Herde in Bewegung. Nach wenigen Schritten blieb ich stehen. Ázzuen folgte zögernd. Ich fing Marras Blick auf, sie unterbrach ihre Untersuchung des Beerengebüschs und schloss sich uns an.

»Du weißt, dass wir uns nicht so weit entfernen dürfen«, sagte sie und beäugte die Pferde. Sie klang nicht besonders besorgt. Sie wollte mich nur wissen lassen, für wie verrückt sie mich hielt.

»Ich weiß«, sagte ich, »aber ich will sie mir aus der Nähe ansehen, du etwa nicht?«

»Natürlich will ich das«, antwortete sie grinsend. »Lass dich nur nicht erwischen. Ich bin nicht so scharf auf Ärger wie du. Du bist viel zu draufgängerisch.«

Ich schnaubte. Marra ging von uns allen die größten Risiken ein. Ich ging ein paar weitere Schritte auf die Pferde zu und fiel dann in einen schnellen Laufschritt. Ázzuen und Marra folgten.

Wir hatten die Hälfte der Strecke zu den Pferden zurückgelegt, als ich hinter mir ein Geräusch hörte. Borlla, Unnan und Reel rannten uns nach und versuchten, uns einzuholen. Wir drei rechneten mit einem Kampf, drehten uns um und sahen ihnen entgegen. Aber sie griffen nicht an. Stattdessen rannten sie an uns vorbei. Da wusste ich, was sie vorhatten: Sie würden die Pferde zuerst erreichen und alles Lob für die Idee einheimsen. Ruuqo und Rissa würden wieder einmal Borlla loben und mich ignorieren.

Entschlossen, nicht zuzulassen, dass Borlla und Unnan die Pferde als Erste erreichten, raste ich hinter ihnen her. Ich überholte Reel mit Leichtigkeit und holte Unnan und Borlla ein, als sie gute zehn Wolfslängen von den Pferden entfernt stehen blieben. Marra war dicht hinter mir, und ein entschlossener, schnaufender Ázzuen bildete die Nachhut. Ich beugte mich nah an Borllas schmutziges, weißes Ohr.

»Ich wette, dass du Angst hast, zu einem Pferd zu gehen. Ich wette, du hast nicht den Mut einer echten Jägerin. Diese Beute liegt nicht auf dem Boden und wartet darauf, dass du sie aufhebst.«

Borlla antwortete nicht, aber sie sah mich an und dann die Herde. Schnüffelnd hielt sie die Nase hoch in die Luft. Ich hörte Ázzuen hinter mir kichern. Borlla ging einen Schritt auf die Beute zu, blieb aber stehen, als Reel sich wimmernd an ihre Schulter drängte. Flehend sah er sie an und flüsterte ihr etwas zu. Ihr Blick wurde weich, und sie stupste ihn zärtlich mit der Nase. Wieder einmal verspürte ich einen Stich der Eifersucht, weil sie einander so nah waren.

»Dachte ich's mir doch«, sagte ich. Ich hätte es einfach dabei belassen sollen, aber ich wollte sichergehen, dass Unnan und Borlla – und besonders Ruuqo – klarwurde, dass ich zum Rudel gehörte. Nicht mehr lange, und uns würde das Winterfell wachsen. Bis dahin mussten wir Welpen unsere Stellung im Rudel gesichert haben.

»Kommt«, sagte ich zu Ázzuen und Marra. Auf zitternden Beinen ging ich ein paar Schritte näher an die Pferde heran. Aus der Nähe wirkten sie viel größer und gefährlicher als das Tier, das der Bär getötet hatte. Sie rochen nach Beute – eine Witterung aus Schweiß und warmem Körper. Ihr Atem roch nach zerkautem Gras und Erde. Ich blickte zurück und sah, dass sowohl Marra als auch Ázzuen mich ängstlich beobachteten. Ich wollte das hier nicht alleine tun. Ich sah sie bittend an, und kurz darauf folgten sie mir. Ich war nicht die Einzige, der klar war, dass dies die zukünftige Rangfolge unter uns Welpen bestimmen konnte. Trotzdem war ich dankbar, dass sie hinter mir standen.

Genau wie ich vorhergesehen hatte, bewegten sich auch Borlla und Unnan, ganz begierig darauf, als Erste bei der Beute zu sein. Nach kurzem Zögern folgte Reel ihnen. Er tat mir leid. Er war kein Rüpel wie Unnan und Borlla. Wenn er allein war, schien er ein ganz anständiger Wolf zu sein. Aber ich hatte keine Zeit, an ihn zu denken. Als ich Borlla und Unnan herannahen hörte, lief ich los. Ich rannte mit ihnen um die Wette zu den Pferden.

Und dann waren wir zwischen den stämmigen Tieren, atmeten den Duft ihrer warmen Körper und den Grasgeruch ihres Kots ein. Ihr Atem war warm – damit hatte ich nicht gerechnet –, und sie begannen flacher zu atmen, als wir zwischen ihren Beinen umherflitzten. Aus der Ferne hörte ich Ruuqos warnendes Gebell, doch ich ignorierte es. Ich hatte keine Geduld, zu warten und mir anzuhören, was er zu sagen hatte. Ich spürte das Herz eines Jägers in mir schlagen, während ich mich zwischen den Pferden bewegte.

»Sie sind einfach nur dumme Beute!«, rief ich Ázzuen übermütig zu. »Kein Wolf muss sich vor dummer Beute fürchten!« Ich lachte. Mein Herz schlug heftig und laut vor Aufregung. Das Blut in meinen Adern floss schneller. Meine Nasenlöcher weiteten sich, um auch die kleinste Witterung aufzunehmen, und meine Ohren stellten sich hoch auf, um jedes Geräusch einzufangen. Ich hatte keine Ahnung gehabt, dass eine Jagd sich so anfühlen würde. Das hatte nichts damit zu tun, Mäusen aufzulauern oder Kaninchen zu verfolgen. Nie zuvor hatte ich mich so lebendig gefühlt, so voller Feuereifer. Die stumpfsinnigen Pferde standen einfach da wie Felsbrocken. Sie waren dazu bestimmt, gerissen zu werden, dazu bestimmt, Beute zu sein. Ich begriff jetzt, dass wir Wölfe die klügsten Jäger waren, weil wir uns die Dummen und Langsamen nahmen.

In diesem Moment fiel mir ein, das wir die schwachen und kranken Tiere ausfindig machen mussten. Es gelang mir nicht. Ich konnte mich auf nichts konzentrieren als auf den Geruch, das Gefühl, das Geräusch von Beute um mich herum. Mir wurde schwindelig, und mein Magen drehte sich. Mein Kopf schien weit entfernt von meinem Körper zu sein, und ich atmete schwer. Was hatte dieser Rausch zu bedeuten? Die anderen wurden auch davon erfasst. Wir wurden wagemutig und ungestüm und jagten einander zwischen den Beinen der Pferde. Ein Schauer durchfuhr mich, als ich mir vorstellte, eine Jagd anzuführen und in das weiche Fleisch eines Pferdebauches zu beißen.

Unvermittelt veränderte sich die Stimmung der Herde. Das Pferd, das Reel am nächsten war, senkte den Kopf und atmete mit einem verärgerten Schnauben aus. Es stampfte mit den Hufen auf, schüttelte den Kopf und bäumte sich auf. Das Pferd neben ihm brüllte vor Zorn auf und stürzte sich auf Marra und schnappte nach ihr. Mit einem erschrockenen Quieken sprang Marra zur Seite. Überall um uns herum begannen Pferde zu stampfen, sich aufzubäumen und zu laufen, wobei sie mit den Hufen auf unsere Köpfe zielten. Ich drehte mich um und suchte nach einem Fluchtweg, sah jedoch nichts außer stampfenden Beinen und fliegenden Hufen und kauerte mich vor Angst zusammen. Ich blickte auf und sah eine Unmenge von Pferden um uns herum rasen, sehr viel schneller, als es irgendeinem Geschöpf möglich sein sollte zu rennen.

»*Lauft!*«, brüllte Trevegg. »Lauft, oder ihr werdet zerschmettert!« Durch den Pferdepulk sah ich die Erwachsenen auf uns zurennen. Treveggs Stimme riss mich aus meiner Furcht, und es gelang mir, meinen Beinen zu befehlen, sich zu erheben und mich zu tragen. Ich kämpfte darum, stehen zu bleiben und beugte mich hinunter zu Ázzuen, um ihn aus seiner Schockstarre zu reißen. Verwirrt blickte er mich an, immer noch am Boden kauernd.

»Steh auf!«, schrie ich. »Weg hier!«

Ich konnte seine Angst und Verwirrung riechen. Wir waren umgeben von donnernden Hufen und wirbelndem Staub. Jetzt, wo die erste Woge des Schreckens über mich hinweggespült war, schärften sich meine Sinne. Ich drängte die Furcht in den hintersten Winkel meiner Wahrnehmung.

»Wir müssen ihren Hufen ausweichen, bis die Erwachsenen uns erreichen.« Ich schrie, um mich Ázzuen verständlich zu machen. »Wir müssen in Bewegung bleiben.« Ein Erinnerungsfetzen aus unserem Jagdunterricht fiel mir ein.

»Wenn ihr sehr viel kleiner als eure Beute seid«, hatte Rissa gesagt, »ist es sinnlos, euer Gewicht einzusetzen, um die Beute umzuwerfen. Ihr werdet nur in den Schmutz fallen. Ihr müsst euren Verstand einsetzen, denn unser Verstand ist es, der uns zu guten Jägern macht. Lauft hin und her. Setzt auf Taktik, nicht auf Gewalt.«

Ich sah Borlla auf der Stelle stehen, knurrend starrte sie eines der Pferde finster an. Sie versuchte, Reel zu beschützen, der sich hinter ihr zusammengekauert hatte. Mutig, dachte ich, aber dumm. Sie waren zu weit entfernt, als dass ich sie hätte erreichen können. Marra bewegte sich bereits, wich den Pferden geschickt aus, das Gesicht konzentriert und grimmig. Ázzuen stand reglos neben mir und starrte voller Furcht zu den Pferden hinauf. Unnan kauerte eine Wolfslänge entfernt auf der Erde. Ich stieß Ázzuen heftig an und schubste ihn aus dem Weg der donnernden Hufe. Jedes Mal, wenn er wieder aufhörte sich zu bewegen, stieß ich ihn erneut an. Endlich erreichten uns die erwachsenen

Wölfe, knurrten die Pferde an, um sie von uns fortzutreiben. Werrna sprang eines der Pferde direkt an, das Anstalten machte, Unnan zu zertrampeln, und brachte damit das überraschte Tier aus dem Gleichgewicht. So ängstlich ich auch war, ihr Mut imponierte mir. Ruuqo und Rissa versuchten, mit den anderen Wölfen einen Kreis um uns zu bilden, zwischen uns und den Pferden. Marra sprang in den Kreis und sah keuchend aus der relativen Sicherheit der sie beschützenden größeren Wölfe zu. Mein Umherstolpern hatte mich in die Nähe von Unnan gebracht, und ich schubste ihn auf die Erwachsenen zu. Yllin packte ihn und warf ihn in die Mitte des Kreises. Ich erwischte Ázzuen am Nackenfell und warf ihn beinahe zu den Erwachsenen. Dabei zerrte ich mir einen Muskel im Nacken so schmerzhaft, dass ich aufjaulte, bevor ein Pferd den Kopf schwang und mich zurückwarf. Ich sprang auf, wich aus, rannte wieder und wich erneut aus. Borlla stand ebenfalls außerhalb des schützenden Kreises und knurrte immer noch wie wild die Pferde an, während Reel sich leise wimmernd hinter ihr duckte.

»Bewegt euch!«, schrie ich. »Ihr müsst in Bewegung bleiben!«

Sie starrte mich finster an und blickte dann hinauf zu einem großen Pferd. Ich stürzte zu ihr und stieß sie aus dem Weg, rollte mich dann weg, gerade als ein riesiger Huf auf meinen Kopf hinabsauste. Aus einer Staubwolke hörte ich einen Wolf schreien, ein grauenvolles Jaulen vor Schreck und Schmerz.

Dann, ebenso schnell, wie sie begonnen hatte, war die Stampede vorbei. Yllin und Werrna vertrieben die Pferde, die sich an den äußersten Rand der Wiese zurückzogen. Rissa lief von Welpe zu Welpe und vergewisserte sich, dass uns nichts geschehen war. Benommen kauerte ich mich hin und erwiderte ihre Liebkosung stürmisch, als sie sich über mich beugte und mir den Kopf leckte. Sie wiederholte die Geste bei Ázzuen, der zitternd auf seine Füße kam, und dann bei Unnan, der eine Wunde über seinem linken Auge hatte; bei Marra, die reglos dastand und den verschwindenden Pferden hinterherschaute. Schließlich stupste Rissa mit gesenkter Rute und einem ängstlichen Winseln einen fahlen Klumpen mit der Nase an, der wie Reel, aber gleichzeitig auch ganz anders roch. Ihr Winseln wurde lauter, und Ruuqo und Trevegg gingen langsam zu ihr. Sie stupsten Reel an und schoben ihn herum, aber er rührte sich nicht. Sein Kopf war blutverschmiert, und sein Körper wirkte merkwürdig flach.

»Steh auf, Reel«, sagte Borlla ungeduldig und stupste den reglosen Körper an.

Rissa schob Borlla sanft zur Seite, setzte sich auf die Hinterläufe und stieß ein langgezogenes trauerndes Heulen aus. Ruuqo, Trevegg und Minn stimmten ein. Yllin und Werrna, die die Pferde vertrieben hatten und zurückgetrabt kamen, blieben ganz still stehen, dann stimmten sie mit ihrem eigenen Klagegesang ein. Ich spürte, wie meine Kehle sich öffnete und ein tiefes Heulen, das ich kaum als mein eigenes erkannte, aus meiner Kehle aufstieg.

Ungläubig blickte ich auf den kleinen, schmutzbedeckten Körper im niedergetrampelten Gras. Mein Kopf schmerzte, und meine Brust fühlte sich schwer an. Mein Magen zog sich zusammen, und ich hatte das Gefühl, das wenige Fleisch, das ich zuvor gefressen hatte, heraufwürgen zu müssen. Gerade eben noch war ich mit Reel zu den Pferden gelaufen. Und jetzt war er nur noch Fell und Knochen. Yllin und Werrna hatten das Rudel erreicht, und wir standen alle um Reel herum. Die heiße Nachmittagssonne brannte auf unsere Rücken und verstärkte meine Übelkeit noch.

Ich wusste nicht, wie lange wir dort standen, wartend und hoffend, dass das Leben in Reel zurückkehren würde, aber er war tot. Ich hatte Reel nicht sonderlich gemocht und mich eigentlich nicht wirklich für ihn interessiert, aber er war genauso ein Wurfgefährte gewesen wie die anderen auch. Er gehörte zum Rudel. Und sein Schicksal hätte genauso gut meines sein können. Ich hatte ihn dazu provoziert, zu den Pferden zu laufen. Am liebsten hätte ich mich auf die Wiese gelegt und im Dreck vergraben. Rissa heulte erneut, länger und tiefer, und das Rudel fiel in ihr Abschiedslied für Reel ein. Alle außer Borlla, die nur reglos dastand und ungläubig auf den Leichnam blickte, an dem das Fell sich jetzt leise im Wind bewegte.

Mit einem letzten Blick auf Reel führte Rissa das Rudel von der Ebene des Hohen Grases fort. Borlla rührte sich nicht.

»Ihr könnt ihn nicht einfach hier liegen lassen! Ihr könnt ihn nicht einfach den Langzähnen und Hyänen überlassen!«, schrie sie.

»So ist es bei uns Brauch, kleiner Wolf«, erklärte Trevegg, die Stirn mitfühlend gerunzelt. »Er ist zum Gleichgewicht zurückgekehrt. Er wird Teil der Erde werden, so wie wir alle eines Tages. Er wird das Gras ernähren, das die

Beute ernährt, die unser Rudel ernähren wird. Das ist der Lauf der Dinge.«

»Ich lasse ihn nicht allein«, sagte Borlla trotzig. Keiner von uns hatte es je gewagt, so mit einem älteren Wolf zu sprechen.

»Du musst«, antwortete Trevegg. »Du bist ein Wolf und gehörst zum Rudel vom Schnellen Fluss und musst den Gesetzen folgen.« Als Borlla sich nicht rührte, schob er sie vor sich her, sehr viel sanfter, als er das normalerweise getan hätte, und zwang sie, dem Rudel zu folgen.

Langsam kehrten wir zum Waldrand zurück. Borlla und Unnan fielen immer wieder zurück und starrten Reels Leichnam an, bis Trevegg oder Werrna zurückliefen, um sie sanft voranzutreiben.

Schließlich nahm Werrna Borlla, obwohl diese schon halb ausgewachsen war, zwischen ihre starken Kiefer. Anfangs sträubte Borlla sich, doch dann verließ sie die Kraft, und sie hing schlaff zwischen Werrnas Zähnen, die Läufe schleiften auf dem Boden. Niemand gab einen Ton von sich, während wir nach Hause trotteten, außer Borlla, die leise winselte. Wir waren nur wenige Wolfslängen so gegangen, als Unnan plötzlich auf mich zurannte, mich umwarf und sich auf meine Brust stellte. Sein schmales Gesicht war vor Wut verzerrt.

»Du hast ihn umgebracht«, spie er aus. »Das Pferd hätte dich töten sollen, nicht ihn.« Hass lag in seiner Stimme. »Du bist diejenige, die tot sein sollte.«

Ich brachte es nicht über mich, mich zu verteidigen. Unnan sprach nur aus, was ich selbst dachte. Ich warf Unnan ab und humpelte weiter. Ich wollte seinen Angriff nicht erwidern. Aber als er mich in den Hals biss und würgte, biss ich so kräftig zurück, dass er aufschrie.

Ruuqo ließ uns anhalten, und das Rudel scharte sich um Unnan und mich. Werrna setzte Borlla ab.

»Wovon redest du, Unnan?«, fragte Ruuqo.

»*Sie* hat uns dazu gebracht, dorthin zu gehen«, antwortete Unnan. »Wir haben nur geschlafen, aber sie hat uns dazu gebracht loszugehen. Es ist ihre Schuld, dass Reel tot ist.«

Mein Herz sank, und ich konnte kaum atmen. Ruuqo sah mich an, wartete auf eine Antwort, aber ich wusste nicht, was ich sagen sollte. Marra ergriff an meiner Stelle das Wort.

»Es war Kaalas Idee«, sagte sie, »aber wir alle wollten gehen.«

»Niemand hat dich gezwungen, mitzukommen, Unnan«, sagte Ázzuen. »Du hättest im Wald bleiben können. Genauso wie Reel. Wir alle wollten die Pferde sehen«, erklärte er den Leitwölfen. »Und Kaala hat Unnan und mich gerettet, als wir den Pferden nicht ausgewichen sind. Sie wusste, was zu tun war, als wir nicht mehr weiterwussten.« Dankbar sah ich ihn an.

»Was hast du dazu zu sagen, Welpe?«, fragte Ruuqo.

Die Bäume und Büsche schienen mich zu erdrücken und machten es mir noch schwerer zu atmen. Der harte Erdboden drückte gegen meinen Brustkorb, als ich mich auf den Bauch fallen ließ. Ich wollte Entschuldigungen vorbringen, Unnan und Borlla beschuldigen, weil sie mich aufgestachelt hatten, die Pferde, weil sie gelaufen waren. Aber ich spürte Ázzuens und Marras Blicke auf mir. Sie hatten den Mut gehabt, mich zu verteidigen. Ich durfte jetzt nicht feige sein.

»Es ist meine Schuld«, sagte ich, unfähig, das Zittern in meiner Stimme zu verbergen. »Es war meine Idee, die Pferde aus der Nähe zu betrachten. Ich wusste nicht, dass sie das tun würden, dass sie so rennen können.« Ich duckte mich so tief wie möglich auf den Boden. »Ich wollte nicht, dass irgendjemand verletzt wird.«

»Wenigstens verbirgst du deinen Fehler nicht. Ich dulde keine Lügner in meinem Rudel. Warum hast du die anderen zu den Pferden geführt?«

Ich war froh, dass ich niemand anderem die Schuld zugeschoben hatte. Ich blieb so tief am Boden, wie ich nur konnte, die Ohren so eng wie möglich am Kopf angelegt.

»Ich wollte sehen, ob ich jagen kann.« Meine Antwort kam mir unzureichend vor. »Ich wollte die Erste sein, die Beute berührt.«

»Stolz bedeutet für einen Wolf den Tod«, sagte Ruuqo. »Und es waren Stolz und Dummheit, die dich dazu brachten, sich der Beute zu nähern, ohne sie zu respektieren und ohne genug über die Jagd zu wissen.«

Meine Kehle war wie zugeschnürt, während ich Ruuqos Urteil erwartete.

Ich war so angespannt, dass meine Augen schmerzten, und ich spürte, wie das Blut in meinen Schläfen pochte. Seit meiner Geburt hatte Ruuqo auf einen Vorwand gewartet, mich loszuwerden. Jetzt hatte er einen. Ich war mir sicher, dass er mich jetzt fortschicken würde. Doch er sah sich im Rudel um, bis er seinen Blick schließlich auf Rissa ruhen ließ. Sie näherte sich ihm, die übrigen Erwachsenen des Rudels folgten ihr. Sie drängten sich dicht an ihn, bewegten sich um ihn herum und sprachen leise miteinander.

»Es ist wahr«, sagte Rissa und schmiegte den Kopf eng an Ruuqos Hals, »dass Kaala die Jungen dazu gebracht hat, zu den Pferden zu gehen, aber Welpen sind neugierig. Sie werden immer versuchen zu jagen, bevor sie so weit sind. Sie wären keine Wölfe, wenn sie sich nicht mit der Beute messen wollten. Es ist nicht ihre Schuld, dass die Pferde heute so nervös waren. Und sie hatte den Mut und die Geistesgegenwart, den anderen zu helfen, als die Pferde zu laufen begannen. Wenn sie nicht gewesen wäre, hätten wir vielleicht drei oder vier Junge verloren, nicht nur eines.«

»Das habe ich noch nie bei einem so jungen Wolf gesehen, wie sie die anderen auf diese umsichtige Weise geschützt hat«, sagte Trevegg, »und das ist jetzt schon der achte Wurf, den ich erlebe.«

Yllin legte sich auf den Boden, bevor sie zu sprechen begann. Einjährige Jungwölfe nahmen nicht oft an solchen Beratungen teil. »Ich hätte das nicht geschafft, als ich noch ein Welpe war«, sagte sie, »und ich war damals größer als Kaala.«

Zu meiner Überraschung grummelte Werrna zustimmend. Sie hatte sich noch nie für mich eingesetzt.

»Sie hat den Tod eines anderen Welpen verursacht!«, warf Minn ein, legte dann aber die Ohren an, als Rissa ihn finster ansah.

Ruuqos Ohren zuckten. Er nahm die Schnauze jedes einzelnen Wolfs ins Maul und zog sich dann zurück, die Brauen nachdenklich zusammengezogen. Ich merkte, dass ich vergessen hatte zu atmen und sog einen tiefen Atemzug voll Luft in meine Lungen. Die Stimmung, die jetzt herrschte, erinnerte mich an jene in den Momenten, in denen die Erwachsenen zusammenkamen, um zu entscheiden, was gejagt werden sollte. Ein Leitwolf traf die Entscheidungen, aber wenn niemand mit ihm einer Meinung war, schwächte das seine Autorität. Ich konnte fast sehen, wie Ruuqos Gedanken arbeiteten, wie er die Wünsche des Rudels gegen seine eigenen abwog. Voller Abneigung sah er mich an, und ich zitterte.

Trevegg ging zu ihm. »Kein Wolf ist ein Rudel für sich alleine, Ruuqo«, sagte der Altwolf leise. »Das Rudel möchte, dass sie bleibt. Das weißt du. Wenn du die Wünsche von so vielen missachtest und gegen den Willen des Rudels handelst, könntest du sie alle verlieren. Womöglich suchen sie sich dann einen anderen Anführer.« Aus den Augenwinkeln warf er einen Blick auf Werrnas vernarbtes Gesicht.

»Hältst du mich für so dumm«, schnauzte Ruuqo und schob Trevegg unwirsch beiseite, »dass ich wegen meiner Gefühle gegenüber diesem Welpen mein Rudel verärgere? Eine starke Wölfin ist eine starke Wölfin, selbst wenn ich sie nicht mag.«

Ruuqo drehte sich zum Rudel um, dann fing er Rissas klaren, offenen Blick ein. »Ihr habt recht. Wenn Kaala nicht so gehandelt hätte, wie sie es getan hat, hätten wir noch mehr Welpen verloren. Solchen Mut braucht ein Rudel.« Ruuqo sprach zu Rissa, doch seine Worte galten dem gesamten Rudel.

Verblüfft sah ich ihn an. Ich hätte nicht überraschter

sein können, wenn er plötzlich auf zwei Beinen gelaufen wäre und einen Spitzstecken getragen hätte wie die Menschen. Er musterte sein Rudel.

»So ist es nun einmal. Wir werden alle daraus lernen. Und wir werden dieses Junge genauestens im Auge behalten«, erklärte er und warf mir einen Blick zu, der mein Innerstes zu Schlamm werden ließ. »Wenn sie weiterhin ein so unzuverlässiges Verhalten an den Tag legt, müssen wir uns erneut überlegen, ob sie im Rudel bleiben kann oder nicht.«

Unnan bebte vor Zorn am ganzen Körper. »Aber sie wollte zu den Me…«

Werrnas große Pfote sauste auf ihn nieder, während Rissa verärgert den Kopf umwandte.

»Sei still, Welpe«, zischte Werrna. »Du hast von deinem Leitwolf einen Befehl erhalten. Befolge ihn!« Unnan sah sie gekränkt an, sagte aber nichts mehr. Jetzt war ich an der Reihe zu zittern, jedoch nicht vor Wut, sondern vor Erleichterung.

Es war alles so schnell gegangen, dass ich noch ganz benommen war. Endlich kam ich wieder zu mir und kroch zu Ruuqo, um ihm zu danken. Er musste mir meine Überraschung angemerkt haben, denn er schnaubte, als ich ihm dankbar die Schnauze leckte.

»Warum bist du so überrascht, Welpe?«, fragte er.

Mir fiel nichts anderes ein außer der Wahrheit, und ich konnte mich nicht weigern, ihm zu antworten. »Ich dachte, du willst, dass ich verschwinde!«, platzte ich heraus.

»Und du hältst mich für so dumm und selbstsüchtig, dass ich meine Wünsche über die des Rudels stelle?«

Darauf fiel mir erst recht keine Antwort ein, und ich starrte ihn nur an.

»Ich beobachte dich, Welpe. Ich habe nicht vergessen, dass du eine Bedrohung für mein Rudel bist. Mach keine weiteren Fehler«, sagte Ruuqo so leise, dass nur ich es hören konnte. Er wandte sich an das restliche Rudel. »Wir bleiben heute nicht beim Hellen Wald. Wir kehren zum Sammelplatz beim Gefallenen Baum zurück.«

Zielstrebig trabte er den Pfad entlang, zurück zu unserem Sammelplatz. Borlla lief diesmal auf ihren eigenen Füßen, aber sie blieb alle paar Schritte stehen und schaute zurück zu der Stelle, an der Reel gestorben war. Ich konnte das nicht. Ich hielt den Kopf gesenkt, versuchte, nicht daran zu denken, welche Rolle ich bei Reels Tod gespielt hatte oder wie unsicher meine Position im Rudel war, und folgte meiner Familie nach Hause.

9

Welpen sterben. Das ist so natürlich, wie Beute zu jagen oder im Mondschein zu laufen. Unser Rudel war kein gewöhnliches Rudel, gerade, weil so viele von uns so lange überlebt hatten. Aber ich konnte mir nicht helfen, ich fühlte mich schuldig an Reels Tod. Wenn ich mich nicht unbedingt hätte beweisen wollen, wenn ich die anderen nicht herausgefordert hätte, sich die Pferde aus der Nähe anzusehen, wäre er vielleicht nicht gestorben. Ich konnte die Erinnerung an seinen kleinen, reglosen Körper nicht verdrängen. Und dann war da noch das, was mit Borlla geschah.

Ihr hatte Reels Tod von uns allen am meisten zugesetzt. Sie war schweigsam und ernst geworden und hatte in dem halben Mond seit der Stampede kaum etwas gefressen. Es war eine regnerische Zeit gewesen. Der Sammelplatz war voller Schlamm und glitschig, und alle hatten schlechte Laune. Werrna biss mich zweimal bei verschiedenen Gelegenheiten, als ich dorthin ging, wo sie gerade hin wollte, und selbst Yllin knurrte, wenn wir Welpen uns näherten. Aber niemand schnappte nach Borlla oder biss sie.

Sie schien nicht begreifen zu können, dass Reel nicht mehr da war. Sobald die Erwachsenen sie auch nur einen Moment aus den Augen ließen, kehrte sie zur Wiese beim Hohen Gras zurück und suchte nach Reel. Ich dachte, Ruuqo und Rissa würden irgendwann böse auf sie werden, weil sie sich so oft unerlaubt fortstahl, aber das war nicht der Fall. Jedes Mal, wenn sie verschwunden war, schickten sie einen Wolf los, um sie zurückzuholen, und Trevegg, Werrna oder Minn kehrten dann mit ihr zurück. Manchmal mussten sie Borlla nach Hause schleifen, was bestimmt nicht einfach war, denn sie war fast ausgewachsen.

»Er ist nicht mehr da, Kleiner Wolf«, sagte Trevegg sanft, nachdem er sie zum dritten Mal zurückgezerrt hatte. Das stimmte. Ázzuen und ich waren Borlla gefolgt, als sie am ersten Tag zur Wiese beim Hohen Gras zurückgekehrt war. Reels Leichnam war verschwunden. Sein Geruch war noch deutlich zu erkennen, doch er hatte sich inzwischen mit der Witterung von Hyänen vermischt. Man brauchte nicht viel Phantasie, um sich vorzustellen, was geschehen war. Die Schmarotzer hatten ihn irgendwohin geschleppt, sicherlich aus Angst, wir könnten zurückkehren. Der Gedanke, dass einer von uns so leicht als Mahlzeit enden konnte, verfolgte mich. Borlla weigerte sich, es zu glauben.

Ich hatte angenommen, sie würde mich hassen und mich mit Abscheu betrachten, so wie Unnan es tat, doch wenn ich ihr in die Augen schaute, sah ich nur Verwirrung und Trauer. Zorn wäre mir lieber gewesen. Ich beobachtete sie, wenn sie im Regen saß und geduldig auf eine Gelegenheit wartete, um sich erneut davonzuschleichen, und meine Schuld legte sich schwerer auf meine Glieder als mein regennasses Fell. Als ich versuchte, etwas von dem alten Elen zu fressen, das Werrna aus einem unserer Verstecke ausgegraben hatte, konnte ich es nicht hinunterwürgen. Ich beobachtete Borlla, hoffte, eine Veränderung in ihr entdecken zu können. Der Regen war warm, aber ich zitterte und legte den Kopf zwischen die Pfoten.

»Es wird Zeit, dass du aufhörst, Trübsal zu blasen, Welpe«, sagte Trevegg streng und schlenderte zu mir herüber. »Die Starken überleben, die Schwachen nicht. Reels Tod tut uns allen leid, aber die Beute springt nicht ins Maul, nur weil wir traurig sind. Rissa hockt ja auch nicht herum und bemitleidet sich selbst. Sie weiß, dass die Jagd weitergehen muss. An dem Tag, an dem wir aufhören, die Beute zu hetzen, hören wir auf, Wölfe zu sein.«

»Das weiß ich«, antwortete ich und blinzelte im Regen, der vom Boden hinauf in meine Augen zu spritzen schien. »Ich weiß auch, dass er vielleicht ohnehin nicht überlebt hätte. Trotzdem fühle ich mich schlecht.«

»Ich bin froh, das zu hören«, meinte der Altwolf und knabberte etwas von dem festgebackenen Schlamm an seiner Schulter ab. »Du wärst kein gutes Rudelmitglied, wenn du nicht so fühlen würdest. Aber jetzt musst du aufhören, darüber nachzugrübeln. Hätte Reel den Winter überlebt, wenn du nicht zu den Pferden gegangen wärest? Vielleicht. Wären Unnan und Ázzuen gestorben, wenn du nicht nachgedacht und so schnell gehandelt hättest? So gut wie sicher.«

Treveggs Stimme wurde ein wenig weicher. »Einige Welpen überleben nicht bis zum Ende des Winters. Das muss so sein, wenn Wölfe stark bleiben wollen. Wusstest du, dass das Rudel der Wühlmausfresser jedes Jahr nur ein oder zwei seiner Welpen durchbringt, weil es zu klein ist, um größere Beutetiere zu erlegen? Und die Wölfe vom Felsgipfel lassen die kleineren Welpen gar nicht erst in die Nähe des Fressens. Sie lassen sie verhungern, ohne ihnen die Chance zu geben, sich zu beweisen. Rissa ist im ganzen

Tal dafür bekannt, dass die meisten ihrer Welpen überleben. Wenn die Ahnen eines unserer Jungen zu sich rufen, müssen wir dankbar dafür sein, dass so viele andere bei uns bleiben dürfen.«

»Wo sind sie alle? Rissas Welpen vom letzten Jahr und von dem davor?«, fragte Ázzuen und trabte zu uns herüber. Er hatte mich seit Tagen beobachtet, schien jedoch Angst gehabt zu haben, sich mir zu nähern. Ich erinnerte mich, dass ich ihn angeknurrt hatte, als er anfangs versucht hatte, mich zu trösten.

»Die meisten verlassen das Tal«, antwortete Trevegg. »Hier gibt es nur Platz für ein paar Rudel, und nicht jedem gefallen die Gesetze des Tals.« Er schüttelte den Regen aus seinem Fell.

»Du musst dich also entscheiden, Welpe. Bleibst du bei uns, oder wirst du Reel folgen? Niemand von uns kann dir diese Entscheidung abnehmen.« Er leckte mir den Scheitel und ging, um mit Borlla zu sprechen. Sie wandte das Gesicht ab, stand unsicher auf und verschwand im Wald. Treveggs Schultern schienen für einen kurzen Moment kraftlos herunterzusacken, dann schüttelte er sich und schlenderte hinüber zu Unnan.

Plötzlich hörte ich hinter mir ein Planschen und Knurren. Yllin hatte Minn in eine schlammige Pfütze gestoßen. Die beiden Jungwölfe begannen zu kämpfen, wälzten sich im Schlamm und bissen einander heftiger als notwendig. Rissa beendete den Streit und trennte die beiden.

»Ich hasse diesen Sommerregen«, sagte sie und starrte die beiden Jungwölfe böse an. »Ich freue mich auf den Winterschnee, wenn das Laufen einfacher ist und die Launen aller erträglicher. Welpen«, sagte sie, »ihr seid jetzt alt genug, um die Umgebung allein zu erkunden. Entfernt euch nicht weiter als Hörweite vom Gefallenen Baum und kommt sofort zurück, wenn wir euch rufen.«

Ich war überrascht. Seit der Stampede hatten sie uns scharf beobachtet und nicht außer Sichtweite gelassen.

»Sind sie nicht ein wenig jung, Rissa?«, fragte Trevegg lachend. »Normalerweise wartest du einen weiteren halben Mond, bevor du die Jungen alleine losschickst.« Liebevoll stieß er sie an.

»Ich will nur etwas Frieden auf diesem Sammelplatz, damit wir endlich wieder ordentlich jagen können!«, erklärte Rissa. Mit schmalen Augen sah sie Werrna an, die in ein lebhaftes Gespräch mit Ruuqo verwickelt war. »Na los, Welpen. Entweder ihr bleibt hier und schlaft, oder ihr geht auf Entdeckungsreise.«

»Wir haben doch gar nichts gemacht«, sagte Marra und platschte herüber zu Ázzuen und mir. Sie setzte sich und leckte Schlamm von der Vorderpfote. »Aber ich habe nichts gegen eine Erkundungstour. Vielleicht finden wir ja ein paar kleine Beutetiere.«

Ázzuens Ohren schnellten in die Höhe. Die letzte Jagd war erfolglos gewesen, und wir waren alle ein wenig hungrig. Die Erwachsenen hatten uns etwas zu fressen aus ihren Verstecken gebracht, aber das war nicht viel gewesen.

»Na dann los!«, rief Ázzuen.

Ich lachte und fühlte mich so gut wie noch nie seit Reels Tod. Ich folgte Ázzuen und Marra in den Wald.

* * *

Ázzuen war derjenige, der den Mausbau entdeckte. Es war nur ein felsiger, mit Gras bedeckter Fleck, einen guten Lauf vom Gefallenen Baum entfernt, aber gerade so weit, dass wir ein Rufen noch gehört hätten. Der Regen hatte die Gänge der Mäuse überflutet und sie gezwungen herauszukommen. Es dauerte keine Stunde, und wir waren richtig gute Mausefänger, aber ebenso schnell hatten die Mäuse begriffen, dass es in der Nähe ihres Baus nicht mehr sicher war. Sie liefen in ein Loch, das wir vorher nicht bemerkt hatten, und wir verloren ihre Fährte. Zufrieden mit uns, aber immer noch ein wenig hungrig – denn Mäuse füllen den Magen nur unzureichend –, ließen wir uns nieder, um zu schlafen. Und da besuchte mich die junge Traumwölfin wieder.

Ich hatte sie nicht vergessen. Seit sie am Sammelplatz der Menschen mit mir gesprochen hatte, hatte ich oft an sie gedacht. Aber ich wusste nicht, wie ich mehr über sie herausfinden konnte. Ich traute mich nicht, Rissa oder sogar Trevegg zu fragen, aus Furcht, sie würden mich für verrückt halten und glauben, ich passe nicht ins Rudel. Wölfe tauchten nicht einfach so aus dem Nichts auf. Wenn ich nicht an Reel dachte, suchte ich hinter Bäumen und im Halbdunkel nach der Traumwölfin, doch schließlich war es im Traum, wo sie sich mir wieder zeigte.

Ázzuen und Marra schliefen tief und fest, ermüdet von der Mäusejagd, doch mein Schlaf war unruhig. Jedes Mal, wenn mein Verstand versuchte, mich in Träume zu tragen, in denen ich mit dem Rudel lief oder mit Ázzuen und Marra jagte, erschien das Gesicht der jungen Wölfin vor mir. Sie drehte sich um, als ob sie loslaufen wollte und wartete darauf, dass ich ihr folgte. Doch der Schlaf hielt mich gefangen, ich trat und strampelte lediglich auf dem nassen Boden. Schließlich bellte sie, laut genug, um mich aus meinen Träumen aufschrecken zu lassen.

Ich wachte auf, sprang auf und weckte damit Ázzuen und Marra aus ihren eigenen Träumen. Ich sah eine Rute im Wald aufblitzen und verschwinden und fing einen winzigen Hauch des säuerlichen Wacholderdufts ein, an den ich mich so gut erinnerte. Ich schüttelte den Schlaf zusammen mit einem Schauer von Regentropfen ab und folgte der Witterung in den Wald. Marra grunzte und fiel wieder in den Schlaf, doch Ázzuen folgte mir.

»Wohin gehen wir?« Er war schläfrig und etwas unleidlich.

Ich beachtete ihn nicht und lief weiter. Er konnte mir folgen oder nicht, ganz wie er wollte. Die Fährte wurde stärker, je tiefer wir in den Wald hineinliefen. Sie führte uns in einen dichten Teil des Waldes, in eine Gegend, die wir ohne die Erwachsenen nicht betreten durften. Rissa hatte uns nicht nur befohlen, in Hörweite des Gefallenen Baums zu bleiben, wir sollten uns auch von den Grenzen unseres Reviers fernhalten, falls ein gegnerisches Rudel sich dort herumtrieb. Es dauerte nicht lange, und wir hatten eine der Duftmarken erreicht, die Ruuqo und Rissa speziell für uns Welpen hinterlassen hatten, um uns davor zu warnen, weiterzulaufen. Ich blieb stehen, wohlwissend, dass wir nicht weitergehen durften. Doch als ein heftiger Windstoß, der den säuerlichen Wacholdergeruch mit sich trug, mich traf und der kalte Regen schmerzhaft auf mich einprasselte, überquerte ich die Duftmarke. Sofort ließ der

Regen etwas nach. Ázzuen hielt ebenfalls kurz an und folgte mir dann kopfschüttelnd. Nach wenigen Schritten stießen wir auf einen Pfad, auf dem die Menschen gewöhnlich den dichten Wald durchquerten und wo die Witterung der jungen Traumwölfin sich mit dem Feuergeruch der Menschen vermischte.

Verwirrt blieb ich wieder stehen und sah mich um. Das Geräusch des fließenden Wassers und der Geruch von nassen Blättern und Schlamm verrieten mir, dass wir nahe am Fluss waren. Doch es war ein anderer Teil des Flusses, viel weiter stromabwärts als die Furt, durch die wir geschwommen waren und noch weiter entfernt von der Baumüberquerung. Wir waren, wie ich mit leichten Schuldgefühlen feststellte, viel zu dicht am Lager der Menschen. Wenn man nur etwas weiter durch den Wald kroch und den Fluss durchquerte, blieb nur noch ein kurzer Lauf bis zu ihrem Sammelplatz. Ich brauchte Ázzuens ängstliches Winseln nicht zu hören, um mich daran zu erinnern, dass wir im Begriff waren, das wichtigste Gesetz des Rudels zu brechen.

»Lass uns von hier verschwinden«, sagte ich.

Dann hörte ich den Schrei aus der Richtung des Flusses. Es klang nicht, als sei einer unseresgleichen in Not, aber es war eindeutig der Ruf eines Geschöpfes, das Hilfe brauchte. Irgendwie wusste ich, dass es keine Beute war, und die verzweifelten Schreie zogen mich an. Ich machte ein paar Schritte auf den Fluss zu. Ich hätte auf der Stelle kehrtmachen und verschwinden sollen. Ich konnte keinen Ärger gebrauchen, jetzt, wo Ruuqo mich so scharf beobachtete und wo Reels Tod noch jedem frisch im Gedächtnis war. Offensichtlich hatte Ázzuen denselben Gedanken.

»Kaala, wir sollten gehen«, drängte er. »Was immer es ist, es geht uns nichts an.«

Ich wusste, dass er recht hatte. Ich begann, auf dem Pfad der Menschen zurückzugehen, fort vom Fluss und von den Angstschreien, die von dort herüberdrangen. Da schob mich plötzlich ein kräftiger Windstoß, erfüllt vom säuerlichen Wacholdergeruch, zurück, zwischen den Bäumen hindurch und hinunter zum Fluss. Mit einem erschrockenen Aufjaulen folgte Ázzuen mir.

Der Wald endete an einem tiefen, tückischen Felssturz über dem Fluss. »Kein Wunder, dass wir ihn hier nicht überqueren«, murmelte ich. Dann sah ich es. Im reißenden Wasser klammerte sich ein Menschenjunges an einen Felsbrocken. Ich wusste, dass es ein Kind der Menschen war, weil wir genau solche gesehen hatten, wie sie auf dem Sammelplatz der Menschen spielten und schrien. Das Kind kämpfte mit dem schnell fließenden Wasser, denn die Regentage hatten den Fluss anschwellen lassen, und die Strömung hatte stark zugenommen. Es konnte gerade eben seinen Kopf über Wasser halten und schrie laut, wann immer es konnte.

Es klang so sehr nach einem Wolf in Not, so sehr nach den Todesschreien meines Bruders und meiner Schwestern, dass ich ihm einfach helfen musste. Nachdem ich so viel Ärger bekommen hatte, weil ich versucht hatte, zu den Menschen zu gelangen, hatte ich mir geschworen, so zu tun, als würden sie gar nicht existieren. Jedes Mal, wenn ich an sie dachte, schmerzte das Mal auf meiner Brust, aber ich war entschlossen, mir keinen weiteren Ärger mit Ruuqo einzuhandeln. Aber diesen verzweifelten, hilflosen Schrei konnte ich nicht ignorieren. Ich beobachtete kurz das Kind, das um sein Leben kämpfte, dann machte ich mich vorsichtig daran, die steile Böschung hinunterzuklettern.

Ázzuen stupste mich in die Seite, versuchte, mich aufzuhalten, doch ich beachtete ihn nicht. Ich lief zum Ufer hinunter, rutschte die letzten Wolfslängen hinab und landete hart am Wasser, wobei ich mir die Hüfte prellte. Lehmverschmiert sprang ich ungelenk ins Wasser. Der Fluss war so tief, dass ich sofort anfangen musste zu schwimmen, und so schnell ich konnte, paddelte ich zu dem Kind. Sein Blick aus den dunklen Augen traf meinen, als es den Halt am Felsen verlor und unterzugehen begann. Ich schwamm näher heran. Verzweifelt packte das Kind mein Fell, schlang seine mageren Vorderläufe um meinen Hals und zog mich damit hinunter. Wasser lief mir in Nase und Kehle. Ich kämpfte mich wieder an die Oberfläche. Kaum hatte ich nach Luft geschnappt, zogen die Vorderläufe des Kindes erneut an mir. Ich war mir sicher, dass das Gewicht des Kindes mich irgendwann vollkommen unter Wasser ziehen würde, und bekam Angst, dass es mir nicht gelingen würde, mich ans Ufer zu kämpfen. Doch das Kind klammerte sich so verzweifelt an mich, dass ich mich nicht hätte befreien können, selbst wenn ich es gewollt hätte. Mit einem Mal jedoch schien es zu verstehen, was ich vorhatte, und begann, mit den Beinen zu strampeln, so dass ich mich leichter über Wasser halten konnte. Sein langer, dunkler Pelz hing mir in die Augen und die Nase, und ich ergriff das weiche Fell mit der Schnauze, um das Kind in die richtige Richtung zu ziehen. Das Fell des Kindes schmeckte anders als das Fell eines Wolfes. Nicht nach warmem Körper, sondern eher wie das alte Fell, das ein Wolf an Bäumen und im Unterholz abstreift. Ich sammelte meine gesamte Kraft und schwamm los, erreichte die andere Seite des Flusses und zog das Kind auf einen schmalen, flachen Uferstreifen. Durch heftiges Schütteln gelang es mir, den Griff des Kindes zu lösen, und es sank zu Boden. Sobald es zu Atem gekommen war, begann es, laut zu weinen. Doch als ich mich über es stellte, hörte es damit auf. Ich hörte ein Planschen von der anderen Seite des Flusses, als Ázzuen ins Wasser sprang und zu mir herüberschwamm. Überrascht stellte ich fest, mit welcher Leichtigkeit er den Fluss durchquerte, nachdem er noch vor einem halben Mond solche Schwierigkeiten damit gehabt hatte. Ich ließ das Menschenkind nicht aus den Augen.

Es war ein Mädchen, halberwachsen, eines der Kinder, die wir im Menschenlager hatten herumtollen sehen wie Welpen. Verängstigt starrte sie mich an. Es gab viele Geschöpfe, die ein menschliches Kind töten und fressen würden, wenn sie die Gelegenheit dazu bekämen, und das Mädchen konnte unmöglich wissen, dass ein Wolf dies nicht tun durfte. Ich legte meine Ohren ein klein wenig an, damit ich nicht ganz so bedrohlich wirkte, und nach einer Weile schwand die Angst aus dem Blick des Mädchens. Sie streckte ihre Vorderläufe nach mir aus. *Arme*, so hatte uns Yllin erzählt, wurden diese Vorderläufe genannt.

»Kaala!«, Ázzuens Stimme klang drängend. »Lass uns gehen!« Er witterte besorgt in der Luft. »Bei dem ganzen

Lärm, den sie gemacht hat, wird bestimmt gleich jemand kommen.«

Ja, dachte ich, irgendein Bär oder ein Berglöwe wird kommen und sie sich nehmen. Oder irgendein Schmarotzer, der zu faul war, richtige Beute zu jagen. Ich wollte nicht, dass sie zu Beute wurde. Aber ich konnte auch nicht bleiben und riskieren, verstoßen zu werden. Nachdem ich das Kind noch eine Weile betrachtet hatte, seine großen, dunklen Augen und seine weiche, dunkle Haut, berührte ich es zum Abschied mit der Nase an der Wange und wandte mich dem Fluss zu. Das Mädchen versuchte aufzustehen, fiel aber zurück in den Schlamm und begann erneut zu weinen. Das Menschenfell war nicht dicht genug, um sie ausreichend zu wärmen, und das Wasser war kalt gewesen, selbst nach dem Sommerregen. Die Böschung an dieser Seite des Flusses war beinahe genauso steil und schlüpfrig wie auf unserer Seite. Der Regen machte keine Anstalten, nachzulassen, und das Mädchen zitterte. Sie würde sterben, wenn ich sie hier zurücklassen würde. Selbst wenn sie nicht zu Beute werden würde, würde sie erfrieren, und die Aasfresser würden sie schließlich doch noch bekommen. Sie hatte mich so vertrauensvoll angeschaut. Ich spürte, wie sich in meinem Inneren etwas regte. Der Halbmond auf meiner Brust wurde warm, doch dieses Mal war das Gefühl ganz und gar nicht unangenehm.

Ehe ich es mir anders überlegen konnte, kehrte ich dem Fluss den Rücken zu. Ich nahm die Schulter des Mädchens sanft zwischen die Zähne, vorsichtig und nicht zu kräftig, um sie nicht zu verletzen. Doch sie schrie auf vor Angst, als sie meine Zähne spürte und begann, um sich zu schlagen. Aus Furcht, sie zu verletzen, wenn sie weiter so zwischen meinen Zähnen herumzappelte, ließ ich sie los. Ich dachte kurz nach. Wie sollte ich sie tragen, ohne sie zu verletzen oder zu verängstigen? Sie besaß kein Nackenfell, und wenn ich sie an ihrem langen Kopffell hinter mir herziehen wollte, würde ihr das bestimmt weh tun. Dann fiel mir ein, wie sie sich im Fluss schwimmend an mich geklammert hatte, und ich erinnerte mich daran, wie sich die Menschenkinder an den Hals ihrer Erwachsenen geklammert hatten und an ihnen hingen, während die Erwachsenen herumliefen.

Ich ließ mich auf den Boden nieder und drängte mich an das Kind. Nach kurzem Zögern schlang sie ihre Vorderläufe um meinen Hals und legte die Hinterläufe über meinen Rücken. Ich versuchte aufzustehen, doch ich schwankte unter dem Gewicht des Kindes. Im Wasser war es einfacher gewesen, sie zu tragen. Ázzuen beobachtete uns verwirrt.

»Was um alles unter dem Mond tust du da?«

»Hilf mir, sie zu tragen!« Ázzuen konnte der reinste Ringelschwanz sein, wenn er Angst hatte oder verwirrt war, und ich hatte keine Zeit, mit ihm zu streiten.

»Wie?«, fragte er.

»Weiß ich nicht«, antwortete ich frustriert. »Denk dir was aus.«

Das Mädchen war von meinem Rücken gerutscht, als ich zu Boden sank, hielt jedoch mit ihren Vorderläufen meinen Hals fest umklammert. Ázzuen überlegte kurz und legte sich dann neben mich, schob die Hinterläufe des Mädchens hoch, so dass sie über seinem Rücken lagen und an seiner Seite den Boden berührten. Die Last auf meinem eigenen Rücken wurde leichter, und wir konnten beide aufstehen. Das Mädchen lag auf unser beider Rücken, seine langen Beine schleiften an Ázzuens Seite über den Boden.

»Und du glaubst wirklich, das klappt?«, keuchte ich.

»Hast du eine bessere Idee?«, gab er zurück.

Dem konnte ich nicht widersprechen. Ázzuen und ich zitterten vor Anstrengung.

Ganz gewiss würde kein Wolf jemals eine solche Last auf diese Art und Weise tragen, doch Not macht erfinderisch, und wir mussten das Mädchen schnell und leise fortbringen. Ihre Vorderpfoten waren lang und gekrümmt und konnten mit erstaunlicher Kraft zupacken. Ihre Glieder wirkten schwach und mager, waren es aber nicht. Ich spürte ihren warmen Atem an meinem Hals und ihren Herzschlag an meinem Rücken. Wir kletterten das Ufer hinauf und begannen zu laufen. Wir liefen langsam und unbeholfen, Seite an Seite, und Ázzuen fing an zu lachen. »Wir müssen komisch aussehen«, meinte er.

Außerdem brachen wir damit ein weiteres Gesetz des Rudels. Es war unklug und damit verboten, sich nebeneinander in feindlichem Gebiet zu bewegen, und mit der Überquerung des Flusses hatten wir das Revier vom Felsgipfel betreten. Es war immer besser, hintereinander zu laufen, um die Anzahl der Wölfe nicht preiszugeben. Doch jetzt war es zu spät, um sich darum Gedanken zu machen, also liefen wir weiter. Ázzuen und ich kannten beide den Weg zum Sammelplatz der Menschen, auch wenn wir uns diesmal aus einer anderen Richtung näherten. Der Menschengeruch wurde stärker, und ich wusste, dass wir nicht mehr weit von ihnen entfernt waren. Doch ich merkte, wie das Mädchen zitterte, und besorgt blieb ich stehen, um sie abzusetzen. Ihre Lippen waren blass und ihr Gesicht noch blasser. Sie bebte am ganzen Körper. Ich leckte ihre Haut. Sie war kalt und klamm.

Ich legte meinen Körper um das Mädchen und ignorierte Ázzuens besorgtes Winseln. Zusammen hätten wir den Körper des Mädchens besser wärmen können, aber ich wollte gar nicht, dass er half. Ich hatte sie gefunden. Sie gehörte mir. Ázzuen hätte sie im Fluss gelassen, wo sie ertrunken wäre. Er hätte sie irgendeinem Tier als Beute überlassen. Erneut spürte ich ihren Herzschlag, stark und deutlich, und sie schlang ihre langen Vorderläufe um mich, so weit sie reichen konnten. Ihr köstlicher Duft erfüllte mich. Ich hatte vorher gar nicht bemerkt, wie süß sie roch – nach Feuerfleisch mit Blüten und wohlriechenden Blättern. Weil wir uns von ihnen fernhalten mussten, hatte ich nie die Gelegenheit gehabt, eine Menschenwitterung von der anderen zu unterscheiden. Jetzt, wo ich den einzigartigen Duft des Mädchens einatmete, lernte ich sie so gut kennen wie einen meiner Rudelgefährten.

Ich konnte sie nicht gut wärmen mit meinem immer noch nassen Fell im strömenden Regen, und Ázzuen drängte nach Hause. Also versuchte ich sie wieder auf meinen Rücken zu nehmen – dieses Mal ohne Ázzuens Hilfe. Doch die Hinterbeine des Mädchens schleiften schwer über den Boden, und ich konnte keine zwei Schritte gehen, bevor ich zusammenbrach. Ich war nicht stark genug, sie alleine zu tragen. Da versuchte sie mir zu helfen, genau wie im Fluss. Sie stand auf und stützte sich schwer auf meinen Rücken. Wir schwankten auf den Sammelplatz der Menschen zu, das Mädchen hielt sich in meinem Fell fest und stolperte neben mir voran. Zögernd folgte Ázzuen mir.

»Du kannst ruhig schon zurückgehen«, sagte ich. Aus irgendeinem Grund wollte ich ihn jetzt nicht dabeihaben.

»Irgendjemand muss aufpassen, dass du dir keinen Ärger einhandelst«, sagte er mit fast fester Stimme.

Ich hörte ein Rascheln über uns und roch nassen Raben. Argwöhnisch blickte ich in die Höhe und nach links, von wo der Geruch kam. Tlitoo versuchte, sich zwischen einigen Zweigen zu verstecken.

»Genau das, was ich brauche«, keuchte ich, »noch mehr Hilfe.« Jetzt versuchte Tlitoo nicht länger, sich zu verstecken, krächzte und flog mir voraus zum Sammelplatz der Menschen.

»Damit du dir richtig Ärger einhandelst«, sagte er über einen Flügel hinweg, während er in den Nebel flog.

Ázzuen und ich näherten uns dem Menschenlager, und ich begann, nach einem sicheren Platz Ausschau zu halten, an dem ich das Mädchen absetzen konnte. Ich wollte sie nicht gehen lassen. Am liebsten hätte ich sie mitgenommen. Denn auch wenn einige Wölfe aus dem Rudel mich allmählich akzeptierten, war ich doch immer noch eine Außenseiterin. Könnte ich das Menschenkind mitnehmen, wäre ich nicht länger einsam. Am liebsten hätte ich sie zum Gefallenen Baum mitgenommen und sie bei uns behalten und wäre mit ihr durch das Winterrevier gestreift. Doch die Gesetze des Großen Tales waren eindeutig. Ich hätte das Mädchen nicht einmal aus dem Fluss ziehen dürfen, und wenn Ruuqo herausfand, was ich getan hatte, wäre dies genau der Vorwand, den er brauchte, um mich verstoßen zu können. Aber vielleicht, dachte ich, könnte ich sie irgendwo in der Nähe verstecken.

Ein schmerzhaftes Ziehen an meinem Ohr brachte mich zur Vernunft. »Lass sie los, Wölflein«, sagte Tlitoo. »Du musst erst noch durch den Winter kommen.« Er legte seinen Kopf schräg. »Oh, oh«, meinte er.

Ázzuen, der ein Stückchen hinter mir geblieben war, holte mich ein.

»Die Höchsten Wölfe sind in der Nähe«, sagte er.

Ich war so mit dem Mädchen beschäftigt gewesen, dass ich die Witterung der Höchsten Wölfe gar nicht bemerkt hatte. Seit dem Tag, an dem sie mir das Leben gerettet hatten, hatte ich sie nicht mehr gesehen, und ich war überrascht, wie leicht ich ihren Geruch wiedererkannte. Mein Herz pochte. Was würden sie tun, wenn sie uns hier fanden? Ich war Ázzuen dankbar, sowohl dafür, dass er die Höchsten Wölfe bemerkt hatte, als auch dafür, dass er an meiner Seite blieb. Ich raffte meine letzten Kräfte zusammen und half dem Mädchen bis zum äußersten Rand des Sammelplatzes der Menschen. Zu gerne hätte ich mich noch weiter in ihr Lager hineingewagt, um es mir aus der Nähe anzusehen, doch für einen Tag hatte ich schon genug Gesetze gebrochen, und ich wollte eine Begegnung mit den Höchsten Wölfen vermeiden. Also half ich dem Mädchen, sich auf den Boden zu setzen, und legte ihr meine Pfote auf die Brust. Sie kam auf die Beine und erwiderte die Geste mit ihrer Hand. Behutsam stieß ich sie an und verstärkte die Aufforderung zu gehen mit einem leisen Bellen.

»Danke, Wolf«, sagte sie. Und dann war sie verschwunden und stolperte auf eines der warm brennenden Feuer zu. Ich blickte ihr nach. Ázzuen sah mich an.

»Sie hat gesprochen!«, sagte er. »Und ich habe sie verstanden. Ich hatte gedacht, wir könnten sie nicht verstehen.«

Ich nickte. Es gab Geschöpfe, deren Sprache so merkwürdig war, dass man sie nicht verstand. Ich war froh, dass die Menschen nicht dazugehörten.

»Sie unterscheiden sich gar nicht so sehr von uns«, meinte ich. »Sie sind nicht anders als wir.«

»Weniger Quatschen, mehr Laufen«, riet Tlitoo und schüttelte das Wasser aus den Federn seiner Flügel.

»Ausnahmsweise bin ich mal seiner Meinung«, sagte Ázzuen. »Gehen wir.«

»Ups«, Tlitoo neigte den Kopf von links nach rechts. »Zu spät.«

Ich hörte das Knacken der Zweige und die schmatzenden Geräusche des Schlamms, und dann traten Frandra und Jandru zwischen den Kreuzdornbüschen hervor und stellten sich uns in den Weg.

»Was habt ihr hier zu suchen, in Gesellschaft von Menschen?«, verlangte Frandra zu wissen. Die Höchste Wölfin war sichtlich erbost. »Wisst ihr nicht, dass ihr dafür verstoßen werden könnt? Glaubst du, ich hätte dir das Leben gerettet, nur damit du es wegwerfen kannst?«

Ich versuchte zu sprechen, doch ich brachte nur ein ängstliches, kleines Wuff zustande.

»Wir haben ein Menschenkind gerettet«, brachte Ázzuen heraus.

»Ich weiß, was ihr getan habt«, knurrte Frandra. »Glaubt ihr, dass es irgendetwas in diesen Wäldern gibt, von dem ich nichts weiß? Du«, sagte sie zu mir, »bist aus einem ganz bestimmten Grund gerettet worden, und du«, sie wandte sich an Ázzuen, »solltest ihr helfen, anstatt sie zu schlechtem Verhalten zu ermutigen.«

Frandras Hochmut machte mich wütend. Lang verborgener Zorn gewann allmählich die Überhand über meine Angst vor ihr. Es war derselbe Zorn, der mir geholfen hatte, mich gegen drei Welpen zu wehren, als ich noch ganz klein gewesen war. Es war derselbe Zorn, vor dem Tlitoo und Yllin mich gewarnt hatten. Aber er fühlte sich gut an. Er fühlte sich besser an als die Angst.

»Wenn du alles weißt, was in diesem Tal vor sich geht«, sagte ich langsam, bemüht, ruhig zu sprechen, »warum hast du dann zugelassen, dass Ruuqo meine Wurfgefährten tötet? Warum hast du zugelassen, dass er meine Mutter vertreibt?« *Warum hast du mir nichts von den Menschen erzählt?*, wollte ich sie fragen.

Ázzuen sah mich entsetzt an. Tlitoo zog so kräftig an meiner Rute, dass ich beinahe hintenübergekippt wäre. Ich beachtete sie beide nicht. Es war mir egal, ob die Höchsten Wölfe von den Ahnen selbst abstammten. Als ich das Menschenmädchen festgehalten hatte, hatte ich mich zum ersten Mal seit dem Weggang meiner Mutter ganz gefühlt. Jetzt fühlte ich die Abwesenheit des Mädchens wie eine Bisswunde, tief in meinem Fleisch, und ich vermisste meine Mutter mehr als an dem Tag, an dem sie mich verlassen musste. Die Höchsten Wölfe wiederzusehen, nachdem sie mich so gut wie im Stich gelassen hatten, ließ mich den

Schmerz des Verlusts mit aller Wucht spüren. Niemand sonst in meinem Rudel hatte so etwas erleiden müssen. Die Höchsten Wölfe wussten, wer ich war und warum ich so für das Menschenmädchen empfand. Ich wollte Antworten von ihnen bekommen.

Frandra sah mich kalt an und zog zähnefletschend die Lefzen zurück. »Wage es nicht, mich herauszufordern, Wölfin«, sagte sie, trat einen Schritt vor und zeigte ihre scharfen Zähne. Nasse Flügel schlugen über uns, und Tlitoo landete genau auf ihrem Kopf. Sie drehte sich um, um ihn zu schnappen, und er sprang auf ihr Hinterteil. Als sie sich umwandte, um ihn mit dem Maul zu packen, sprang er hoch und zwickte sie ins Ohr, dann flog er auf einen niedrigen Ast in der Nähe.

»Je größer sie sind,
Desto träger die Dummwölfe.
Wölfe groß, Hirn klein.«

Zu meiner Überraschung zitterte Tlitoos Stimme leicht. Frandra wandte sich von mir ab, knurrte Tlitoo an und ging auf ihn zu. Er krächzte unsicher und flog davon. Rechts von uns hörten wir ein gedämpftes Geräusch und drehten uns um. Jandru lachte leise.

»Versuche nie, einen Kampf mit einem Raben zu gewinnen, Gefährtin«, sagte er, »du wirst immer verlieren.« Er stieß sie spielerisch zwischen die Rippen. »Und was das Junge angeht, was hast du erwartet, Frandra? Du bist nur unzufrieden, weil die Dinge sich nicht nach deinen Vorstellungen entwickeln.«

Frandra sah einen Moment lang aus, als wollte sie auf ihn losgehen, doch dann senkte sie den Kopf und gab ein bellendes Lachen von sich, und ihre Wut schien so schnell verraucht zu sein, wie sie gekommen war. Mein Zorn brannte noch immer in mir. Doch ich war wieder zu Sinnen gekommen, und Frandras Heftigkeit hatte mir Angst gemacht. Ich würde sie nicht wieder herausfordern. Zumindest so lange nicht, bis ich nicht ein ganzes Stück gewachsen war.

»Vielleicht hast du recht, aber es macht die Dinge komplizierter. Und bei ihren Rudelgefährten kann ich den beiden nicht helfen.« Sie ließ den Blick über uns schweifen.

»Hör zu. Dein Weg wird kein einfacher sein, Kaala Milchzahn«, sagte sie. »Du musst der Versuchung der Menschen widerstehen. Du musst ein Mitglied des Rudels werden und das Zeichen des *Romma* von Ruuqo bekommen. Wenn nicht, wird dir kein Wolf folgen, und du wirst nie zu einem gleichberechtigten Mitglied in einem Rudel werden können. Das habt ihr doch bereits gelernt, oder?«

»Ich denke schon«, antwortete Ázzuen schnell. Ich glaube, er hatte Angst vor dem, was ich sagen könnte, wenn ich den Mund aufmachte. »Die erste Prüfung haben wir bereits bestanden, als wir es vom Bau bis zu unserem Sammelplatz geschafft haben. Jetzt müssen wir an unserer ersten Jagd teilnehmen und mit dem Rudel im Winter umherziehen. Wenn wir das geschafft haben, wird uns Ruuqo das Zeichen des Rudels vom Schnellen Fluss gewähren. Ich habe keine Ahnung, was geschieht, wenn wir kein *Romma* bekommen. Und ich weiß auch nicht, was das überhaupt für ein Zeichen ist«, schloss er.

»Es ist eine Duftmarke, die nur ein Leitwolf absetzen kann«, antwortete Jandru, »und ihr müsst das Zeichen tragen, oder ihr könnt niemals Mitglied eines Rudels werden. Ohne Zeichen müsstet ihr dann alleine umherstreifen. Oder ihr müsstet euer eigenes Rudel gründen, was doppelt so schwer wäre, wenn ihr nicht das Zeichen des *Romma* tragt.«

»Es ist wichtig für uns, dass du von deinem Rudel anerkannt wirst, Jungwölfin«, sagte Frandra. »Es ist wichtig, dass du keinen Ärger bekommst. Und du musst dich unter allen Umständen von den Menschen fernhalten.«

Jandru senkte mir seinen zottigen Kopf entgegen. »Selbst wir können nicht alles, was geschieht, kontrollieren, Kleiner Wolf. Wir tun, was wir können, aber das ist nicht viel. Du musst die Anerkennung deines Rudels gewinnen. Du musst die Menschen meiden und verbergen, dass du anders bist. Wenn dir das gelingt«, sagte er, »wenn du das Zeichen des *Romma* bekommst, werden wir dir helfen, deine Mutter zu finden, sobald du erwachsen bist. Das verspreche ich dir.«

Ich schluckte schwer. Ich wusste nicht, ob ich ihm vertrauen konnte. Doch er wusste auf jeden Fall mehr als ich.

»In den nächsten Monden werden wir nicht oft in diesen Revieren sein«, sagte Frandra, ohne darauf zu warten, dass ich Jandru zustimmte. »Versuche, keinen Ärger zu bekommen, während wir fort sind.« Mit diesen Worten gingen sie und Jandru zurück in den Wald. Ich blickte ihnen nach. Jetzt mischten sich Verwirrung und Enttäuschung in meinen Zorn. Sie hatten mich aufgewühlter zurückgelassen als vor ihrem Auftauchen. Ich machte einen Schritt, um ihnen zu folgen. Ich wollte mehr erfahren. Ich wollte sie fragen, ob ich eine Gefahr für mein Rudel war und ob ich einer jener Mischlingswölfe war, von denen Trevegg erzählt hatte, dass sie verrückt werden könnten.

»Kaala, wir müssen zurück«, sagte Ázzuen.

»Sie werden dir nicht mehr erzählen, Wolf«, fügte Tlitoo hinzu, der plötzlich wieder auftauchte. »Ich kann ihnen folgen«, schlug er vor. »Versuchen, sie zu belauschen, wenn sie über dich reden.« Er zupfte sanft an dem Fell meiner Pfote.

Ich seufzte. Ázzuen und Tlitoo hatten beide recht, trotzdem wäre ich den Höchsten Wölfen am liebsten gefolgt. Aber ich hatte Ázzuen in diese Situation gebracht, und jetzt war ich es ihm schuldig, nach Hause zurückzukehren. Und die Höchsten Wölfe hatten ebenfalls recht – ich musste es noch durch den Winter schaffen.

»Komm«, sagte ich matt. »Lass uns nach Hause gehen.«

* * *

Kaum hatten wir den Sammelplatz betreten, hob Werrna ihre Nase.

»Ihr riecht nach Mensch!«, rief sie. »Wo seid ihr gewesen?«

Ruuqo und Rissa hatten Werrnas Frage gehört und kamen zu uns. Ich stöhnte im Stillen. Wie hatte ich vergessen können, den Menschengeruch zu verdecken? Die Begegnung mit den Höchsten Wölfen hatte mich zu sehr aufgewühlt, um daran zu denken. Was für eine Erklärung konnte ich ihnen auftischen? Mein Hirn war wie leergefegt.

»Wir sind im Schlamm ausgerutscht und in den Fluss gefallen, Leitwölfe«, antwortete Ázzuen gelassen. »Als wir wieder herauskletterten, waren wir in der Nähe des Menschenlagers. Wir sind so schnell wie möglich zurückgekommen.«

Beeindruckt von Ázzuens Geistesgegenwart warf ich ihm einen Blick aus den Augenwinkeln zu. Seine Miene zeigte die reine Unschuld. Ruuqo sah uns lange an. Ich war mir nicht sicher, ob er uns glaubte.

»Streift nicht wieder so weit entfernt herum«, sagte er schließlich. »Und seid ab jetzt vorsichtiger. Der Fluss kann zur Regenzeit sehr gefährlich sein.« Misstrauisch sah er mir in die Augen. Ich war mir sicher, dass ich stärker nach Mensch roch als Ázzuen. Glücklicherweise schien der Regen und der Schlamm das meiste von dem deutlichen Eigengeruch des Mädchens zu verdecken.

»Kluge Ausrede«, sagte ich zu Ázzuen, als wir wieder allein waren.

Seine Ohren stellten sich bei dem Lob auf, und er öffnete sein Maul zu einem fröhlichen Grinsen.

»Wir hatten Glück«, sagte er.

»Du bist schlau«, gab ich zurück und stupste ihn mit der Nase an die Wange.

Marra trabte auf den Sammelplatz, und Ázzuen lief zu ihr, um sie zu begrüßen. Ich blieb, wo ich war, und beobachtete, wie Rissa und Ruuqo leise miteinander sprachen. Während Ázzuen mit Marra flüsterte, kaute ich an einem Stück Fell des Mädchens, das ich in meinem Maul versteckt hatte. Es schmeckte nach Familie.

TEIL ZWEI
DIE MENSCHEN

PROLOG

Lydda und ihr Rudel jagten mit den Menschen. Sie fraßen gut und wurden kräftig. Kein anderes Rudel erlegte mehr Beute, und kein anderes Rudel hatte so fette und gesunde Welpen. Selbst der alte Olaan, der Älteste im Rudel, dessen Bauch fest und rund vom Fleisch war, musste zugeben, dass das Jagen mit den Menschen seine Vorteile hatte.

Dann erlegten die Wölfe und Menschen ein Mammut. Und das veränderte alles.

Es war die bislang erfolgreichste Jagd. Über den schmelzenden Schnee und das verschwindende Eis murrend, zogen die Mammuts in kältere Gegenden. Ein Mammut humpelte, nur ein klein wenig, aber jeder Jäger, der nah genug war, um es zu riechen oder zu hören, wusste davon. Lyddas Rudel war den ganzen Weg von seinem Sammelplatz hierhergelaufen, als sie das verletzte Tier gerochen hatten. Es gab Geschichten von Wolfsrudeln, die Mammuts erlegt hatten, doch Lydda wusste nicht recht, ob sie ihnen Glauben schenken sollte. Selbst ein verletztes Mammut war schlau und eine gefährliche Beute, ganz besonders, weil seine Herdengefährten ihm oft zu Hilfe kamen.

Dieses Mammut war allein. Drei Langzähne und ein Rudel von Rotwölfen verfolgten es bereits, während ein einsamer Bär sich abwartend im Hintergrund hielt. Lyddas Rudel hätte es mit einem Langzahn oder einem kleinen Rudel Rotwölfe aufnehmen können, doch mit so vielen Rivalen konnten sie es nicht aufnehmen, ohne Verletzungen zu riskieren. Enttäuscht wollten Lydda und ihr Rudel die Ebene wieder verlassen.

Da hörte Lydda einen vertrauten Ruf, drehte sich um und erblickte die große, schlanke Gestalt des Menschenjungen.

Die Menschen müssen ihr gesamtes Rudel mitgebracht haben, dachte Lydda erstaunt. Noch nie zuvor hatte sie ihre Jungen in den verschiedenen Altersstufen gesehen. Die jüngeren und kleineren Menschen warfen voller Kraft und mit erschreckender Genauigkeit Steine und vertrieben damit die rivalisierenden Jäger. Die älteren und größeren Menschen verjagten die Langzähne und Rotwölfe mit ihren Spitzstecken.

Lyddas Menschenjunge entdeckte sie. Er winkte ihr zu, und sie neigte den Kopf. Sie lief zu dem Mammut, und ihr Rudel folgte ihr. Die Jagd begann. Dank der Verfolgung durch die Langzähne und Rotwölfe war das Mammut bereits geschwächt. Dennoch glaubte Lydda nicht, dass ein Rudel Wölfe es jemals hätte alleine erlegen können. Sie liefen gemeinsam mit dem Menschenrudel und trieben das Mammut in die Enge. Jedes Mal, wenn es wendete, um in eine andere Richtung zu laufen, wurde es von einem Menschen mit seinem Spitzstecken oder einem Wolf mit seinen scharfen Zähnen aufgehalten. Es dauerte lange, sehr lange, doch endlich war seine dicke Haut durchbohrt, und seine Schenkel bluteten. Es fiel mit einem donnernden Krachen zu Boden, und Lydda schaute ehrfurchtsvoll auf das, was sie vollbracht hatten. Mit Hilfe der Menschen, dachte sie, konnten sie alles jagen.

Normalerweise begann ein Wolf sofort damit, seine Beute zu reißen, sobald sie gefallen war, manchmal sogar schon vorher. Doch Lyddas Rudel hielt sich zurück und feierte mit seinen Menschen, sie hüpften vor Freude über das Erlegen dieser Beute, die sie so gut nähren würde.

Als einige der kräftigsten Menschen sich über das Mammut beugten, um es mit ihren geschärften Steinen zu zerlegen, trat der alte Olaan ein wenig entrüstet vor.

»Warte«, befahl Tachiim.

Leise brummend gehorchte Olaan dem Leitwolf. Die Menschen arbeiteten schwer und schnitten durch die dicke Haut des Mammuts. Es schien Ewigkeiten zu dauern, bis sie Streifen des saftigen Bauchfleisches herausgelöst hatten und an das gute Fleisch der Innereien herankamen.

»Jetzt!«, bellte Tachiim, und Lyddas Rudelgefährten stürzten herbei, um sich das beste Fleisch zu schnappen. Drei Wölfe waren notwendig, allein um die Leber wegzuzerren. Die Menschen schrien verärgert, doch die Raben schossen auf sie herab, und die Wölfe machten sich lachend mit dem besten Fleisch auf und davon. Lydda schämte sich ein wenig für die Dreistigkeit ihres Rudels, doch sie musste einfach grinsen. Sie blickte auf, um gemeinsam mit ihrem Jungen über diesen Spaß zu lachen. Er lachte nicht. Er ließ den Kopf hängen, als ein älterer Mann – der Anführer des Rudels, wie Lydda annahm – ihm etwas zurief, mit den Armen wedelte und auf Lydda und ihr Rudel deutete. Zum ersten Mal seit vielen Monden wurde Lydda kalt. Dieses Mal jedoch lag die Kälte nicht in der Luft, sondern in ihrem Herzen.

* * *

»Ihr hättet nicht so viel Fleisch nehmen sollen!«, sagte der junge Mann betrübt, als sie am nächsten Tag bei ihrem Felsen saßen. »Mein Vater sagt, ihr Wölfe bringt mehr Ärger als Nutzen.«

»Ohne uns hätte es kein Mammut gegeben«, antwortete Lydda verärgert. »Wir hätten es euch überlassen können, mit den Langzähnen zu kämpfen.«

Irritiert zog der Mensch die Augenbrauen zusammen. Früher, als sie gemeinsam gejagt hatten, konnte sie mit ihm sprechen wie mit einem Rudelgefährten. Doch seit einiger Zeit fiel es ihm immer schwerer, sie zu verstehen. »Ist schon in Ordnung«, sagte er schließlich. »Ich sage ihnen, dass es nicht wieder vorkommen wird.«

* * *

Vier Nächte später lief Kinnin, einer der Jungwölfe des Rudels, mit einer großen Beule am Kopf und verletztem Gesichtsausdruck auf den Sammelplatz.

»Ich habe mir meinen Anteil an einem Reh genommen, das AraNa und ich zusammen erlegt haben«, sagte er. AraNa war die Menschenfrau, mit der er gemeinsam jagte. »Und ihr Gefährte hat mir meinen Teil weggenommen. Alles. Als ich versucht habe, es mir zurückzuholen, hat er mich mit seinem Stock geschlagen. Ich hätte ihn beinahe gebissen, doch das hätte AraNa verärgert. Ich weiß nicht, ob ich noch einmal mit ihr jagen werde.«

»Ich finde, wir sollten nicht länger mit den Menschen jagen«, sagte der alte Olaan. Kinnin nickte. »Von nun an ist jeder Wolf, der mit Menschen jagt, ein Verräter.«

»Sie bringen uns mehr Fleisch ein, als wir je hatten«, protestierte Tachiim. »Mit ihrer Hilfe werden wir gut leben können. Wir müssen ihnen nur klarmachen, dass wir uns ihnen nicht unterwerfen. Wenn wir uns das nächste Mal eine Jagd teilen, zeigen wir ihnen, dass wir nicht ihre Ringelschwänze sind«, sagte der Leitwolf.

»Sie versuchen besser gar nicht erst, mir mein Fleisch wegzunehmen«, sagte Olaan, »oder ich zeige ihnen, was ein Wolf ist.«

Als die Menschen das nächste Mal versuchten, sich die gesamte Beute zu nehmen, wehrten sich die Wölfe. Ein fettes Rentier lag auf dem Boden. Genug, um zu teilen. Die Menschen versuchten, die Wölfe zu verjagen.

»Wir geben euch etwas ab, wenn wir fertig sind«, sagte einer von ihnen.

»Es ist unser Rentier«, knurrte ein anderer, »und ihr könnt haben, was wir nicht brauchen.«

»Ihr werdet tun, was wir sagen«, meinte ein Dritter, »und wenn wir wollen, füttern wir euch.«

Sie beugten sich mit ihren scharfen Steinen über das Rentier, um das Tier auszuweiden.

Es war weder Olaan, der zuerst angriff, noch Kinnin. Es war Nolla, Kinnins Wurfgefährtin. Was sie tat, war nicht ungewöhnlich für einen Wolf. Jeder Wolf weiß, dass man seinen Platz behaupten muss, wenn ein anderes Rudelmitglied versucht, einen von der Beute zu verdrängen. Andernfalls wird er immer der Letzte sein, der zu fressen bekommt. Nolla war jung und musste sich noch in vielem beweisen. Sie stürzte sich auf einen der Menschen. Sie biss ihn nicht und stieß ihn nicht einmal fest an. Sie schubste ihn nur zur Seite und beugte sich über das Rentier, um daran zu reißen.

Der Mensch erhob seinen Spitzstecken und bohrte ihn tief in Nollas Rücken. Die Jungwölfin schnappte nach Luft, keuchte auf und starb.

Einen Moment lang standen Wölfe und Menschen wie erstarrt. Dann erhoben die anderen Menschen ihre Spitzstecken. Kinnin fletschte die Zähne und sprang den Mann an, der Nolla getötet hatte. Er riss ihm die Kehle auf. Dann rannten die Wölfe los.

* * *

Einen Viertel Mond lang blieb es ruhig zwischen Menschen und Wölfen. Dann wurden alle drei überlebenden Wölfe des Rudels vom Staubigen Hügel tot aufgefunden, von Spitzstecken durchbohrt. In der folgenden Nacht wurden vier Menschen von Wölfen im Schlaf überrascht und umgebracht. Kein Wolf gab zu, sie getötet zu haben, doch Olaan und Kinnin kehrten mit blutigen Schnauzen und ohne Beute nach Hause zurück.

So begann der Krieg.

Im ganzen Tal mordeten Menschen Wölfe und Wölfe Menschen. Die Menschen, die mit den Wölfen zusammen gewesen waren, hatten viel über das Jagen und Töten gelernt. Sie waren besonders gut darin, Wölfe umzubringen. Dann griff der Krieg um sich wie Feuer, als Wölfe begannen, gegen Wölfe zu kämpfen und Menschen gegen Menschen.

»Mein Volk kämpft untereinander«, rief der Menschenjunge Lydda zu, als sie sich von ihrem Rudel fortgestohlen hatte, um ihn an ihrem Sonnenfelsen zu treffen. »Diejenigen, die alle Wölfe und anderen Jäger unter den Tieren vernichten wollen, versuchen, meine Sippe zu beherrschen. Sie bringen Menschen um, die es wagen, das Wort für die Wölfe zu ergreifen. Mein Vater und mein Bruder gehören zu ihnen. Ich habe Angst, dass sie meine Sippe auseinanderreißen werden.«

»Bei uns ist es genauso«, sagte Lydda, obwohl sie wusste, dass der Junge sie nicht mehr verstehen konnte. Erst heute Morgen hatte Olaan mit Tachiim Streit angefangen, ob das Rudel eine Menschensippe abschlachten solle.

Der Junge stand aufrecht, den Spitzstecken hielt er fest umklammert und schlug damit immer wieder gegen seinen Schenkel. Einen entsetzlichen Moment lang fürchtete Lydda, er könnte den Stecken gegen sie erheben, und die Überlegung, ihn anzugreifen, durchfuhr sie. Energisch schüttelte sie den Kopf, um das Bild zu vertreiben. Der Junge streckte ihr die Hand entgegen.

»Wir müssen etwas tun«, sagte er tränenerstickt.

Lydda schmiegte sich eng an ihn. Hoch über ihrem Kopf hörte sie das heisere Krächzen eines Raben. Das war der Moment, in dem sie aufschaute. Und es war der Moment, in dem sie zwei der größten Wölfe, die sie jemals erblickt hatte, langsam durch das hohe Gras auf sich zukommen sah.

10

Vor 14 000 Jahren

Ich konnte nicht aufhören, an das Menschenkind zu denken. Ich war so mit den Gedanken an sie beschäftigt, dass ich zuerst gar nicht bemerkte, wie Trevegg mit besorgtem Blick auf die Lichtung trat. Minn folgte mit wenigen Schritten Abstand und wirkte verwundert, sogar ein wenig verängstigt.

»Ich kann sie nicht finden, Leitwölfin«, sagte Trevegg zu Rissa, die verschlafen von ihrem Nickerchen neben der gefallenen Fichte aufblickte. Der Regen hatte endlich aufgehört, und drei Tage Sonnenschein hatten den ganzen Sammelplatz bis auf die schlammigsten Stellen getrocknet. Wir alle freuten uns darauf, uns vor der abendlichen Jagd in der Sonne auszuruhen.

Der Altwolf schüttelte den Kopf. »Ich bin ihrer Fährte bis zum Hellen Wald und dann ein ganzes Stück in die Wiese hinein gefolgt, und dann verschwand ihre Witterung einfach. Ich verstehe das nicht.«

»Vielleicht hat sie irgendwo Pause gemacht, um auszuruhen, und ist noch nicht wieder aufgewacht?«, meinte Rissa und erhob sich. Alle Anzeichen von Schläfrigkeit waren verflogen.

»Borlla ist weg«, erklärte Marra und gesellte sich zu mir. Sie war Trevegg und Minn entgegengerannt, um sie bei ihrer Rückkehr von der Ebene des Hohen Grases zu begrüßen. Ázzuen kam von dem Aussichtsfelsen herübergetrabt, die Ohren gespitzt, um jedes Wort zu verstehen.

»Sie ist ständig weg«, sagte ich und verspürte ein leichtes Schuldgefühl. Über meine Faszination für das Menschenkind hatte ich Borlla fast vergessen.

»Aber dieses Mal können sie sie nicht finden. Überhaupt nicht. Und Trevegg ist besorgt. Hör doch.« Sie deutete mit dem Kopf auf den Altwolf.

»Ihre Witterung ist einfach verschwunden, Rissa«, sagte Trevegg gerade. Ich hatte ihn noch nie verängstigt oder verunsichert erlebt, aber jetzt schien er beides zu sein.

Ruuqo, Werrna und Yllin eilten vom anderen Ende der Lichtung herbei.

»Das kann nicht sein«, erklärte Werrna beinahe verärgert. »Selbst wenn ein Jäger sie erwischt hätte, würde man es riechen. Es tut mir leid, Rissa«, sagte sie zur Leitwölfin, die bei der Erwähnung des Wortes ›Jäger‹ zu knurren begonnen hatte. »Sie ist ständig alleine herumgezogen, zu zerstreut, um sich irgendeiner Gefahr bewusst zu sein, und zu schwach, um davonzulaufen oder zu kämpfen. Es war nur eine Frage der Zeit, dass irgendetwas sie erwischt.«

»So alt bin ich noch nicht«, schnauzte Trevegg, »dass ich nicht mehr merken würde, ob irgendetwas sie erwischt hat! Sie ist einfach weg.«

»Ihr Geruch war da, und dann war er nicht mehr da«, sagte Minn, und seine Stimme klang, als würde er sich gruseln. »Trevegg hat recht. Es gibt da keine Witterung von irgendeinem Jäger. Ihre Fährte verschwindet einfach.«

»Das kann nicht sein«, wiederholte Werrna starrsinnig.

Erschrocken stellte ich fest, dass Werrna ebenfalls Angst hatte. Ich hatte immer geglaubt, sie würde sich vor gar nichts fürchten.

»Wenn die Ahnen wütend auf uns sind«, unterbrach Ruuqo Werrna mit einem scharfen Blick, »müssen wir herausfinden, warum.«

»Zunächst einmal werden wir uns vergewissern«, flüsterte Rissa kaum vernehmbar. »Ich vertraue dir, Grauwolf, aber wir müssen ganz sicher sein.«

»Ich würde mich auch besser fühlen, wenn noch andere nach ihr suchen würden«, gab Trevegg zu.

Rissa berührte ihn mit der Nase an der Wange und führte das Rudel ohne ein Wort und ohne die übliche Aufbruchszeremonie vom Sammelplatz.

»Wieso verhalten sie sich so merkwürdig?«, fragte Ázzuen Yllin, während wir den Rehpfad entlangliefen, und japste leicht, um mithalten zu können. »Sie ist schon so oft einfach weg gewesen.«

Yllin machte kurz an einem Goldsiegelstrauch halt, um uns aufschließen zu lassen. Sie blickte den Pfad entlang, um sich zu vergewissern, dass die anderen außer Hörweite waren.

»Es ist normal«, sagte sie, »dass Wölfe sterben – dass sie von Jägern verschleppt werden, dass sie durch Beutetiere verletzt oder krank werden. Alle Wölfe sterben. Aber es ist unnatürlich, wenn ein Wolf einfach so verschwindet. Es ist ein schlechtes Omen. Das schlimmste Omen überhaupt. Die Legenden sagen, dass die Ahnen solche Zeichen senden, wenn Wölfe die Regeln des Abkommens brechen. Vor zwei Generationen verschwanden drei Wölfe des Rudels vom Felsgipfel, nachdem ihr Leitwolf aus Versehen einen Menschen verletzt hat.«

Ázzuen und ich sahen uns schuldbewusst an. Aber bestimmt war es doch weniger schlimm, einen Menschen aus dem Wasser zu ziehen, als einen zu verletzen.

»Und ich habe gehört«, sagte Yllin, und ihr Blick ruhte für einen kurzen Moment auf dem Mal auf meiner Brust, »dass das Rudel vom Höhenwald einmal einen Wolf verloren hat, weil sie einen Mischlingswurf am Leben ließen.«

Blinzelnd sah ich sie an. Warum hatte mir niemand davon erzählt?

»Da ist noch etwas, das du wissen solltest, Kaala.« Sie sprach leise und hastig. »Rissa und Trevegg haben euch Welpen nicht alles gesagt, als sie euch die Legenden erzählten. Es ist nicht nur so, dass Mischlinge verrückt werden können oder dass sie sich in der Gegenwart von Menschen unangemessen verhalten. Sie gelten als Unheilsbringer für ihr Rudel.« Sie senkte die Stimme noch weiter. »Und Wölfe mit dem Mondzeichen können dem Rudel entweder Glück oder Unglück bringen. Aber man weiß erst, was es sein wird, wenn sie erwachsen sind.«

Ruuqos aufgebrachtes Bellen unterbrach sie. »Bleibt nicht zurück«, rief er. »Wir werden nicht auf euch warten.«

»Wir dürfen darüber nicht reden«, flüsterte Yllin. »Aber es ist nicht fair, dass du nichts davon weißt.«

»Wir sagen niemandem, dass du es uns erzählt hast«, versprach ich.

Yllin nickte, dann sprintete sie los, den anderen hinterher. Wir stürmten ihr nach. Mein Verstand arbeitete auf Hochtouren. »Was soll ich nur tun, wenn das Rudel glaubt, ich bringe ihm Unglück?«, keuchte ich Ázzuen zu, doch der musste sich viel zu sehr anstrengen, als dass er mir hätte antworten können.

Borllas Witterung war anfangs noch ganz deutlich. Sie war dem Pfad gefolgt, den wir das erste Mal genommen hatten, als wir zur Pferdewiese gegangen waren. Und seitdem war sie jedes Mal, wenn sie nach Reel gesucht hatte, auf diesem Pfad hin- und hergelaufen. Die letzte Witterung stammte vom frühen Morgen, bevor der Tau getrocknet war, was bedeutete, dass sie wahrscheinlich kurz vor Sonnenaufgang hier entlanggelaufen war. Wir folgten ihrer Fährte über den Sammelplatz Heller Wald bis zu der Stelle, wo die Bäume aufhörten und die Ebene begann, und dann noch ungefähr acht Wolfslängen weiter auf die Wiese. Dann – genau wie Trevegg gesagt hatte – verschwand ihre Witterung plötzlich. Zu meiner Erleichterung waren auch keine Pferde da.

»Geht aus dem Weg, Welpen«, befahl Rissa.

Werrna war unsere beste Fährtenleserin, also führte sie die Suche an. Sie hielt die vernarbte Nase dicht über den Boden und lief in engen Kreisen, ausgehend von der Stelle, an der Borllas Witterung verschwunden war. Als sie sich sicher war, dass sie jeden Stein, jedes Fleckchen Erde und jeden Grashalm beschnüffelt hatte, drehte sie sich um und lief Kreise in entgegengesetzter Richtung. Ruuqo und Rissa folgten ihr und spürten in Kreisen nach, die sich mit Werrnas überschnitten. Yllin und Minn führten eine ähnliche Suche durch, nahe der Stelle, wo Reels Leichnam gelegen hatte.

»Sie wollen sichergehen, dass ihnen nicht das kleinste bisschen Witterung entgeht«, erklärte Trevegg müde, wie immer darauf bedacht, uns etwas beizubringen, auch wenn er selbst erschöpft und besorgt war. »Werrna legt die ersten Kreise fest, Rissa geht sie innen ab, und Ruuqo wiederum sucht innerhalb von Rissas Kreisen. Die Übrigen von uns halten sich fern, um die Witterung nicht zu zerstreuen.«

Sie brauchten für ihre Suche den ganzen heißen Nachmittag und einen Teil der kühleren Nacht. Trevegg und die anderen halfen ihnen, bis das durchkämmte Gebiet schließlich die gesamte Ebene umfasste. Sie erlaubten uns nicht, uns den abgesuchten Stellen zu nähern. Wir durften lediglich einen Flecken mit trockenem Gras absuchen, weit entfernt von der Stelle, an der die Pferde gestanden hatten. Ich glaubte, sie schickten uns hauptsächlich dorthin, um uns aus dem Weg zu haben, aber es war gut, etwas tun zu können. Marra, Ázzuen und ich gaben unser Bestes, um eine Fährte aufzunehmen, irgendeinen Hinweis, wohin Borlla verschwunden war, aber es schien hoffnungslos zu sein. Unnan stand abseits und starrte über die Ebene, während Werrna die Stelle absuchte, an der Borlla zuletzt gewesen war.

»Ich rede mit Unnan«, sagte ich zu Ázzuen und Marra.

»Spinnst du?«, fragte Ázzuen. »Er wird nur versuchen, mit dir zu kämpfen.«

»Er ist allein«, antwortete ich. »Vielleicht möchte er das nicht sein.«

Vorsichtig ging ich zu ihm. Er musste mich gehört haben, aber er drehte sich nicht um.

»Du kannst mit uns zusammen suchen«, sagte ich. »Es ist besser, als gar nichts zu tun.«

Da wandte Unnan sich um und zog seine Lefzen zu einem grimmigen Zähnefletschen zurück.

»Warum sollte ich? Damit du mich auch noch umbringen kannst? Das ist es doch, worin du so gut bist! Anderen Welpen den Tod zu bringen. Sie hätten dich töten sollen, als du geboren wurdest. Du bringst nichts als Unglück.« Er trat ganz dicht an mich heran. »Wenn sie tot ist, werde ich einen Weg finden, dich umzubringen, das schwöre ich.«

Meine guten Absichten verflüchtigten sich.

»Vielleicht würden deine Freunde ja nicht sterben, wenn du klüger wärest«, blaffte ich zurück. Noch während die Worte aus meinem Mund kamen, wusste ich, dass ich besser schweigen sollte. »Vielleicht gibt es ja einen Grund dafür, dass deine Freunde sterben und verschwinden. Ich habe nicht gesehen, wie du während der Stampede irgendjemandem geholfen hättest.«

Unnan jaulte auf und sprang mich an. Im Gegensatz zu Borlla hatte er nach Reels Tod nicht aufgehört zu fressen und war groß und kräftig. Größer als ich. Aber ich war wütend, und mein Zorn machte die fehlende Größe wett. Ich schüttelte Unnan mit Leichtigkeit ab und hielt ihn am Boden fest. Zorn verschleierte meinen Blick, und ich beugte mich über seine Kehle.

»Kaala!«, brüllte Ázzuen, um mein Knurren zu übertönen. Er und Marra waren herbeigelaufen, um mir zu helfen, als Unnan mich angriff, und jetzt hielten sie mich davon ab, ihn ernsthaft zu verletzen. Ich kam wieder zu mir und trat von Unnan zurück. Ich schämte mich. Ich hatte vorgehabt, ihn zu trösten, und hatte alles nur noch schlimmer gemacht. Und ich hatte wieder einmal zugelassen, dass mein Zorn die Oberhand gewann.

»*Ilshik!*«, zischte Unnan mir entgegen. Ich zuckte zusammen. Wolfsmörder. Ein *Ilshik* war nicht fähig, in der Gesellschaft anderer Wölfe zu leben, und war dazu verdammt, für immer allein umherzuziehen. Ich drehte mich nicht zu ihm um, sondern ging mit Ázzuen und Marra zurück, um unsere Suche wieder aufzunehmen. Schon bald waren wir alle erschöpft und ließen uns müde ins Gras sinken.

Ich war beinahe eingeschlafen, als Ázzuens eindringliches Flüstern mich aufschreckte und hellwach werden ließ.

»Die Höchsten Wölfe!«, zischte er.

Frandra und Jandru schritten über die Wiese. Die Erwachsenen des Rudels hatten die Suche nach Borlla bis zu dem Wiesenrand, der dem Revier der Menschen am nächsten war, ausgedehnt und standen jetzt dichtgedrängt und erregt flüsternd zusammen. Was mochten sie wohl gefunden haben? Ruuqo und Rissa gingen Frandra und Jandru entgegen, um sie zu begrüßen. Ich war überrascht, die Höchsten Wölfe hier zu sehen, nachdem sie gesagt hatten, sie würden für eine Weile nicht in der Nähe sein. Noch überraschter war ich von dem Zorn in Ruuqos Gang, als er sich ihnen näherte. Ich war zu weit entfernt, um zu verstehen, was er zu den Höchsten Wölfen sagte, aber Jandru stürzte sich auf ihn und warf ihn zu Boden. Der Höchste Wolf sprach einige Worte und ließ dann von Ruuqo ab. Eine Weile lang stritten sie sich heftig. Dann verließen

Frandra und Jandru mit stolzen Schritten die Ebene. Ich hatte befürchtet, sie seien zurückgekommen, um mich noch einmal für den Umgang mit dem Menschenmädchen zu tadeln, aber sie schauten nicht einmal in meine Richtung. Ruuqo jedoch warf mir von der anderen Seite der Ebene einen zornigen Blick zu. Ich wich zurück. Bellend rief er zum Aufbruch und führte das Rudel von der Wiese.

Ruuqo brachte uns zurück zum Gefallenen Baum. Er duldete nicht, dass irgendjemand über Borlla und ihr Verschwinden sprach, auch Rissa war in dieser Hinsicht streng. Sie gestatteten auch Minn nicht, das Revier nach ihr abzusuchen. Und sie erzählten uns nicht, was sie auf der anderen Seite der Wiese gefunden hatten.

»Die Jagd geht weiter«, war alles, was sie sagten. »Wir werden nicht mehr darüber sprechen.«

* * *

Ich wartete, bis das Rudel eingeschlafen war und machte mich dann leise auf den Weg zur Ebene des Hohen Grases. Wenn das Rudel glaubte, es sei vom Unglück verfolgt, und wenn sie der Überzeugung waren, ich hätte es heraufbeschworen, dann musste ich so viel wie möglich darüber herausfinden. Und ich wollte wissen, warum sie uns Welpen nicht an die Stelle herangelassen hatten, an der sie etwas gefunden hatten. Als Ázzuen mir folgte, erhob ich keine Einwände.

Es waren ein langer Tag und eine lange Nacht gewesen, und ich war erschöpft, als wir die Stelle erreichten, wo das Rudel zuletzt gesucht hatte. Nach der Ankunft der Höchsten Wölfe hatte Ruuqo uns so schnell fortgeführt, dass ich keine Chance gehabt hatte, die Stelle zu untersuchen. Ich senkte die Nase auf den Boden.

Natürlich war da die Witterung unseres Rudels, genauso wie die Gerüche von Frandra und Jandru. Und dann, schwächer als die anderen, der Geruch von Borlla. Doch was mich innehalten und mein Herz rasen ließ, war ein Geruch, der so schwach war, dass ich ihn beinahe gar nicht entdeckt hätte. Ich überprüfte ihn noch einmal, um sicherzugehen, dass ich mich nicht geirrt hatte. Säuerlich und fleischig. Der Geruch von Salz und Schweiß. Der Geruch von Menschen. Ázzuen hatte ihn ebenfalls bemerkt.

»Die Höchsten Wölfe haben befohlen, uns von den Menschen fernzuhalten«, sagte ich zu Ázzuen, »aber ihre Witterung ist hier, zusammen mit der von Menschen. Was soll das bedeuten?«

»Ich habe keine Ahnung, Kaala«, sagte Ázzuen, »aber ich glaube nicht, dass du versuchen solltest, es herauszufinden.«

»Ich muss es aber herausfinden, Ázzuen. Die Höchsten Wölfe haben mir das Leben gerettet und sind dann vier Monde lang verschwunden. Dann kommen sie innerhalb weniger Tage zweimal zu uns. Ruuqo ist wieder böse auf mich, und Yllin sagt, das Rudel könnte denken, ich brächte ihnen Unglück. Alles scheint immer wieder zu den Menschen zu führen. Ich muss herausfinden, warum. Und ich muss herausfinden, warum ich anders bin.«

Mit besorgtem Blick hörte er mir zu. »Dann such die Höchsten Wölfe und frage sie. Aber gehe nicht zu den Menschen. Ich weiß, dass du daran denkst.«

Ich ärgerte mich, weil er meine Gedanken so leicht erraten konnte.

Er trat näher an mich heran, sein Atem war warm. »Du hast gehört, was Yllin gesagt hat. Du darfst es nicht riskieren.«

»Ich weiß«, sagte ich sanft und nahm etwas von dem nach Rudel, Borlla, Höchsten Wölfen und Menschen riechenden Gras ins Maul. »Ich gehe nicht dahin zurück. Ich verspreche es.«

* * *

Ich wollte Ázzuen nicht anlügen, aber ich musste wissen, was wirklich los war. Ich musste wissen, was die Höchsten Wölfe trieben und was das mit Borllas Verschwinden und mit meinem eigenen Platz im Rudel zu tun hatte. Alles hing irgendwie mit den Menschen zusammen. Außerdem wollte ich das Menschenmädchen wiedersehen.

Der Name, den ihr Volk ihr gegeben hatte, lautete TaLi, aber ich dachte an sie immer noch als das Mädchen. In der Zeit, in der ich sie beobachtete, hörte ich mehr als einmal, wie eines der Weibchen ihres Rudels sie bei ihrem Namen rief. Ihre erwachsenen Weibchen wurden ›Frauen‹ genannt und ihre Männchen ›Männer‹. Zu ihren Vorderpfoten sagten sie ›Hände‹, zu ihren Hinterpfoten ›Füße‹, und ihr Fell nannten sie ›Haar‹. Ihr Rudel wurde ›Sippe‹ genannt. Am Tag waren sie geschäftiger als in der Nacht, und als das Wetter kühler wurde, trugen sie die Häute von Jägern und Beutetieren gleichermaßen. Ich hatte jedoch noch nie gesehen, dass sie das Fell eines Wolfes trugen und fragte mich, ob sie es wohl manchmal taten. Der Gedanke ließ mich erschaudern.

Eine Brise strich über meine Ohren und durch mein dicker werdendes Unterfell. Die heißen Sommertage waren kühler geworden, und meine langen Wachen beim Sammelplatz der Menschen erträglicher. Ich kauerte mich tiefer in die weiche Erde des Spähhügels. Neben mir raschelte Tlitoo ungeduldig mit seinen Flügeln.

»Wie lange willst du noch einfach nur zusehen, Wolf?«, wollte er wissen. »Seit einem Mond kommst du hierher und hast nichts getan, außer sie zu beobachten. Feiger Wolf.«

Ich ignorierte ihn und strengte meine Nase und Ohren an, um mein Mädchen zu finden. Ich brauchte immer eine Weile, um ihre Witterung von denen der anderen zu unterscheiden. Es war helllichter Tag, und das Menschenlager summte vor Geschäftigkeit. Mehrere Menschen, männliche und weibliche, schabten Häute von Beutetieren mit scharfen Steinen ab. Andere befestigten etwas, das wie Knochen aussah, an den Enden von kurzen, dicken Holzstöcken. Viele Menschen jeden Alters scharten sich um die Feuer. Ich war mir anfangs nicht sicher gewesen, warum sie die Feuer auch in der Wärme und dem Licht des Mittags brennen ließen, doch als ich den unverwechselbaren Geruch von verbranntem Fleisch erkannte, wusste ich warum. Sie brieten ihre Beute. Zwei Männer hielten an langen Stecken Rehfleisch über das Feuer. Mir lief das Wasser im Mund zusammen. Ein lautes Geräusch erschreckte mich, und eine Gruppe von vier männlichen Jungen rannte über den Sammelplatz, schwang Spitzstecken und stieß damit nach unsichtbarer Beute. Ich wollte hinunterlaufen, um bei ihnen zu sein. Ich wusste, dass sie spielten.

Tlitoo vergrub seinen Schnabel in einem Haufen aus Blättern, Zweigen und Fuchskot, gab vor, nach Käfern zu suchen – und warf mir dann den ganzen Dreck ins Gesicht.

»Du hast alles gelernt, was man durch Beobachten lernen kann, Dummwolf«, sagte er. »Es wird Zeit, mehr zu tun, als nur zu beobachten. Bald beginnt die Winterreise, und du wirst dich nicht mehr so einfach davonstehlen können.«

Ich nieste den Dreck aus meiner Nase und schüttelte ein Blatt und einen Klumpen Fuchskot vom Ohr. Tlitoo war der Einzige, der wusste, dass ich die Menschen beobachtete. Und das auch nur, weil ich ihm nicht entkommen konnte. Es gelang mir gerade eben so, mich von Ázzuen und Marra davonzuschleichen, die mir seit der Stampede überallhin folgten. Aber einen Raben abzuschütteln war genauso schwierig, wie den Gestank eines Stinktieres aus dem Fell zu bekommen. Es lohnte sich nicht, es auch nur zu versuchen.

»Du bist nicht derjenige, hinter dem die Höchsten Wölfe her sein werden«, sagte ich. »Du bist nicht derjenige, den man verstoßen wird.«

In dem Mond, der vergangen war, seit ich das Menschenkind aus dem Fluss gerettet hatte und Borlla verschwunden war, war ich schon oft in Versuchung geraten, mich in das Menschenlager zu wagen. Aber obwohl es mir unmöglich war, mich gänzlich von den Menschen fernzuhalten, war ich nicht vollkommen verrückt geworden. Ich würde nicht am helllichten Tage mitten auf den

Sammelplatz der Menschen spazieren. Ich hatte nicht vor, mich aus dem Tal vertreiben zu lassen, bevor ich zum Wolf geworden war.

»Es gibt etwas, das die Hochwölfe uns nicht erzählen, Wölflein«, krächzte Tlitoo. Er klang ungewöhnlich ernst.

Ich sah ihn an und sah die Besorgnis in seinem Blick.

»Sie haben Geheimnisse, und die Geheimnisse haben mit den Menschen zu tun«, sagte er.

»Ich werde darüber nachdenken, zu den Menschen zu gehen, wenn ich gejagt habe und als Wolf akzeptiert worden bin.«

Tlitoo krächzte misstrauisch. Er glaubte nicht daran, dass Ruuqo mich akzeptieren würde, selbst wenn ich mich bei der Jagd bewährte und an der Winterwanderung teilnahm. Aber darüber wollte ich nicht nachdenken. Sobald ich erfolgreich gejagt hatte und durch den Winter gekommen war, musste mir Ruuqo *Romma* geben, auch wenn er mich nicht im Rudel vom Schnellen Fluss haben wollte. Das war Wolfsgesetz.

Endlich hatte ich die Witterung des Mädchens zwischen den Gerüchen der anderen Menschen ausgemacht. Sie saß mit einigen anderen Frauen im Schatten eines kleinen Unterschlupfes. Vor sich hielt sie die Hälfte eines hohlen, kürbisförmigen Steins. Mit einem weiteren, schmaleren Stein, der genau in ihre Hand passte, zerstieß sie etwas in dem Kürbisstein. Der Duft von Schafgarbe und einer Pflanze, die ich nicht erkannte, erfüllte jedes Mal die Luft, wenn sie die Steine aufeinanderstieß.

Ihr Gesicht war friedlich und konzentriert, und ich hörte ein leises summendes Geräusch, das sie während der Arbeit von sich gab. Mehr als alles andere auf der Welt wollte ich zu ihr gehen. Die Erde unter meinem Bauch wurde unangenehm warm, und meine Haut begann zu jucken.

Ich spürte eine vertraute Wärme neben mir. Ich drehte mich um und erwartete, die junge Traumwölfin zu sehen, aber da war niemand. *Großartig*, dachte ich, *jetzt werde ich tatsächlich verrückt.* Doch in der Luft schien ein starker säuerlicher Geruch von Wacholder zu liegen, und ein kräftiger Windstoß wehte ihn hinüber zum Sammelplatz der Menschen.

Das Mädchen blickte auf. Ich wusste, dass sie mich unmöglich sehen konnte, aber mir kam es vor, als würde sie mir unmittelbar in die Augen blicken, wie Beutetiere, wenn sie wissen, dass du dich nahe an sie heranschleichst. Von der Stelle, an der ich lag, konnte ich ihren Gesichtsausdruck nicht erkennen, doch ihr Körper wandte sich mir zu, und sie beugte sich nach vorne. Sie hob ihren Kopf, als würde sie etwas in der Luft wittern. Sie erhob sich.

Ich stand ebenfalls auf. Das Mal auf meiner Brust zog mich vorwärts, und so sehr ich es auch versuchte, ich konnte mich nicht zurückhalten, näher an das Mädchen heranzukriechen. Ich roch nicht länger die Pflanzen um mich herum, hörte Tlitoos ungeduldiges Rascheln nicht mehr. Selbst die Menschen schienen zu einem einzigen Geruch zu verschmelzen, ihre Stimmen wurden zu einem Gewirr von Klängen. Nur das Mädchen blieb deutlich. Ich hörte ein fernes Geheul – Ruuqo, der das Rudel zusammenrief –, aber ich schüttelte den Klang aus meinen Ohren. Ich spannte meine Läufe an und bereitete mich darauf vor, den Hügel hinunterzustürmen.

Tlitoo pickte mich kräftig in den Hintern. Ich schluckte ein Jaulen hinunter und sah ihn böse an.

»Wach auf, Wölflein. *Jetzt* ist nicht der richtige Zeitpunkt, zu ihr zu gehen. Die Leitwölfe rufen dich zur Jagd.«

Ich hörte, wie Rissas Stimme sich in Ruuqos mischte. Ich durfte ihren Ruf nicht missachten. Ich holte tief Luft, schüttelte mich und zog mich von der Lichtung der Menschen zurück.

»Dummwolf«, sagte Tlitoo freundlich. Ich überlegte kurz, ihn in die Schwanzfedern zu beißen, aber er würde ja ohnehin nur davonfliegen.

Von der Anziehung befreit, die die Menschen auf mich ausübten, rannte ich den ganzen Weg zum Fluss zurück, sprang hinein und schwamm hinüber. Ich wälzte mich im Schlamm des Flusses, um den Menschengeruch zu überdecken, watete erneut in den Fluss, stieg heraus und schüttelte mich. Doch bevor ich mich auf den Heimweg machen konnte, hörte ich das Rascheln von Blättern und roch Ázzuens vertraute Witterung. Er steckte den Kopf aus dem Unterholz, das die Uferböschung säumte.

»So viel dazu, dass Wölfe hervorragend hören können«, kicherte Tlitoo über mir. Er war auf den Ast einer Weide geflogen, um den Spritzern aus meinem nassen Fell zu entgehen, als ich mich geschüttelt hatte. »Es wird Nacht«, sagte er. Er krächzte sein heiseres Rabengelächter.

»Wölfchen ist ertappt!
Keiner kann Dummwolf helfen.
Besser Ast suchen.«

Er machte eine kleine Kunstpause und öffnete dann erneut den Schnabel.

»Zu spät für Wölfchen,
Um Neues zu erfahren.
Hör auf den Raben!«

Damit flog Tlitoo davon und ließ mich allein, um mit Ázzuen klarzukommen. Ich hatte gedacht, ich hätte Ázzuen genügend entmutigt, mir zu folgen, doch offensichtlich hatte ich mich geirrt. Ich starrte ihn finster an.

»Du hast die Menschen gesehen«, beschuldigte er mich ohne jede Begrüßung. »Die ganze Zeit schon beobachtest du sie. Einen ganzen Mond lang.«

Ich konnte riechen, dass auch Marra irgendwo in der Nähe war, und versuchte herauszufinden, wo genau sie sich versteckte. Vermutlich im Gebüsch zu meiner Rechten.

»Warum kümmerst du dich nicht um deine eigenen Angelegenheiten?«, sagte ich zu Ázzuen.

»Weil du versprochen hast, nicht dorthin zu gehen. Und weil du es mir hättest sagen können. Weil du es mir hättest sagen sollen. Ich dachte, wir sind Freunde.«

Mein schlechtes Gewissen regte sich. Und ich war überrascht. Ázzuen hatte noch nie mit mir gestritten. Für gewöhnlich tat er genau das, was ich ihm sagte.

»Ich wollte nicht, dass du Ärger bekommst«, sagte ich kleinlaut. »Und du hast gesagt, du willst nicht, dass ich gehe.« Ich wandte mich nach rechts und sprach zu dem Gebüsch, in dem ich Marras Versteck vermutete. »Du kannst ruhig rauskommen.«

Ich hörte leise Pfotengeräusche links von mir, und Marra kam angeschlichen. Sie leckte mir zur Begrüßung die Schnauze und beugte sich dann vor, um aus dem Fluss zu trinken.

Ázzuen schnaubte. »Ich kann alleine auf mich aufpassen. Und wenn du schon dorthin gehst, solltest du jemanden mitnehmen.«

»Sie will die Menschen für sich behalten«, sagte Marra, als sie genug getrunken hatte. »Du solltest uns mitkommen lassen«, richtete sie sich an mich, »damit wir dich davon abhalten können, irgendwelche Dummheiten zu machen.«

»Woher wusstet ihr, wohin ich gehe?«

»Wir sind dir gefolgt«, sagte Ázzuen. »Und der Rabe. Er macht ziemlich viel Krach.«

Marra setzte sich und beobachtete mich. »Wir wollten wissen, wohin du immer wieder verschwindest«, sagte sie.

»*Hört auf*, mir zu folgen.« Ich war gereizt und wütend, weil ich die Menschen hatte verlassen müssen. »Sucht euch etwas, womit ihr euch selbst beschäftigen könnt.«

Ázzuen und Marra senkten die Ruten und Ohren ein wenig und verstärkten mein schlechtes Gewissen. Nach der Stampede hatten sie sich beide für mich eingesetzt. Und wenn sie nicht gewesen wären, hätten Borlla und Unnan mich wahrscheinlich getötet, als ich noch ein schwacher Welpe gewesen war. Sie hatten Besseres von mir verdient. Ich seufzte.

»Ich werde euch Bescheid sagen, wenn ich wieder hingehe«, sagte ich ungehalten.

Ihre Ruten und Ohren stellten sich auf.

»Wir sollten uns besser auf den Weg machen, um die

Erwachsenen wieder bei der Jagd zu beobachten«, sagte ich, als ich Ruuqo erneut heulen hörte.

»Vielleicht lassen sie uns dieses Mal ja mitjagen«, sagte Ázzuen hoffnungsvoll.

»Vielleicht wächst den Raben Fell, und sie beginnen, Auerochsen zu jagen«, schnaubte Marra.

Ich musste lachen. Ich berührte erst Marras, dann Ázzuens Wange mit der Nase. Der Rest meines Unmuts verflog, und ich heulte, um Ruuqos Ruf zu beantworten. Ázzuen und Marra stimmten mit ein, und ich führte meine Rudelgefährten nach Hause.

11

Das Rudel erlegte in dieser Nacht nichts, doch nur einen Viertelmond später erwachten wir vom Röhren der Elen. Es war ein merkwürdiges Geräusch, irgendetwas zwischen dem Heulen eines Wolfes und dem Stöhnen eines sterbenden Pferdes, und es durchdrang die Nacht.

Rissa hob den Kopf und nahm Witterung auf.

»Es wird Zeit, dass die Jungen an der Jagd teilnehmen«, sagte sie.

Meine Ohren stellten sich auf, und mein Herz schlug schneller. Neben mir fiepte Marra vor Aufregung. Rissa hatte sich so lange geweigert, uns mit auf die Jagd zu nehmen, dass ich schon geglaubt hatte, wir würden ein Jahr alt werden, bevor wir Beute jagen durften. Ázzuen und die anderen waren sechs Monde alt, und ich war nur wenig jünger, aber seit der Stampede hatte Rissa uns nicht einmal in die Nähe von größeren Beutetieren gelassen.

Marra war als Erste bei Rissa, doch Ázzuen und ich folgten ihr mit nur wenig Abstand. Vor Aufregung hüpften wir herum und ahmten den Jagdtanz nach, den wir so oft bei den Erwachsenen gesehen hatten. Unnan näherte sich langsamer und war zurückhaltender in seiner Begrüßung. Rissa schaute uns alle an. Wir waren jetzt beinahe so groß wie sie und wurden immer kräftiger. Sie lächelte. Mir schien, als sei dies ihr erstes Lächeln nach Reels Tod.

»Es ist so weit«, sagte sie fast mehr zu sich selbst als zu

uns. »Ich kann euch nicht für immer im Bau behalten. Wir werden auf die Weite Ebene gehen, um die Elen zu jagen.«

Ruuqo kam herbei und berührte sie mit der Nase an der Wange.

»Sie sind bereit«, sagte er. »Und wir werden sie genau beobachten.« Er blickte uns finster an. »Die Elen sind gefährliche Beute«, warnte er. »Früher haben wir ihre kleineren Verwandten, die Elche, gejagt, doch die Menschen haben sie aus dem Tal vertrieben. Elen sind angriffslustig und gefährlich. Ihr müsst gut aufpassen.« Er sah uns an, um sich zu vergewissern, dass wir zuhörten. Er heulte noch einmal, dann führte er uns auf unsere erste Jagd. Selbst seine düsteren Blicke konnten unsere Aufregung nicht dämpfen, und wir stolperten übereinander, als wir die Lichtung verließen.

Auf einer weichen Schicht frisch gefallener Blätter liefen wir durch den Wald. Ich versuchte, mich so gut es ging an die Jagdregeln zu erinnern, die wir in den vergangenen Monden gelernt hatten. Aber ich konnte mich nicht konzentrieren. Solange ich mich erinnerte, wartete ich auf meine erste Jagd. Die Jagd ist es, die uns zum Wolf macht. Vor langer Zeit wurde die Welt aufgeteilt in Jäger und in Beute, und der Wolf war der beste Jäger von allen. Unsere Lungen geben uns den Atem und die Ausdauer, um schnell und lange zu laufen. Unsere Zähne sind aus einem Stück des Wolfssterns gemacht, damit sie stark und scharf sind. Unsere Ohren sind groß genug, um selbst die Gedanken der Beute zu hören, und unsere Augen scharf, um jede Bewegung der Beute auf der Flucht verfolgen zu können. Wir haben Nasen, um jeden Hauch ihrer Witterung einzufangen, und Läufe, um sie bis ans Ende der Welt zu hetzen. Doch all das zählt nichts, wenn einem das Geschick und der Mut zur Jagd fehlen. In dieser Nacht würden wir zum ersten Mal die Gelegenheit bekommen, unser Geschick und unseren Mut zu zeigen. Uns auf der Jagd zu beweisen war eine der wichtigsten Prüfungen für uns. Wenn wir gejagt hatten und die Winterwanderung überlebt hatten, würden wir zu richtigen Wölfen werden, und Ruuqo und Rissa würden das Ritual vollziehen, nach dem wir die Witterung eines erwachsenen Wolfes vom Schnellen Fluss haben würden. Von diesem Zeitpunkt an würde man uns überall als Wölfe vom Schnellen Fluss erkennen und wissen, dass wir erfolgreiche Jäger waren. Ich wusste, dass nicht von uns erwartet wurde, auf unserer ersten Jagd Beute zu töten, aber wenn ich könnte, wenn ich Ruuqo und Rissa zeigen könnte, dass ich eine starke Jägerin war, wäre ich meinem Ziel, Teil des Rudels zu werden und *Romma* zu bekommen, ein ganzes Stück näher. Niemand könnte mein Recht, ein Wolf zu sein, länger in Frage stellen.

Unglaublich schnell erreichten wir die Weite Ebene. Bis dahin war es mir immer wie eine unüberwindliche Entfernung vorgekommen. Ich setzte erst die eine Pfote und dann die nächste auf das Gras. Ich war nicht mehr hier gewesen, seit wir vor vielen Monden von unserem Sammelplatz an den Welpenhöhlen herübergekommen waren. Ich erwartete fast, dass die Ebene mich verschlingen oder ich mich wieder so schwach und hilflos fühlen würde wie damals, als ich als Winzjunges versucht hatte, meine erste große Wanderung zu überstehen. Doch sie verschlang mich nicht. Sie war voller Duftmarken, die Ruuqo und Rissa hinterlassen hatten, um anderen Wölfen zu zeigen, dass die Ebene uns gehörte. Sie roch nicht einmal so viel anders als die Ebene des Hohen Grases und die anderen Jagdgründe auf unserem Land. Sie war nur ein weiterer Teil unseres Reviers. Abgesehen davon war sie im Augenblick voller Elen.

So weit wir im hellen Mondlicht sehen konnten, erblickten wir ihre großen, stolzen Konturen. Ihre Witterung war so überwältigend, dass ich kaum das Gras riechen konnte, in dem wir standen, oder die Käfer und Ameisen, die an meinen Pfoten entlangkrabbelten. Die Hitze ihrer fetten Haut erwärmte die Nacht. Sie waren riesig – viel größer als Pferde und höher als zwei ausgewachsene Wölfe. Sie waren von stämmiger Statur, hatten runde, stumpfe Schnauzen, und ihre Beine sahen aus, als seien sie wie geschaffen zum Laufen. Doch am überwältigendsten – und am furchterregendsten – waren die gewaltigen Geweihe auf den Köpfen der Elenbullen. Sie waren breiter, als die Elen groß waren. Ich konnte mir ausmalen, wie kräftig die Nacken dieser Tiere sein mussten, um diese enormen Geweihe zu tragen. Und ich wollte mir gar nicht erst vorstellen, was diese Geweihe mit einem Wolf anstellen konnten, der ihnen in die Quere kam.

Direkt zu unserer Linken, neben einem großen halbmondförmigen Hügel, hatte ein großer Elenbulle an die hundert Kühe um sich geschart. In einiger Entfernung stand ein weiterer Bulle mit etwa halb so vielen weiblichen Tieren. So weit ich riechen konnte, gab es überall Gruppen von Elen, die aus einem männlichen und vielen weiblichen

Tieren bestanden. Andere Bullen, jüngere, streunten außerhalb der Gruppen herum. So weit unsere Ohren hören konnten, vernahmen wir die Elenbullen mit ihrem lautstarken, wiehernden Gebrüll. Ich sah, dass Werrna, Yllin und Minn die Ebene vor uns erreicht hatten und bereits zwischen den Elen herumliefen. Ruuqo rannte zu ihnen.

»Dies ist eine gute Zeit, um fette Beute unter den Elen zu machen«, sagte Rissa und führte uns außen um die Herden herum. Wir bewegten uns in leichtem Lauf am Rand der Ebene entlang. Es war der Jagdgang, ein entspannter Laufschritt, den ein Wolf auf der Suche nach Beute eine ganze Nacht lang durchhalten konnte.

»Die Elen sind gesund und kräftig vom guten Fressen im Sommer«, fuhr Rissa fort und schaute im Laufen über die Schulter zurück. »Und in Gedanken sind sie schon bei der Paarung, was gut für uns ist.«

Als ob er ihr zustimmen wolle, hob der Elenbulle, der uns am nächsten stand, den Kopf und röhrte, um allen anderen auf der Ebene und darüber hinaus mitzuteilen, dass diese Weibchen ihm gehörten. Vor Schreck fuhr ich zusammen. Es war eine Sache, diese Tiere von weitem zu beobachten, aber etwas völlig anderes, so nahe neben ihnen zu laufen.

»Sie scharen die Weibchen um sich, mit denen sie sich paaren wollen«, erklärte Trevegg. Trotz unseres schnellen Laufs war er kein bisschen außer Atem. Dafür, dass er ständig betonte, ein alter Wolf zu sein, hielt er problemlos mit Rissa Schritt. »Die stärksten Männchen sind um diese Jahreszeit sehr wachsam, und man sollte sie besser in Ruhe lassen«, sagte er. »Sie sind keine gewöhnliche Beute und können Jäger sogar angreifen. Die meisten großen Beutetiere verteidigen sich, wenn sie angegriffen werden, aber den Elenbullen *gefällt* es, mit uns zu kämpfen. In dieser Jahreszeit jagen wir die Weibchen. Sie versammeln sich in Gruppen, und nicht alle von ihnen sind kräftig. Wir können auch die älteren und jüngeren Bullen jagen, die vom Versuch, Gefährtinnen zu stehlen, bereits erschöpft sind. Das sind die schwächsten von allen.«

»Keiner von ihnen sieht mir besonders erschöpft aus«, sagte Marra ein wenig nervös.

»Sie sehen aus, als ob sie ebenfalls bereit wären zu kämpfen«, fügte Ázzuen hinzu.

»Das ist etwas, wovor ihr euch hüten müsst«, erklärte Rissa. »Beobachtet die anderen und schaut zu, wie sie herausfinden, welche Elen zu schwach zum Kämpfen sind.«

Rissa blieb stehen, und wir ebenfalls. Unsere Flanken zitterten, aber mehr von der Erregung und Nervosität als vor Müdigkeit. Ázzuen und Marra drängten sich an mich. Ich sah Ruuqo, Werrna und die Jungwölfe mühelos zwischen der Beute umherlaufen. Die Elen schienen sie gar nicht zu bemerken.

»Als ob die Elen wüssten, dass wir noch nicht ernsthaft jagen«, stellte Ázzuen fest.

»Sie wissen es«, antwortete Rissa. »Beute, die losrennt, wenn wir noch nicht richtig jagen, verrät, wie schwach sie ist. Sie lernen als junge Tiere zu erkennen, wann ein Wolf bereit zur Jagd ist.«

»Andernfalls wären sie zu schnell erschöpft vom ständigen Rennen«, fügte Trevegg hinzu.

Plötzlich wendete Yllin und lief auf eine Elenkuh zu,

ohne sie anzugreifen, nur um sich das Weibchen aus der Nähe anzuschauen. Die Elenkuh hob den Kopf und einen Huf. Yllin wandte sich ein kleines Stück zur Seite und lief an der Beute vorbei, als sei das von vornherein ihre Absicht gewesen.

»Die Elenkuh zeigt, dass es schwer wäre, sie am Hals zu packen«, erklärte Trevegg. Er schnaubte. »Yllin sollte es besser wissen. Die ist längst noch nicht bereit zu sterben.« Seine Stimme bekam einen belehrenden Tonfall. »Die Auswahl der Beute ist der wichtigste Teil der Jagd, Welpen. Wenn ihr die Beute nicht sorgfältig auswählt, könnt ihr laufen, bis ihr verhungert, ehe ihr irgendetwas erlegt. Es ist egal, wie schnell eure Pfoten oder wie scharf eure Zähne sind – wenn ihr euren Verstand nicht einsetzt, werdet ihr keinen Erfolg haben. Unser Verstand ist es, der uns von anderen Jägern unterscheidet, er macht uns zu hervorragenden Jägern.«

Ich seufzte. Wir hatten das alles schon so oft gehört. Jedes Mal, wenn uns die Erwachsenen mitgenommen hatten, um die Jagd zu beobachten.

»Hört zu, Welpen«, sagte Rissa streng, aber mit Belustigung in der Stimme. Ich war nicht die Einzige, die ungeduldig wurde. Marra knurrte laut genug, um über die ganze Ebene hinweg gehört zu werden, und Unnan scharrte mit seinen Pfoten in der Erde. »Eine Jagd zu beobachten ist eine Sache. Daran teilzunehmen eine ganz andere. Wenn ihr zwischen den Elen lauft, werdet ihr so vom Jagdfieber gepackt werden, dass ihr alles verfolgt, was sich bewegt – es sei denn, ihr denkt daran, die Beute sorgfältig auszuwählen.«

Ich dachte an die Fehler, die ich gemacht hatte, als ich das erste Mal versucht hatte, Pferde zu jagen. Diese Fehler würde ich nicht wieder machen. Meine Ohren stellten sich auf, und mein ganzer Körper war gespannt. Ich lauschte auf den Atem einer jungen Elenkuh, die an uns vorbeilief. Er war gleichmäßig und unangestrengt. Ich versuchte, einigen Elen in der Nähe in die Augen zu schauen, um herauszufinden, ob sie schwach oder kräftig waren, und kroch unwillkürlich ein Stückchen auf dem Bauch vor. Ich unterdrückte ein Stöhnen, denn meine Vorderläufe schmerzten vom vielen Zusammenkauern, als ich die Menschen beobachtet hatte. Eine der Elenkühe entdeckte mich und sah mir direkt in die Augen. Mein Herz tat einen Sprung, rutschte die Kehle hinauf und blieb dort stecken.

»Wer bist du, dass du glaubst, ich sei deine Beute?«, schien sie zu sagen und mich mit ihrem überheblichen Blick zu durchbohren. *»Ich habe noch viele Jahre vor mir und werde noch viele Kälber gebären. Mach mich nicht zornig! Ich habe schon Wölfe aus geringeren Gründen mit meinen Hufen zermalmt.«* Ich zitterte leicht. Sie erinnerte mich an die Pferde direkt vor der Stampede.

»Die dort ist keine Beute, Jungwolf«, sagte Rissa lachend. »Passt auf. Manchmal könnt ihr die Würmer in ihnen riechen, die sie müde und langsam machen. Und die Alten haben oft eine Krankheit, die ihre Gelenke steif werden lässt. Das könnt ihr riechen und sogar hören.«

»Und manchmal«, erklärte Ruuqo, der sich uns angeschlossen hatte, »reicht es aus, sie einfach nur zu beobachten. Man kann erkennen, wenn eine Beute bereit ist zu sterben. Dann lässt das Tier seinen Kopf hängen oder erschrickt, wenn ihr euch nähert. Wenn es Angst vor euch hat, dann hat es auch einen Grund dafür. Wenn es euch nicht fürchtet, gibt es auch dafür einen Grund.«

»An der Art und Weise, wie die dort steht, kann man erkennen, dass sie kräftig ist«, sagte Ázzuen leise und deutete mit einem Nicken auf die Elenkuh, die mich herausgefordert hatte. »Und ihr Fell ist dicht und glänzend.«

»Das stimmt, Jungwolf«, sagte Ruuqo überrascht. »Danach sollt ihr Ausschau halten, Welpen.«

Ruuqo senkte die Schnauze, um Ázzuen anerkennend im Gesicht zu berühren. Ich war stolz auf Ázzuen und glücklich, dass Ruuqo endlich einmal merkte, wie klug Ázzuen war – vielleicht zum allerersten Mal überhaupt. Ázzuen stand auf und leckte Ruuqo dankbar. Dann wandte er sich mir zu. Ich berührte ihn ebenfalls mit der Nase im Gesicht, und er dankte mir genauso, wie er Ruuqo gedankt hatte. Marra kam und setzte sich neben uns. Beide hielten Ohren und Ruten ein wenig tiefer als ich. Unnan blitzte uns an und senkte seine Rute ebenfalls.

Ruuqo blickte mich finster an. Bei seiner Miene fürchtete ich fast, er würde mich beißen. Doch er ließ den Blick über uns alle hinwegwandern und dann wieder hinaus auf die Ebene, wo die anderen Wölfe immer noch zwischen den Elen umherliefen. Minn und Yllin fingen seinen Blick auf und kamen herbeigerannt.

»Es gibt keine einfache Beute«, sagte Minn, als er und Yllin sich hechelnd neben uns fallen ließen. Werrna lief immer noch entschlossen zwischen den Elen herum. »Wir werden sie rennen lassen müssen.« Die Aussicht schien ihm zu gefallen.

»Wenn sich keine Beute deutlich anbietet, müssen wir die Elen prüfen, indem wir sie hetzen«, erklärte Trevegg und schnappte nach einer Fliege, die auf seiner ergrauten Schnauze gelandet war. »Bei einer Herde von dieser Größe ist das oft das Beste. Das ist auch einer der Gründe, warum Jungwölfe wie Yllin und Minn so wichtig für das Rudel sind. Sie kennen nicht so viele Schliche wie die älteren Wölfe«, er blickte streng auf die beiden jüngeren Wölfe, die mit den Ruten auf den Boden schlugen, »aber sie können schnell laufen und viele Beutetiere prüfen, ohne dass sie müde werden. Das wird eure Aufgabe sein, wenn ihr im nächsten Jahr beim Rudel bleibt.«

Ruuqo stand auf und streckte sich. »Yllin und Minn werden die Elen hetzen. Wenn sie eine mögliche Beute ausgewählt haben, werdet ihr zu ihnen stoßen. Ihr könnt in der Gruppe jagen oder alleine zusammen mit einem erwachsenen Wolf. Beide Arten zu jagen haben ihren Vorteil, und ihr müsst ohnehin beide erlernen.«

»Ich jage alleine«, sagte Unnan schnell. »Ich habe keine Angst, alleine zu jagen.«

Ich zögerte. Ich hätte gerne alleine gejagt, hatte jedoch immer noch ein schlechtes Gewissen Ázzuen und Marra gegenüber, weil ich ohne sie zu den Menschen gegangen war. Ich sah die beiden an. Sie erwiderten meinen Blick schweigend.

»Nun, Welpen?«, fragte Ruuqo. »Worauf wartet ihr?«

Ázzuen und Marra sahen mich immer noch erwartungsvoll an. Ich wartete darauf, dass sie irgendetwas sagen würden. Marra legte ihren Kopf schräg. Ázzuen zuckte mit einem Ohr.

»Wir drei jagen zusammen«, sagte ich schließlich leise.

Marra streckte ihre Vorderläufe auf dem Boden aus und wedelte mit der Rute. Ázzuen bellte erfreut. Zum zweiten Mal sah Ruuqo mich finster an, der Ausdruck auf seinem Gesicht wechselte von Zorn zu Verwirrung. Bevor er etwas sagen konnte, ergriff Trevegg das Wort.

»Sie ist der dominante Welpe, Ruuqo. Ist dir das noch nicht aufgefallen?« Trevegg schien sich über Ruuqos Unbehagen geradezu zu freuen. »Sie ist es seit der Stampede. Die anderen beiden folgen ihr.«

Ruuqos Knurren kam von so weit unten aus seiner Kehle, dass ich es mehr in meinen Pfoten fühlte, als dass ich es hören konnte.

»Also gut«, sagte er. »Ich nehme diese drei mit. Unnan, du gehst mit Trevegg.«

Trevegg sah Ruuqo aus schmalen Augen an, doch er gehorchte und nahm Unnan mit hinein in die Elenherde.

Ruuqo führte uns drei weiter, so nahe heran, dass wir die Elen fast berühren konnten. Mein Herz schlug laut in meiner Brust. Endlich jagten wir. Ich sah, wie Yllin und Minn die Beute prüften. Minn griff eine ältere, magere Elenkuh an, doch sie blieb standhaft. Minn fing Yllins Blick auf, und die zwei Jungwölfe rannten zusammen in die Mitte der Herde, so wie sie es bereits zuvor getan hatten. Doch dieses Mal war ihr Verhalten anders. Vorher hatten sie fast verspielt gewirkt, jetzt dagegen meinten sie es ernst, und in ihren Blicken lag die Bestimmtheit von Jägern. Die Herde spürte die Veränderung sofort und regte sich unruhig. Ohne eine für mich erkennbare Vorwarnung rannten Yllin und Minn auf eine Gruppe von Elen zu. Die Elen begannen zu laufen. Yllin und Minn hetzten sie und versprengten die Tiere in verschiedene Richtungen. Den schnellsten Tieren schenkten sie keine Beachtung und folgten einer kleinen, langsameren Gruppe. Als diese sich teilte, folgten sie wieder den langsameren Tieren. Die beiden Wölfe teilten die Herde immer weiter auf, bis nur noch zwei Elenkühe vor ihnen herliefen. Eine von ihnen brach nach rechts aus, und Yllin folgte ihr. Die andere lief von Minn gehetzt nach links. Minn kam immer näher an seine Elenkuh heran, und aus den Augenwinkeln sah ich meine Rudelgefährten aus allen Richtungen zusammenlaufen, um zu ihm zu stoßen. Rissa und Werrna erreichten ihn als Erste, dann überließ Yllin ihre Elenkuh sich selbst, um sich ihnen ebenfalls anzuschließen. Mit einem freudigen Aufjaulen stürzte Marra hinter der Elenkuh her, und ihre Läufe schienen zu fliegen, als sie zu den älteren Wölfen aufschloss. Im selben Augenblick kamen Trevegg und Unnan angelaufen, etwas langsamer schlossen sie sich ebenfalls der Jagd an.

»Komm mit!«, rief ich Ázzuen zu und begann zu laufen, Ázzuen neben mir. Plötzlich stellte Ruuqo sich mir in den Weg. Verwirrt hielt ich an und schaute zu ihm auf.

»Wo willst du hin, Welpe?«

»Zur Jagd«, sagte ich und versuchte, meine Ungeduld zu zügeln und ihm den angemessenen Respekt zu erweisen.

»Du nicht«, sagte er. »Nicht heute.«

»Warum nicht?«, fragte ich.

»Du wagst es, einem Leitwolf Widerworte zu geben? Ich will nicht, dass du heute jagst. Wenn du mir nicht gehorchen kannst, gehörst du nicht zum Rudel. Du wirst hier warten.«

Ruuqo lief davon, um sich den anderen anzuschließen. Inzwischen war der Elenkuh die Flucht gelungen, was nicht ungewöhnlich war. Zehn von elf Jagden blieben erfolglos. Aber ich war fassungslos.

Das Rudel versuchte es noch mit drei weiteren Elen, bevor sie für diese Nacht aufgaben. Jedes Mal musste ich als Einzige unbeteiligt danebensitzen. Schließlich war das Rudel müde und kehrte zum Waldrand zurück.

»Warum hast du nicht bei der Jagd mitgemacht, Kaala?«, fragte Rissa. »Du musst mitmachen, wenn du ein Wolf werden willst.«

Ich hatte Angst davor, was Ruuqo mit mir tun könnte, wenn ich ihr irgendetwas erzählte. Sie wartete nicht auf eine Antwort, sondern seufzte nur tief und legte sich zur Ruhe nieder. »Wir bleiben auf der Weiten Ebene«, sagte sie schläfrig. »Die nächste Jagd wird besser.«

Als die Sonne aufging, verzogen sich die anderen Wölfe meines Rudels in die weichen Salbeibüsche unter den Bäumen am Rand der Ebene und schliefen. Ázzuen und Marra versuchten, neben mir zu schlafen, doch ich scheuchte sie fort. Sobald ich sicher war, dass alle schliefen, schlich ich mich davon. Tlitoo wartete auf mich und flog über meinem Kopf, als ich mich auf den langen Weg zum Lager der Menschen machte. Sie waren der Grund, warum ich anders war und warum Ruuqo mich nicht leiden konnte. Sie waren der Schlüssel zum Geheimnis meiner Herkunft, bei ihnen würde ich herausfinden, ob ich wirklich Unglück brachte – und ob ich jemals ein Wolf des Rudels vom Schnellen Fluss werden würde. Ich hatte genug vom Warten.

12

Das Mädchen saß allein und zerstieß wieder Pflanzen in ihrem runden Stein mit dem längeren, astförmigen Stein. Ich hatte keine Ahnung, wie ich zu ihr gelangen sollte, aber bevor ich es nicht geschafft hätte, würde ich nicht zu meinem Rudel zurückkehren. Scham vermischte sich mit Zorn, als ich daran dachte, dass jeder im Rudel wusste, dass ich nicht gejagt hatte.

Nach fast einer Stunde stand das Mädchen auf und ging zu einem der Stein-Lehmbauten ihrer Sippe. Dieser eine Bau erweckte meine Aufmerksamkeit besonders, weil er nicht so stark nach Mensch roch wie die anderen. Er roch wie der Bau eines Tieres, wie eine Geburtshöhle aus Pflanzen und Wald. Der Bau lag etwas abseits des Lagers, ganz in der Nähe der Stelle, an der ich wartete.

Ich kroch aus dem Unterholz hervor, das mich verborgen hatte, und schob mich so leise ich konnte auf dem Bauch bis an den Rand des Sammelplatzes heran. Ich dachte daran, was Rissa und Trevegg über das Augenlicht der Menschen gesagt hatten – dass sie bei Tageslicht recht gut sehen konnten –, also war ich vorsichtig. Ich konnte immer noch die Route riechen, die mein Rudel zwei Monde zuvor genommen hatte, um im Lager Fleisch zu stehlen, und folgte ihr jetzt.

»Was tust du, Wolf?«, fragte Tlitoo.

»Ich gehe zu ihr«, sagte ich. »Sei still.«

»Endlich!«, kreischte er. Bei dem Krach zuckte ich zusammen. »Ich helfe dir. Sie sind es gewohnt, Raben in ihrem Lager zu sehen.«

»Nein«, rief ich besorgt. »Bleib hier.«

Doch es war zu spät. Tlitoo landete mitten auf der Lichtung und schrie laut.

»Schaut her, schaut her, schaut!
Seht den Raben hier fliegen.
Kein Wolf ist nahe.«

Ich zuckte erneut zusammen. Die Menschen, die in ihre Arbeit vertieft gewesen waren, blickten auf, sahen zu Tlitoo und in den Wald, der ihr Lager umgab. Einer von ihnen, ein alter Mann, warf einen Obstkern nach Tlitoo. Ein anderer warf einen schwarz verbrannten Stein aus dem Feuer. Tlitoo wich beidem aus, schoss im Sturzflug hinunter und schnappte sich einen Brocken gegartes Fleisch, das zum Trocknen auf einem Felsen lag. Die beiden Menschen, die ihn beworfen hatten, und ein dritter, der am Feuer gesessen hatte, jagten ihm nach und schleuderten Steine, Holzstücke und alles, was ihnen in die Finger kam, auf ihn. Zwei weitere Menschen, die am Feuer sitzen geblieben waren, sahen ihnen dabei zu. Tlitoo kreischte fröhlich.

»Stein und Stock hilft nicht.
Werft lieber vom guten Fleisch.
Das trifft den Raben.«

Ich schüttelte den Kopf. Ich wollte mich *unauffällig* in das Lager der Menschen schleichen. Doch ich nutzte die Gelegenheit, während die Menschen mit Tlitoo beschäftigt waren, um über den offenen Platz zu laufen, und versteckte mich hinter einem kleinen Anbau in der Nähe des nach Kräutern duftenden Unterschlupfs.

Das Mädchen war in dem Bau verschwunden, und ich hatte kostbare Zeit verloren, während Tlitoo für Aufruhr sorgte. Ich schlich näher heran. Dafür musste ich erneut über offenes Gelände laufen – es gab keine Bäume oder Büsche, hinter denen ich mich hätte verstecken können. Ich holte tief Luft und trat hinaus auf den offenen Platz. Tlitoo wählte genau diesen Augenblick, um erneut kreischend hinabzustoßen und sich ein weiteres Stück Fleisch zu stibitzen. Schreiend sprangen die Menschen auf. Wie angewurzelt blieb ich stehen und wünschte mir, unsichtbar zu sein.

»Blöder, großmäuliger Vogel«, murmelte ich. Ich stürmte zu dem nach Pflanzen duftenden Bau und versteckte mich dahinter. Er bestand aus Steinen, die bis auf die Höhe von zwei ausgewachsenen Wölfen übereinandergestapelt waren. Darauf folgte eine Schicht aus Lehm und Flussschilf, auf der lange Holzstangen lagen, die ein Dach aus trockenem Gras und noch mehr Lehm zu tragen schienen. Ich konnte riechen, dass das Mädchen allein darin war. Ich musste das Risiko eingehen, entdeckt zu werden, und hoffte, dass Tlitoo seinen Schnabel halten würde. Ich presste mich eng an den Boden und kroch langsam und vorsichtig bis zur Öffnung zwischen den Steinen und dem Lehm, durch die das Mädchen den Bau betreten hatte.

Vor der Öffnung hingen mehrere Antilopenfelle, die auf mir unbegreifliche Art und Weise zusammengehalten wurden. Das Mädchen hatte die Häute zur Seite geschoben, als sie hineingegangen war. Ich schob den Kopf unter die Häute, machte mich so klein ich konnte und kroch ganz hinein. Der Bau war groß und gerundet, ungefähr acht Wolfslängen breit und zehn Wolfslängen lang und hatte eine gewölbte Decke wie eine Höhle oder ein großer Bau unter den Wurzeln eines Baums. Die Lehmwände waren gesäumt von hölzernen Vorsprüngen, auf denen mehrere runde Gegenstände standen. Bei manchen handelte es sich um Kürbisse, die jedoch getrocknet und hart waren. Andere waren aus Stein gemacht und wieder andere aus getrockneten Häuten. Es gab große, gefaltete Stücke weicher Rehhaut. Jede Haut, jeder Kürbis und jeder Stein verströmte den unverwechselbaren Geruch einer anderen Pflanze aus dem Wald – entweder von den Blättern oder den Wurzeln –, und es gab jede Menge Gerüche, die ich nicht kannte. Ich hätte gerne mehr Zeit gehabt, um sie alle zuordnen zu können, doch der Geruch des Mädchens war der stärkste von allen.

Mit ihren kleinen, geschickten Händen holte das Mädchen konzentriert Stückchen von etwas hervor, das wie Weidenrinde roch. Es war mir noch nie aufgefallen, doch ihre Nase lag beinahe flach in ihrem Gesicht, und der Mund verschwand fast vollkommen darin. Ihre Augen waren verhältnismäßig riesig, und ihr Haar fiel glatt den Rücken hinab. Sie hatte mich nicht hereinkommen gehört. Ich blieb in der Nähe der Öffnung, damit ich jederzeit hinauslaufen konnte, aber nicht so nahe, dass man mich von draußen hätte sehen können. Ich nahm meinen ganzen Mut zusammen und bellte leise.

Erschrocken fuhr das Mädchen herum und ließ die gefaltete Rehhaut fallen, die sie festgehalten hatte. Weidenrindenstückchen fielen auf den Boden. Ich stellte fest, dass die Rinde sehr trocken war, als ob es mitten im Sommer wäre, obwohl die Regenzeit bereits eingesetzt hatte. Das Mädchen schnappte nach Luft und stolperte rückwärts in den hinteren Teil des Baus. Sie hatte Angst. Ich war ein wenig gekränkt, obwohl ich wusste, dass viele Jäger Menschen töteten. Bären taten es und Langzähne, und ein Rudel Wölfe könnte es mit Leichtigkeit, wenn es ihm erlaubt wäre. Trotzdem wirkte das Mädchen ängstlicher als nötig. Ich wollte nicht, dass sie sich vor mir fürchtete.

Ich hörte Flügelschlagen, Tlitoo schob sich durch einen Spalt in den Antilopenhäuten und stolzierte zu mir herüber. Neugierig legte er den Kopf schräg. Er ging zu den Füßen des Mädchens und begann, in der heruntergefallenen Rinde zu picken. Er spuckte sie aus.

»Das macht meine Zunge taub«, sagte er angeekelt. »Das ist nichts Gutes zum Fressen.« Vorwurfsvoll blickte er das Mädchen an.

»Schhh«, machte sie und stieß ihn mit dem Fuß beiseite, ohne mich aus den Augen zu lassen.

Tlitoo entfernte sich ein paar Schritte, flog auf einen der Holzvorsprünge und steckte seinen dicken Schnabel in eine gefaltete Haut nach der anderen.

»Hör auf damit«, sagte ich. »Du hilfst kein bisschen.«

»Ich habe Hunger«, gab er zurück und schnüffelte weiter zwischen den Häuten herum. »Hier drin findest du jede Pflanze des Waldes. Versuch, sie weiter abzulenken. Ich werde uns ein paar Körner suchen.«

Das Mädchen hob einen Büschel Weizen, der von einem Schilfblatt zusammengehalten wurde und schlug damit nach Tlitoo.

»Verschwinde, Vogel!«, rief sie und stampfte mit dem Fuß auf. »Das darfst du nicht essen.«

Tlitoo funkelte das Mädchen und mich an und flog zur Öffnung des Baus. Von dort starrte er uns aus seinen Knopfaugen an und machte krächzende Geräusche tief in seiner Kehle. Das Mädchen gab einen merkwürdigen, bellenden Ton von sich. Sie streckte sich nach einem der höheren Vorsprünge, nahm den oberen Teil eines Steinkürbisses ab und holte einige Hirsekörner hervor. Sie streute sie für Tlitoo auf den Boden, der glücklich krächzte und sie rasch aufpickte.

Entspannter als zuvor schaute das Mädchen wieder zu mir herüber. Das Mal auf meiner Brust war warm, doch es war kein unangenehmes Gefühl. Tlitoo strich mit dem Schnabel über die weiße Zeichnung auf seinem linken Flügel. In dem Stein-Lehmbau war es kühl, so angenehm wie in jeder Höhle. Ich verstand, warum die Menschen sie errichteten, warum es sich lohnte, an einem Ort zu bleiben, wenn sie solche festen Bauten hatten. Aber es brachte auch Schwierigkeiten mit sich. Wenn die Pferde die Ebene verließen und die Paarungszeit der Elen zu Ende war, würden wir dorthin wandern, wohin die Beute zog. Aber was würden die Menschen tun?

Ich rührte mich so wenig wie möglich. Das Mädchen hockte sich auf ihre Hinterläufe nieder, ehrerbietig, wie jeder Wolf es getan hätte. Sie hielt mir die Hand entgegen. Einen Augenblick verharrten wir so, fast zwei Wolfslängen voneinander entfernt. Als ich spürte, dass sie sich nicht mehr fürchtete, kroch ich nicht mehr als zwei Pfotenbreit näher. Das Mädchen machte es genauso und blieb auf ihren Hinterläufen. Stück für Stück kamen wir einander näher, bis sie schließlich mit ihrer weichen Hand meine Schulter berühren und streicheln konnte. Ich merkte, dass ich die Luft angehalten hatte und atmete jetzt aus. Mein Atem brachte ihr Haar durcheinander. Ich legte die Schnauze in ihre Hand, sie lächelte und gab einen Ton von sich, der wie ein leises Bellen klang, fast so wie das Geräusch, das sie vorher gemacht hatte, nur lauter. *Sie lachte*, begriff ich erfreut.

Ich hatte darüber nachgedacht, was ich ihr sagen sollte. Ich wollte sie einladen, mit mir zu jagen, wollte sie irgendwohin fort von den anderen Menschen bringen. Doch plötzlich fand ich keine Worte mehr. Ich starrte sie einfach nur an. Die Augen des Mädchens waren dunkel und schienen das Licht zu verschlucken, ganz anders als die Augen eines Wolfs. Ihre waren eher wie die der Raben, aber ohne das zweite Paar Lider. Sie blinzelte mich ein paarmal an. Tlitoo krächzte warnend.

Ich hörte Schritte und roch einen männlichen Menschen. Direkt vor dem Bau ertönte eine laute, raue Stimme. Das Mädchen schnappte nach Luft und sprang auf. Sie hob die gefaltete Rehhaut auf, sammelte rasch die verstreute Rinde ein und eilte aus dem Bau, ehe der Mensch hereinkommen konnte. Mein Herz schlug hart in meiner Brust. Ich verkroch mich im hintersten Teil des Baus und drängte mich gegen die Steine der unteren Mauer. Ich hörte die leichten Schritte des Mädchens und die schwereren, wütend klingenden des Mannes, als sich beide entfernten. Noch eine ganze Weile versteckte ich mich in dem Bau und lauschte angestrengt, ob jemand in der Nähe war. Ich wäre gerne noch länger dort geblieben, um auf das Mädchen zu warten, doch ich wurde hungrig, und ich wusste, dass es nur eine Frage der Zeit war, bis ein anderer Mensch den Bau betreten würde. Es wurde Zeit, dass ich verschwand.

Ich streckte meine Nase aus der Öffnung. Wagemutig spazierte Tlitoo direkt vor mir hinaus.

»Hier ist keiner, der dich sehen könnte. Komm schon.«

Ich kroch auf dem Bauch aus dem Bau und stürmte in Richtung des Waldes. Ich hörte einen Schrei und schoss zwischen zwei überrascht aussehenden Menschen hindurch. Böse funkelte ich Tlitoo an – ich hätte es besser wissen müssen und ihm nicht einfach vertrauen dürfen. Wie ein Pfeil verschwand ich im Wald.

Ich fühlte mich beschwingt, genau wie vor der Jagd. Mir war so warm, als würde ich neben Marra und Ázzuen liegen. Ich wusste immer noch nicht, wie es mit Ruuqo weitergehen sollte oder wohin Borlla verschwunden war, und ich hatte immer noch keine bessere Idee, wie ich ein Mitglied des Rudels werden konnte. Doch wenn ich Flügel gehabt hätte, wäre ich jetzt mit Tlitoo über die Wipfel der Bäume geflogen.

* * *

Als wir das nächste Mal auf die Jagd gingen, zeigte Ruuqo noch deutlicher, dass er mich niemals mit ihnen jagen lassen würde. Ich war diejenige, die die beste Beute fand, diejenige, die das Rudel in dieser Nacht ernährte. Trotzdem erlaubte er mir nicht, mit ihnen zu jagen.

Dieses Mal führte uns Rissa alle einzeln hinaus, einen nach dem anderen, damit wir uns allein zwischen die Beute legten. Jeder von uns vieren lag an einem anderen Platz, jeder allein zwischen den Elen.

»Jeder von euch wählt sich eine Beute aus und hetzt sie. Das ist eure Aufgabe«, befahl sie uns. »Hetzt nicht die erste Elenkuh, die in euren Schatten läuft. Wählt sorgfältig aus und findet eine, die tatsächlich Beute ist. Wenn ihr gut gewählt habt, wird das übrige Rudel euch zu Hilfe kommen und mit euch jagen.«

Ruuqo war mindestens zwanzig Wolfslängen von mir entfernt. Zwischen uns befanden sich etliche Elen, und er redete mit Unnan. Ich hoffte, dass er mich vielleicht vergessen würde. Die anderen Erwachsenen ließen sich inmitten der Herde nieder. Ich konnte nicht alle sehen, aber ich konnte sie riechen. Ihre Witterung beruhigte mich und stärkte mein Selbstvertrauen. Ich wusste, dass ich eine gute Beute aussuchen konnte.

Ich begann, die unterschiedlichen Gerüche jedes einzelnen Elens zu wittern. Alle in meiner Nähe rochen gesund und kräftig. Ich stand auf und wanderte durch die Herde. Ich entdeckte Ázzuen, der nicht weit entfernt von mir dasselbe tat. Ich konzentrierte mich. Ich nahm wahr, dass einige der Kräftigen etwas weniger kräftig waren. Einige von ihnen waren einfach müde. Ich witterte, dass eine schwächere Elenkuh in der nächsten Gruppe sein konnte, und machte mich auf den Weg dorthin, wobei ich versuchte, so entspannt wie möglich zu wirken, um sie nicht zu verschrecken. Genau aus diesem Grund hatten Yllin und Minn sich auch bei ihrem ersten Streifzug so locker bewegt. Wir wollten die Elen überraschen.

Auf einmal wurde es rechts von mir unruhig, und eine Gruppe von Elen begann zu rennen. Unnan hatte einem vollkommen gesunden Tier nachgesetzt. Die Elen und ihre Gefährten wichen ihm ohne Schwierigkeiten aus. Ich seufzte verbittert. Er hatte keinerlei Grund gehabt, diese Gruppe zu hetzen. Damit hatte er die Elen nur wachsamer gemacht. Doch Ruuqo leckte ihn anerkennend, und Unnan hob Rute und Ohren.

»Schleimschwanz«, urteilte Tlitoo und landete genau vor mir. Er hielt ein Stück Feuerfleisch der Menschen im Schnabel. Sobald er sah, dass ich ihn beobachtete, warf er es in die Luft, fing es auf und verschluckte es mit einem Bissen.

»Geh weg«, sagte ich. »Du erschreckst die Elen.«

»Ich warte auf dich am Fluss«, antwortete er und flog davon.

Die Elen hatten nur für einen kurzen Moment aufgehört zu rennen, als Unnan dieselbe Gruppe erneut hetzte. Ruuqo fing Rissas missbilligenden Blick auf und sprach leise mit Unnan, der seine Ohren senkte und sich ins Gras duckte. Diesmal blieb er liegen.

Die Nacht wurde dunkler. Ein halber Mond erleuchtete die Ebene, und die Elen schienen in seinem Licht und von ihrer eigenen Körperwärme zu glühen. Ich war nicht müde. Ich spürte, wie mich das Jagdfieber packte. Ich würde die ganze Nacht hier verbringen können, wenn es sein musste. Nach ungefähr einer Stunde hörte ich etwas im

Staub scharren und dann das Trommeln von Elenhufen. Ázzuen hatte die Elen versprengt und ein Tier ausgewählt, das beim Laufen leicht hinkte. Ruuqo schien zu konzentriert auf die Jagd zu sein, als dass er bemerkt hätte, dass ich in der Nähe war. Die Elenkuh rannte, und man merkte ihr an, dass sie Schmerzen hatte. Trevegg und Marra waren in der Nähe, und sie und Ruuqo waren die Ersten, die sich ihr näherten. Der Rest von uns rannte los, um zu ihnen aufzuschließen. Es sah so aus, als könne die Jagd tatsächlich gelingen. Doch die Elenkuh wendete hart, trat aus und verfehlte Treveggs Kopf nur um Haaresbreite. Anschließend rannte sie zu einer Gruppe Weibchen. Wir folgten ihr in der Absicht, sie erneut von den anderen zu trennen.

In dem Moment hörten wir ein lautes Röhren, und ein großer Elenbulle trat aus der Gruppe heraus. Er röhrte noch einmal laut und senkte herausfordernd den Kopf. Trevegg, Ruuqo und Marra, die ihm am nächsten waren, blieben unvermittelt stehen. Trevegg stellte sich schützend vor Marra, als der Elenbulle näher kam. Der Elenbulle senkte den Kopf mit dem riesigen Geweih und musterte uns aus halbgeschlossenen Augen.

»Das ist Ranor«, flüsterte Yllin hechelnd, als sie neben mir zum Stehen kam. Sie war weit entfernt auf der anderen Seite der Ebene gewesen, als Ázzuens Elenkuh losgelaufen war, und hatte den ganzen Weg im Sprint zurückgelegt. »Er ist der stärkste Bulle im ganzen Tal. Er und Ruuqo hassen sich.«

»Aber er ist Beute!«, sagte ich. »Ich weiß, dass Elen kämpfen, wenn man sie in die Enge treibt, aber warum sollte er das Risiko eingehen, einen Wolf zu provozieren?«

»Er ist ein starker Elen, und es ist Paarungszeit. Er würde nichts lieber tun, als seine Stärke unter Beweis zu stellen, indem er einen Wolf tötet. Auch deshalb muss man seine Beute sehr sorgfältig auswählen.«

»Aber warum zieht Ruuqo sich dann nicht zurück?« Uns hatte man befohlen, jedem Elen, das gefährlich aussah, aus dem Weg zu gehen.

»Aus denselben Gründen, aus denen Ranor ihn provoziert«, antwortete sie kurzangebunden. »Manchmal sucht sich ein Wolf die zäheste Beute, die er finden kann. Es ist eine Möglichkeit, allen anderen zu zeigen, wie stark er ist.«

Das war verwirrend. Es war genau das Gegenteil von dem, was man uns beigebracht hatte. Jedes Mal, wenn ich glaubte, endlich alles zu wissen, um endlich ein richtiger Wolf werden zu können, erfuhr ich wieder etwas Neues.

»Es ist eine Seite der Jagd, von der sie euch nichts erzählen, bevor ihr nicht älter seid«, sagte Yllin und beobachtete das Geschehen aufmerksam. »Aber es ist wichtig. Sie müssen einander beweisen, wie stark sie sind. Ranor hat schon früher Wölfe tödlich verletzt. Es gefällt ihm, zu töten.«

Der Elenbulle, Ranor, begann zu sprechen. Ich stellte fest, dass ich ihn verstand, genauso wie ich die Elenkuh verstanden hatte, die mich herausgefordert hatte. Offensichtlich benutzten auch die Elen eine Sprache, die wir verstehen konnten.

»Du siehst mager aus, Wolf«, sagte er zu Ruuqo. »Möchtest du versuchen, mich zu fangen?«

»Ich werde mir nicht die Ballen meiner Pfoten wundlaufen, damit du dich vor deinen Weibchen beweisen kannst, Ranor«, meinte Ruuqo herablassend. »Im Gegensatz zu dir muss ich mich nicht beweisen.« Doch Ruuqos Nackenfell war gesträubt und sein Körper angespannt.

»Wölfe können sich den Luxus der Angeberei nicht leisten«, fügte Rissa hinzu und stellte sich neben ihren Gefährten. »Im Gegensatz zu dir nehmen wir die Verantwortung für unser Rudel ernst. Noch ehe die Nacht vorüber ist, werden wir eine deiner Gefährtinnen bekommen.«

Ranor ignorierte sie und sah immer noch Ruuqo an. Ein zweiter Elen, fast ebenso groß, stolzierte herbei und stellte sich neben Ranor.

»Yonor«, flüsterte Yllin, »Ranors Bruder.«

»Torell und die Wölfe vom Felsgipfel werden uns herausfordern«, sagte der Neuankömmling. »Sie sind nicht so furchtsam wie du, kleiner Wolf. Das sind Wölfe, keine ängstlichen Karnickel.«

Ruuqos Fell sträubte sich. Ich sah, wie Werrna ihn aufmerksam beobachtete. Yllins Atem neben mir wurde flach und schnell. Ruuqo machte vier Schritte auf Ranor zu. Der Elen trat ebenfalls vor, blieb aber stehen, als Ruuqo nicht zurückwich. Ruuqo senkte den Kopf. Ranor ebenfalls. So blieben sie einige Augenblicke stehen.

»Ein anderes Mal, kleiner Wolf«, sagte Ranor und ging zurück zu seinen Kühen. Yonor folgte ihm.

Ruuqo schüttelte sich und musterte sein Rudel. Als er mich sah, zogen sich seine Augen missbilligend zusammen.

»Jagt weiter«, befahl er. Ruuqo entfernte sich langsam von Ranor und seinen Kühen und führte uns zu einer anderen Gruppe von Elen, ungefähr fünf Minuten entfernt.

Wieder verteilten wir uns zwischen den Elen. Dieses

Mal war Ruuqo näher bei mir, und wieder half er Unnan. Ich ging zwischen den Elen umher, fand aber kein Tier, das sich als Beute anbot. Schließlich, als der Morgen bereits dämmerte, roch ich eine Elenkuh, bei der irgendetwas anders war. Ich konnte nicht genau sagen, was es war. Ich näherte mich ihr, um herauszufinden, was mit ihr nicht stimmte. Sie sah ziemlich gesund aus. Dann fiel mir ein, das Rissa erzählt hatte, dass manchmal die Gelenke einer Beute krank rochen. Das war es. Die Bewegungen der Elenkuh wirkten irgendwie steif. Dies, zusammen mit der ungesunden Witterung, machte sie zur Beute.

Ich verfolgte die schwache Elenkuh und bewegte mich ganz langsam, bis ich dicht hinter ihr stand. Mein Herz schlug so laut, als sei es direkt in meine Ohren gewandert. Ich schloss kurz die Augen und sah mich hinaufspringen, die Flanke der Elenkuh packen, ihren Hals, und sie hinunterziehen. Ich spannte die Muskeln an, rannte los und legte eine Geschwindigkeit vor, die mich selbst überraschte. Die Elenkuh stolperte und begann vor mir zu flüchten. Ich roch ihre Angst. Sie wusste, dass ich ein Jäger war, wusste, dass ich ein Wolf war. Meine Muskeln waren geschmeidig wie der Fluss und kraftvoll wie der Donner. Ich fühlte mich, als hätte ich ihr saftiges Fleisch bereits im Maul. »Beute!«, schrie ich meinen Rudelgefährten zu. »Da läuft Beute!« Tief in meinem Herzen hörte ich ein Heulen. Aus den Augenwinkeln erkannte ich die Umrisse meiner Rudelgefährten. Sie hatten meine Wahl anerkannt und hetzten meine Beute. Ich war eine Jägerin. Ich rannte schneller, und als es aussah, als wäre ich in Reichweite, sprang ich.

Plötzlich fiel etwas, das sich anfühlte wie ein Baumstamm, auf mich und warf mich zu Boden. Ich schaute auf und in Ruuqos Gesicht. Ich war kräftig genug, um auf die Pfoten zu kommen, doch er warf mich prompt erneut zu Boden. Mein Rücken wurde auf den harten Grund gedrückt, und ein scharfer Stein bohrte sich schmerzhaft in meine Hüfte.

»Ich dachte, ich hätte dir verboten zu jagen.«

»Aber Rissa hat uns allen befohlen zu gehen«, begann ich. »Ich habe gute Beute gefunden.«

»Widersprich mir nicht.« Reglos stand Ruuqo über mir. »Du kannst warten und zuschauen.«

Ich wartete. Ich schaute zu, wie meine Rudelgefährten meine Elenkuh zu Fall brachten. Meine erste Beute. Unnan wurde dafür gelobt, sie ausgesucht zu haben, und Ruuqo erzählte niemandem, dass sie eigentlich meine Beute war. Ich versuchte gar nicht erst zu fressen. Ich wollte nicht einmal wissen, ob Ruuqo mich fortstoßen würde. Ich war zu wütend und zu verletzt, um mich darum zu kümmern, ob irgendjemand mein Verschwinden bemerkte. Mit hängender Rute ergriff ich die Flucht.

13

Als ich Trevegg meinen Namen rufen hörte, wurde ich langsamer. Ich wollte nicht mit ihm reden, doch er war ein Grauwolf und immer freundlich zu mir gewesen. Ich schuldete ihm meinen Respekt. Ich war überrascht, ihn schwer atmen zu hören, als er mich schließlich eingeholt hatte. Vorher, als wir die Elen gejagt hatten, war es ihm gutgegangen, und ich war noch nicht weit gekommen, als ich seinen Ruf hörte.

»Ihr Jungwölfe lauft zu schnell«, beschwerte er sich gutmütig.

Ein Hauch von Traurigkeit überkam mich, als ich sein weißes Gesicht und seine abgenutzten Zähne sah. Wenn er nicht mehr länger mit dem Rudel laufen konnte, wüsste ich nicht, was ich tun sollte.

»Ich musste fort«, sagte ich. »Ich konnte nicht bleiben und zusehen, wie sie meine Beute fressen.«

»Ich weiß«, sagte er sanft. »Deshalb bin ich dir gefolgt. Es kann gut sein, dass Ruuqo es dir niemals gestatten wird, mit den anderen zu jagen, und du musst vorbereitet sein, falls es tatsächlich so kommt.«

»Warum?« Mein Zorn verschwand, und Hoffnungslosigkeit trat an seine Stelle. »Glaubt er, Borllas Verschwinden ist meine Schuld? Glaubt er, dass ich Unglück bringe?« Ich wollte Yllin nicht verraten, aber ich musste es wissen.

»Er ist sich nicht sicher«, antwortete Trevegg und wirkte überrascht. Ich war ihm dankbar, dass er nicht weiter nachfragte, woher ich das mit dem Unglück wusste. »Aber er will auch kein Risiko eingehen.«

»Ich erwarte nicht von ihm, dass er mich nach dem Winter im Rudel bleiben lässt, aber warum lässt er mich nicht jagen? Warum gibt er mir nicht die Chance, Wolf zu werden?«

»Wenn du erfolgreich jagst und den Winter überlebst, wird ihm nichts anderes übrigbleiben, als dir *Romma* zu geben. Wenn er das tut und du Unglück bringst, trägst du die Witterung des Rudels vom Schnellen Fluss überall dorthin, wohin du Unglück bringst. Es wird auf ihn und das Rudel zurückfallen. Er würde dich lieber ohne das Zeichen vom Schnellen Fluss ziehen lassen.« Er seufzte. »Außerdem bist du kräftig geworden. Du bist der stärkste Welpe im Rudel, und Ázzuen und Marra folgen dir. Die anderen könnten von Ruuqo verlangen, dass er dich nach den Winterwanderungen im Rudel bleiben lässt, und das will er auf keinen Fall. Es wäre besser für dich, nicht so viel Stärke zu besitzen.«

Er berührte mich mit der Nase an der Wange.

»Ich muss zum Rudel zurück. Du tust gut daran, für eine Weile fortzubleiben. Und du solltest darüber nachdenken, wie du dein Leben leben willst, falls ich recht habe.«

»Danke«, sagte ich. Ich wartete noch, bis ich hörte, dass Trevegg auf dem Weg zurück zur Ebene war, dann lief ich weiter zu den Menschen.

Am Beobachtungsfelsen nahe dem Fluss hielt ich an. Er roch nach einem Rotwolf, der vor mir dort gewesen war. Ich sprang auf den Felsen und überdeckte den Geruch des

Rotwolfs mit meinem eigenen. Ich blieb eine Weile sitzen und dachte über Treveggs Worte nach. Wie konnte ich ohne Ruuqos Zustimmung Wolf werden? Ich sog die Luft tief in meine Lunge, atmete den Duft der Birken und Schlehen ein. Ich schloss die Augen halb und lauschte einer Eidechse, die über den Felsen huschte, hörte die Spatzen hinter mir zanken, den Wind in den Bäumen. Dann fing ich eine vertraute Witterung auf und hörte ein Rascheln aus der Richtung der Weiten Ebene. Mein Zorn flammte erneut auf. Ázzuen folgte mir. Ich stellte mich hoch aufgerichtet auf den Felsen, wartete auf ihn und blickte hinunter in das Unterholz, aus dem er auftauchen musste. Ich hörte, dass er schnell lief, und dann, wie seine Schritte langsamer wurden, als er sich näherte. Als er feststellte, dass ich angehalten hatte, zögerte er, dann bewegte er sich wieder schneller. Ich blieb, wo ich war, als sich das niedrige Unterholz schließlich teilte, Ázzuens Kopf und dann sein restlicher Körper auftauchten. Er sprach, bevor ich ihn anschnauzen konnte.

»Ich komme mit dir.«

»Ich gehe nirgendwohin«, gab ich zurück.

»Du gehst zu den Menschen«, antwortete er, »und ich komme mit dir.«

Ich war wütend. Der Schmerz und der Zorn darüber, dass Ruuqo mich nicht jagen ließ, stiegen in mir auf, und ich fletschte die Zähne. Es war einfach nicht gerecht, dass Ázzuen sich nicht mal besonders anstrengen musste, um zum Rudel zu gehören.

»Warum gehst du nicht zurück und frisst von der Elenkuh«, fauchte ich ihn an. »Du könntest etwas mehr Gewicht gut gebrauchen.«

Ich rechnete damit, dass er sich ducken, die Ohren anlegen, sich gekränkt fühlen würde, und ein Teil von mir schämte sich deswegen. Ázzuen vertraute und folgte mir. Es war leicht für mich, seine Gefühle zu verletzen. Aber ich musste ihn dazu bringen, zu verschwinden. Es überraschte mich, dass er, anstatt bei meinen Worten den Kopf einzuziehen, sich lediglich hinsetzte und mich ansah.

»Die Menschen gehören *mir*, Ázzuen.« Enttäuschung ließ meine Stimme lauter werden. »Du hättest das Mädchen ertrinken lassen. Kannst du nicht irgendetwas finden, was du alleine tun kannst? Lass mich in Ruhe!«

Ázzuen sprang zu mir auf den Felsen. Er forderte mich nicht heraus, aber er gab auch nicht nach. Er strahlte eine Ruhe und Entschlossenheit aus, die mir nie zuvor aufgefallen war.

»Ich gehe mit dir, Kaala, oder du wirst nicht gehen. Ein einziges Heulen von mir, und Ruuqo kommt, um dich aufzuhalten. Ich habe gesehen, was Ruuqo getan hat, und es war nicht gerecht. Ich will dir helfen. Ich werde dich nicht alleine gehen lassen.«

Anfangs war ich zu erschrocken, um etwas anderes zu tun, als ihn anzustarren. Dann fühlte ich brennenden Zorn in mir aufsteigen, mich wärmen und alles andere auslöschen. Ich stürzte mich auf Ázzuen, stieß ihn vom Felsen und versuchte, ihn zu Boden zu werfen. Er rollte sich nicht auf den Rücken und ergab sich, wie ich es erwartet hatte. Stattdessen knurrte er tief und warf *mich* zu Boden. Einen Augenblick hielt er mich dort fest, stand auf meiner Brust und blickte auf mich hinunter.

»Du bist dumm und eigensinnig«, sagte er. »Man kann sich helfen lassen, weißt du?«

Wütend warf ich mich hin und her, schnappte nach Ázzuens Maul und bockte, um ihn abzuwerfen. Ich stieß ihn so heftig, dass er gegen den Felsen flog und von ihm abprallte. Sofort sprang er wieder auf die Pfoten. Wir standen einander gegenüber, nur eine Wolfslänge voneinander entfernt, und knurrten uns an, das Fell gesträubt, die Lefzen zurückgezogen. Ich war entsetzt. Ich sah Ázzuen an, sah ihn zum ersten Mal wirklich an. Er war nicht länger ein schwächlicher Welpe. Er war beinahe so groß wie ich, und seine Brust war breiter geworden, fast schon so breit wie bei einem erwachsenen Wolf. Er war kräftig geworden und hatte Selbstvertrauen gewonnen, während ich mich zu den Menschen geschlichen hatte. Schuldbewusst legte ich die Ohren an. Ich sah in Ázzuen immer noch den kleinen, struppigen Welpen, der er vor vielen Monden gewesen war. Doch der war er nicht mehr. Er war ein kräftiger und selbstsicherer junger Wolf. Und er war mein Freund. Seit meinen Kämpfen mit Unnan und Borlla, als wir noch Winzjunge gewesen waren, hatte ich keine richtigen Machtkämpfe mehr ausgefochten. Jetzt würde es anders sein. Welpenkämpfe hatten nicht viel zu bedeuten, und ihre Ergebnisse waren nicht von langer Gültigkeit. Doch das galt nicht mehr, sobald man älter als sechs Monde war. Ich wollte meinen ersten richtigen Machtkampf nicht mit Ázzuen ausfechten. Offensichtlich erging es ihm genauso. Als er zu mir sprach, war seine Stimme sanft.

»Ich will nicht mit dir kämpfen, Kaala. Aber ich werde dich nicht alleine gehen lassen. Außerdem«, und jetzt grinste er, und das Fell auf seinem Rücken glättete sich, »warum sollten sie dir alle alleine gehören?«

Erleichterung glättete das Fell auf meinem eigenen Rücken. Ich war nicht bereit, Ázzuen zu verlieren. Der Tag, an dem wir um unsere Stellung im Rudel würden kämpfen müssen, würde schneller kommen als gedacht, und danach würden wir nicht mehr dieselben sein. Ich hatte immer angenommen, ich würde Ázzuen überlegen bleiben. In meinen Tagträumen war ich sogar die Leitwölfin, die ihm großzügig die Stellung des Zweiten Wolfs zuwies. Ich hätte ihn gegen die Angriffe stärkerer Wölfe verteidigen müssen, so wie es die Aufgabe der Leitwölfe ist. Ein Leitwolf konnte sich einen klugen Zweiten Wolf wählen, selbst wenn dieser Wolf nicht sehr stark war. Es war mir nie in den Sinn gekommen, dass Ázzuen für sich selbst kämpfen konnte. Als ich ihm in seine hellen Augen blickte, auf sein glattes Fell und seine starken Schultern schaute, wurde mir peinlich bewusst, dass ich in ihm immer das ewige Winzjunge gesehen hatte. Ich hatte ihn wie einen Ringelschwanz behandelt, und das war einfach nicht richtig.

Erwartungsvoll sah Ázzuen mich an.

»Wenn du mithalten kannst«, sagte ich, »kannst du kommen.«

Mit einem lauten Freudengeheul nahm Ázzuen die Herausforderung an. Wir begannen, um die Wette zu rennen, und liefen so schnell wir konnten auf den Fluss zu. Dort angekommen, sprangen wir ohne anzuhalten hinein und schwammen rasch hinüber. Ich erreichte das andere Ufer nur eine Nasenlänge vor Ázzuen. Wir hielten an, um das Wasser aus unserem Fell zu schütteln. Ázzuen blickte mich gutmütig an. Ich rempelte ihn sanft mit der Schulter an und leckte ihm seitlich übers Gesichts, wie ich es Rissa bei Ruuqo hatte tun sehen. Verdutzt blieb er stehen. Ich überließ ihn seiner Verwirrung und lief weiter zu den Menschen. Kurz darauf folgte er mir. Tlitoo, der uns von den Bäumen aus beobachtet haben musste, flog über uns.

»Es ist noch keine Paarungszeit, Wölflein«, rief er.

Ich verzog das Gesicht, aber Ázzuen grinste ihn an. Tlitoo legte seinen Kopf schräg und sah mich an.

»Wenn du damit fertig bist, Dinge ändern zu wollen, die man nicht ändern kann, dann lass uns die Dinge tun, die wir tun müssen.«

Ich wollte ihm antworten, aber Ázzuen erhöhte noch einmal provozierend sein Tempo. Erschöpfung und Zorn waren vergessen, und ich sprintete los und rannte mit Ázzuen um die Wette zum Menschenlager.

* * *

Dieses Mal entdeckte ich das Mädchen sofort. Bei meinem letzten Besuch hatte ich herausgefunden, dass die Menschen verschiedene Bereiche ihres Sammelplatzes unterschiedlichen Aufgaben vorbehielten. Es gab einen Platz, an dem sie Essen zubereiteten, einen Platz, an dem sie Felle bearbeiteten, einen Platz, an dem sie ihre Spitzstecken herstellten. Das Mädchen war oft an einem Platz, wo sie etwas mit Pflanzen machten. Dort fand ich sie. Sie war allein, im Schoß ein Haufen Schilfrohr, das sie mit ihren flinken Fingern geschickt zusammenbog. Ázzuens Nase zuckte, als er all die Gerüche im Lager der Menschen aufnahm, und seine Ohren waren so weit nach vorne gebogen, dass es aussah, als würden sie ihm vom Kopf rutschen. Tlitoo schien zu überlegen, an welchem von beiden er ziehen sollte. Ich funkelte ihn böse an, und er blinzelte mir mit Unschuldsmiene zu.

Anfangs hatte ich gehofft, dass Ázzuen sich irgendwann langweilen und wieder verschwinden würde, doch er war genauso fasziniert von den Menschen wie ich. Plötzlich war ich froh, dass er da war. Froh, jemand anderen als Tlitoo zu haben, mit dem ich diese Erfahrung teilen konnte. Ich drehte mich um und rieb meine Schnauze an Ázzuens Wange. Erstaunt sah er mich an, bevor er die Liebkosung erwiderte. Tlitoo lachte gurgelnd. Ich beachtete ihn nicht. Mein Herz war voller Wärme, als ich das Mädchen beobachtete.

»Bleib hier«, befahl ich Ázzuen. »Und du auch«, sagte ich zu Tlitoo, als der seine Flügel spreizte, um mir zu folgen. Er krächzte leise, blieb aber, wo er war.

Ich schlich zum Rand des Lagers, so nah wie möglich an das Mädchen heran, und winselte leise, um ihre Aufmerksamkeit auf mich zu lenken. Um uns herum war es laut, und ihre Ohren waren nicht so gut wie die eines Wolfs, aber sie hörte mich dennoch. Sie blickte von ihrem Schilf auf und sah mich. Sie legte ihre Arbeit beiseite, strich mit den Händen über die Haut, die sie um ihre Mitte trug, und kam zu mir. Ich glaubte es kaum. Als sie den Rand ihres Lagers erreicht hatte, schaute sie kurz über ihre Schulter und trat dann zwischen die Bäume.

»Hallo, Wolf«, sagte sie leise. »Du bist zurückgekommen.«

Ich sprang sie an, so wie ich eine Rudelgefährtin begrüßt hätte, doch sie wich zurück. Sie hatte wieder Angst vor mir. Doch dann näherte sie sich mir vorsichtig, zögernd und wachsam, wie ein fremder Wolf sich einem anderen nähern würde. Ihre Nasenflügel flatterten, und sie hatte die Arme um den Körper geschlungen. Ich sah sie an. Ich hatte verstanden, was sie gesagt hatte, vielleicht konnte sie mich auch verstehen.

»Möchtest du mit mir jagen?«, fragte ich. Ich war mir nicht sicher, ob ich etwas anderes als kleine Beute erjagen konnte, aber vielleicht würde ihr das nichts ausmachen. Sie legte ihr Gesicht in Falten und presste die Hand an den Kopf, als würde er weh tun. Ich versuchte es noch einmal.

»Auf der anderen Seite des Flusses gibt es einen guten Mäuseplatz. Möchtest du mitkommen?« Dann fiel mir ein, dass sie vielleicht Angst hatte, den Fluss zu überqueren, nachdem sie fast darin ertrunken wäre. »Wir können auch irgendwo anders hin, wenn du möchtest.«

Sie starrte mich an, streckte dann die Hand aus und berührte mich sanft an der Schulter.

»Was willst du, Wolf?«, fragte sie.

Sie konnte mich nicht verstehen. Ich wusste nicht, wieso, wo ich doch problemlos den Sinn ihrer Worte entschlüsseln konnte. Jedes Geschöpf hatte seine eigene Sprache, doch die meisten Sprachen ähnelten einander genug, so dass wir, wenn wir aufgeschlossen genug waren, uns mit fast jedem Geschöpf verständigen konnten. Am leichtesten fiel es uns, mit jenen zu sprechen, die uns auf irgendeine Weise nahe waren. Wölfe und Raben jagten gemeinsam, also konnten wir uns mühelos mit ihnen verständigen. Mit den meisten Jägern unterhielten wir uns ebenfalls ohne Schwierigkeiten, obwohl manche sich so schwerfällig ausdrückten, dass sie beinahe nicht zu verstehen waren. Wenn wir mit Beute oder Rivalen redeten, sprachen wir Wölfisch und sie ihre eigene Sprache, und wir verstanden immerhin das Nötigste. Warum also konnte das Mädchen mich nicht verstehen? Ich winselte frustriert.

»Bist du hungrig?«, fragte sie. Sie griff in einen Beutel, der an einem Stück Haut um ihre Hüften geschlungen war, und zog ein Stück Fleisch heraus. Sie reichte es mir, und ich schlang es in einem Bissen hinunter. Es war gegartes Fleisch. Anders als das Fleisch, das Yllin gestohlen hatte, war es trocken und zäh, wie das Fleisch, mit dem ich Tlitoo gesehen hatte. Altes Fleisch, aber ohne den süßen Verwesungsgeschmack, den Fleisch bekommt, wenn es einige Tage an einem Kadaver gewesen ist. Einmal hatte ich einen toten Frosch gefressen, der mehrere Tage in der Sonne gelegen hatte, der hatte ganz ähnlich geschmeckt. Aber dieses Fleisch schmeckte auch nach Feuer. Es war das Beste, was ich je gefressen hatte. Das Unterholz neben mir winselte gekränkt. Ich starrte auf den Fleck, an dem Ázzuen kauerte – ich begriff, dass er mir von unserem Aussichtsplatz gefolgt sein musste –, und wandte mich wieder dem Mädchen zu. Vom Geschmack des Feuerfleischs lief mir immer noch das Wasser im Mund zusammen. Ich wollte mehr. Ich wollte meine Nase in ihren Beutel stecken und mir den Rest davon holen, aber ich erinnerte mich an meine guten Manieren. Ich hatte mich immer noch nicht verständlich machen können, trotzdem schien sie weniger Angst vor mir zu haben.

Ich riskierte es, ihr Handgelenk vorsichtig in die Schnauze zu nehmen, sanft daran zu ziehen und sie fragend anzusehen. Ihre Augen weiteten sich, als meine Zähne ihre Haut berührten, doch dann ließ sie sich von mir weiter in den Wald hineinziehen.

»Warte«, sagte sie. Sie lief zurück in das Menschenlager und kehrte mit einem flachen Stück gefalteter Rehhaut über der Schulter zurück. Zu meiner Überraschung hatte sie auch einen der Spitzstecken dabei, die die Menschen mit sich trugen. Aus der Nähe konnte ich erkennen, dass nicht der Stecken geschärft war, sondern nur der dunkle Stein, der an seinem Ende befestigt war. Das Mädchen hielt den Stecken so selbstsicher, als sei sie daran gewöhnt.

Als ich dieses Mal weiter in den Wald hineinging, folgte mir das Mädchen und legte mir seine warme Hand auf den Rücken. Sobald wir einige Wolfslängen vom Sammelplatz der Menschen entfernt waren, zeigte Ázzuen sich vorsichtig.

Die Hand des Mädchens packte mein Fell fester, und ich hörte sie mehrmals hintereinander schnell schlucken. Ich löste mich von ihr und begrüßte Ázzuen, damit sie sehen konnte, dass er ein Freund war.

»Denk dran, dass sie Angst vor uns hat«, erinnerte ich ihn. »Geh noch nicht zu nahe an sie heran.«

Ázzuen senkte den Kopf, ohne das Mädchen aus den Augen zu lassen. Tlitoo landete zu unseren Füßen.

»Ich erinnere mich an dich«, sagte sie zu dem Vogel. »Du bist der Rabenfreund des Wolfs.«

Tlitoo putzte sich. Das Mädchen entspannte sich ein wenig und schaute wieder zu Ázzuen.

»Wir könnten sie mit zum Mäuseplatz nehmen«, sagte er.

Ich war froh, dass er selbst den Vorschlag machte. Er hatte die Stelle entdeckt, und wir teilen gute Jagdgründe nicht mit jedem. Ich war dankbar, dass er das Angebot gemacht hatte, ohne dass ich ihn hatte fragen müssen. Ich dachte darüber nach. Falls sie Angst hatte, den Fluss zu überqueren, könnte ich ihr helfen. Ich nickte und lief voran. Ich brachte sie zu einem breiten, aber langsam fließenden Abschnitt des Flusses. Ich hätte sie auch zum Überquerungsbaum geführt, aber ich dachte, dass der Weg vielleicht zu weit für sie sein könnte.

»Warte, Wolf«, sagte das Mädchen, als sie erkannte, dass wir in Richtung des Flusses gingen, »hier entlang.«

Das Mädchen zog an meinem Fell, und ich gestattete ihr, die Führung zu übernehmen. Sie ging stromabwärts, was mich beunruhigte, denn die Strömung war dort stärker. An einer Stelle, wo das Wasser flach war, jedoch sehr schnell floss, blieb sie stehen, und ich begriff, warum sie diese Furt mochte. Das Ufer war flach und breit, und es gab keine steile Böschung. Aber die Strömung war sehr heftig. Sie trat auf einen Stein im Fluss. Ich winselte besorgt. Sie sah mich über die Schulter an.

»Ich bin nicht immer so ungeschickt, hineinzufallen«, sagte sie.

Überrascht, dass sie meine Bedenken richtig ausgelegt hatte, legte ich entschuldigend die Ohren an. Leise lachend trat sie in den Fluss.

»Ich mache das ständig«, sagte sie und balancierte mit einem Fuß auf dem Felsen. »Meine Großmutter lebt auf der anderen Seite, also bin ich es gewohnt, den Fluss zu überqueren. Sie sagt, ich soll schwimmen lernen, aber ich bin mir nicht sicher, ob ich das kann.«

Das Mädchen trat auf einen anderen Stein, dann auf den nächsten und von dort auf einen halb aus dem Wasser ragenden Baumstamm. Auf diese Weise überquerte sie den Fluss, von einem Stein auf den nächsten springend, von denen ich manche nicht einmal erkennen konnte. Der letzte Felsbrocken war eine ganze Wolfslänge vom Ufer entfernt, aber sie überwand die Entfernung leichtfüßig und landete auf dem schlammigen Ufer auf der anderen Seite des Flusses. Ihre Art und Weise, den Strom zu überqueren, machte mich nervös, aber sie wirkte sehr selbstsicher. Ázzuen und ich folgten ihr, dann zeigten wir ihr den Weg zum Mäuseplatz.

* * *

Mäuse können schlau sein. Wenn man sie verfolgt und wie größere Beute jagt, finden sie schnell ein Versteck. Also muss man von oben angreifen wie ein Vogel, damit überrascht man sie. Ich vergewisserte mich, dass das Mädchen zusah, für den Fall, dass sie nicht wusste, wie man Mäuse jagte. Dann wählte ich mir eine Maus aus, die schnüffelnd im hohen Gras kauerte. Sie schien zu spüren, dass Jäger in der Nähe waren, konnte aber nicht erkennen, aus welcher Richtung wir kamen. So fängt man Mäuse – sie merken, dass du ganz nah bist, wissen aber nicht immer, was sie tun sollen. Ich kroch näher. Ich brachte meine Hinterläufe bis ganz nach vorne zu den Vorderläufen und krümmte mich, alle Muskeln angespannt. Die Maus hielt vollkommen still, weil sie wusste, dass sie, wenn sie jetzt loslief, möglicherweise genau in ihren Jäger hineinrannte. Ich richtete mich auf den Hinterbeinen auf, sprang hoch in die Luft und landete auf dem Boden, die Maus gefangen zwischen meinen Vorderpfoten. Bevor sie sich wehren konnte, hatte ich sie schon verschlungen.

Ich hörte ein merkwürdiges Geräusch. Es kam von dem Mädchen. Zuerst glaubte ich, sie sei erschrocken oder sogar verletzt, weil sie nach Atem rang und johlende Geräusche von sich gab.

Ich lief zu ihr, um zu sehen, was los war, und die Geräusche wurden lauter. Ich sah Ázzuen an. Er war genauso ratlos wie ich.

»Sie lacht dich aus, Dummwolf«, schlug Tlitoo vor. »Sie findet dich komisch.«

Er hatte recht. Aber anstelle des kurzen und leise bellenden Lachens, das das Mädchen vorher von sich gegeben hatte, war dieses Gelächter laut und hörte gar nicht mehr auf. Sie saß auf dem Boden und johlte. Verdrossen ging ich wieder auf Mäusejagd. Offensichtlich musste ich noch viel über die Menschen lernen.

Ázzuen und ich jagten Mäuse mit mäßigem Erfolg. Einmal, als ich mich gerade auf eine Maus stürzen wollte, stieß Tlitoo herab und schnappte sie mir weg. Er ignorierte mein Knurren und flog fröhlich krächzend mit der Maus davon. Ich wartete immer noch darauf, dass das Mädchen mitmachen würde, doch die saß nur still dabei und beobachtete uns. Ab und zu lachte sie leise.

»Will sie jetzt jagen oder nicht?«, fragte Ázzuen.

»Keine Ahnung«, erwiderte ich. »Sie scheint nicht zu wollen.«

»Warum hat sie dann ihren Stecken mitgebracht?«

Wir hörten etwas rascheln. Ein fettes Kaninchen kam hinter einem Büschel Sonnenröschen hervor und blieb vier Wolfslängen entfernt wie angewurzelt stehen. Wir rührten uns ebenfalls nicht. Ein Kaninchen war eine sehr viel bessere Mahlzeit als eine Maus. Aus dem Augenwinkel sah ich, dass das Mädchen aufgestanden war und aufrecht mit ihrem Spitzstecken in der Hand dastand. Keiner von uns bewegte sich. Kaninchen waren viel schwieriger zu fangen als Mäuse. Über kurze Entfernungen waren sie schneller als Wölfe, und man musste geschickt sein, um eines von ihnen zu erwischen. Der erste Sprung war der wichtigste, denn er entschied, ob man im Vorteil war oder nicht. Ázzuen und ich waren ungefähr gleich weit vom Kaninchen entfernt. Er zwinkerte mir zu. Er würde mich den ersten Sprung machen lassen. Ich ließ mich auf die Hinterbeine sinken und machte mich zum Sprung bereit. Doch als ich mich nur ein kleines bisschen bewegte, rannte das Kaninchen los. Ich verfluchte mich selbst, verlagerte mein Gewicht, um die Richtung meines Sprunges zu ändern. Doch bevor ich mich rühren konnte, lief das Mädchen über das Gras und stieß mit dem spitzen Ende ihres Steckens, der ihre Reichweite vergrößerte, in das Kaninchen, als es gerade auf das Mädchen zuspringen wollte. Es zappelte am Ende des Steckens, sie nahm seinen Kopf, drehte ihn mit einem Ruck und brach ihm so das Genick.

Ehrfürchtig sah ich das Mädchen an. Sie war wunderschön, wenn sie jagte.

»Danke für die Hilfe, Wolf!«, sagte sie mit dem breitesten Lächeln, das ich je von ihr gesehen hatte, und entblößte dabei ihre Zähne.

Mein Unterkiefer klappte erstaunt auf, als ich begriff, wie recht sie hatte. Wir hatten das Kaninchen gemeinsam gefangen. Und wenn wir ein Kaninchen fangen konnten, konnten wir vielleicht auch etwas anderes erlegen. Wenn ich nicht mit meinem Rudel jagen durfte, konnte ich es ja möglicherweise mit dem Mädchen tun. Ich sah es deutlich vor mir. Ich würde die Beute hetzen und sie zu dem Mädchen treiben, und zusammen würden wir sie töten. Dann konnte ich dem Rudel beweisen, dass ich eine Jägerin war, und sie würden mich zu einem Wolf machen müssen. Vor Aufregung und Erleichterung wurde mir schwindelig. Ich wusste, dass ich es schaffen konnte. Als ich mich auf die Hinterbeine stellte, dem Mädchen die Vorderpfoten auf die Schultern legte und ihr Gesicht ableckte, konnte man den Laut, den ich ausstieß, nur als ein Quieken bezeichnen.

»Hör auf, Wolf!«, rief sie außer Atem vor Lachen. »Wenn du so weitermachst, lasse ich noch das Kaninchen fallen.«

»Mach weiter, damit sie das Kaninchen fallen lässt!«, rief Ázzuen ebenfalls lachend. »Ich habe noch immer Hunger.« Er hatte das Kaninchen nicht aus den Augen gelassen, seit das Mädchen es getötet hatte. Glücklich hechelnd ließ ich mich zurück auf die Vorderpfoten fallen. Erwartungsvoll sahen Ázzuen und ich das Mädchen an, damit sie uns unseren Anteil an der Beute gab.

Stattdessen griff sie in den Beutel an ihrer Hüfte und zog mehrere lange Streifen getrocknetes Antilopenfleisch hervor. Meine Ohren stellten sich so schnell auf, dass mein Schädel schmerzte.

»Ich möchte das Kaninchen meiner Großmutter bringen«, sagte sie schüchtern. »Sie braucht frisches Fleisch und kann nicht mehr selbst jagen.«

Sie gab jedem von uns einen großen Streifen, und wir kauten genüsslich auf dem zähen, nach Feuer schmeckenden Fleisch und schwelgten in dem Geschmack und dem Widerstand, den es unseren Zähnen bot. Ein Kaninchen konnte ich jederzeit fangen, jetzt war ich mit dem Feuerfleisch mehr als zufrieden.

»Es ist das beste Fressen auf der Welt«, sagte Ázzuen beeindruckt und schnüffelte am Beutel des Mädchens.

Ich hatte erwartet, sie würde zumindest etwas von dem Kaninchen essen, aber das tat sie nicht. Sie wollte offenbar wirklich das ganze Fleisch ihrer Großmutter bringen. Das Mädchen steckte das Kaninchen in die gefaltete Elenhaut, die sie über der Schulter trug. Es fiel nicht heraus, wie ich angenommen hatte, sondern blieb darin liegen. Ich schnüffelte an der Haut, um herauszufinden, wie sie das geschafft hatte. Sie lachte mich aus.

»Das ist mein Kaninchen, Wolf. Lass meinen Sack in Ruhe. Du hattest getrocknetes Fleisch und jede Menge Mäuse.«

»Ich würde dich niemals bestehlen«, sagte ich gekränkt und vergaß für einen Augenblick, dass sie mich nicht verstehen konnte.

»Ich schon«, krächzte Tlitoo und schnappte sich ein Stückchen von dem Feuerfleisch, das Ázzuen fallen gelassen hatte. Ázzuen knurrte ihn an.

Immer noch gekränkt, blickte ich zu dem Mädchen hinauf. Da sah ich die Fältchen in ihren Augenwinkeln, die immer dann auftauchten, wenn sie lachte. Sie hatte nicht wirklich geglaubt, dass ich sie bestehlen wollte. Sie spielte! Ich bellte vor Freude auf und lief hinter sie. Ich packte den *Sack*, wie sie ihn nannte, mit den Zähnen und zog daran, bis sie beinahe rückwärtsfiel. Überrascht schnappte sie nach Luft, drehte sich um und zerrte lachend ebenfalls daran. Sie nahm ihre ganze Kraft zusammen, und mit einem energischen Ruck zog sie mich vorwärts. Ázzuen fiepte überrascht auf. Tlitoo stürzte sich auf meinen Schwanz. Ich zog erneut am Sack. Ich wollte dem Mädchen nicht weh tun, aber ich wollte diesen Sack. Weder sie noch ich waren schon vollkommen ausgewachsen, aber ich hatte kräftigere Muskeln als sie. Ich zog fest, aber nicht mit all meiner Kraft und zerrte sie vorwärts. Plötzlich heulte sie wie eine Eule und ließ den Sack los. Ich fiel nach vorne, konnte mich gerade noch fangen, um nicht auf dem Gesicht zu landen. Verblüfft öffnete ich die Schnauze, und sie schnappte sich den Sack und hielt ihn hoch über ihren Kopf. Dann, immer noch heulend, rannte sie davon, zurück in die Richtung des Flusses.

Ich sprang ihr nach, Ázzuen immer dicht hinter meiner Rute. Das Mädchen schlug einen breiten, gut sichtbaren Pfad ein, was mich ein wenig nervös machte, aber ich folgte ihr. Als wir den Fluss erreichten, blieb sie unvermittelt stehen. Ich bremste rasch ab, um nicht in sie hineinzulaufen, und Ázzuen stolperte in den Schlamm hinter mir. Tlitoo schwebte kreiseziehend über uns und sah neugierig zu.

Als ich einen fremden Menschen roch, zögerte ich und

versteckte mich dann in einem dichten Wacholderbusch. Ázzuen schlüpfte hinter eine Birke. Das Mädchen stieß einen Freudenschrei aus. Sie stürmte los und warf sich auf einen großen, dünnen Menschenmann. Er fing sie in seinen Armen auf.

»Ich habe dich gesucht!«, sagte sie.

»Ich bin froh, dass du mich gefunden hast«, antwortete er und streichelte ihr Kopffell.

Er war so groß wie ein ausgewachsener Mann, aber dünner, eher wie ein einjähriger Jungwolf. Sein Fell war blasser als das des Mädchens, aber nicht so hell wie Rissas. Sie begrüßten sich so, wie Wölfe eines Rudels sich begrüßen würden, wenn sie einander lange nicht gesehen hatten. Und sie begrüßten sich, wie ich überrascht feststellte, wie Gefährten sich begrüßten. Ich hatte gedacht, das Mädchen sei noch nicht alt genug, um sich zu paaren. Eine Welle der Eifersucht überkam mich.

»Es war nicht einfach für mich, wegzukommen«, sagte sie zu dem Jungen. »Vater beobachtet mich jetzt die ganze Zeit.« Sie verzog das Gesicht. »Er will nicht, dass ich weiterhin allein weggehe.«

Plötzlich erstarrte der junge Mann und sah mich an.

»TaLi«, flüsterte er. »Was ist das da im Unterholz?«

Lächelnd wandte sie sich zu mir um. »Das ist Wolf«, sagte sie. »Komm her, Wolf.«

Vorsichtig trat ich vor, um den Jungmann zu begrüßen. Er riss die Augen auf, als er mich sah, und hob seinen Spitzstecken ein wenig an. Ich merkte, dass er aus Furcht so handelte, nicht etwa aus Angriffslust, und unterdrückte ein Knurren. Ich gab mir Mühe, ihn nicht zu erschrecken.

Das Mädchen hatte keine Bedenken. Sie stieß den Stecken beiseite.

»BreLan! Was tust du? Sie ist meine Freundin.«

»Du weißt doch, dass du dich von ihnen fernhalten sollst, TaLi. Du weißt, was HuLin gesagt hat.« Tlitoo landete neben uns. Die Menschen nahmen keine Notiz von ihm. Ich habe mir nie gewünscht, etwas anderes als ein Wolf zu sein, aber manchmal beneide ich die Raben darum, so unauffällig sein zu können.

Trotzig hob das Mädchen ihr Kinn. »HuLin ist ein Dummkopf. Nicht alle Wölfe sind gefährlich. Du kannst nicht leugnen, was ich bin, BreLan.«

Ich versuchte zu begreifen, was sie damit meinte, doch genau in diesem Moment kam Ázzuen hinter seiner Birke hervorgekrochen. Ich hätte ihn angeknurrt, wenn ich nicht der Meinung gewesen wäre, es würde die Menschen ängstigen. Sein Timing war einfach miserabel.

Der Junge erstarrte erneut und schluckte mehrmals schnell hintereinander. Ázzuen öffnete das Maul, ließ die Zunge hinaushängen und duckte sich in Spielhaltung. Der Jungmann riss überrascht die Augen auf und ließ seinen Spitzstecken fallen. Ázzuen konnte sehr einnehmend sein, wenn er wollte. Das Mädchen kam, um sich neben mich zu stellen. Der junge Mann – BreLan hatte sie ihn genannt – streckte seine große Hand aus und legte sie Ázzuen auf den Kopf. Ázzuen leckte die Hand, und der Junge verzog seinen Mund auf jene Weise, wie die Menschen lächeln.

»Er wirkt gar nicht gefährlich«, sagte er verwundert. Mit der Hand strich er über Ázzuens Rücken. Ázzuen drehte sich auf den Rücken und zeigte seinen Bauch, wie er es bei einem dominanteren Wolf tun würde.

»Was machst du?«, flüsterte ich. »Er ist kein Leitwolf.«

»Aber ich muss ihn glauben lassen, er sei einer«, sagte Ázzuen wie verzaubert, »damit er mich nicht hasst.«

»Er hat recht«, sagte Tlitoo. »Ein Wolf darf einem Menschen gegenüber keine dominante Stellung einnehmen, wenn er seine Furcht zerstreuen will.«

Atemlos beobachtete ich, wie Ázzuen den Menschenmann für sich gewann. Es dauerte nicht lange, und die beiden hockten auf ihren Hinterbeinen und streichelten einander.

»Du kannst jetzt rauskommen«, sagte Tlitoo.

Marra kroch aus dem Unterholz. Ich schüttelte mich. Ich musste aufhören, mich so sehr von den Menschen einnehmen zu lassen, dass ich nicht einmal mehr meine eigenen Rudelgefährten roch. Eine ganze Bärenfamilie hätte sich anschleichen können, und ich hätte es nicht einmal bemerkt.

»Sie sind so sehr wie Wölfe!«, sagte Marra voller Erstaunen. »Sie sind gar nicht anders.«

»Nein«, antwortete ich, »das sind sie nicht. Und trotzdem sind sie uns verboten.« Ich war mir nicht sicher, ob ich Marra und Ázzuen in meinen Plan einweihen sollte, mit dem Mädchen zu jagen.

»Ja«, sagte sie. »Das ist das Problem, nicht wahr? Aber ich hätte trotzdem auch gerne einen für mich. Wenn wir ihnen folgen, bringen sie uns ja vielleicht zu anderen, die uns genauso mögen wie sie.«

»Ich glaube, die beiden von uns wissen zu lassen reicht

erst einmal«, sagte ich unsicher. »Das nächste Mal vielleicht.«

»In Ordnung«, erklärte Marra enttäuscht. »Das nächste Mal.«

Verblüfft über ihr schnelles Einlenken schaute ich sie an.

»Wir müssen gehen, TaLi«, sagte der Junge schließlich und wandte sich mit offensichtlicher Mühe von Ázzuen ab. »Wenn wir länger fortbleiben, wird man uns vermissen, und ich möchte noch Zeit mit dir verbringen.«

Das Mädchen nickte.

»Auf Wiedersehen, Wolf«, sagte sie zu mir.

BreLan schlang einen seiner langen Arme um mein Mädchen und zog sie eng an sich. Gemeinsam gingen sie am Fluss entlang. BreLan blickte über die Schulter zu Ázzuen, als sie uns verließen. Ázzuens Augen strahlten, und Marra betrachtete die Menschen mit sehnsüchtigen Blicken. Ich wusste, dass sie mich nicht alleine mit dem Mädchen jagen lassen würden. Ich wusste, dass sie ebenso verzaubert waren wie ich. Ich verspürte einen kleinen Stich der Eifersucht, was mich erschreckte. Und als ich meine Rudelgefährten ansah, die den Menschen verzückt nachblickten, fragte ich mich, in was für Schwierigkeiten ich uns jetzt wieder gebracht hatte.

14

Die gemeinsame Kaninchenjagd beherrschten wir schnell. Unsere neue Art, miteinander zu jagen, funktionierte auch bei Auerhähnen und Igeln und hätte wahrscheinlich auch bei Bibern Erfolg gehabt, wenn wir einen Platz gefunden hätten, an dem das Mädchen sicher im Wasser hätte stehen können. Und wenn es bei kleiner Beute so gut gelang, konnten wir irgendwann einmal auch bei großer Beute erfolgreich sein, dessen war ich mir sicher. Das Mädchen war vermutlich zu klein, um allein große Beute zu erlegen, aber mit BreLans Hilfe würden wir es schaffen. Es musste so sein, denn Trevegg hatte recht behalten: Ein halber Mond war vergangen, und Ruuqo ließ mich immer noch nicht an der Jagd teilnehmen. Ich glaubte nicht, dass er mir die Gelegenheit geben würde, mich zu beweisen, bevor wir auf die Winterwanderungen gingen. Doch von Mal zu Mal machte es mir weniger aus, wenn er mich zurückhielt. Ich erlernte das Jagen allein.

Ich versuchte nicht länger, Ázzuen und Marra davon abzuhalten, mich zu den Menschen zu begleiten. Es war einfacher, sich mit ihnen gemeinsam davonzustehlen, weil das Rudel gewöhnt war, uns zusammen zu sehen. Von Wölfen in unserem Alter erwartete man, dass sie durchs Revier streiften, und niemand wunderte sich, wenn wir uns immer weiter vom Sammelplatz entfernten. Die Pferde waren verschwunden, und die Rentiere und Elen hatten sich über die Reviere verteilt, was bedeutete, dass unsere Winterwanderungen bald beginnen würden. Ruuqo und Rissa wollten uns an lange Wanderungen gewöhnen. Unnan versuchte ständig, uns nachzuspionieren, aber es fiel uns dreien leicht, ihn abzuschütteln. Jedes Mal, wenn wir uns begegneten, schien er noch wütender zu werden, aber wir waren zu dritt, und er hatte Angst vor uns.

Der Winter rückte näher, und mit ihm kam der Schnee. Als es zum ersten Mal schneite, waren wir Welpen so aufgeregt, dass uns die Erwachsenen nicht dazu bewegen konnten, irgendetwas Vernünftiges zu tun. Wir sprangen hoch, um die herabfallenden Flocken zu fangen, und wälzten uns in jedem noch so kleinen Schneehaufen. Die Erwachsenen des Rudels liebten das Wetter fast ebenso wie wir. Selbst Ruuqo und Werrna spielten gelegentlich mit uns im kalten Schneegestöber. Auch mehrere Stürme später fiel es mir immer noch schwer, mich auf das zu konzentrieren, was ich gerade tat, sobald es zu schneien begann.

An dem Tag, als wir das Mädchen auf unserer Seite des Flusses fanden, schneite es ebenfalls. Ázzuen, Marra und ich waren auf unserem Weg zum Menschenlager, doch wir wurden durch den Schnee abgelenkt, versuchten die Flocken mit dem Maul zu fangen und wälzten uns in jeder Schneewehe, die wir finden konnten. Wir hatten beschlossen, den Fluss weit stromabwärts vom Ruheplatz des Rudels zu überqueren, in der Hoffnung, ein paar Rehe zu finden, die Werrna vor nicht allzu langer Zeit dort gewittert hatte. Doch in der Nähe des Flusses wurde ich langsamer. Ich war verwirrt. Mit dem Pfad stimmte etwas nicht. Das Mädchen hatte seine Witterung auf unserer Flussseite hinterlassen, und zwar erst vor kurzem. Ich folgte ihrem Geruch bis zur Flussüberquerung und wieder zurück in den Wald, durch den wir gerade gelaufen waren. Dann verlor ich die Fährte. Ázzuen und Marra, ebenso verwirrt wie ich, suchten im Schlamm entlang des Flusses, zogen Kreise und liefen wieder zurück, um die Fährte des Mädchens zu finden.

»Sie besucht die alte Frau, von der sie dir erzählt hat.«

Tlitoos Stimme kam von einer Kiefer, die dicht mit spitzen Nadeln bedeckt war. Anders als die Birken und die meisten der Eichen hatten die Kiefern ihr Grün nicht abgeworfen, als der Winter kam, und wurden damit zu hervorragenden Verstecken für einen Raben. Er flog herunter und legte den Kopf mal nach rechts, mal nach links, offenkundig sehr zufrieden mit sich.

»Ich bin ihr gefolgt, als ihr bei eurem Rudel wart und mit den Elen gespielt habt. Ich kann euch den Weg schneller zeigen, als eure nassen Nasen ihn finden können. Kommt, Wölflein!«

Mit einem selbstgefälligen Krächzen flog Tlitoo über uns hinweg und verschwand zwischen den Baumwipfeln.

»Wir können dir nicht folgen, wenn wir dich nicht sehen können!«, rief ich frustriert, doch Tlitoo war schon verschwunden.

Ich zeige dir den Weg, Wolfsschwester.

Erschrocken drehte ich mich um und fand mich Nase an Schnauze mit der jungen Traumwölfin wieder. Ázzuen und Marra suchten noch in den Baumwipfeln nach Tlitoo. Sie konnten die Traumwölfin weder sehen noch riechen noch hören.

»Wer bist du?«, fragte ich und musste niesen, als der säuerliche Wacholderduft um mich herum stärker wurde. Ich flüsterte, denn ich wollte nicht, dass Ázzuen und Marra mich für verrückt hielten. »Warum kommst du zu mir?«

Folge mir, sagte sie. *Es gibt etwas, das ich dir heute zeigen möchte.* Ein verschwörerisches Funkeln blitzte in ihren Augen auf. *Ich sollte nicht hier sein, aber es wird einige Augenblicke dauern, bevor man mich vermisst. Es hat auch Vorteile, in der Welt der Toten einen niedrigen Rang einzunehmen.*

Die Traumwölfin fiel in einen raschen Trab, und ich folgte ihr.

Manchmal gestatten mir meine Leitwölfe, in deine Welt zu kommen, und manchmal gestatten sie es mir nicht. Heute habe ich mich fortgeschlichen. Ihre Stimme klang aufmüpfig. *Sie können versuchen, mich aufzuhalten, aber wenn ich dir helfen will, dann helfe ich dir.*

Die Traumwölfin bewegte sich schnell und mühelos, ungehindert von Schnee und Ästen, und ich musste mich anstrengen, um mit ihr mithalten zu können. Ich hörte wildes Scharren hinter mir, als Ázzuen und Marra mir folgten.

»Weißt du, wohin du läufst?«, wollte Ázzuen wissen. »Ich rieche nichts.«

Ich hechelte zu angestrengt, um ihm antworten zu können, doch bald wurde die Witterung des Mädchens wieder stärker. Als ich entschlossen in Richtung Fährte lostrabte, hielt die Traumwölfin an.

Ich verlasse dich hier. Ich werde in deiner Nähe sein, so oft ich kann. Sie senkte den Kopf. *Mein größter Fehler war es*, sagte sie, *zu oft das zu tun, was man mir befohlen hat. Manch-*

mal glauben diejenigen, die an der Macht sind, nicht an das Richtige, Wolfsschwester. Ich blieb überrascht stehen.

»Was meinst du damit?«, flüsterte ich.

»Ich habe die Fährte wieder«, rief Marra genau in mein Ohr und erschreckte mich damit. »Wie hast du die denn verfolgen können?«

Die Traumwölfin nickte mir grüßend zu und verschwand im Unterholz.

Marra und Ázzuen beobachteten mich ungeduldig. Ich führte sie weiter. Das Mädchen wartete auf uns, dort wo der Fluss auf den Wald traf, eine halbe Stunde Lauf von der Weiten Ebene entfernt.

»Ich habe gehofft, dass du kommen würdest«, sagte sie lediglich zur Begrüßung. »Meine Großmutter hat mich gebeten, dich zu ihr zu bringen.«

Tlitoo landete zu den Füßen des Mädchens.

»Ich habe dir doch gesagt, dass ich euch zu ihr bringen würde«, sagte er selbstgefällig. Er war schneebedeckt, als hätte er sich darin gewälzt.

Marra schnappte nach seinem Schwanz und zwang ihn, davonzufliegen. Ich antwortete nicht, sondern versuchte herauszufinden, was mit dem Mädchen nicht stimmte. Sie war aufgeregt. Sie trug ein totes Steppenhuhn an den Füßen und drehte ihm beinahe die zusammengebundenen Beine ab. Ázzuen schnüffelte hoffnungsvoll an dem Tier. Marra blickte auf den Vogel und dann auf das Mädchen.

»Wenn ich es zu meiner Sippe bringe«, sagte sie abwehrend, als sie Marras Blick fehldeutete, »nehmen sie es mir nur weg. Und Großmutter isst nicht genug. Sie braucht das Fleisch.«

Mit leichtem Schuldbewusstsein fiel mir ein, dass wir dem Mädchen etwas Fleisch aus unseren Vorratsspeichern hätten mitbringen können. Nächstes Mal würde ich daran denken. Das Mädchen führte uns weiter flussabwärts, bis zum äußersten Rand unseres Reviers. An einem dichten Rosmarinstrauch blieb sie stehen und legte eine Hand auf die duftenden Blätter.

»So weiß ich, wo ich abbiegen muss, um den Pfad zu Großmutters Hütte zu finden«, erklärte sie.

Der breite Pfad, auf den sie uns führte, war ausgetreten wie ein Pfad von Rehen, aber ich konnte keine Rehwitterung aufnehmen, nur von kleinerer Beute, hier und da von einem Fuchs und von Menschen – jede Menge Menschenduft. Der Duft des Mädchens war überall, und ich entdeckte eine starke Witterung von BreLan. Die dritte Menschenwitterung war am stärksten, und sie ähnelte der des Mädchens. Doch ein weiterer ausgeprägter Geruch überraschte mich sehr.

»Höchste Wölfe!«, stellte Ázzuen fest.

»Ihr Geruch ist überall«, sagte Marra verunsichert. »Und nicht nur Frandra und Jandru – andere Höchste Wölfe auch. Ich wusste nicht, dass auch andere in unser Revier kommen.«

»Ich auch nicht«, sagte ich.

»Im Tal sind gerade mehr Hochwölfe als normalerweise«, informierte uns Tlitoo. »Ich habe sie gesehen.«

Ich hatte keine Ahnung, was die Anwesenheit anderer Höchster Wölfe im Tal zu bedeuten hatte, aber ich glaubte nicht, dass es etwas Gutes war. Seit dem Tag, an dem wir den Sammelplatz beim Gefallenen Baum zum ersten Mal verlassen hatten, war ich von Gerüchen nicht mehr so verunsichert worden. Ich war so beschäftigt mit den verschiedenen Witterungen, dass ich zunächst gar nicht bemerkte, dass das Mädchen seine Schritte verlangsamte.

»Hier lebt meine Großmutter«, sagte sie ein wenig schüchtern.

Ich brauchte einen Moment, um zu unterscheiden, was zum Unterschlupf eines Menschen und was zum Wald gehörte. Der Bau stand nicht einmal auf einer Lichtung, so wie die anderen Behausungen der Menschen, die ich gesehen hatte, sondern schien aus dem Wald herauszuwachsen wie eine richtige Höhle. Er hatte dasselbe Fundament aus Stein und Lehm wie die Bauten im Lager des Mädchens, und das Dach war mit noch mehr Lehm und kleineren Steinen bedeckt. In der Mitte befand sich ein großes Loch, aus dem Feuerrauch aufstieg. Er wirkte wie ein gemütlicher Bau, nicht so groß wie diejenigen, in denen das Mädchen lebte, doch groß genug für mehrere ausgewachsene Wölfe.

Das Mädchen duckte sich am Eingang. Wir drei blieben zunächst im dichteren Teil des Unterholzes, wo kein Mensch uns sehen konnte, doch dann zog mich etwas weiter.

»Wartet hier«, sagte ich zu Ázzuen und Marra, während ich auf die Hütte zuschlich.

»Aber BreLan ist dort drin«, beschwerte sich Ázzuen.

Er hatte recht. Außer dem Duft des Mädchens und dem des unbekannten Menschen war auch BreLans Geruch so stark, dass er noch dort drinnen sein musste.

»Wartet trotzdem«, sagte ich entschieden. »Wir müssen vorsichtig sein. Ich gebe euch Bescheid, wenn ihr ungefährdet nachkommen könnt.«

Ázzuen und Marra murrten ein wenig, aber sie taten wie befohlen, und ich trat auf den Unterschlupf zu. Tlitoo lief neben mir hin und her, flog zum Dach des Baus und wieder zurück. Ich wollte keinen Bau betreten, in dem sich ein unbekannter Mensch befand, also setzte ich mich und wartete darauf, dass das Mädchen herauskam. Eine Stimme aus dem Inneren ließ mich wieder aufstehen.

»Bring deine Freundin herein, TaLi. Es wird Zeit, dass du uns einander vorstellst.« Die Stimme war voll und tief und sehr, sehr alt.

Das Mädchen steckte den Kopf zum Eingang hinaus. Sie sah witzig aus, wenn nur ihr Kopf zu sehen war, doch ihre Miene war ernst. Sie winkte. Ich zögerte. Es war eine Sache, Ázzuen und Marra mitzunehmen, um mit dem Mädchen und BreLan zusammen zu sein, aber den Unterschlupf des alten Menschen zu betreten schien mir eine noch größere Missachtung der Regeln zu sein. Es war wie ein Ort aus einer anderen Welt. Ich wusste, dass ich gegen alle Wolfsgesetze verstieß, wenn ich hineinging.

Mein größter Fehler war es, zu oft das zu tun, was man mir befohlen hat.

Ich holte tief Luft und ging langsam zum Mädchen. Zuerst steckte ich nur die Nasenspitze in den Unterschlupf und erkundete die Gerüche darin: das Mädchen, BreLan, der alte Mensch und der Duft von getrockneten Pflanzen, ähnlich wie in dem Bau mit den Pflanzen im Lager des Mädchens. Feuerduft und Rauch. Bärenfelle. Fleisch. Als Nächstes schob ich meinen ganzen Kopf hinein und sah, dass der Rauch des Feuers den Bau durch ein Loch im Dach verließ. Die Menschen konnten vielleicht nicht viel besser riechen als ein Baum, aber sie waren geschickt darin, Dinge herzustellen.

»Komm herein, Wolf des Mondes«, sagte die greise Stimme. »Du bist in meinem Zuhause willkommen.«

Langsam kroch ich in den Unterschlupf. Die alte Frau saß am anderen Ende. Sie roch nach steifen Gelenken und müden Knochen. Wäre sie ein Elen oder ein Reh, wäre sie Beute, dachte ich, und schämte mich prompt, dass mir ein solcher Gedanke bei einem Familienmitglied des Mädchens kam. Die alte Frau hatte keine Angst vor mir, und ich spürte, dass sie mich aus ihrem tiefsten Inneren willkommen hieß. Sie wirkte noch kleiner als das Mädchen und saß mitten auf einem Haufen Bärenhäute, so dass sie unterhalb der Hüften mehr Bär als Mensch zu sein schien. In ihrer Gegenwart fühlte ich mich sehr jung, dumm und verlegen.

Ich sah zu BreLan hinüber. Es wäre unhöflich von mir, zu ihm zu gehen, bevor ich nicht die alte Frau begrüßt hatte, die eindeutig die Ranghöchste in diesem Raum war, doch ich wollte ihn dennoch kurz begrüßen. Zu meiner Überraschung stand er steif in der Ecke und hielt seinen Spitzstecken, als hätten wir nie gemeinsam gejagt. Er verunsicherte mich.

Das Mädchen legte der alten Frau sanft die Hand auf die Schulter.

»Dies ist Wolf, Großmutter.«

Die alte Frau lachte. »Du wirst ihr schon einen anderen Namen geben müssen. Sie trägt das Zeichen des Mondwolfs, genau wie der Wolf in meinen Träumen.«

»Ich denke an sie als Silbermond«, sagte das Mädchen schüchtern.

»Sehr gut. Hab keine Angst, Silbermond«, sagte die alte Frau sanft. »Komm her und begrüße mich. Ich möchte TaLis Freundin kennenlernen.«

Auch wenn ich vollkommen verunsichert war, konnte ich einen so freundlichen Willkommensgruß nicht unerwidert lassen. Ich trat vor, verbeugte mich vor der alten Frau und leckte ihr zur Begrüßung das Gesicht, um ihrem Rang als Älteste Respekt zu zollen. Ich merkte, wie BreLan sich verkrampfte, als ich mich der alten Frau näherte. Das Mädchen warf ihm einen verärgerten Blick zu.

»Tu nicht so, als hättest du sie noch nie zuvor gesehen«, zischte sie. »Was ist los mit dir?«

»Ich mag es nicht, wenn ein Jäger, ganz gleich welcher Jäger, sich der *Krianan* nähert, wenn sie nicht ausweichen kann. Ich bin ihr Beschützer.« Das Wort *Krianan* kannte ich nicht. Doch BreLan sprach es mit Ehrfurcht aus, so wie wir von den Höchsten Wölfen sprachen, und ich fragte mich, was diese uralte Frau den Menschen wohl bedeuten mochte.

Die alte Frau erwiderte meine Begrüßung und legte mir sanft die Hand auf den Kopf. Ich leckte dankbar ihre Finger und trat zurück. Dann wandte ich mich BreLan zu. Dieses Misstrauen war gar nicht gut. Ich hörte Ázzuen draußen vor dem Unterschlupf schnüffeln. Er versuchte, zu BreLan zu gelangen. Das Letzte, was ich jetzt brauchen konnte, war, dass er hereingestürmt kam. Marra war, wie ich merkte, bei ihm.

»Angeblich bin ich doch die Dominanteste von uns«, murrte ich, ohne jemand Bestimmtes anzusprechen.

Ich machte mich so klein und so wenig bedrohlich

wie möglich und sah BreLan so freundlich an, wie ich nur konnte, aber er stand immer noch stocksteif und gereizt da. Dann ließ ich mich auf meine Vorderläufe fallen und lud ihn ein zu spielen, doch sobald ich mich vorwärtsbewegte, hob er seinen Spitzstecken.

»BreLan, was ist los mit dir?«, wollte das Mädchen wissen.

»Sie ist eine Freundin, Junge, und ich habe sie eingeladen«, sagte die alte Frau nicht besonders freundlich. »Wenn ich deinen Schutz brauche, werde ich dich darum bitten.«

BreLan senkte seinen Spitzstecken, blieb jedoch steif und unbeweglich stehen. Schließlich lief ich entnervt zu ihm, richtete mich auf und stemmte mich mit den Vorderpfoten gegen seinen Bauch. Er stolperte zurück. Das Mädchen und die alte Frau lachten beide.

»Das sollte dir eine Lehre sein, Junge«, sagte die alte Frau.

»Du musst mir vertrauen, BreLan«, sagte das Mädchen. »Dies ist ein Teil von dem, was ich bin.«

Draußen vor dem Bau der alten Frau schnüffelte Ázzuen immer heftiger. Ich hoffte, dass niemand es bemerkte. Ich hörte noch ein weiteres Geräusch, diesmal von oben. Tlitoo hing beinahe kopfüber an der Dachöffnung des Unterschlupfs und hielt sich mit den Krallen am Rand fest. Ich seufzte. Ich hätte mir gewünscht, ausnahmsweise einmal niemanden dabeizuhaben, der alles, was ich tat, beobachtete.

»Komm zu mir, junger erwählter Wolf«, sagte die alte Frau. Ich ging langsam zu dem Fellhaufen hinüber und legte mich auf den Bauch, damit ich mit ihr auf einer Augenhöhe war.

»Du hast dich bestimmt schon gefragt«, sagte die alte *Krianan* zu mir, »warum du anders bist, warum du dich so zu uns hingezogen fühlst. Und meine Enkelin fühlt sich zu euch genauso hingezogen. Weißt du das?«

Ich sah das Mädchen an. Sie schaute auf ihre pelzlosen Füße, die sie zum Schutz gegen die Kälte mit der Haut von Beutetieren umwickelt hatte. *TaLi,* dachte ich bei mir, nicht einfach das Mädchen. Wenn sie versuchen konnte, meinen Namen zu benutzen, dann konnte ich sie auch bei ihrem nennen.

»Es gibt einen Grund, warum ihr berufen seid. Willst du nicht deine Freunde bitten, sich zu uns zu gesellen?«

Marra und Ázzuen warteten meine Einladung nicht ab. Sie mussten direkt am Eingang gesessen haben. Bei der Aufforderung der alten Frau schlüpften sie rasch in den Bau. Ázzuen sah mich trotzig an. Respektvoll begrüßten sie die alte Frau. Marra streckte sich neben dem Feuer aus und legte ihren Kopf auf die Pfoten. Ázzuen begrüßte BreLan, der sich endlich entspannte und den Spitzstecken senkte, damit er Ázzuens Rücken streicheln konnte. Er lächelte das Menschenlächeln, das alle Zähne entblößte, und setzte sich zu Ázzuen, als sei er nie beunruhigt gewesen und hätte sich bedroht gefühlt. Ázzuen ließ sich neben ihm nieder und legte seinen Kopf auf die Füße des Jungen.

»Du musst BreLans Freund sein«, sagte die alte Frau zu Ázzuen. »Und du bist die Freundin von beiden«, sagte sie zu Marra. »Ich heiße euch zwei in meinem Haus willkommen.«

Hingerissen sahen die beiden TaLis Großmutter an. Marra stand auf, ging ehrerbietig zu der alten Frau und ließ sich zu ihren Füßen nieder. TaLi und ich saßen eine Wolfslänge entfernt und gestatteten Marra, den Duft der alten Frau aufzunehmen. Tlitoo gab seinen Posten auf dem Dach auf und flog herunter, um sich neben die alte Frau auf den Haufen Bärenfelle zu hocken. Sie nahm einige Körner aus einem Hautsack und gab sie ihm.

Die greise Menschenfrau betrachtete uns alle so lange, dass ich begann, mich unwohl zu fühlen.

»Vielleicht ist es zu früh, um euch dies zu erzählen«, sagte sie schließlich zögernd, »aber ich glaube, ich habe keine Wahl. Ich werde nicht ewig leben, und irgendetwas muss geschehen, und zwar bald.« Sie holte tief Luft, und als sie weitersprach, war ihre Stimme kraftvoll.

»Also hört zu, Jungwölfe. Es ist kein Zufall, dass ihr meine Enkelin und BreLan gefunden habt. Wölfe und Menschen sind dazu bestimmt, zusammen zu sein.«

Ich konnte ein überraschtes Bellen nicht unterdrücken. Nachdem man uns so oft erzählt hatte, dass wir uns von den Menschen fernhalten müssten, weil es eines unserer drei unumstößlichen Gesetze sei, war ich schockiert, als die alte Frau mit solcher Bestimmtheit erklärte, das genaue Gegenteil sei der Fall.

»Viele aus meinem Volk glauben nicht mehr daran«, fuhr sie fort, »und es würde mich nicht überraschen, wenn euer Volk es ebenfalls leugnet. Aber es ist wahr, und es ist sehr viel wichtiger, als ihr euch vorstellen könnt. Wenn wir Menschen keinen Kontakt zu den Wölfen haben, den Hütern der Wildnis, dann vergessen wir, dass wir Teil der

Welt um uns herum sind. Es ist zuvor geschehen. Und wenn es geschieht, beginnen wir Menschen, zu töten und zu zerstören, weil wir nicht erkennen, dass wir uns selbst schaden, wenn wir der Welt schaden. Ein Weg – der einzige Weg –, die Menschen davon abzuhalten, zahllose andere Geschöpfe zu töten; sie davon abzuhalten, unsere Welt zu vernichten, ist, immer in Verbindung mit den Wölfen zu bleiben. Denn nur die Wölfe können in uns Menschen das Wissen darüber wachhalten, dass wir nicht anders sind als die übrigen Geschöpfe und dass uns nichts von ihnen trennt. Diese Verbindung reicht zurück bis in die Zeit, in der zum ersten Mal Menschen und Wölfe in diesem Land lebten.«

Ázzuen knurrte, und Marra stand auf, als wollte sie widersprechen.

Mir schwirrte der Kopf. Das widersprach allem, was man uns beigebracht hatte, allem, woran unser Rudel glaubte. Es widersprach dem Grund, warum die Wölfe des Großen Tales überhaupt lebten. *Du musst dich für immer von ihnen fernhalten. Du musst ihre Gesellschaft meiden.* So hatte Himmel es Indru befohlen. Und als es den Wölfen nicht gelang, hatten die Ahnen unserem Leben beinahe ein Ende gesetzt.

Ich starrte die alte Frau an. Ich hatte gedacht, meine Gefühle für TaLi seien falsch und unnatürlich. Jetzt erzählte uns diese uralte, weise Frau, dass dies keineswegs der Fall war und dass vieles von dem, was man uns über die Menschen – und über unsere eigene Geschichte – beigebracht hatte, nicht der Wahrheit entsprach. Wie konnte ich ihr glauben? Und dennoch wollte ich jedes Wort davon glauben, mehr als alles, was ich jemals gewollt hatte, solange ich mich erinnerte.

»Aber so einfach ist es nicht«, sagte die alte Frau. »Denn wir können nicht zusammen sein.« Sie tat einen tiefen, schweren Atemzug, als würde das Erzählen sie ermüden. TaLi verließ ihren Platz an meiner Seite und setzte sich neben sie. Die alte Frau strich dem Mädchen mit der Hand durchs Kopffell.

»Wenn Wölfe und Menschen zusammenkommen, können entsetzliche Dinge geschehen«, sagte die alte Frau. »Mein Volk hat versucht, euch zu Sklaven zu machen, und euer Volk hat unsereins getötet. Wir *müssen* zusammen sein, aber wir können es nicht. Jedes Mal, wenn wir es versucht haben, ist zwischen unseren Völkern Krieg ausgebrochen. Das ist die große Herausforderung, dieser scheinbar unauflösbare Widerspruch, und es ist die große Prüfung sowohl für das Volk der Wölfe als auch für das der Menschen.«

Ich schüttelte heftig den Kopf. Ich begriff nicht, wie es sein konnte, dass Wölfe mit den Menschen zusammen sein mussten und gleichzeitig nicht mit ihnen zusammen sein durften. Ich winselte leise.

»Wölfe verlieren sich selbst«, sagte Ázzuen und wiederholte Rissas Worte von vor vielen Monden. »Sie sind nicht länger Wolf und töten Menschen oder werden von ihnen getötet.« Sein auf die alte Frau gerichteter Blick war nachdenklich, fast so, als würde er etwas, das er schon längst wusste, nun bestätigt sehen.

»So ist es«, sagte die *Krianan* und ignorierte unsere überraschten Gesichter, als wir begriffen, dass sie Ázzuen verstanden hatte, »und viele Menschen können kein anderes Geschöpf ansehen, ohne ihm seine Freiheit übelzunehmen und den Wunsch zu verspüren, es zu beherrschen.« Sie streckte den Arm über TaLi hinweg aus und legte Marra die Hand auf die Brust, die sich vor Aufregung und Angst rasch hob und senkte. »Für eine Weile hatten wir eine Lösung gefunden – einen Weg, wie Menschen und Wölfe zusammen sein konnten, ohne dass es zum Krieg kam. Einige von uns Menschen kommen besser mit Wölfen zurecht als andere. Wir fühlen uns von eurer Kraft und eurer Wildheit nicht so bedroht. Wir verspüren nicht den Drang, euch zu beherrschen, und daher können wir offen sein für das, was ihr uns beibringen könnt. Die Krianan-Wölfe kommen zu uns – zu denjenigen von uns, die für die Wölfe bestimmt sind –, wenn wir sehr jung sind. Dadurch habe ich davon erfahren. Meiner kam zu mir, als ich jünger war als TaLi. Ihr kennt die Krianan. Es sind die Wölfe, die über euch wachen.«

Ich dachte an die Witterung der Höchsten Wölfe, die den Unterschlupf der alten Frau umgab. Das mussten die Krianan-Wölfe sein, von denen sie sprach.

»Das würde bedeuten, dass wir die Menschen nicht aufgeben müssen«, sagte Marra mit einem kaum vernehmbaren Flüstern.

»Ich habe euch doch gesagt, dass die Grummelwölfe ihre Geheimnisse haben«, krächzte Tlitoo.

»Jedes Mal zum vollen Mond treffen wir uns mit den Krianan-Wölfen zu einer Zeremonie, die wir Aussprache nennen«, fuhr die alte Frau fort, »und die Krianan-Wölfe erinnern uns daran, dass wir ein Teil dieser Welt sind. Wir wiederum erzählen unserem Volk, was wir von den Wölfen gelernt haben. Dies ist die Geschichte, die seit Generationen in unserem Volk weitergegeben wird. Jeder menschliche Krianan lehrt sie dem nächsten, so wie ich sie auch TaLi gelehrt habe.«

Sie hielt inne, legte TaLi eine Hand an die Wange und fuhr sehr leise fort. »Doch die Aussprachen wirken nicht mehr so, wie sie sollten, und es gibt vieles, was uns die Krianan-Wölfe nicht erzählen. Wir wissen nicht, warum es diese Herausforderung, diesen Widerspruch, gibt. Wir wissen nicht, wie es dazu gekommen ist, dass die Wölfe bei den Menschen sein müssen und dass die Menschen nicht ohne und nicht mit den Wölfen sein können. Und wir wissen nicht, warum die Aussprachen nicht länger helfen. Die Krianan-Wölfe wissen es, aber sie halten uns Menschen für zu dumm, um es zu verstehen. Und ich weiß, dass wir, wenn sich nicht bald etwas ändert, scheitern werden. Schon seit vielen Jahren ist kein Krianan-Wolf mehr zu einem Menschen gekommen, und ich weiß von keinem, der während meines langen Lebens geboren worden wäre. Jetzt werden die letzten Krianan-Wölfe alt, und mein Volk will nicht mehr auf sie oder auf mich hören. Ich weiß nicht, was ich tun soll.« Die greise Stimme zitterte, und TaLi ergriff die Hand der alten Frau. Die alte Frau streckte mir ihre andere Hand entgegen.

»Aber als ich hörte, dass du zu TaLi gekommen bist, Silbermond, wusste ich, dass sich etwas verändert. Vielleicht seid ihr es, die an die Stelle der Krianan-Wölfe treten werdet, und vielleicht werden TaLi und du zusammen die Hüter sein.«

Ich wollte zu ihr gehen, doch ich lag wie angewurzelt an meinem Platz. Ich konnte nicht einfach alles missachten, was mein Rudel und meine Leitwölfe mich gelehrt hatten. Rissa und Trevegg hatten mir alles beigebracht, was zum Wolfsein gehört – sie hätten mich niemals belogen. Und auch wenn die alte Krianan zu TaLis Familie gehörte, so war sie doch ein Mensch. Sie gehörte nicht zum Rudel. Ein trauriger Seufzer entfuhr mir.

Die alte Frau streckte mir erneut ihre Hand entgegen, und jetzt ging ich zu ihr. Marra trat zur Seite, um mir Platz zu machen.

»Ich merke, dass du mir nicht glaubst«, sagte die alte Frau. »Warum solltest du auch?« Sie dachte einen Augenblick nach. »Du musst zu der Aussprache kommen, in zwei Nächten, wenn der Mond voll ist«, sagte sie. »TaLi wird dich hinbringen. Nur du, Silbermond, nicht deine Freunde. Ich glaube, euch alle drei zu verstecken wäre nicht ganz so einfach.« Sie schenkte mir ein erschöpftes Lächeln, und ich leckte ihre Hand, um sie wissen zu lassen, dass ich verstanden hatte.

»Gut«, sagte sie. »Ich werde dich erwarten.«

Die alte Frau sah uns alle an, und ihr Lächeln wurde breiter. »Ich weigere mich zu glauben, dass alle Hoffnung verloren ist«, sagte sie. »Ich sehe euch zusammen, und ich weiß, dass sich etwas ändern kann.« Sie seufzte tief. »Ich bin jetzt müde, ihr Jungen. Ihr müsst mich allein lassen. Doch wir werden uns wiedersehen.«

Die alte Frau schloss die Augen und schien mit ihren Bärenfellen zu verschmelzen. Ihr Atem wurde ruhig, als wäre sie kurz vor dem Einschlafen. TaLi und BreLan beugten sich vor, um ihre Lippen auf die Wange der alten Frau zu pressen, und krochen dann aus dem Unterschlupf. Ázzuen, Marra und ich berührten jeder die Hand der alten Frau mit der Nase und folgten dann so leise wir konnten unseren Menschen nach draußen.

* * *

Während wir im Bau der Krianan gewesen waren, hatte es aufgehört zu schneien, und die Sonne erwärmte jetzt den Boden. TaLi und BreLan führten uns entlang eines kurzen Wegs auf eine Graswiese.

»Glaubst du ihr?«, fragte Marra, als wir den Menschen mit ein paar Schritten Abstand folgten. »Es ist etwas vollkommen anderes als das, was uns Rissa und Trevegg erzählt haben.«

»Ich weiß nicht, was ich glauben soll«, antwortete ich. »Ich wüsste nicht, warum Rissa und Trevegg lügen sollten. Aber genauso wenig wüsste ich, warum die alte Frau lügen sollte.« Ich wollte nicht, dass sie log. Ich wollte, dass es richtig war, mit TaLi zusammen zu sein.

»Sie könnte sich einfach irren«, schlug Marra vor. »Sie weiß nichts von Indrus Versprechen oder von den Ahnen. Oder von dem langen Winter.«

»Aber versteht ihr nicht?«, rief Ázzuen aufgeregt. Er blieb stehen und drehte sich um, damit er uns ansehen konnte. Wir hielten an und ließen die Menschen weitergehen. »Sie *muss* recht haben. Das ist der Grund, warum die Legenden nie richtig Sinn ergeben. Es leuchtet nicht ein, dass als Einziges von uns verlangt wird, uns von den Menschen fernzuhalten. Warum muss deswegen ein ganzes Tal abgeriegelt werden? Warum hat Himmel die Wölfe und Menschen nicht wie angedroht getötet, als die Wölfe sich mit den Menschen damals zusammengetan haben? Und ihr habt erlebt, wie böse Rissa wurde, als ich sie danach gefragt habe.« Er zitterte vor Erregung. »Es hat für mich nie einen Sinn ergeben, und jetzt weiß ich, warum. Die Höchsten Wölfe verheimlichen uns etwas, allen Wölfen im Tal. Ich glaube, die alte Frau sagt die Wahrheit.« Er blickte über die Schulter zu BreLan, der sich langsam entfernte. »Ich *weiß* es.«

Einen Moment lang blieben wir drei schweigend stehen, beobachteten unsere Menschen vor uns und dachten darüber nach, was die alte Frau gesagt hatte. Dachten daran, was es bedeuten würde, wenn sie recht hatte.

»Wir sollten dem Rudel nichts davon erzählen«, sagte Marra. »Nicht, solange wir nichts Genaueres wissen.«

»Nein«, stimmte ich zu, »das sollten wir wohl nicht.«

»Wir helfen dir dabei, dich vom Rudel wegzuschleichen, damit du zu der Aussprache gehen kannst«, versprach Ázzuen.

»Und du kannst uns erzählen, was sie dort sagen«, stimmte Marra ihm zu. »Dann können wir immer noch entscheiden, was wir tun.«

»Ja«, sagte ich. Mir war unwohl bei der Vorstellung, Marra und Ázzuen immer tiefer in etwas hineinzuziehen, das großen Ärger bringen konnte. »In Ordnung.«

TaLi und BreLan hatten einen schneefreien Flecken Gras gefunden, der nicht zu feucht war. Langsam gingen wir zu ihnen. TaLi setzte sich und streckte die Arme nach mir aus. Ich schüttelte so viel von meinen Sorgen ab, wie ich konnte, und legte mich neben sie. Plötzlich sehnte ich mich nach ihrer Berührung.

TaLi lehnte prompt den Kopf an meinen Rücken. Ázzuen und BreLan entspannten sich neben uns, und Marra rollte sich zwischen uns zusammen. Tlitoo, der noch etwas länger bei der alten Frau geblieben war, schwebte über die Wiese und landete neben mir.

»Ich gehe fort«, erklärte er. »Ich komme so schnell wie möglich zurück. Du musst auf mich warten.«

»Wohin fliegst du?«, fragte ich verwundert. Ich hatte mich so daran gewöhnt, dass Tlitoo stets in der Nähe war.

»Fort«, meinte er. »Hinaus aus dem Tal. Mach keine Dummheiten, während ich weg bin.«

Er breitete die Flügel aus.

»Warte«, protestierte ich.

»Nur weil du auf dem Boden bleiben musst, heißt das noch lange nicht, dass ich es auch muss, Wölflein«, antwortete Tlitoo gereizt. »Dass du keine Flügel hast, ist nicht mein Problem. Ich muss jetzt los.«

Und damit schwang er sich in die Lüfte und flog auf die Berge zu. Schon bald war er nicht mehr als ein Punkt am Himmel, und dann konnte ich ihn nicht mehr erkennen. Ich seufzte. Ich war klug genug, mir nicht den Kopf darüber zu zerbrechen, was wohl in seinem Rabenhirn vorgehen mochte. TaLi lehnte schwer an mir. Meine linke Rippe juckte, aber ich wollte mich nicht bewegen, aus Angst, sie zu stören. Mir gefiel, wie sie sich mit ihrer Wärme an mich drückte, ich mochte es, ihren Herzschlag und ihren Atem zu spüren.

»Deshalb gehe ich über den Fluss, Wolf. Silbermond«, sagte TaLi und probierte zaghaft ihren neuen Namen für mich aus. Er war der Bedeutung meines Wolfnamens so ähnlich, dass er mir gefiel.

»Manchmal habe ich tatsächlich Angst, hinüberzugehen«, gab sie zu, »aber es muss sein. Meine Großmutter ist zu alt dazu. Und sie ist die *Krianan*, die geistliche Führerin unserer Sippe. Ich soll ihren Platz einnehmen, wenn ich erwachsen bin.« Ich stupste TaLi mitfühlend mit der Nase an. Viele von uns hatten Angst, den Fluss zu überqueren, doch ein Jäger musste dorthin gehen, wohin die Beute lief. Ich bewunderte TaLi dafür, dass sie ihre Furcht überwand, um das zu tun, was sie tun musste.

»Ich sollte inzwischen eigentlich bei ihr leben«, vertraute sie mir an. »Aber HuLin, der Anführer unserer Sippe, will nicht, dass ich zu ihr gehe. Er sagt, sie sei dumm und verstehe nicht, wie wir jetzt leben müssen. Die Krianan haben früher mit ihren Sippen gelebt, aber die Anführer wollen sie nicht mehr in der Nähe haben. Sie sagen, die Krianan würden sie nicht genügend jagen lassen.«

BreLan hatte sich erhoben und lief unruhig hin und her, wobei er seinen Spitzstecken wie ein drittes Bein gebrauchte. Wütend rammte er das stumpfe Ende in den Boden.

»Sie bedroht HuLins Macht«, sagte er. »Mein Vater hat es mir erklärt, nach dem letzten Rat der Stämme.«

Ich erinnerte mich, dass BreLan bei einer anderen Sippe lebte als TaLi, einer Sippe, die in Richtung der untergehenden Sonne zu Hause war. Für einen Menschen war es eine lange Reise bis hierher. Einen halben Tag war BreLan unterwegs. Doch er kam, wann immer er konnte. Er wollte TaLi als Gefährtin. Doch TaLi hatte mir erzählt, dass ihr Anführer wollte, dass sie die Gefährtin seines Sohnes wurde. Was wahrscheinlich auch ein Grund dafür war, dass BreLan jetzt so unruhig hin und her lief. TaLi streckte die Hand nach ihm aus, als er an ihr vorbeikam, und zog ihn herunter, damit er sich zu uns legte. Ázzuen legte sich über die gekreuzten Beine des jungen Menschen, und BreLan kraulte sein Fell. Ich spürte, wie der Herzschlag des jungen Menschen langsamer wurde und sich beruhigte, während er Ázzuen streichelte. Jetzt war es an Marra, sich zu erheben und unruhig hin und her zu laufen, eifersüchtig auf unsere Nähe zu den Menschen.

»Es ist kein Zufall, dass er sie fortgeschickt hat, um auf der anderen Seite des Flusses zu leben, TaLi«, sagte BreLan. »Er will nicht, dass du erfährst, was sie weiß. Er will nicht, dass du dich wie sie mit den Krianan-Wölfen triffst.«

»Ich weiß«, erwiderte TaLi. »Aber ich habe keine Ahnung, was ich tun soll. Der alte KanLin hatte nichts dagegen, dass sie bei unserer Sippe lebte.«

»Damals war sie auch noch jünger«, warf BreLan ein, »und hatte nicht so viel Einfluss. Und KanLin war selbstsicherer als HuLin.«

»HuLin ist unser neuer Anführer, Silbermond«, erklärte TaLi. »Er hasst es, wenn meine Großmutter ihm vorschreibt, was er tun soll, vor allem, wenn sie sagt, dass er aufhören soll, alles zu töten, was er fangen kann. Sie hat ihm vorgeworfen, er habe keine Ehrfurcht vor dem Leben anderer Geschöpfe. Darauf hat er erklärt, sie schade der Sippe, und hat sie über den Fluss geschickt, um dort zu leben. Er hat gesagt, wenn es ihr gefällt, so viel Zeit mit den Wölfen zu verbringen, könne sie gleich ganz mit ihnen leben.«

TaLi sprach schnell, fast atemlos, als würden die Worte aus ihr heraussprudeln.

»Was wirst du tun, wenn er dir verbietet, sie zu sehen? Wenn er dir verbietet, an den Aussprachen teilzunehmen?«, fragte BreLan.

Ich wollte mehr über die Aussprachen erfahren und winselte enttäuscht, weil es mir nicht gelang, mich den Menschen verständlich zu machen.

»Ich weiß nicht«, antwortete TaLi besorgt. »Er will, dass sein Sohn an meiner statt Krianan wird.« BreLan erstarrte, als sie den Sohn des Anführers erwähnte. »Ich habe ihn schon öfter belogen. Ich sage, dass ich auf die Jagd nach kleinen Tieren gehe oder Kräuter sammle. Und dann gehe ich Großmutter besuchen.«

Ich bewegte mich unruhig, wollte unbedingt einen Weg finden, um TaLi Fragen stellen zu können.

»Uns wird beigebracht, dass alle Geschöpfe außer den Menschen entweder dumm oder gefährlich sind, Silbermond«, erklärte TaLi. »Tiere wie ihr und die Bären und Löwen gelten als bösartig. Früher dachte man voll Ehrfurcht und Bewunderung an sie. Die Tiere, die auf der Ebene grasen oder die Pflanzen des Waldes fressen, gelten nur gerade so als lebendige Geschöpfe. Man sagt uns, die Menschen sollten über alle anderen herrschen, denn kein anderes Geschöpf kann Feuer machen oder Werkzeuge herstellen oder große Hütten errichten. Aber so war es nicht immer. Als Krianan bewahrt meine Großmutter die alten Überlieferungen. Es ist ihre Aufgabe, uns daran zu erinnern, dass wir dem Lauf der Natur zu folgen haben und die alten Bräuche achten sollen. Doch jetzt wollen die Anführer unseres Volkes nicht mehr, dass irgendjemand ihnen verbietet, sich einfach zu nehmen, was sie wollen.«

»Und viele von uns wollen nicht mehr mit dem Wechsel der Jahreszeiten umherziehen«, sagte BreLan und strich gedankenverloren durch Ázzuens dichtes Winterfell. »Mein Onkel fragt sich, warum sie weggehen sollen, wo sie doch so viel Zeit darauf verwandt haben, sichere Unterschlüpfe zu bauen. Er sagt, wenn die Krianan sie so viel jagen lassen würden, wie sie wollen, müssten sie nicht mehr so viel herumziehen, sondern könnten länger an einem Ort bleiben und mehr Gebäude errichten, und wir würden stärker werden als jede andere Sippe. Dann würde alle Beute im Tal und darüber hinaus uns gehören.«

Das beunruhigte mich. Ich verstand immer noch nicht, warum die Menschen glaubten, sie seien so anders als der Rest von uns. Ich konnte nicht behaupten, dass wir uns mehr Gedanken um das Leben der Beute machten, und ich musste BreLans Onkel recht geben, dass die Beute dem gehörte, der sie fing. Aber wir wussten, dass Beute ein Leben hatte. Wir brauchten einen Bau für unsere Jungen, wer aber würde die ganze Zeit in einem Bau leben wollen? Dafür hatte man doch Fell und die Kraft, umherzuziehen.

»Vielleicht müssen die Menschen irgendwie ausgleichen, dass sie kein Fell und nur kleine Zähne haben«, vermutete Marra und klang dabei so verwirrt, wie ich mich fühlte. Sie hatte endlich aufgehört hin und her zu laufen und lag ein paar Schritte von uns entfernt auf einem einigermaßen trockenen Fleckchen Erde.

»Je mehr sie haben, desto mehr wollen sie«, sagte Ázzuen. »Aber ich begreife nicht, warum sie nicht auf ihre Krianan hören. Ruuqo ist nicht immer einer Meinung mit den Höchsten Wölfen, trotzdem gehorcht er ihnen.«

Ich wusste keine Antwort für meine Rudelgefährten und keinen Trost für TaLi, die ihr Gesicht in meinem Rückenfell vergraben hatte. Ich wusste, dass man um seine Stellung im Rudel kämpfen musste. Ich wusste, dass man Mond und Sonne und das Leben, das Erde einem geschenkt hatte, in Ehren halten musste. Ich wusste, dass man den Gesetzen der Jagd folgen, für die Mitglieder des Rudels sorgen und das eigene Revier verteidigen musste. Aber ich wusste nicht, wie ich TaLi helfen konnte. Ich wusste nicht, wie die Probleme zu lösen waren, von denen ihre Großmutter gesprochen hatte. Alles, was ich tun konnte, war, mich an sie zu schmiegen und ihr so viel Trost wie möglich zu spenden.

Marra knurrte leise, als ein unbekannter Geruch von Mensch mit einem Windhauch zu uns herüberwehte. Wir drei hoben die Köpfe und spannten in Erwartung eines möglichen Angriffs die Muskeln an.

»Was hast du, Silbermond?«, fragte TaLi und setzte sich auf, als sie merkte, dass mein ganzer Körper gespannt war.

Der Mensch roch wie BreLan, und doch ein wenig anders. Er musste mit ihm verwandt sein. Doch nach dem, was BreLan von den Menschen seiner Sippe erzählt hatte, bedeutete das keineswegs, dass dieser Mensch ein Freund war. Ich stand auf, meine Rudelgefährten ebenso. Wir warteten.

Ein junger, männlicher Mensch kam über das Gras auf uns zu. BreLan stand auf, die Hand fest um seinen Spitzstecken gelegt. Dann, als der andere Mensch noch weit entfernt war, entspannte er sich und hob die Hand zu der Geste, mit der sich die Menschen begrüßen.

»Du hast ziemlich lange gebraucht, um uns zu finden«, rief er.

»Wenn ihr euch ins Gras legt wie die Kaninchen, was erwartest du dann?«, rief der andere Mensch zurück.

Der junge Mensch blieb stehen, als er Ázzuen, Marra und mich neben den anderen beiden Menschen sah. Aber er hob seinen Spitzstecken nicht.

»Das sind die Wölfe?«, fragte er, als er uns erreicht hatte. BreLan musste ihm von uns erzählt haben. »Ich habe dir nicht geglaubt, Bruder, aber es ist wahr. Sie stehen bei euch.« Neugierig und nur ein klein wenig ängstlich musterte er uns.

»Oder wir bei ihnen«, sagte TaLi lächelnd.

»Und ihr jagt mit ihnen gemeinsam?«

»Bislang nur kleine Beute«, antwortete BreLan. »Aber jetzt, wo wir zu dritt sind, können wir vielleicht auch größere Tiere jagen«, fügte er eifrig hinzu.

Überrascht hörte ich, wie er meinen eigenen Gedanken wie ein Echo zurückgab. Ich betrachtete den jungen Menschen genauer. Er sah nicht so aus, als sei er groß genug, um viel zu erjagen. TaLi merkte, dass ich ihn einzuschätzen versuchte.

»MikLan ist BreLans jüngerer Bruder«, erklärte sie mir. »Komm her, begrüße Silbermond«, sagte sie zu dem jungen Menschen.

Doch MikLans Blick war auf Marra gerichtet, die sich langsam auf ihn zubewegte, als würde sie vom Geruch einer Beute angezogen. Sie hatte beobachtet, wie Ázzuen und ich mit unseren Menschen umgegangen waren, und warf sich in einer unterwürfigen Haltung auf den Boden. Sie atmete kaum, so sehr konzentrierte sie sich auf den Jungen. Er war jünger als BreLan, sogar noch jünger als TaLi, ein Kind noch, und er war weniger misstrauisch als sein Bruder. Ein Lächeln breitete sich auf seinem Gesicht aus, und er berührte Marras Kopf. Ich schrak leicht zusammen, denn bei uns ist diese Geste ein Zeichen der Überlegenheit, aber Marra schien es nichts auszumachen. Einen Augenblick später balgten die beiden miteinander im Schnee, Marra knurrte spielerisch, und MikLan schnappte lachend nach Luft.

Nach einer Weile hörten sie auf zu spielen und ließen sich zusammen nieder. Marras Rute schlug auf den Boden, als sie ihren Kopf auf MikLans ausgestreckte Beine legte. Selbstgefällig sah sie mich an. Ázzuen rollte sich mit BreLan neben ihnen zusammen. Die Finger des Mädchens schoben sich in mein Fell. Wir alle wirkten ausgelaugt – von dem Treffen mit der alten Frau und den schwierigen Dingen, die sie erzählt hatte. Aber es war tröstlich, dass wir so zusammensitzen konnten, wir sechs, während der Tag in die Dämmerung überging. Trotzdem war ich beunruhigt. Denn wie konnte ich das Gefühl haben, mein Zuhause gefunden zu haben und gleichzeitig fürchten, dass meine Welt sich dem Ende entgegenneigte? Dass ich mich zum ersten Mal ganz fühlte und im selben Moment zerrissen? Und wie sollten wir diesen Widerspruch auflösen, von dem die alte Krianan gesprochen hatte, wenn wir bei unserem Rudel lebten und uns fortstehlen mussten, um bei den Menschen zu sein? Zu vieles galt es zu bedenken, und ich versuchte, die Sorgen zu verdrängen und stattdessen so viel Wärme und Trost wie möglich in der Nähe des Menschenmädchens zu finden.

15

Das Rudel schlief in der Nachmittagssonne. Ázzuen und Marra lagen nahe bei Rissa und Trevegg, die den leichtesten Schlaf hatten, bereit, mich zu warnen, falls einer der beiden erwachte. Es war später Nachmittag, und ich hatte versprochen, TaLi und ihre Großmutter in dieser Nacht bei der Aussprache zu treffen. Endlich würde ich mehr über die Höchsten Wölfe und ihre Verbindung zu den Menschen herausfinden. Normalerweise war es einfach für mich, zu verschwinden, doch heute zog eine Antilopenherde durch unser Revier, und Rissa wollte uns beibringen, wie man sie verfolgt. Sie hatte uns befohlen, auf dem Sammelplatz zu bleiben, bis es an der Zeit war, gemeinsam aufzubrechen.

Ich wanderte herum, als würde ich nur nach einem guten Schlafplatz suchen, und näherte mich den Eichen, die unsere Lichtung umgaben. Ich warf einen letzten Blick über die Schulter und verließ unseren Sammelplatz.

»Wohin willst du?«

Unnan versperrte mir den Weg. Er hatte nur so getan, als würde er schlafen, und hatte es geschafft, sich in den Wald zu schleichen und mich abzufangen.

»Geh mir aus dem Weg«, knurrte ich. Ich hatte keine Zeit, höflich zu sein.

Unnan warf mir nur einen verschlagenen, boshaften Blick zu.

»Du weißt genau, dass ich dich dazu zwingen kann«,

sagte ich. Unseren letzten Kampf hatte ich mit Leichtigkeit gewonnen, und ich wusste, dass ich jeden weiteren ebenso gewinnen würde.

»Kann schon sein, dass du das schaffst«, feixte Unnan. »Aber das würde eine Menge Lärm machen. Und du würdest nicht dazu kommen, deinen menschlichen *Ducker* zu sehen.« Ein *Ducker* war die niedrigste aller Beute. Beute, die so einfach zu töten war, dass man nicht einmal außer Atem geriet, wenn man sie fing.

Schockiert sah ich ihn an. Ich wollte nichts leugnen. Ich hatte keine Ahnung, wie viel Unnan wusste.

»Und Ázzuen und Marra würden ihre auch nicht sehen können. Haltet ihr euch für so schlau? Ihr trefft die Menschen, wann immer ihr die Gelegenheit dazu habt, und dann lügt ihr die Leitwölfe an. Ihr jagt und bringt dem Rudel keine Beute.«

»Wenn du so viel weißt, wieso hast du dann Ruuqo und Rissa nichts davon erzählt?« Mein Magen zog sich zusammen, aber ich versuchte so zu klingen, als würde mir das alles nicht viel ausmachen.

»Vielleicht werde ich das ja noch tun – vielleicht auch nicht«, sagte Unnan. »Aber jetzt gehst du nirgendwo hin.«

Bevor ich ihn aufhalten konnte, bellte Unnan laut auf. Jeder Wolf auf dem Sammelplatz erwachte und funkelte uns böse an.

»Welpen!«, rief Rissa streng. »Ihr wisst, dass ihr den Sammelplatz heute nicht verlassen dürft. Was macht ihr da?«

»Ich habe Kaala weglaufen sehen«, feixte Unnan, »und

wusste, dass wir das nicht dürfen. Also habe ich sie aufgehalten.«

»In Ordnung.« Unnans kriecherischer Tonfall schien Rissa mehr zu verärgern als mein Ungehorsam. »Kaala, es ist jetzt keine Zeit, um herumzustreunen. Leg dich neben Trevegg und Ázzuen und schlaf, bis es so weit ist, dass wir jagen können.«

»Ja, Leitwölfin«, sagte ich.

Gedankenverloren grüßte ich Trevegg und versuchte mir etwas einfallen zu lassen, um unbemerkt fortschleichen zu können. Ich merkte nicht, wie aufmerksam der Altwolf mich betrachtete. Er machte Anstalten zu sprechen, doch als er sah, dass Rissa uns beobachtete, legte er den Kopf nieder.

»Schlaf, Kleine«, murmelte er. »Wir unterhalten uns später.«

Ich legte den Kopf auf die Pfoten. Ich war so angespannt, dass ich sicher war, ich würde die ganze Zeit hellwach bleiben, doch ich muss müder gewesen sein als gedacht. Sobald ich die Augen geschlossen hatte, war ich auch schon eingeschlafen.

* * *

Eine Hand auf meinem Rücken weckte mich. Ich riss die Augen auf und blickte in TaLis Gesicht. Ich blinzelte ein paarmal. Und erstarrte vor Schreck. Wir waren nur wenige Wolfslängen entfernt von den anderen Mitgliedern des Rudels, die bald erwachen würden, um auf die Jagd zu gehen.

Ich hätte nie gedacht, dass TaLi sich auf unseren Sammelplatz wagen würde. Ich hätte es voraussehen müssen. Und jetzt war sie gekommen. Ich fürchtete mich davor, was mein Rudel mit ihr tun würde, wenn sie sie sahen. Ich wollte ihr sagen, dass sie fortlaufen müsse, doch selbst das kleinste Winseln konnte die anderen auf sie aufmerksam machen. Sie öffnete ihren Mund, um etwas zu sagen, doch ich drückte ihr die Nase heftig in die Wange und stand auf. Treveggs Ohr zuckte im Schlaf. Auf der anderen Seite der Lichtung grunzte Minn und drehte sich auf die andere Seite. Ich stupste TaLi mit dem Kopf an, und sie packte mein Fell. Ich ließ mich von ihr in die Richtung führen, in die sie wollte – solange wir nur von hier fortkamen. Jeden Moment rechnete ich damit, mein Rudel hinter uns zu hören. Der Geruch der Menschen ist so stark und so einzigartig, dass jeder Wolf ihn selbst aus großer Entfernung erkennen würde. Ich konnte nicht glauben, dass niemand ihre Witterung bemerkt hatte.

Da erst fiel mir auf, dass selbst ich das Mädchen nicht riechen konnte, obwohl sie direkt neben mir stand. Ich schnüffelte und schnüffelte noch einmal. Sie roch nach Wald, besonders nach kräftigem, süßem Harz, und nach vielen der Pflanzen, die ich aus dem Bau kannte, in dem ich sie zum ersten Mal begrüßt hatte. Ich wollte TaLi fragen, was ihre Witterung so gut verdeckte, aber wir waren immer noch zu nahe am Gefallenen Baum. Sanft zog sie an meinem Fell, und ich ließ mich von ihr durch den Wald führen. Nachdem wir ein gutes Stück von meinem Rudel entfernt waren, hielt ich an und wartete auf eine Erklärung. Zwischendurch schnüffelte ich weiter an ihrer Haut.

»Es ist *Uijin*, Silbermond«, flüsterte sie. »Meine Großmutter nimmt dafür den Harz der hochgewachsenen Bäume, dazu Apfelbeeren und ungefähr zwölf verschiedene Kräuter. Sie hat mir noch nicht gezeigt, wie man es herstellt – es dauert lange, das zu lernen –, aber sie hat gesagt, sie würde es für mich machen, damit die Wölfe mich nicht riechen können.« TaLi rieb ihre Arme und rümpfte die Nase. »Es ist klebrig.«

Ich leckte ihren Arm ab und probierte das Uijin. Ich wollte mehr darüber wissen. Wenn es ihre Witterung selbst vor mir verbarg, konnte es für uns nützlich sein, um Beute zu jagen. Wir konnten uns an die Beute heranschleichen, und sie würde uns nicht riechen, bis wir direkt vor ihr waren. Aber es waren so viele Pflanzen in der Mischung, dazu noch Erde und sogar, das erkannte ich jetzt, zerkleinerte Insekten. Ich konnte mir nicht vorstellen, den Geruch zu erzeugen, indem ich mich in den verschiedenen Zutaten wälzte. Trotzdem konnte ich nicht aufhören, mehr davon zu probieren.

»Hör auf damit, Wolf«, sagte TaLi leicht verärgert und schob meine Schnauze beiseite. »Ich muss meinen Geruch noch verdecken. Es ist die Nacht der Aussprache, und Großmutter hat mich geschickt, dich zu holen. Sie hat gesagt, es sei wichtig.«

Mir wurde bewusst, dass ich einen Teil von TaLis Arm fast sauber geleckt hatte und stupste sie entschuldigend mit der Nase an. Bewundernd sah ich das Mädchen an. Sie war doppelt so mutig wie ich. Ich konnte mich nicht einmal von meinem Rudel wegschleichen, um sie zu treffen, aber sie hatte unseren Sammelplatz gefunden und es gewagt, mitten in ein Wolfsrudel zu spazieren, um mich zu holen.

»Ich weiß nicht viel über die Aussprachen, Silbermond«, sagte TaLi im Weitergehen. »Ich bin noch nicht alt genug, um daran teilzunehmen, denn ich bin noch keine Frau. Aber Großmutter hat gesagt, wir sollten beide dabei sein. Ich war froh, als sie mir befahl, dich mitzubringen.«

Sie klang einsam. Zärtlich berührte ich ihre Hand mit der Nase.

In den zwei Monden, seit ich sie aus dem Fluss gezogen hatte, waren TaLis Beine länger geworden, und sie lief jetzt leichtfüßig durch den Wald. Nicht so schnell wie ein Wolf natürlich, aber ich war trotzdem überrascht, wie gut wir vorankamen. Wir liefen schweigend, bis sich der Himmel verdunkelte, dann wurde TaLi langsamer. Das Rudel würde jetzt aufwachen und sich fragen, wo ich steckte, aber daran konnte ich nichts ändern. Mein Mensch hatte mich um meine Hilfe gebeten, also würde ich ihm helfen.

»Warte«, sagte TaLi und blieb stehen. »Fast hätte ich es vergessen.«

Sie nahm einen kleinen Kürbis aus dem Beutel, den sie bei sich trug, und hob das obere Teil ab. Der Geruch von Uijin strömte aus dem Kürbis. TaLi schöpfte etwas von der harzigen Masse mit der Hand heraus und verrieb das klebrige Zeug in meinem Fell. Als sie fertig war, stellte ich fest, dass sie nichts auf meine Pfoten geschmiert hatte. Wahrscheinlich wusste sie nicht, dass die Geruchsdrüsen an unseren Pfoten eine besonders starke Fährte hinterließen. Ich rieb meine Vorderpfoten an der Schnauze, wo sie das Uijin dicker aufgetragen hatte, und kratzte mit den Hinterpfoten auf einem Klecks herum, der auf den Boden gefallen war. Dann nieste ich zweimal und sah TaLi an. Lachend verschloss sie den Kürbis mit dem Deckel und ließ ihn wieder in ihrem Beutel verschwinden. Wir liefen weiter.

Nach einer knappen Stunde blieb TaLi an einer völlig normal wirkenden Stelle mit Gras, nackter Erde und vielen großen Felsbrocken stehen. Durch eine Lücke in den Bäumen konnte ich die hohen östlichen Berge sehen, die jetzt im Mondlicht schimmerten. Diese Stelle würde sich gut als Sammelplatz eignen, dachte ich. TaLi setzte sich und wartete, also setzte ich mich zu ihr und wartete ebenfalls.

Dann roch ich sie. Trotz allem, was die alte Frau mir erzählt hatte, konnte ich meiner Nase kaum glauben. Höchste Wölfe, eine ganze Menge von ihnen, kamen auf uns zu. Frandra und Jandru waren unter ihnen und viele andere, die ich nicht kannte. Mir war nicht klar gewesen, dass es im Tal so viele Höchste Wölfe gab. Ich winselte TaLi an und begann, mich zurückzuziehen. Als sie mir nicht folgte, nahm ich ihr Handgelenk zwischen die Zähne und zog sanft.

»Kommen sie, Silbermond?«, fragte sie. »Wir müssen uns verstecken, bevor sie hier sind.«

Das Mädchen schaute sich um, entdeckte einen großen Felsen und versuchte, mich hinter ihn zu führen. Er lag jedoch in der Windrichtung, aus der die Höchsten Wölfe kamen. Ich wollte nicht das Risiko eingehen, dass sie uns trotz des Uijin witterten. Deshalb bugsierte ich TaLi zur windabgewandten Seite der Wiese, um ein besseres Versteck zu finden. Ich fand zwei große Felsen direkt nebeneinander. Einer war bis zur Hälfte zerbrochen und bildete dadurch einen schmalen, flachen Vorsprung. Dort, wo sich die Felsen berührten, war ein Spalt, in den wir beide hineinpassen würden. Ich führte TaLi dorthin und sprang auf den Vorsprung. Sie folgte mir und zog sich mit ihren kräftigen Armen hinauf. Wir zwängten uns in den Spalt zwischen den Felsen. Ich fühlte mich etwas unbehaglich, eingeklemmt zwischen den beiden Felsen zusammen mit TaLi, die sich an mich drückte, aber ich hielt still und atmete ruhig, um genug Luft in meine Lungen zu bekommen.

Die Höchsten Wölfe stolzierten auf die Wiese und bemühten sich nicht einmal darum, leise zu sein. Sechs Paare, Frandra und Jandru inbegriffen, und ein einsamer, uralter Wolf versammelten sich im vom Mond beschienenen Gras. Sie sprachen so leise miteinander, dass ich sie nicht verstehen konnte, dann ging jedes Paar zu einem der großen Felsbrocken. Jandru und Frandra blieben bei ihrem Felsen stehen, und TaLi packte mein Fell fester.

»Manchmal merke ich, wie sie mich beobachten«, flüsterte sie kaum hörbar. »Diese beiden Krianan-Wölfe. Ich kenne sie. Das sind diejenigen, die zu meiner Großmutter kommen.«

Ich hatte keine Zeit, über die Worte des Mädchens nachzudenken, denn ich nahm die Witterung von Menschen auf. Feierlich, einzeln und in Paaren, betraten sie die Wiese. Ich hatte Mühe, vor Entrüstung nicht laut aufzuheulen. Wie konnten sich die Höchsten Wölfe mit den Menschen treffen? Ich konnte es kaum glauben, obwohl die alte Frau mir davon erzählt hatte. Die Höchsten Wölfe sollten darüber wachen, dass die Gesetze eingehalten wurden und wir uns von den Menschen fernhielten. Frandra und Jandru hatten mir gedroht, als sie herausgefunden hatten, dass ich

TaLi gerettet hatte! Hätte ich es nicht mit meinen eigenen Augen gesehen, ich hätte es nicht geglaubt.

Die Menschen begrüßten die Höchsten Wölfe, wie ein Wolf den anderen grüßt. TaLis Großmutter war der älteste Mensch, doch alle Menschen strahlten durch ihre Haltung und ihren Geruch dieselbe Stärke und Weisheit aus wie die alte Frau. Lautlos neben den Menschen hertrottend betrat die junge Traumwölfin die Wiese.

Jeder Mensch stellte sich neben ein Paar der Höchsten Wölfe. TaLis Großmutter blieb neben Frandra und Jandru stehen. Erst jetzt erkannte ich, dass die Felsen nicht willkürlich im Gras verstreut waren, sondern in einem großen Kreis angeordnet waren, so dass die Höchsten Wölfe und Menschen einen Ring bildeten, dessen Zentrum die Mitte des Steinkreises bildete.

Die junge Traumwölfin berührte die Hand der alten Frau mit der Nase und trabte mitten durch den Kreis. Weder die Wölfe noch die Menschen schienen sie zu sehen. Zielstrebig lief sie auf unseren Felsen zu und sprang herauf. Nachdem sie mir einmal schnell über den Scheitel geleckt hatte, ließ sie sich über uns auf dem geborstenen Felsen nieder. Ich wagte nicht, mit ihr zu sprechen, aus Angst, gehört zu werden. Ich reckte den Hals, um die Traumwölfin anzublicken, und sie grinste mich an.

Schau zu und sei leise, Kaala Milchzahn, sagte sie. Ich wagte immer noch nicht, ihr zu antworten, und wandte mich wieder der von den Felsen gesäumten Wiese zu.

Sämtliche Blicke, von Wölfen und Menschen gleichermaßen, waren auf die alte Krianan gerichtet. Sie trug die Haut eines Tieres, das ich nicht kannte, einen dichten und langhaarigen Pelz. Aus seinen Falten zog sie eine Klinge, die nicht aus Stein gemacht war wie die an TaLis Spitzstecken, sondern aus etwas Leichterem, Gebogenem. Ich unterdrückte ein Keuchen. Es war der Zahn eines Langzahns. Ich erschauderte. Ich wollte niemals so nahe an einen Langzahn herankommen, um einen seiner Zähne zu erbeuten. Der Reißzahn war am Ende eines Steckens aus Walnussholz befestigt. Die alte Krianan hob ihn hoch und ging in die Mitte des Steinkreises. Sie wandte ihr Gesicht in Richtung Osten. Sie schien im Mondlicht zu glühen, und der Zahn des Langzahns schien einen Lichtstrahl in den Himmel zu senden.

Die Stimme der alten Frau war hell und klar, wie die Stimme eines Wolfs in der Blüte seiner Jahre, der sein Rudel zur Jagd ruft. Sie sprach in einem fließenden Rhythmus, den ich nie zuvor von einem Menschen gehört hatte, und die Tonhöhe ihrer Stimme stieg und fiel beinahe wie unser Heulen, wenn wir uns zur Jagd oder für eine Zeremonie zusammenfanden. Es klang ein wenig wie der Summton, den TaLi manchmal von sich gab, wenn wir zusammen liefen, war aber stärker und viel kraftvoller.

Ich rufe Sonne.
Ich erbitte deine lebenspendende Wärme,
Die Macht der Flamme,
Feuer und Beständigkeit,
Licht und Hitze,
Die den Pflanzen und Geschöpfen
Kraft geben, hinaufzuwachsen
Zum Himmel.

Ich brauchte einen Moment, bis ich in der Lage war, die Frau zu verstehen. Sie sprach die Ursprache, die älteste und einfachste Sprache der Welt. Sämtliche Sprachen waren daraus entstanden, und Ruuqo und Rissa hatten darauf bestanden, dass wir einiges davon lernten, damit wir so viele Geschöpfe wie möglich verstanden. Ich hatte nicht gewusst, dass die Menschen sie ebenfalls kannten. Würde ich mich womöglich so mit TaLi verständigen können?

Der greise Höchste Wolf trat vor und ging zu der alten Frau in die Mitte des Kreises. Er bewegte sich langsam, als ob es ihm Schmerzen bereitete, und wandte sein Gesicht in Richtung Westen. Als er sprach, klang seine Stimme wie trockene Zweige, die unter den Pfoten zerbrechen.

Ich rufe Mond,
Freund der Nacht,
Gefährte der Sterne,
Die wahre Macht hinter Sanftheit verbergend,
Zurückweichend, um Kraft zu gewinnen.
Kühles Licht, leitendes Bild
Zum Himmel.

»Dafür sind die Aussprachen da, Silbermond«, sagte TaLi und schmiegte sich an mich. »Viel kann ich noch nicht verstehen«, sagte sie wehmütig, »aber bald werde ich es lernen.«

Die alte Frau ergriff erneut das Wort. Sie sprach von der Erde, rief sie an, die Leben spendete und Schutz bot. Allmählich begriff ich, dass die Aussprache ein Ritual war, wie unser Welpenwillkommen oder die Jagdzeremonien.

Es überraschte mich, dass es den Menschen ebenso wichtig war wie uns. TaLi beugte sich über mich und lehnte ihr Gewicht auf meinen Rücken, während die alte Frau ihre Klinge in Richtung Norden schwenkte.

Dann war wieder der alte Höchste Wolf an der Reihe.

Himmel, Erwecker der Winde,
Hüter von allem, was ist.
Erster Vater, erste Mutter,
Alles, was ist, ist dein.
Du bringst Licht und Dunkelheit,
Leben und Tod,
Für Erde, Sonne und Mond.

Die alte Frau senkte die Klinge und stützte sich auf den breiten Rücken des greisen Höchsten Wolfs. Er schmiegte sich an sie, und für den Bruchteil eines Augenblicks schien es, als seien sie ein Geschöpf.

»Hüterwölfe«, rief die alte Frau. »Wir erneuern unser Versprechen, gegeben von den Vorfahren unserer Vorfahren. Das Versprechen, unser Volk davon abzuhalten, stolz zu werden, zu zerstören, zu viel zu nehmen und zu oft zu töten. Wir nehmen, was wir von euch heute Nacht lernen, und teilen es mit unserem Volk.«

Der alte Höchste Wolf verneigte sich und sprach.

»Und wir erwidern euer Versprechen mit unserem eigenen, eingedenk des Versprechens, das Indru, unser erster Vater, gab. Wir versprechen, unser Volk davon abzuhalten, dem euren Schaden zuzufügen. Wir schwören, eurem Volk als Lehrer zu dienen und euch zu helfen, das

Gleichgewicht aufrechtzuerhalten. Im Namen von Indru versprechen wir dies.«

Dann ließ sich jeder Mensch mit einem Paar der Höchsten Wölfe nieder. Die Energie der Zeremonie erfüllte die Luft, und der Mond schien heller als üblich. Ein schwaches Licht schien von der alten Frau und dem ältesten Höchsten Wolf, der gesprochen hatte, auszugehen. Das Licht dehnte sich aus, bis es alle Höchsten Wölfe und Menschen umfing. Ich meinte beinahe zu hören, wie die Luft sich verdichtete und vor Energie vibrierte.

Komm mit mir. Ich muss gehen.

Ich setzte meine Pfote fest auf TaLis Brust, um sie wissen zu lassen, dass sie bleiben sollte, wo sie war. Dann kroch ich aus der Spalte und zog mich vorsichtig, damit mich keiner der Höchsten Wölfe bemerkte, an die Rückseite des Felsens zurück. Dort war es steiler als an der Vorderseite, und ich landete beim Herunterrutschen unsanft auf dem Hintern.

Ich versuchte, meine Würde einigermaßen wiederherzustellen, und berührte die Nase der Traumwölfin mit meiner eigenen.

Ich muss jetzt gehen, sagte sie, *sonst wird man mich vermissen. Doch die Dinge entwickeln sich schneller, als ich erwartet hatte. Ich hatte gehofft, du hättest wenigstens ein ungestörtes Jahr, bevor es losgeht. Bis du alt genug gewesen wärst, um für dich selbst zu sorgen.*

»Was geht denn los?«

Still, befahl sie. *Mich können sie nicht hören, aber dich. Du weißt, dass die Wölfe mit den Menschen leben müssen, weil sonst die Menschen zu viel zerstören würden?*

»Das hat uns die alte Menschenfrau erzählt«, flüsterte ich. »Sie hat uns erklärt, dass wir mit den Menschen leben müssen, aber es nicht können, weil wir jedes Mal, wenn wir zusammenleben, miteinander kämpfen. Aber die Legenden sagen etwas anderes!«

Eure Legenden lügen, sagte die Traumwölfin. *Die Krianan der Menschen spricht die Wahrheit.*

Mein Atem stockte mir irgendwo auf dem Weg zwischen der Kehle und der Lunge. Sosehr ich mir auch gewünscht hatte, dass es richtig wäre, mit TaLi zusammen zu sein, so hatte ich es doch nicht wirklich glauben können. Ich begriff nicht, wie alles, was man mir beigebracht hatte, falsch sein konnte, wie Ruuqo, Rissa und selbst der weise Trevegg sich so sehr hatten irren können. Doch selbst dort, wo ich mit der jungen Traumwölfin stand, hörte ich die Höchsten Wölfe mit den Menschen sprechen. Ich konnte nicht leugnen, was meine Ohren lauschten.

Als mein Rudel mit den Menschen lief, wusste ich nichts davon. Ich war wie du – ich fand einen Menschen und jagte mit ihm. Von dem Fleisch, das wir gemeinsam mit den Menschen erbeuteten, wurde mein Rudel stark. Doch dann kam es zum Krieg – zum Krieg zwischen Menschen und Wölfen. Die Hüterwölfe erklärten, es sei meine Schuld gewesen – dass ich mich mit den Menschen abgegeben hätte, ohne zu wissen, was ich tat, und dass die Ahnen uns dafür bestrafen würden. Sie sagten, sie allein wüssten, wie mit den Menschen umzugehen sei, und dass ich mein Rudel nur retten könne, wenn ich es verließe. Sie schickten mich fort. Sie klang verbittert. *Viele Jahre lang hatten sie mit ihrer Methode Erfolg, und ich glaubte, sie hätten recht und ich sei tatsächlich die Ursache für den Zwist gewesen. Ich war mir sicher, dass es durch meine Schuld zum Krieg zwischen Menschen und Wölfen gekommen war. Aber jetzt scheitern auch sie, und ich denke, ich habe nicht richtig gehandelt, als ich den Hüterwölfen gehorchte. Deshalb bin ich zu dir gekommen.*

Ich blickte sie einfach nur an. Ich hatte keine Ahnung, was sie von mir erwartete.

Schon bald werden Menschen und Wölfe erneut gegeneinander kämpfen, und dieses Mal wird es keine zweite Chance geben.

»Warum sollten die Wölfe kämpfen?«, flüsterte ich. »Das ist gegen unser Gesetz.«

Gesetze können gebrochen werden. Legenden können vergessen werden. Und der Frieden im Großen Tal ist schon immer brüchig gewesen. Die Hüterwölfe haben unserem Volk stets zu viel verheimlicht, und diese Geheimnisse sind es, die immer wieder zu Schwierigkeiten führen.

Von plötzlichem Zorn erfüllt, reckte ich der Traumwölfin das Kinn entgegen. Ausgerechnet sie sprach von Geheimnissen? Die ganze Zeit hatte ich mich gesorgt, dass ich unnatürliche und gefährliche Gefühle für TaLi hegte, und die ganze Zeit war die Traumwölfin zu mir gekommen, hatte von den Lügen gewusst und mir nichts davon erzählt.

»Warum hast du mir nicht früher davon erzählt?«, wollte ich wissen. »Warum bist du einfach nur zu mir gekommen und wieder verschwunden? Warum hast du mir nicht davon erzählt?«

Knurrend zog sie die Lefzen hoch. *Du hast keine Vorstellung davon, was es mich kostet, ›einfach‹ zu dir zu kommen, wie du es nennst. Ich darf dir nicht erzählen, was ich in der Welt des Todes erfahre. Alles, was ich tun kann, ist, dir den Weg zu zeigen, damit du es selbst herausfindest. Du weißt mehr, als ich jemals gewusst habe. Ich wusste gar nichts!*

Die Traumwölfin blickte über die Schulter. *Ich bin schon zu lange geblieben – und habe dir zu viel erzählt. Du musst zuhören, was die Höchsten Wölfe heute Nacht sagen. Du musst herausfinden, wie nahe Menschen und Wölfe einem Krieg sind, und dann musst du einen Weg finden, ihn zu verhindern.*

»Und wie soll ich das tun?«

Du und dein Mädchen, ihr müsst es schaffen. Ihr müsst die Lösung finden, die ich nicht gefunden habe – bevor Menschen und Wölfe wieder gegeneinander kämpfen. Sobald sie sich bekriegen, ist alles verloren.

»Aber wie?«, wollte ich wissen. »Woher soll ich wissen, was zu tun ist?«

Ich muss jetzt gehen. Du weißt, was ich nicht wusste. Gebrauche dieses Wissen klug!

Bevor ich der Traumwölfin noch eine der vielen Fragen stellen konnte, die in meinem Kopf umherschwirrten, war sie verschwunden und lautlos in den Wald geschlüpft. Am liebsten hätte ich mich auf der Stelle zusammengerollt, geschlafen und alles vergessen, was ich gehört und gesehen hatte. Doch TaLi wartete auf mich, und wenn die Traumwölfin recht hatte und Krieg das Tal bedrohte, musste ich hören, was die Höchsten Wölfe noch zu sagen hatten.

Zitternd kletterte ich zurück in die Felsspalte und schmiegte mich an TaLi. Mehr als je zuvor wünschte ich, ich könnte mich besser mit ihr verständigen. Ich wollte ihr erzählen, was die Traumwölfin gesagt hatte. Stattdessen drückte ich mich eng an sie, und sie zog mich an ihre Brust.

Die Menschen und Wölfe hatten sich erhoben. Wir beobachteten, wie zwei der Menschen der alten Frau halfen, auf einen großen Feldstein zu steigen. Standfest trotz ihres Alters wandte sie sich an die Höchsten Wölfe. Sie hob die Arme in die Höhe und stand schweigend, bis jeder Wolf und jeder Mensch im Kreis sie anschaute.

»Die meisten von euch wissen«, sagte sie, »dass unsere Aussprachen nicht länger genügen. Im Tal herrscht Zwietracht. Wir müssen wissen, was ihr gehört habt.«

Der greise Höchste Wolf trat vor. Er stieg auf keinen Felsen, trotzdem waren alle Blicke auf ihn gerichtet.

»Wir haben ebenfalls davon gehört«, sagte er mit seiner Stimme, die wie zerbrechende Zweige klang. »Mit jeder Aussprache scheint es schlimmer geworden zu sein. Wir wissen, dass einige Wölfe nicht länger an die Legenden glauben. Und dass viele Menschen darauf aus sind, alle Wölfe zu vernichten. Wir haben gehört, NiaLi«, sagte er zu der alten Frau, »dass eure Leute die Krianan nicht länger so achten, wie sie sollten. Dass ihr nicht länger die Macht habt, die anderen zu beeinflussen.«

»Das ist wahr, Zorindru.« In ihrer Stimme lag eine gewisse Schärfe, als sie den greisen Höchsten Wolf direkt ansprach. »Wir verlieren an Einfluss. Aber genauso wenig habt ihr eure Wölfe noch länger unter Kontrolle.«

Eine Frau trat vor. Sie war sehr viel jünger als TaLis Großmutter, aber immer noch erheblich älter als TaLi. Wäre sie ein Wolf, hätte sie genau das richtige Alter, um ein Rudel anzuführen – jung genug, um noch alle Kräfte zu haben, aber alt genug, um sich ihrer selbst sicher zu sein. Hätte sie ein Nackenfell besessen, wäre es jetzt gesträubt gewesen. Sie sprach voller Zorn.

»NiaLi hat recht. Mir wurde berichtet, dass Wölfe zwei Menschen getötet haben. Einen jungen Mann aus der Lin-Sippe und ein Kind von den Aln. Die Leute von Aln betrachten mich als ihre Krianan und verlangen, dass ich ihnen die Leiche des Wolfes bringe. Sie wollen sich rächen und alle Wölfe töten. Bislang ist es mir gelungen, sie zu beschwichtigen. Aber wenn ihr eure Wölfe nicht unter Kontrolle bringt, weiß ich nicht, was mein Volk tun wird.«

»Ich stimme dir zu«, sagte Zorindru. »Wenn es tatsächlich ein Wolf war, der die Menschen getötet hat, und kein Bär oder Langzahn, und wenn die Menschen grundlos angegriffen wurden, werden wir herausfinden, wer dieser Wolf war und ihn und sein Rudel töten.«

Mir blieb das Herz im Halse stecken. Es schockierte mich zu hören, dass ein Wolf tatsächlich Menschen getötet haben könnte und dass die entsetzliche Strafe vollstreckt werden würde. TaLi packte mein Fell fester. Ich fragte mich, wie viel von der Ursprache sie wohl verstand.

»Und da ist noch etwas.« Der Menschenmann, der jetzt sprach, war jung, nicht viel älter als TaLi, und er sprach unbeholfen, als sei er nicht daran gewöhnt, sich in der Ursprache zu verständigen. »HaWen ist der neue Führer der Wen-Sippe, und er hat geschworen, das Tal von allen Wölfen zu befreien. Seine Gefährtin hat das letzte Kind verloren, das sie in ihrem Bauch trug, und er sagt, das liegt daran, dass sie einen Wolf gesehen hat, als sie unterwegs war, um Samen zu sammeln.«

TaLis Großmutter nickte. »JiLin behauptet auch, dass sein jüngster Sohn sich das Bein gebrochen hat, weil er denselben Pfad benutzt hat wie die Wölfe«, sagte sie. »Er sagt, es sei falsch, den Bedürfnissen der Erde und des Himmels Beachtung zu schenken. Er ist der Ansicht, die Nahrung im Tal – die der ganzen Erde – sei allein für die Menschen bestimmt, und die Geschöpfe, die sie den Menschen wegnähmen, sollten getötet werden. Haben andere auch solche Dinge gehört?«

»Ja«, sagte der junge Mann, dann senkte er schnell den Blick, als die älteren Krianan ihn alle ansahen. Er schluckte mehrmals hastig und fuhr dann fort. »HaWen hat gesagt, dass unsere Stämme nur gedeihen können, wenn wir alle Wölfe und alle Messerzahnlöwen umbringen.«

»Bei meiner Sippe ist es dasselbe«, sagte eine andere Frau mit leiser, aber klarer Stimme. Sie legte dem jungen Mann eine Hand auf die Schulter. »Ich habe mein Bestes versucht, um die anderen davon abzubringen, aber vergeblich.«

»Wir alle haben unser Bestes gegeben, um unsere Leute davon abzuhalten, solchen Unsinn zu glauben«, erklärte TaLis Großmutter. »Aber wenn sich die Geschichten von Wolfsattacken auf Menschen mehren, fürchte ich, dass wir unsere Leute nicht mehr davon abhalten können, jeden Wolf zu töten, den sie sehen.«

Für einige Augenblicke war es vollkommen still. Ich spürte TaLis schnellen Herzschlag an meiner Seite. Auch mein Herz raste. Die Traumwölfin hatte recht gehabt. Ein Krieg stand kurz bevor. Und ich hatte keine Ahnung, was wir dagegen tun konnten.

»Wir hören euch«, sagte Zorindru, »und wir verstehen euch. Wir werden die Blutlinie eines jeden Wolfes ausrotten, der grundlos Menschen angreift. Und wir werden diejenigen, die uns folgen, an ihre Verantwortung erinnern. Gehet in Frieden«, sagte er und nickte den Menschen zu.

Ich dachte, die alte Frau würde noch etwas sagen. Sie schien offensichtlich noch etwas von dem alten Höchsten Wolf zu erwarten, und ihre angespannten Schultern verrieten ihren Zorn. Doch sie streckte lediglich die Arme aus, um sich vom Felsen herunterhelfen zu lassen.

»Gehet in Frieden, Hüterwölfe.«

Die alte Krianan verließ den Steinkreis, gefolgt von den anderen Menschen.

»Ich muss Großmutter nach Hause helfen«, flüsterte TaLi.

Ehe ich sie aufhalten konnte, war sie vom Felsen hinuntergeklettert und im Wald verschwunden. Ich wollte ihr folgen, doch dann sah ich, dass Frandra und Jandru in meine Richtung blickten. Ich durfte nicht riskieren, von ihnen entdeckt zu werden. Ich rutschte an der Rückseite des Felsens hinunter, machte mich auf den Weg nach Hause und dachte angestrengt über das nach, was ich erfahren hatte. Was im Namen des Mondes sollte ich nur tun?

Trevegg erwartete mich bereits, als ich den Sammelplatz erreichte.

»Du hast die Antilopenjagd verpasst«, stellte er fest. »Ruuqo ist ziemlich ungehalten.«

»Ich habe kleine Beute gejagt«, antwortete ich und wich seinem Blick aus. »Habt ihr etwas gefangen?«

Ázzuen kam herbei, um mir beizustehen.

»Nein«, sagte Trevegg. Er betrachtete mich lange, und als er schließlich sprach, war seine Stimme leise.

»Ich habe nichts davon gesagt, dass du Zeit mit den Menschen verbringst.« Ich schrak zusammen und blickte zu ihm auf. Ázzuen quiekte vor Überraschung.

»Vielleicht hätte ich es von Anfang an unterbinden sollen, sobald ich merkte, dass du mit deinen Freunden zu ihnen gehst. Aber irgendetwas stimmt nicht. Es gibt etwas, das die Höchsten Wölfe uns nicht erzählen. Ich hatte gehofft, du würdest es vielleicht herausfinden. Als du dich gegen Ruuqo gestellt hast – entschlossen zu kämpfen, obwohl du gerade mal einen Mond alt warst –, wusste ich sofort, dass du anders bist.«

»Ich bin gar nicht so anders«, sagte ich. »Und ich will überhaupt nichts verändern. Ich will nur in der Nähe der Menschen sein.«

»Das bedeutet, die Dinge verändern zu müssen«, sagte Trevegg sanft. »Du kennst die Legenden. Wusstest du, dass Ruuqos Bruder fortgeschickt wurde, weil er zu den Menschen ging?«

»Ja«, gab ich zu.

»Gut. Mein Bruder war damals der Leitwolf vom Schnellen Fluss, Hiiln sollte sein Nachfolger werden. Er und Rissa hatten einander erwählt, und ich hätte mir kein besseres Paar vorstellen können, um das Rudel vom Schnellen Fluss weiterzuführen.« Traurigkeit schlich sich in seine Stimme. »Doch als Hiiln sich weigerte, seine Besuche bei den Menschen einzustellen, wusste ich, dass ich meine Pflicht dem Tal gegenüber erfüllen musste. Ich riet meinem Bruder, ihn fortzuschicken, und er tat es, obwohl es ihm das Herz brach. Wenn ich daran zurückdenke, frage ich mich, ob ich richtig gehandelt habe. Also habe ich weggeschaut, als du zu den Menschen gegangen bist.

Es gibt eine Legende, die nur den Leitwölfen erzählt wird«, sagte er langsam. »Mir hat man sie erzählt, als es einmal so aussah, als müsste ich das Rudel vom Schnellen Fluss anführen. Sie ist der Grund dafür, dass Ruuqo sich so vor dir fürchtet, Kaala. Ich hätte dir davon erzählen sollen, als er sich weigerte, dich jagen zu lassen. Es heißt, dass ein Wolf geboren werden wird, der das Abkommen zunichtemachen wird. Dieser Wolf wird das Ende für das Volk der Wölfe, wie wir es kennen, bedeuten. Es heißt, dass dieser Wolf das Zeichen der Mondsichel tragen und er große Veränderungen bringen wird, die sein Rudel entweder retten oder zerstören. Deine Mutter wollte niemandem verraten, wer dein Vater ist, aber wenn er zu denen gehört, die sich zu den Menschen hingezogen fühlen, könntest du dieser Wolf sein.«

»Ich bin keine Legende.« Ich brachte die Worte kaum heraus.

Trevegg blickte mich lange an. »Vielleicht nicht«, sagte er freundlich. »Andere Wölfe tragen das gleiche Zeichen. Aber jetzt ist Ruuqos Misstrauen geweckt, und es gibt Unruhe im Tal. Du musst vorsichtig sein, Kaala.«

Ich winselte leise. Es war mehr, als ich erfassen konnte.

»Das müssen wir nicht heute klären«, sagte Trevegg unvermittelt. »Vielleicht hat es auch alles gar nichts zu bedeuten, und du bist einfach nur ein Welpe, der nicht gerne Befehlen gehorcht.« Er leckte mir den Kopf. »Jetzt geh und beschwichtige Ruuqo«, sagte er. »Und verpass nicht noch eine Jagd.«

Dankbar leckte ich dem Altwolf die Schnauze und ging auf den Sammelplatz, um mich bei Ruuqo zu entschuldigen.

16

Azzuen, Marra und ich schleppten jeder ein Stück Rehfleisch den Wolfstöterhügel hinauf. Zugegeben, unser erstes Reh war alt und verletzt gewesen, aber sein Fleisch schmeckte genauso lecker wie jedes andere, das ich zuvor gekostet hatte. Ich hatte mich in MikLan geirrt. Für seine Größe war er kräftig, und er war derjenige, der den ersten Wurf gemacht hatte. Die Menschen besaßen besondere Stecken, die es ihnen gestatteten, die Spitzstecken sehr weit zu schleudern. MikLan war besonders geschickt im Umgang damit. Wir sechs erlegten das Reh so mühelos, dass es beinahe lächerlich war. Und das gerade noch rechtzeitig. Die meisten Elen hatten das Tal schon verlassen, nur wenige standen noch auf der Ebene des Hohen Grases. Vor zwei Tagen hatte Ruuqo erklärt, dass wir, wenn wir in den nächsten Nächten keine Jagderfolge erzielten, uns auf unsere Winterwanderungen begeben müssten. Ich überlegte unentwegt, wie es mir gelingen sollte, das Mädchen im Winter zu sehen. Es würde schwieriger werden, dann noch mit den Menschen zu jagen, und ich freute mich, dass es uns bereits gelungen war, gemeinsam größere Beute zu erlegen. Außerdem machte es mich glücklich, dass die Jagd mit den Menschen mich für einige Zeit vergessen ließ, was ich während der Aussprache erfahren hatte. Nicht einmal Ázzuen hatte irgendwelche Ideen, wie wir den drohenden Krieg abwenden könnten. Ich hoffte nur, dass jegliche Scherereien so lange auf sich warten ließen, bis uns etwas eingefallen war.

Ázzuen, Marra und ich hatten darüber gestritten, was wir mit unserem Anteil am Reh tun sollten. Etwas davon hatten wir vergraben, aber für das Rudel mussten wir uns immer noch eine Erklärung einfallen lassen.

»Sie werden es an unserem Atem riechen«, sagte Marra. »Es ist eine Sache, nach Kaninchen oder Igel zu riechen. Die können wir mühelos allein fangen. Aber kein Reh. Wenn sie erfahren, dass wir ein Reh erlegt haben, werden sie alles wissen wollen.«

Marra kannte sich von uns dreien am besten mit dem Kräftespiel im Rudel aus. Was sie sagte, leuchtete ein.

»Wir könnten behaupten, es sei bereits tot gewesen, als wir es fanden«, schlug ich vor.

»Das Fleisch ist zu frisch«, sagte Ázzuen, »und wir riechen nach Jagd. Sie würden merken, dass wir lügen.«

Im Gegensatz zum Menschengeruch, der nur der Oberfläche unseres Fells und unserer Haut anhaftete, rochen wir intensiv von innen heraus nach Jagd auf große Beute. Diesen Geruch konnten wir nicht einfach abwaschen oder überdecken.

»Also, was sollen wir ihnen erzählen? Oder müssen wir es liegen lassen?«, fragte ich enttäuscht.

»Das geht auch nicht«, sagte Marra langsam. »Sie werden wissen, dass wir große Beute gejagt haben, und sich fragen, warum wir nichts davon dem Rudel bringen.«

»Wir müssen uns eben etwas ausdenken.«

Ázzuen klang, als sei er sicher, dass ihm eine Lösung einfallen würde. Ich beneidete ihn um seine Klugheit. Ich konnte beinahe hören, wie sein Verstand arbeitete. Marra und ich warteten, während seine Ohren zuckten und er die Augen halbgeschlossen hielt. Es dauerte nicht lange, dann leuchteten seine Augen auf.

Eine Stunde lang erklommen wir vorsichtig den Wolfstöterhügel, einen eher kleinen, aber steilen Hügel, der sich merkwürdigerweise mitten im Wald erhob, einen kurzen Lauf vom Gefallenen Baum entfernt. Einige Wölfe behaupteten, der Wolfstöterhügel sei früher ein großer Vulkan gewesen, und der kleine, zerklüftete Berg sei alles, was davon übriggeblieben war. Andere glaubten, er sei vor langer Zeit von den Menschen oder von den Höchsten Wölfen errichtet worden. Seinen Namen hatte er erhalten, weil Wölfe, die ohne die nötige Vorsicht hinaufliefen, häufig von einem der zahlreichen steilen Abhänge auf die darunterliegenden zerklüfteten Felsen stürzten. Ázzuens Idee war simpel. Wir würden behaupten, wir seien einem Reh zum Hügel gefolgt und hätten es in den Abgrund gehetzt. Leider hätten wir nur einen Teil des Fleisches retten können, bevor der Rest einen Abhang heruntergestürzt war. Wir brauchten nur unsere Rücken an der Rinde von einer der alten Eiben zu scheuern, die nur dort oben auf dem Wolfstöter wuchsen. Dann hätten die Wölfe unseres Rudels keinen Grund mehr, an unserer Geschichte zu zweifeln. So hofften wir.

»Können wir das Fleisch nicht einfach hierlassen?«, murrte ich auf halbem Weg den Berg hinauf. Der Anstieg war steil, und es war schwierig, zu klettern und gleichzeitig das Fleisch festzuhalten.

»Es sollte nach dem Gipfel riechen«, keuchte Ázzuen. »Es ist nicht mehr weit.«

»Ihr beide müsst mehr laufen«, grinste Marra hinter ihrem Fleisch hervor. »Ihr werdet zu schlapp.«

Ich hielt an, um zu Atem zu kommen und um eine passende Antwort zu finden. In diesem Moment witterte ich die Wölfe vom Felsgipfel. Ázzuen und Marra bemerkten den Geruch fast gleichzeitig mit mir. Wir hörten Stimmengemurmel, konnten jedoch keine einzelnen Wörter verstehen.

»Was tun sie in unserem Revier?«, wollte Ázzuen wissen und legte sein Fleisch ab.

»Und noch viel wichtiger – wo sind sie?« Marra sah sich um.

»Sie müssen auf der anderen Seite des Hügels sein«, sagte Ázzuen. »Irgendwie werden ihre Stimmen hierhergetragen.«

»Sie sind mindestens zu viert«, stellte Marra fest, hob ihre Nase in den Wind und hielt sie dann dicht über den Boden. »Ich glaube, Torell ist einer von ihnen. Ich bin mir nicht sicher, wer die anderen sind.«

Ich hatte ebenfalls Torells unverwechselbare, widerliche Witterung erkannt. Entrüstung mischte sich in meine Furcht, als mir klarwurde, dass die Wölfe vom Felsgipfel mindestens seit zwei Tagen auf unserem Land sein mussten. Der Hügel behinderte die Strömung des Windes, so dass unser Rudel sie noch nicht hatte riechen können.

»Wir müssen Rissa und Ruuqo Bescheid sagen«, meinte Ázzuen skeptisch.

»Das geht nicht«, sagte Marra. »Das Rudel würde hierherkommen, um sie zu suchen, und dann würden sie unsere Fährte bis zu den Menschen zurückverfolgen. Wir haben nicht genug Zeit, die Fährte zu verwischen.«

Marra hatte recht. Aber unsere Verpflichtung dem Rudel gegenüber gebot uns, den Leitwölfen von den Wölfen vom Felsgipfel zu erzählen.

»Wir könnten herausfinden, was die vom Felsgipfel hier tun«, schlug ich vor. »Wenn sie das Revier verlassen und keine Schwierigkeiten machen, müssen wir vielleicht gar nichts sagen. Wenn nicht, können wir Ruuqo und Rissa wenigstens etwas Genaueres berichten, und dann haben wir vielleicht auch genug Zeit, unsere Fährte zu verwischen.«

»Dann würden wir dem Rudel wertvolle Neuigkeiten bringen«, meinte Marra nachdenklich.

»Und wir könnten Ruuqo und Rissa erzählen, wir hätten die vom Felsgipfel auf unserem Heimweg vom Wolfstöterhügel gehört«, fügte Ázzuen hinzu. »An irgendeiner Stelle, von der aus sie unsere Fährte zu den Menschen nicht aufnehmen können.«

Ázzuen und Marra sahen mich beide an, als müsste ich die Entscheidung treffen. Merkwürdigerweise wünschte ich mir, Tlitoo wäre in der Nähe. Es war über einen halben Mond her, seit ich den Vogel vor der Hütte der alten Frau gesehen hatte. Ich hätte nie erwartet, dass ich seine lästigen Kommentare einmal vermissen würde, aber zumindest konnte er mich jetzt nicht mahnend angucken, so als müsste ich wissen, was zu tun ist.

»Wir wollen nicht, dass Ruuqo herausfindet, dass wir ihn anlügen«, erklärte ich, als ich zu einem Entschluss gekommen war. Ich hatte Ázzuen und Marra in die Sache mit hineingezogen. Es war meine Pflicht sicherzustellen, dass sie nicht meinetwegen aus dem Rudel verbannt wurden. »Wir finden heraus, was die vom Felsgipfel hier treiben.«

Ázzuen und Marra nickten zustimmend. Wir vergruben das Fleisch, nicht zu tief, damit wir es auf dem Heimweg leicht wiederfinden konnten.

»Marra, du führst uns hin. Ázzuen, du hältst die Ohren offen, falls es Ärger gibt«, sagte ich. Marra hatte die beste Nase von uns und Ázzuen die besten Ohren. Gemeinsam konnten die beiden wirklich alles aufspüren. Ich wollte sichergehen, dass wir so vorsichtig wie möglich waren.

Wir entdeckten die Wölfe vom Felsgipfel versteckt unter einem Überhang genau auf der anderen Seite des Hügels. Die Felszunge bildete einen guten Rastplatz, und wahrscheinlich half er ihnen, ihre Witterung zu verbergen. Hätte der Wind sich nicht gedreht, als wir den Berg heraufgeklettert waren, hätten wir sie womöglich nie gewittert. Marra führte uns gegen den Wind, der aus der Richtung der Wölfe vom Felsgipfel wehte, damit sie uns nicht riechen konnten. Wir mussten uns an einem steilen Hang auf loses Geröll legen, ein Stückchen rechts oberhalb ihres Verstecks. Erneut gingen mir die Geschichten von Wölfen, die den Wolfstöterhügel hinuntergestürzt waren, durch den Kopf, und ich vergrub meine Pfoten zwischen den Steinen. Mein Herz schlug so schnell, dass ich mir sicher war, die vom Felsgipfel würden es hören. Ich reckte den Hals ein wenig vor, um ihr Versteck besser erkennen zu können.

Torell war da, der grimmige, schrecklich vernarbte Wolf, der uns am Überquerungsbaum herausgefordert hatte, und noch drei andere – zwei Wölfe und eine Wölfin.

Letztere war Ceela, Torells Gefährtin. Die anderen beiden Wölfe kannte ich nicht.

»Jetzt oder nie«, sagte ein schlanker, aber kräftig aussehender junger Wolf gerade. »Unser Revier wird immer wertloser für uns. Es gibt keine gute Beute mehr zu jagen und keine sicheren Ruheplätze. Wenn wir sie nicht töten, wird unsere Blutlinie aussterben.«

»Wir müssen aufpassen«, sagte Torell, sein verwüstetes Gesicht zu einer Grimasse verzogen. »Wir müssen geschickt vorgehen. Das hier wird nicht so einfach werden, wie es damals war, als wir den Wühlmausfressern Land abgenommen haben. Wir sind zahlenmäßig unterlegen. Sie haben Kräfte, die wir nicht haben.«

»Sprechen sie von uns?«, flüsterte Ázzuen.

Ich warf ihm einen bösen Blick zu und fletschte die Zähne, um ihn zu ermahnen, leise zu sein. Ich wagte nicht zu sprechen. Entschuldigend senkte er die Ohren.

»Ich fürchte mich nicht vor Schwächlingen«, erklärte die große Wölfin.

»Sei nicht dumm, Ceela«, antwortete Torell. »Wenn wir nicht aufpassen, werden wir alles verlieren. Wir haben nur diese eine Gelegenheit. Außerdem werden uns die Höchsten Wölfe umbringen, wenn wir nicht klug vorgehen. Wir können nicht darauf zählen, dass ihre eigenen Streitereien sie ablenken. Wir müssen herausfinden, ob die Rudel vom Höhenwald und vom Windsee uns unterstützen werden. Ohne sie haben wir keine Chance.«

Ich hörte ihnen zu, hatte aber immer noch keine Ahnung, was los war. Was meinten sie mit den Streitereien der Höchsten Wölfe? Und wozu brauchten sie die Hilfe der Wölfe vom Höhenwald und Windsee? Ich wusste, dass die vom Felsgipfel es auf unser Revier abgesehen hatten. Demnach mussten wir diejenigen sein, die sie angreifen wollten. Ich lehnte mich weiter nach vorne, um besser hören zu können, und dachte nicht an die lockeren Steine zu meinen Füßen. Einige davon rumpelten den Hügel hinunter, und die Wölfe vom Felsgipfel blickten auf.

Genau in diesem Augenblick drehte der Wind und trug unsere Witterung zu ihnen hinunter. Torell hob die Nase. Überraschend schnell stürzte er auf unser Versteck zu. Marra war ihm am nächsten. Sie kauerte dicht am Boden, um die Duftmarken zu untersuchen, die die Wölfe vom Felsgipfel dort hinterlassen hatten, daher war sie auch die Letzte, die auf die Pfoten kam. Noch ehe sie sich ganz aufrichten konnte, war Torell über ihr und warf sie wieder zu Boden. Sie trat heftig um sich, lag dann aber still, als Torell sie mit seinem ganzen Gewicht nach unten drückte.

»Dem Rudel vom Schnellen Fluss sind seine Welpen wohl ziemlich egal, wenn es sie so durchs Revier streunen lässt«, sagte er.

Ázzuen und ich waren schon auf dem Weg den Hügel hinunter, doch wir hörten, wie die anderen Wölfe vom Felsgipfel Torell zu Hilfe kamen. Ich wendete und lief den Hügel wieder hinauf, Ázzuen direkt hinter mir. Wir sprangen Torell an, und es gelang uns, ihn von Marra herunterzustoßen, ehe seine Rudelgefährten die Hügelkuppe erklommen hatten. Dann rannten wir los.

Wir schlitterten den Hügel hinunter und versuchten, so gut es ging, nicht den Halt zu verlieren. Ich erwog kurz, noch unser Rehfleisch zu holen, doch dann ließ ich es lieber bleiben. Unverletzt erreichten wir den Fuß des Hügels und stürmten zum Hellen Wald, dort wo vor langer Zeit die Pferde gestanden hatten. Wir wussten, dass unser Rudel jetzt dort war und eine letzte Jagd vor dem Winter versuchen wollte. Es war befreiend, endlich auf ebenem Boden zu laufen. Ich hatte geglaubt, die Wölfe vom Felsgipfel würden die Verfolgung nach einer Weile einstellen – immerhin befanden sie sich in unserem Revier. Doch sie kamen immer näher.

»Warum halten sie nicht an?«, keuchte ich.

»Weil sie nicht wollen, dass wir Ruuqo erzählen, was wir gehört haben«, antwortete Marra grimmig.

Ich spürte, wie mir innerlich eiskalt wurde. Wenn Marra recht hatte, würden die vom Felsgipfel uns töten, sobald sie uns erwischten. Wir liefen schneller als je zuvor in unserem Leben, sogar noch schneller, als wir gerannt waren, um das Reh einzukreisen. Marra führte uns an und lief einige Wolfslängen voraus. Die Wölfe vom Felsgipfel waren groß und stark. Ihre kräftigen Knochen waren gut, um große Beute zu erlegen, aber sie waren nicht so flink wie die Wölfe vom Schnellen Fluss. Selbst halbausgewachsene Welpen wie wir konnten ihnen auf kurzen Strecken davonlaufen. Und wir waren in unserem Revier, wir kannten jeden Busch und jeden Strauch. Einer der Wölfe vom Felsgipfel jedoch fiel nicht zurück. Es war der schlanke Wolf, der Torell zum Handeln gedrängt hatte. Ich konnte riechen, dass er jung war, wahrscheinlich nicht älter als zwei Jahre. Ich hielt mich hinter Ázzuen. Er war inzwischen ein schneller Läufer geworden, aber immer noch nicht so schnell wie Marra und ich, und ich wollte nicht, dass er zurückblieb. Der Wald wurde dichter, und der Wildpfad, auf dem wir gelaufen waren, verlor sich. Ohne einen Pfad war es schwieriger so schnell zu laufen, und Ázzuen, Marra und ich wurden durch Bäume, Felsen und Unterholz getrennt. Ich hörte den jungen Wolf hinter mir immer näher kommen, als er mühelos über Felsen und Baumstämme setzte.

Wenig später sprang er und landete auf mir, erwischte mich an den Hinterläufen und warf mich um. Er war mindestens anderthalbmal so schwer wie ich, trotzdem überlegte ich nicht lange. Ich biss ihn kräftig, dort wo der Vorderlauf an der Brust ansetzte, an einer Stelle, wo zartes Gewebe und weniger Muskelfleisch saß. Vor Überraschung und Schmerz jaulte er auf. Ich sprang auf die Füße. Ich hörte Pfotengetrappel um mich herum, konnte aber nicht erkennen, wo die anderen Wölfe vom Felsgipfel oder wohin Ázzuen und Marra gelaufen waren. Ich sah dem Jungwolf direkt ins Gesicht, Zorn flammte in mir auf. Es war ein gutes Gefühl, meine Wut wiedergefunden zu haben.

»Das ist unser Revier!«, knurrte ich. »Du gehörst hier nicht hin.«

Der Jungwolf machte ein überraschtes Gesicht, dann lachte er. »Warum kommst du nicht zu uns, Kleiner Wolf? Beim Rudel vom Schnellen Fluss vergeudest du nur deine Zeit. Ruuqo weiß nicht zu schätzen, was er an dir hat. Dein Rabenfreund hat mir alles erzählt. Und ich hätte gerne eine starke Wölfin zur Gefährtin. Ich bin Pell. Wirst du dich an mich erinnern?«

Verwirrt stand ich einfach nur da und sah ihn an, obwohl ich die anderen Wölfe um uns herum hören konnte.

Plötzlich brach Ázzuen aus dem Unterholz und warf sich knurrend auf Pell. Er war meinetwegen zurückgekommen. Der Angriff überraschte Pell, und es gelang Ázzuen, ihn aus dem Gleichgewicht zu bringen.

»Komm schon, Kaala!«, rief Ázzuen, während er sich umdrehte, um Pell anzuknurren.

Ázzuens Heftigkeit schockierte mich etwas. Ich konnte riechen, dass Ceela ihm dicht auf den Fersen war, und rannte los. Wir nahmen Marras Fährte auf. Sie lief vor Torell und dem anderen Wolf vom Felsgipfel her, die ihr in einer wilden Hatz nachsetzten. Wir fanden eine Abkürzung zwischen den Bäumen hindurch und schlossen zu ihr auf. Sie hatte die beiden größeren Wölfe weit hinter sich gelassen. Zusammen liefen wir drei über die Ebene des Hohen Grases, um unser Rudel zu suchen.

Ich legte meine ganze Kraft ins Laufen. Wir wurden müde, und die vom Felsgipfel waren zwar langsamer als wir, hatten aber mehr Ausdauer. Ich war froh, dass wir nicht mehr sehr viel weiter laufen mussten. Ich roch, dass sich das Rudel entlang des Waldrands verteilt hatte. Als wir das Ende der Ebene erreichten, stolperte ich beinahe über Unnan. Er hatte auf uns gewartet und öffnete den Mund, um zu sprechen, aber als er merkte, dass die Wölfe vom Felsgipfel uns verfolgten, drehte er sich um und rannte los. Ich war zu erschöpft, um das Rudel zu rufen und zu warnen. Selbst Marra schnappte nach Luft, aber es gelang ihr, warnend und atemlos zu bellen.

Minn und Yllin waren als Erste bei uns, gerade als wir zwischen die Bäume stürmten. Sie hatten einige Elen eingekreist, die von der Weiten Ebene herübergewandert waren. Vielleicht scherten Torell und die anderen sich einfach nicht darum, das restliche Rudel in der Nähe zu wittern, und sie lachten nur, als sie die zwei leichten Jungwölfe auf sich zurennen sahen. Torell grinste höhnisch, als er und Pell sich auf Yllin und Minn warfen. Die Jungwölfe waren ihnen unterlegen, und wir sprangen ihnen zu Hilfe. Zwei Atemzüge später rannten Ruuqo, Rissa, Werrna und Trevegg auf uns zu. Im selben Moment erreichten Ceela und der vierte Wolf vom Felsgipfel die Ebene. Nach einer kurzen Rauferei trennten sich die beiden Rudel wieder. Die vier Wölfe vom Felsgipfel liefen nicht davon, waren jedoch bereit, jeden Augenblick zurückzuweichen. Sie waren den sechs erwachsenen Wölfen vom Schnellen Fluss eindeutig unterlegen.

Ázzuen, Marra und ich waren mit Dreck, Zweigen und Blättern bedeckt, und unser Fell war vom Zusammenstoß mit den Wölfen vom Felsgipfel matt geworden, aber ich war zu sehr damit beschäftigt gewesen zu entkommen, als dass es mir aufgefallen wäre. Ruuqo sah unsere zerzauste Aufmachung und zog zähnefletschend die Lefzen zurück. Es wirkte beinahe, als stiege das Licht des späten Nachmittags wie Rauch aus seinem Fell auf. Rissa stand neben ihm, ihr weißes Fell sträubte sich entlang des Rückens, und sie knurrte zornig.

»Was habt ihr im Revier vom Schnellen Fluss zu suchen? Was fällt euch ein, die Welpen vom Schnellen Fluss zu bedrohen?«, zischte sie.

»Wenn sie euch so viel bedeuten, warum lasst ihr sie alleine herumlaufen?«, knurrte Ceela.

Ruuqo und Rissa ignorierten sie und warteten auf Torells Antwort. Für einige Momente standen die drei einander schweigend gegenüber und starrten sich an. Ceela, Pell und der vierte Felsgipfler standen kampfbereit hinter Torell. Endlich glättete sich Torells Fell ein klein wenig. Die anderen drei standen weiter wachsam hinter ihm.

»Wir hätten ihnen nichts getan«, sagte er schließlich. »Wir müssen mit dir über etwas Wichtiges reden. Wir waren auf dem Weg hierher, als wir sie entdeckten, wie sie uns belauschten.«

»Er lügt«, flüsterte Ázzuen, doch er sprach zu leise, als dass irgendjemand außer mir es hören konnte. Marra sah mich an. Auch ich hatte Angst vor den Felsgipflern, aber ich musste etwas sagen.

»Er lügt«, sagte ich laut und legte die Ohren an, als sich alle Köpfe zu mir umdrehten. »Sie haben geplant, uns anzugreifen. Und sie waren in unserem Revier. Sie wollen sich mit den Rudeln vom Höhenwald und vom Windsee gegen uns verbünden. Wir haben gehört, wie sie darüber geredet haben.«

Unbehaglich verlagerte ich mein Gewicht von einer Seite zur anderen, als alle mich anstarrten.

»Es ist wahr«, sagte Ázzuen stur und stellte sich neben mich. »Wir haben es alle gehört.«

Marra knurrte zustimmend, und Ruuqo wandte sich mit eiskaltem Blick an Torell. Ich sah, wie Pell versuchte, meinen Blick aufzufangen.

»Das ist Grund genug für uns, dich zu töten, Torell. Warum sollte ich euch am Leben lassen? Damit ihr uns im Schlaf überfallen und umbringen könnt? Wir sollten euch auf der Stelle töten.«

»Du kannst es ja versuchen, du Zwerg«, knurrte der größte Wolf vom Felsgipfel, sein braunes Fell sträubte sich. Ich fand ihn ziemlich beschränkt. Was wahrscheinlich der Grund dafür war, dass dieser Wolf trotz seiner Größe keine Rudel anführte.

»Halt die Schnauze, Arrun«, sagte Torell. »Eure Welpen haben das, was sie gehört haben, missverstanden, Ruuqo. Nicht euch wollen wir umbringen.« Er machte eine Pause. »Sondern die Menschen.«

Das Rudel wurde so still, dass ich die Elen hören konnte, die zwanzig Wolfslängen entfernt auf der Ebene grasten. Genauso gut hätte Torell erklären können, er wolle den Wolfsstern vom Himmel herunterholen und wie Beute abschlachten. Ich konnte nicht glauben, wie dumm ich gewesen war. Obwohl ich es bei der Aussprache und von der Traumwölfin gehört hatte, hätte ich mir nie träumen lassen, dass Wölfe tatsächlich Menschen angriffen. Die Vorstellung war genauso absonderlich wie Beutetiere, denen plötzlich Reißzähne wuchsen und die auf die Jagd gingen.

Rissa fand als Erste ihre Stimme wieder. »Bist du verrückt geworden, Torell?«, fragte sie sehr leise. »Du kennst die Strafe, die auf das Töten von Menschen steht. Die Höchsten Wölfe werden euer ganzes Rudel vernichten und jeden Wolf, der von dir abstammt. Sie werden eure gesamte Blutlinie auslöschen. Das Rudel vom Felsgipfel wird nicht mehr existieren.«

»Die Höchsten Wölfe sind Schwächlinge und gutmütige Trottel geworden«, sagte Torell. »Falls sie überhaupt wissen, was im Tal vorgeht, dann kümmern sie sich nicht darum. Weißt du, dass die Menschen allen Wölfen den Krieg erklärt haben, Ruuqo?«

Ruuqo schwieg und tauschte Blicke mit Rissa.

»Dachte ich's mir doch. Du weißt nicht einmal, was in deinem eigenen Land vor sich geht. Die Menschen auf unserer Seite des Flusses töten jeden Wolf, den sie sehen. Sie töten jeden Langzahn, jeden Bären, jeden Fuchs und jeden Rotwolf. Jedes Geschöpf, von dem sie glauben, dass es ihnen ihre Beute streitig machen könnte. Wenn wir sie nicht töten, werden sie uns töten.«

»Ich habe davon gehört«, sagte Werrna und erhob zum ersten Mal ihre Stimme. »Aber ich habe nicht geglaubt, dass es wahr ist. Bist du dir sicher, dass deine Späher nicht übertreiben, Torell?« Sie schien Respekt vor dem Leitwolf der Wölfe vom Felsgipfel zu haben.

»Es ist wahr«, sagte er und begrüßte sie mit einem Nicken. »Ich habe es selbst gesehen. Die Menschen hassen uns. Jeder Einzelne von ihnen.«

Ich sah, wie Ázzuen versuchte, meinen Blick einzufangen. Er wollte, dass ich dem Rudel von unseren Menschen erzählte, die mit Sicherheit nicht unseren Tod wollten. Aber ich konnte nicht. Ich würde zugeben müssen, dass ich die Gesetze des Rudels gebrochen hatte. Mein Herz schlug so schnell, dass ich glaubte, es würde meine Brust sprengen.

»Die Rudel vom Höhenwald und vom Windsee werden sich uns anschließen«, erklärte Torell. »Die Wühlmausfresser vermutlich nicht, aber sie sind ohnehin nicht kräftig genug, um von großem Nutzen zu sein. Ihr schon, Ruuqo. Wir brauchen euch als Verbündete. Ihr müsst euch uns anschließen.«

»Ich kann das Abkommen nicht so leichthin brechen«, sagte Ruuqo. »Du bist verrückt, wenn du das tust.« Unruhig ging er auf und ab. »Aber wenn das, was du erzählst, wahr ist, müssen wir etwas unternehmen. Ich werde mich mit den Wölfen vom Höhenwald und vom Windsee beraten«, erklärte er. »Und mit meinen eigenen Wölfen. Dann werde ich dich wissen lassen, wie ich mich entschieden habe.«

»Es ist nicht mehr länger deine Entscheidung, Ruuqo«, sagte Ceela. »Alle Rudel im Tal werden zustimmen, sobald sie erfahren, was los ist. Entweder du verbündest dich in diesem Krieg mit uns, oder du bist unser Feind. Dazwischen gibt es nichts.«

»Ihr könnt nicht für das ganze Tal entscheiden, Ceela«, sagte Rissa. »Und ihr solltet uns nicht leichtfertig drohen. Torell hat recht – wir wären gute Verbündete. Aber auf keinen Fall solltet ihr euch die Wölfe vom Schnellen Fluss zu Feinden machen.«

Ruuqo holte tief Luft. »Ich werde das Abkommen nicht brechen, es sei denn, es gibt keinen anderen Weg«, wiederholte er. »Verlasst unser Revier in Frieden, Torell. Aber bedroht mein Rudel nicht noch einmal.«

Torells steife Rute war hoch erhoben, und ich merkte, wie schwer es ihm fiel, ein Knurren zu unterdrücken.

»Du hast eine Nacht, um dich zu entscheiden, Ruuqo.« Torells vernarbtes Gesicht war grimmig. »Morgen Nacht beginnt der Mond abzunehmen, und in der Nacht darauf werden die Menschen der beiden benachbarten Stämme sich hier auf der Ebene des Hohen Grases zusammenfinden. Sie werden eine Jagdzeremonie abhalten, bei der sich ihre Jungen beweisen müssen, indem sie die Elen herausfordern. Sie werden sich so darauf konzentrieren, dass sie leichte Beute sein werden. Genau dann werden wir angreifen. Wenn ihr dann nicht an unserer Seite seid«, wiederholte er, »gehen wir davon aus, dass ihr auf deren Seite steht.«

Mit diesen Worten nickte Torell seinen Rudelgefährten zu, und die hochgewachsenen Wölfe liefen in den Wald. Pell blieb einen Augenblick zurück und versuchte, meine Aufmerksamkeit zu gewinnen. Ich hielt den Blick gesenkt und weigerte mich, ihn anzusehen. Ázzuen ließ ein tiefes Knurren hören. Pell bellte kurz besorgt und folgte seinen Rudelgefährten.

17

Ich werde nicht danebenstehen und zusehen, wie andere Geschöpfe Wölfe töten!«, brach es aus Werrna heraus, sobald die Wölfe vom Felsgipfel außer Hörweite waren. »Abkommen hin oder her.«

»Ruhe«, befahl Ruuqo. Dann seufzte er. »Ich wollte mich nicht vor Torell festlegen«, sagte er. »Aber nein, wir können nicht zulassen, dass die Menschen Wölfe umbringen, und ich werde es nicht den Wölfen vom Felsgipfel überlassen, unsere Kämpfe auszufechten.«

Ich jaulte auf. Ich konnte nicht glauben, dass das Rudel überhaupt daran dachte zu kämpfen. Ruuqo stahl den Menschen noch nicht einmal Nahrung.

Trevegg trat vor. »Dieser Kampf ist ein Fehler«, erklärte er. »Das weißt du, Ruuqo.«

Ruuqo wurde nicht böse auf ihn. »Er ist ein Fehler«, stimmte er zu. »Jede Entscheidung, die wir treffen können, ist falsch. Aber wenn es die beste von vielen falschen Entscheidungen ist, müssen wir sie treffen. Ich werde nicht abwarten, bis sie zu uns kommen.«

»Torell hört sich selbst gerne reden«, knurrte Rissa. »Ich werde ihm nicht hinterherlaufen, nur weil er das gerne möchte. Wir werden mit den Anführern der Rudel vom Höhenwald und vom Windsee sprechen und uns anhören, was sie wissen. Dann werden wir uns entscheiden.«

»Wenn es einen anderen Weg gibt, werden wir ihn einschlagen«, sagte Ruuqo. »Aber das Abkommen verlangt nicht, dass wir still sitzen und uns abschlachten lassen. Ich bin nicht davon überzeugt, dass die Höchsten Wölfe tatsächlich nur unser Bestes wollen. Ich bin mir nicht einmal sicher, ob sie überhaupt noch über uns wachen oder ob sie uns tatsächlich töten würden, wenn wir uns verteidigen. Wenn wir kämpfen müssen, dann werden wir kämpfen.«

Ruuqo sah Trevegg und Rissa an. »Ich muss mir sicher sein, dass das Rudel bei dieser Entscheidung hinter mir steht«, sagte er.

Schweren Herzens nickten Trevegg und Rissa.

»Wenn es einen anderen Weg gibt, dann müssen wir ihn einschlagen«, sagte Trevegg. »Solange wir uns darin einig sind, hast du meine Zustimmung.«

»Wenn möglich, werden wir jeden Kampf vermeiden«, fügte Rissa hinzu. »Aber wenn es sein muss, werden wir kämpfen.«

»Das dürfen wir nicht!«, rief ich und konnte mich nicht länger zurückhalten. »Wir dürfen nicht gegen sie kämpfen.«

Alle Köpfe drehten sich zu mir um, und als mich alle so anstarrten, fehlten mir im ersten Moment die Worte. Hilfesuchend sah ich Ázzuen an. Er drängte sich an mich.

»Und warum nicht?«, fragte Ruuqo.

Die Stimme der Vernunft in meinem Kopf befahl mir, den Mund zu halten und einen Weg zu finden, das Rudel zu beeinflussen, ohne mich selbst in Schwierigkeiten zu bringen. Doch die Jagdzeremonie der Menschen würde schon in der übernächsten Nacht stattfinden, und Torell war entschlossen zu kämpfen. Das musste ich unbedingt verhindern. TaLis Sippe würde angegriffen werden. TaLi war klein, und obwohl sie geschickt mit ihrem Spitzstecken umging, war sie doch kein ebenbürtiger Gegner für einen Wolf. Sie würde mit Sicherheit sterben. Und mein Rudel würde sterben. Die Höchsten Wölfe hatten es gesagt.

»Ich habe die Höchsten Wölfe belauscht«, sagte ich. »Sie treffen sich weit entfernt von hier in einem Steinkreis. Mit Menschen. Sie wissen, was vor sich geht, dass Wölfe und Menschen gegeneinander kämpfen könnten. Und sie werden jedes Rudel vernichten, das Menschen angreift.«

»Wann hast du das gehört?«, wollte Rissa wissen.

»Beim vollen Mond.«

»In der Nacht, als du nicht zur Antilopenjagd erschienen bist«, sagte Ruuqo gefährlich ruhig. »Was fällt dir ein, die Höchsten Wölfe zu belauschen? Wieso warst du überhaupt in ihrer Nähe?«

Ich schwieg einen Moment lang und versuchte, eine glaubhafte Ausrede zu finden. Ázzuen war besser darin als ich, Geschichten zu erfinden, und ich sah ihn an. Doch bevor er etwas sagen konnte, trat Unnan vor.

»Weil sie zu den Menschen geht«, sagte er. »Seit die Pferde wild geworden sind, als sie Reel getötet hat. Sie besucht sie die ganze Zeit und jagt und spielt mit einem Menschenmädchen. Sie nimmt auch Marra und Ázzuen mit.«

Ruuqo starrte mich an, und seine Augen verengten sich zu Schlitzen. Rissa winselte ängstlich.

»Unnan, du solltest besser keine Lügen erzählen«, warnte Ruuqo.

»Ich lüge nicht«, sagte Unnan. »Ich habe gesehen, wie sie immer wieder dorthin gegangen ist. Ich wollte dir nichts davon erzählen, weil ich Angst hatte, Kaala würde mir etwas antun.« Er legte Ohren und Rute an, um schwach und hilflos auszusehen.

Blöder Ringelschwanz, dachte ich.

»Sie hat versucht, zu den Menschen zu gelangen, als wir das erste Mal mit den Welpen dort waren, um sie zu beobachten«, sagte Werrna. »Ich hätte es dir damals schon erzählt, aber Rissa hat es uns verboten.«

»Du warst diesem Jungen von Anfang an nicht wohlgesonnen, Ruuqo«, sagte Rissa und warf Werrna einen bösen Blick zu. »Ich hielt es für besser, dass du nichts davon erfährst. Aber jetzt«, sagte sie zu mir, »musst du uns die Wahrheit erzählen, Kaala. Bist du bei den Menschen gewesen?«

Ich überlegte fieberhaft. Wenn ich ja sagen würde, konnten sie mich verstoßen. Aber wenn ich nein sagen würde, würden sie mir niemals glauben, was ich von den Höchsten Wölfen und ihren Beratungen wusste. Torell würde seinen Krieg gegen die Menschen führen, und TaLi müsste sterben. Und wenn Ruuqo sich dem Kampf anschloss, müssten meine Rudelgefährten ebenfalls sterben. Ich sah Ázzuen und Marra an, Trevegg und Yllin. Ich wollte nicht, dass sie sterben. Ich wollte nicht, dass TaLi oder BreLan oder sein Bruder bei dem Kampf getötet würden. Und die Traumwölfin hatte gesagt, wir dürften auf keinen Fall kämpfen. Ich hörte Ázzuens leises Winseln neben mir. Er und Marra beobachteten mich genau. Ich musste etwas sagen. Alle Blicke waren auf mich gerichtet, ob ich die Wahrheit sagen würde. Ich fürchtete mich. Aber die Wahrheit war vielleicht das Einzige, was sie vom Kämpfen abhalten konnte.

Ich holte tief Luft.

»Ja«, gab ich zu und schluckte schwer. »Ich habe ein Menschenkind aus dem Fluss gerettet, und ich habe mit ihm Zeit verbracht.« Von Ázzuen und Marra sagte ich nichts. »Daher weiß ich, dass viele Menschen uns nicht hassen, sondern sich um uns sorgen. Wir können mit ihnen jagen«, erklärte ich. Wenn es mir gelang, meinem Rudel begreiflich zu machen, wie nützlich die Menschen für uns sein konnten, würden sie diese vielleicht eher mögen. »Sie sind nicht so viel anders als Wölfe.«

Lange Zeit sagte niemand etwas. Als Ruuqo dann sprach, war Wut in seiner Stimme. Aber dennoch klang sie ruhig und beherrscht. »Ich habe ein Menschenkind in unserem Revier gesehen«, sagte er. »In der letzten Zeit immer häufiger.«

»Es sammelte Pflanzen«, fügte Rissa leise hinzu, »und trug kleine Beute.«

»Und hast du deine Rudelgefährten mitgenommen?«, wollte Ruuqo wissen.

Ich antwortete nicht. Ich würde Ázzuen und Marra nicht in meine Schwierigkeiten hineinziehen.

»Wir sind auch gegangen«, sagte Ázzuen. »Wir haben zusammen gejagt. Auf diese Art konnten wir so viele Kaninchen und Dachse fangen. Wir haben ein Reh erlegt«, sagte er stolz. »Wir haben es auf dem Wolfstöterhügel versteckt. Dabei haben wir die Wölfe vom Felsgipfel belauscht.«

Marra winselte bei seinen Worten, und stieß ihn mit der Hüfte an. Überrascht sah er sie an.

»Du brichst also nicht nur die Gesetze des Tales, sondern stiftest auch noch andere zum Ungehorsam an«, sagte

Ruuqo. Er erhob die Schnauze. »Ich kann den Menschengeruch an dir riechen.« Er schüttelte sich heftig. »Ich wusste, dass ich dich hätte töten sollen, als du noch ein Welpe warst. Ich hätte mich nicht von den Höchsten Wölfen davon abhalten lassen dürfen. Es ist genau, wie die Legenden sagen. Du trägst das Blut derer in dir, die Menschen lieben, und ich habe es zugelassen, dass du am Leben bleibst. Dieser Krieg, dieser Ärger sind das Ergebnis.«

»Wir haben nur mit ihnen gejagt.«

»Ihr habt *nur* mit ihnen gejagt? Du hast die Gesetze des Tals gebrochen und das Gleichgewicht der Geschöpfe gestört. Wenn du das nicht getan hättest, wären die Menschen nicht so dreist geworden, und wir hätten jetzt nicht diesen Krieg.«

Hilfesuchend wandte ich mich an Rissa.

»Wir haben nur gejagt«, sagte ich noch einmal. »Und nur mit ihren Jungen. Sie sind nicht gefährlich. Wir wollten nichts Unrechtes tun.«

»Es tut mir leid, Kaala«, sagte Rissa kopfschüttelnd. »Die Gesetze des Tals sind eindeutig.« Sie wandte sich an Ruuqo. »Müssen wir alle drei Welpen verlieren? Die anderen sind ihr nur gefolgt. Sie hat sie beeinflusst.«

Ázzuen öffnete sein Maul, um zu protestieren. Ich funkelte ihn an.

»Vielleicht«, sagte Ruuqo. Langsam drehte er sich zu mir um. In seinem Blick erkannte ich nicht nur Wut, sondern auch so etwas wie Triumph. »Du gehörst nicht länger zum Rudel«, erklärte er. »Dein Umgang mit den Menschen hat Verderben über uns gebracht. Verlasse den Hellen Wald und das Tal, und kehre niemals in unser Revier zurück. Womöglich werden wir gegen die Menschen kämpfen müssen, jetzt wo du sie in unsere Nähe gebracht hast.«

»Das werde ich nicht!«, sagte ich zu meiner eigenen Überraschung. »Ich werde es nicht zulassen, dass ihr gegen sie kämpft. Ich werde den Höchsten Wölfen berichten, dass ihr die Menschen töten wollt, und sie werden euch aufhalten.« Ich war selbst verblüfft über meine Worte.

Ruuqo knurrte. Er warf sich auf mich, drückte mich zu Boden und ließ mich erst los, als ich winselte.

»*Ich* bin der Anführer dieses Rudels. Die Höchsten Wölfe wissen nicht, was geschieht. Vielleicht ist ihre Zeit abgelaufen.« Bei Ruuqos Schmähungen blickten Rissa und Trevegg ängstlich auf. »Wenn ich herausfinde, dass du zu ihnen gegangen bist, werde ich deinen Menschen aufspüren und ihn töten. Ich werde das Mädchen finden, wenn es schläft, und ihm die Kehle aufreißen.«

Mein Körper reagierte, ehe mein Gehirn ihn zurückhalten konnte, und ich stürzte mich auf Ruuqo. Ich hörte Ázzuens und Marras überraschtes Jaulen und Rissas besorgtes Knurren. Hätte ich einen Moment nachgedacht, hätte ich Ruuqo niemals angegriffen. Er war stärker und erfahrener als ich, und er war wütend. Aber er war überrascht, und mein erster Angriff schleuderte ihn auf den Rücken.

Knurrend und zähnefletschend rollten wir übereinander auf dem Boden hin und her. Dies hier war nicht zu vergleichen mit den Kämpfen, die ich mit Unnan und Borlla ausgetragen hatte. In diesem Kampf lagen eine Wut und Verzweiflung, wie ich sie nie zuvor erlebt hatte. Und niemand würde eingreifen, um mir zu helfen. Ich hatte den rechtmäßigen Anführer des Rudels herausgefordert. Jetzt musste ich auch selbst mit ihm kämpfen. Ich war noch nicht ganz ausgewachsen und kämpfte verzweifelt, biss und trat mit den Vorder- und Hinterläufen nach Ruuqo, gebrauchte jedes bisschen Kraft, das ich aufbringen konnte, nur um ihn davon abzuhalten, mich zu zerschmettern. Ich versuchte, meinen Beinen zu befehlen, sich schneller zu bewegen, meinem Kopf, sich herumzuwerfen. Doch jedes Mal, wenn ich versuchte zuzubeißen, wich Ruuqo mir aus und rammte den Kopf gegen meinen. Als ich versuchte, ihn niederzuwerfen, fand ich mich selbst auf dem Rücken wieder. Meine Muskeln konnten dem, was mein Gehirn ihnen befahl, nicht schnell genug Folge leisten. Ich hatte gedacht, ich sei kräftig geworden, aber meine Stärke war nichts im Vergleich zu Ruuqos. Jedes Mal, wenn ich aufgeben wollte, dachte ich an seine Drohung gegen TaLi, und kämpfte weiter. Doch es war schnell vorbei. Ruuqo war so viel stärker als ich, und ich war erschöpft, während er immer noch kräftig und voller Energie war. Seine scharfen Zähne rissen an meiner Schulter, und ich jaulte auf und kroch davon. Er ließ mich nicht laufen, sondern warf mich erneut nieder. Er hielt mich am Boden fest, und seine Kiefer schlossen sich um meine Kehle.

»Ich könnte dich töten«, sagte er leise, »und niemand würde mir deswegen einen Vorwurf machen.«

Ich zitterte und versuchte, meine Sprache wiederzufinden, doch ich konnte nur reglos daliegen, zu Ruuqo aufblicken und an das letzte Mal denken, als seine Kiefer bereit gewesen waren, mich zu töten.

»Verschwinde«, sagte er und trat von mir zurück.

»Komm nie wieder in das Revier der Wölfe vom Schnellen Fluss, oder ich bringe dich um. Du gehörst nicht länger zum Schnellen Fluss. Du gehörst nicht mehr zum Rudel.«

Mit ganzer Wucht begriff ich, was ich getan hatte, und ich begann noch stärker zu zittern. Ich legte Ohren und Rute an, senkte den Kopf und kroch zurück zu Ruuqo. Er knurrte und fletschte die Zähne. Ich dachte an seine scharfen Bisse und wich zurück. Ich machte mich noch kleiner und kroch wieder nach vorne. Ich war nicht viel mehr als ein Welpe. Bestimmt würde er mich bleiben lassen. Wieder jagte er mich fort.

»Du gehörst nicht mehr zum Rudel«, sagte er wieder.

Ich sah Rissa an, aber sie wandte den Kopf ab. Ich blickte zu Werrna, die böse knurrte, zu Unnan, der boshaft grinste. Ich schaute zu Ázzuen und Marra, die ängstlich winselten, und in Treveggs trauriges Gesicht. Niemand von ihnen wollte oder konnte mir helfen. Yllin sah aus, als wolle sie einschreiten, doch Ruuqo funkelte sie an, und sie trat zurück.

Mit gesenktem Kopf stand ich da, bis Ruuqo mich ein weiteres Mal zu jagen begann.

»Verschwinde!«, knurrte er und hetzte mich den Pfad hinunter. Ich wagte nicht, noch einmal umzukehren, und floh in den Wald.

18

Ich sah nicht, wie Ázzuen und Marra versuchten, mir zu folgen, und wie Werrna und Minn sie zu Boden drückten und festhielten, bis sie aufgaben. Ich hörte nicht, dass Trevegg mit Ruuqo stritt und Yllin leise mit Rissa sprach. Mein Kopf fühlte sich an, als sei er mit trockenen Blättern und Staub gefüllt, meine Zunge schien den ganzen Mund auszufüllen und machte es mir schwer, zu atmen. Das Summen Tausender Fliegen erfüllte meine Ohren, und ich konnte die Erde unter meinen Pfoten nicht spüren, genauso wenig wie das dichte Unterholz, das gegen mein Fell drückte, als ich den Pfad verließ. Ich wusste, dass ich mir überlegen musste, wie ich TaLi helfen und sie in Sicherheit bringen konnte. Und Ázzuen und Marra ebenfalls, sollte sich Ruuqo entschließen, zu kämpfen. Doch das Einzige, was ich gerade noch zustande brachte, war, weiterzulaufen. Ich war so ausgelaugt vom Kampf, dass ich es gerade noch bis zum Fluss schaffte, ehe meine Beine unter mir nachgaben und ich im Schlamm zusammenbrach.

Ich hatte keine Ahnung, wie lange ich dort lag, dem Fluss zuhörte, die kühle, frische Luft spürte, die durch mein Fell bis an meine Haut drang. Ich war mir sicher, dass Ruuqo mich töten würde, wenn er mich im Revier fände. Aber das war mir egal. Ich hatte keine Kraft mehr, weiterzulaufen. Wenn niemand gekommen wäre, hätte ich mich womöglich nie erhoben, sondern wäre dort liegen geblieben, bis mich das Gleichgewicht in der weichen Erde willkommen geheißen hätte.

Erst als ich die schweren Schritte der Höchsten Wölfe hörte und ihre erdige Witterung wahrnahm, hob ich den Kopf. »Komm, steh auf«, sagte Jandru.

Ich schaffte es nicht, mich aufzurichten. Ich lag im Schlamm und blinzelte zu ihnen hinauf.

»Du gibst schnell auf.« Ich hatte mir Mitgefühl erhofft, doch in Frandras Stimme lag Verachtung. »Ein Kampf, und du liegst herum wie tote Beute. Ich hatte angenommen, du hättest mehr Rückgrat.«

Ich wusste nicht, was ich sagen sollte, also schwieg ich und legte den Kopf auf die Pfoten.

»Was erwartest du, wenn du deinen Leitwolf herausforderst?«, wollte Jandru wissen. Sein Ton war um nichts freundlicher als Frandras. »Was hast du geglaubt, was geschehen würde?«

»Er hat TaLi bedroht.« Meine Stimme klang, als käme sie aus weiter Ferne. »Er hat gesagt, er würde sie umbringen. Ich musste etwas tun.«

»Also hast du etwas getan«, Jandru streckte seine breiten Schultern. »Finde dich mit den Folgen ab. Du gehörst nicht mehr zum Rudel vom Schnellen Fluss. Also, was bist du? Warum hast du um dein Leben gekämpft, als du noch ein Welpe warst? Warum hast du dir jetzt die Mühe gemacht, hierherzulaufen, als Ruuqo dich fast umgebracht hätte?«

»Ich weiß nicht, was ich bin, wenn ich nicht zum Schnellen Fluss gehöre«, sagte ich und wurde wütend. »Woher soll ich das wissen?«

Frandra schnaubte verächtlich. »Im Schlamm zu hocken und sich selbst zu bemitleiden ist jedenfalls mit Sicherheit nicht der beste Weg, um das herauszufinden. Sag uns Bescheid, wenn du fertig damit bist.«

Getroffen blickte ich zu ihr auf. Sie und Jandru drehten sich um und verschwanden rasch im Wald. Meine Beine schienen sich selbständig zu machen, und ich folgte ihnen.

»Wohin gehen wir?«, fragte ich.

Sie antworteten nicht. Ihre Läufe waren so viel länger als meine, dass ich rennen musste, um mit ihnen Schritt zu halten, und mir fehlte der Atem, um meine Frage zu wiederholen. Es war eine sehr lange Nacht gewesen, und mein Körper war erschöpft. Mein Verstand arbeitete nicht richtig. Es fühlte sich an, als bewegten sich meine Gedanken durch zähen Schlamm. Frandra und Jandru schienen nicht zu bemerken, dass ich Mühe hatte mitzuhalten, doch schließlich wurden sie ein wenig langsamer, was mir erlaubte zu gehen anstatt ihnen hinterherzuhecheln. Neben einem verlassenen Fuchsbau in der Nähe einiger großer Felsen blieben sie stehen. Ich stellte fest, dass wir nicht weit von dem Steinkreis entfernt waren, wo sie sich mit den Menschen für die Aussprache getroffen hatten.

»Wir werden uns hier bis zum Einbruch der Nacht ausruhen«, sagte Jandru und streifte mich mit seinem Blick, als ich vor Erschöpfung zu zittern begann.

»Ich muss zu TaLi«, sagte ich schwach. »Ich muss zurückgehen.« Ich war so müde, dass ich außer zum Reden zu nichts mehr in der Lage war. Ich fühlte mich, als ließe ich einen Teil von mir hinter mir zurück.

»Wir müssen aus dem Tal verschwinden«, sagte Jandru. »So schnell wie möglich.«

Das ergab Sinn. Ruuqo hatte gesagt, er würde mich umbringen. Fragen und Sorgen schwirrten mir durch den Kopf. Ich wollte zurück zu TaLi. Ich wollte wissen, wohin die Höchsten Wölfe mich brachten. Doch ich war vor den Wölfen vom Felsgipfel davongelaufen, hatte mit Ruuqo gekämpft und war von meinem Rudel verstoßen worden. Erschöpfung und Verzweiflung siegten über meinen Willen, und ehe ich den Boden richtig berührte, war ich eingeschlafen.

Als ich die Augen wieder aufschlug, beobachteten mich Frandra und Jandru besorgt.

»Gut«, sagte Frandra kurzangebunden. »Steh auf und beweg dich. Wir gehen.«

»Und sei still«, fügte Jandru hinzu. »Andere Höchste Wölfe sind in der Nähe, und wenn sie uns finden, sind wir alle in Gefahr.«

Ich zwang mich, richtig wach zu werden. Die Abenddämmerung war schon vorbei. Ich hatte die Stunden des Tageslichts verschlafen, ohne zu bemerken, wie die Zeit vergangen war.

Ich stand auf. Die Muskeln in den Schenkeln und Schultern protestierten, als ich versuchte, mich zu strecken. Selbst die Zwischenräume an den Ballen meiner Pfoten schmerzten. Doch der lange Schlaf und die kühle Abendluft hatten meinen Verstand wiederbelebt, und die Sorge um meine Freunde hatte meine Verwirrung vertrieben. Ich war wieder ich selbst. Als wäre der Wolf vom Tag zuvor ein langsamer, betäubter Schatten meiner selbst gewesen –

nicht wirklich ich. Ich ärgerte mich darüber, dass ich mich einfach von den Höchsten Wölfen hatte fortbringen lassen. Dass ich einen ganzen Tag hatte verstreichen lassen, ohne zu TaLi zurückzukehren oder herauszufinden, ob Ruuqo sich wirklich am Kampf beteiligen würde. Es machte mir Angst, dass ich mich so schnell aufgeben konnte. Dass ich beinahe jeden und alles, was mir etwas bedeutete, im Stich gelassen hätte, nur weil ich müde und verzweifelt war. Ich schüttelte mich heftig.

Frandra und Jandru hatten sich bereits in Bewegung gesetzt. Als sie merkten, dass ich ihnen nicht folgte, blieben sie stehen und drehten sich um.

»Beeile dich«, befahl Jandru.

»Ich komme nicht mit«, antwortete ich. »Ich hole TaLi.«

Beide Höchste Wölfe starrten mich einen Moment an, als könnten sie nicht fassen, dass ich mich ihnen widersetzte.

»Nein«, sagte Frandra und ging weiter.

Ich blieb, wo ich war. Jandru knurrte und kam zu mir zurück. Er stieß mich mit der Schnauze an. Ich stemmte meine Pfoten in den Erdboden. Ich wusste, dass sie mich den ganzen Weg ziehen konnten, wenn sie wollten. Sollen sie doch, dachte ich finster, denn das war die einzige Art, wie sie mich von der Stelle bewegen könnten. Dann ging mir auf, dass die Höchsten Wölfe sehr leise gewesen waren, als ob sie sich verstecken müssten. Und Jandru hatte gesagt, sie fürchteten, von anderen Höchsten Wölfen gehört zu werden. Ich blieb, wo ich war.

»Ich gehe nicht ohne meinen Menschen. Oder Ázzuen

und Marra.« Wenn Ruuqo am Kampf teilnahm, mussten auch sie das Tal verlassen.

Verärgert stieß Jandru ein leises Wuff aus.

»Wir haben keine Zeit, um uns mit dir zu streiten«, schnauzte er mich an. »Es ist zu spät für sie. Sie sind schon so gut wie tot.«

Ich fühlte mich, als hätte mir jemand die Luft zum Atmen genommen.

»Was soll das heißen?«, verlangte ich zu wissen und vergaß ganz, leise zu sprechen. Die Höchsten Wölfe fletschten die Zähne. Ich legte meine Ohren entschuldigend an, hielt aber Jandrus Blick stand.

»Was soll das heißen: Sie sind schon so gut wie tot?«

»Wir haben keine Zeit, um darüber zu diskutieren!«, knurrte Frandra. »Wir müssen das Tal sofort verlassen. Wenn die anderen Höchsten Wölfe uns entdecken, können wir dir nicht mehr helfen.«

»Aber warum?«, wollte ich wissen.

Jandru knurrte ungeduldig und machte noch einen Schritt auf mich zu, die Zähne zu einem furchterregenden Fletschen entblößt. Ich war mir sicher, dass er mich mit den Zähnen packen und fortschleifen würde. Ich trat zurück.

»WÖLFLEIN!!«

Bei dem Laut zuckten wir alle zusammen. Tlitoo kam aus der Richtung des Sammelplatzes beim Gefallenen Baum geflogen. Über den Baumwipfeln war er kaum zu erkennen und schlug heftig mit den Flügeln. Dann stürzte er sich im Flug von oben herunter, so schnell, dass ich befürchtete, er würde auf den Boden krachen. Im letzten

Moment zog er hoch und landete mit einem Hüpfer vor meinen Füßen.

»Du hättest nicht weglaufen sollen, Wölflein«, sagte er schwer atmend. »Es war schwierig, dich zu finden.«

»Wo warst du?«

»Fort«, keuchte er. »Antworten finden.«

Ich war so froh, ihn zu sehen, dass ich fast geheult hätte. Ich wusste, dass er mich nicht wirklich vor den Höchsten Wölfen beschützen konnte, doch das war mir egal. Er war gekommen, um mich zu finden. Ich war nicht allein. Ich drehte mich zu Frandra und Jandru um.

»Warum sind sie so gut wie tot?«

Es war Tlitoo, der antwortete.

»Alle Wölfe und Menschen im Tal werden sterben, wenn es zu einem Kampf, zu irgendeinem Kampf, kommt«, sagte er. Er warf den Höchsten Wölfen einen stechenden Blick zu. »Ihr habt nicht alles erzählt«, warf er ihnen vor und spreizte seine Flügel. Ich merkte, dass er nicht nur erschöpft vom schnellen Flug war, sondern auch aufgebracht. »Ihr habt den Kleinwölfen und auch den Krianan der Menschen nicht alles erzählt. Die Wölfe hier sind euch egal. Es macht euch nichts aus, wenn sie alle sterben.« Er wandte sich zu mir. »Es gibt noch andere Orte, Wolf.«

»Was meinst du damit?«, sagte ich verwirrt. »Natürlich gibt es andere Orte.«

»Andere Orte wie diesen!«, krächzte er ungeduldig. »Mit anderen Wölfen und anderen Hochwölfen als diesen hier. Ich bin aus dem Großen Tal hinausgeflogen und über die Steppen dahinter hinaus. Die alte Menschenfrau hat es mir befohlen. Den Hochwölfen ist egal, ob du lebst oder stirbst, Wölflein. Hör mir zu. Es gibt andere Wölfe, in anderen Tälern«, sagte er wieder.

Dies schien ein wichtiger Punkt zu sein, doch ich begriff nicht, was er damit meinte. »Sie werden deine Familie und deine Menschen töten, als wären sie nichts als Beute, und werden euch durch andere ersetzen.« Herausfordernd spreizte er die Flügel und sah zu den Höchsten Wölfen hinüber. »Es ist wahr. Ich habe es gesehen. Und ich habe mit meinen Rabenbrüdern und Rabenschwestern in der Ferne gesprochen, die mir davon erzählt haben.«

Ich versuchte immer noch zu verstehen, was Tlitoo meinte, und erschrak bei Jandrus Stimme.

»Es ist wahr«, gab er zu und sah Tlitoo kühl an. »Das hier war ein Versuch, um herauszufinden, ob die Menschen und Wölfe in einem Tal zusammenleben können. Und es ist nicht der einzige Ort, an dem wir es versucht haben. Es geht um mehr, als irgendeiner von euch verstehen könnte. Es gibt einen großen Widerspruch zwischen Wölfen und Menschen, und wenn man das nicht weiß, kann man auch nicht verstehen, was wir tun.«

»Der Widerspruch besteht darin, dass Menschen und Wölfe zusammen sein müssen, aber nicht zusammen sein können«, unterbrach ich ihn, gereizt von seiner Überheblichkeit. Warum hielt er mich für zu dumm, das zu verstehen? »Die Menschen brauchen uns, damit sie der Natur verbunden bleiben und nicht alles zerstören. Aber sie fürchten uns zu sehr, um uns in ihrer Nähe zu dulden, und dann kämpfen wir mit ihnen. Das ist der Widerspruch. Darum trefft ihr euch jeden Mond mit den Krianan der Menschen. So könnt ihr einigen von ihnen nahe sein, ohne einen Krieg zu verursachen. Die Krianan der Menschen hat es uns erzählt. Und ich habe euch gesehen.« Von der Traumwölfin sagte ich nichts. Wenn die Höchsten Wölfe ihre Geheimnisse hatten, konnte ich auch meine haben.

Frandras Augen wurden schmal. »Es war falsch von dir, die Aussprache zu belauschen«, sagte sie zu mir. »Es gibt gute Gründe dafür, dass wir die Geheimnisse der Legenden bewahren.« Für einen kurzen, schrecklichen Moment glaubte ich, sie wollte sich auf mich stürzen. Dann seufzte sie.

»Du verstehst nicht so viel, wie du glaubst zu verstehen. Genauso wenig wie diese alte Frau. Der Widerspruch bedeutet Folgendes: Wenn wir nicht mit den Menschen zusammenleben, töten uns die Ahnen. Wenn wir mit den Menschen zusammenleben und gegen sie kämpfen, bringen uns die Ahnen ebenfalls um. Der einzige Weg, den wir gefunden haben, um beides zu vermeiden, sind die Aussprachen. Wir Höchsten Wölfe plagen uns schon länger mit diesen Aussprachen, mit den Menschen und dem Widerspruch ab, als dein weiches Welpenhirn sich überhaupt vorstellen kann.«

Tlitoo spreizte seine Flügel in ihre Richtung.

»Aber jetzt helfen eure Aussprachen nicht mehr«, krächzte er. »Jetzt sterben die Hochwölfe.«

»Vielleicht«, knurrte Jandru, »aber vielleicht auch nicht. Aber wir brauchen Wölfe, die unsere Aufgabe übernehmen, wenn wir nicht mehr da sind. Deshalb musst du das Tal verlassen, Kaala. Seit deiner Geburt sind wir davon überzeugt, dass *du* diejenige bist, der es bestimmt ist, die Blutlinie fortzuführen. Der Rat der Höchsten Wölfe ist anderer Meinung. Wenn du von deinem Rudel akzeptiert worden wärst, so wie wir es dir gesagt hatten, hätten sie vielleicht ihre Meinung geändert. Das werden sie jetzt nicht mehr. Sie ziehen einen anderen vor.«

Ich dachte daran, was die alte Frau gesagt hatte, als ich sie zum ersten Mal traf.

»Ihr wollt, dass ich mich mit den Menschen treffe, wie ihr es tut«, sagte ich. Meine Stimme war kaum mehr als ein Flüstern. »Mit TaLi als meiner Krianan.« Ich sah mich um und erwartete fast, dass sie das Mädchen irgendwo versteckt hatten.

Frandra und Jandru wechselten unbehagliche Blicke. Tlitoo stolzierte zu ihnen hinüber und gab ein merkwürdiges Zischen von sich, das ich noch nie von einem Raben gehört hatte.

»Nein«, sagte Jandru. »Dazu ist es zu spät. Das Blut des Mädchens ist von der Gewalt ihrer Sippe verdorben. Wir können sie nicht retten. Wir dürften nicht einmal dich retten. Der Rat der Höchsten Wölfe ist zu dem Schluss gekommen, dass die Wölfe und Menschen des Großen Tals versagt haben. Sobald irgendwelche Wölfe und Menschen gegeneinander kämpfen, wie sie das offensichtlich tun werden, müssen alle im Tal sterben. Der Rat wird sie alle töten. Andernfalls würde der Krieg sich ausbreiten, und das Volk der Wölfe wäre dem Untergang geweiht. Du stehst den Menschen zu nahe, Kaala, um selbst eine Hüterin zu sein, aber deine Kindeskinder könnten diejenigen sein, die unsere Aufgabe wenn nötig fortführen. Du musst jetzt mit uns kommen, oder du stirbst, sobald irgendein Wolf einen Menschen angreift.«

»Was ist mit meinem Rudel?«, wollte ich wissen. »Was ist mit TaLi und ihrer Sippe?«

»Was soll mit ihnen sein?«, antwortete Frandra gleichgültig. »Die Zukunft aller Wölfe ist wichtiger als die eines einzelnen Wolfs, als die eines Rudels oder einer Menschensippe. Wir werden irgendwo anders von vorne anfangen.«

Die Gefühllosigkeit der Höchsten Wölfin machte mich fassungslos.

»Ich hab's dir doch gesagt, Wölflein«, meinte Tlitoo.

»Nein«, sagte ich. »Ich gehe nicht mit euch.«

»Dann werden wir dich an der Rute hinter uns herschleifen«, schnauzte Jandru, der die Geduld verlor. Er kam auf mich zu. Ich wich zurück, wohlwissend, dass ich ihm nicht davonlaufen konnte, aber bereit, es zu versuchen. Tlitoo spreizte die Flügel und bereitete sich darauf vor, davonzufliegen oder zu kämpfen. Ich war mir nicht ganz sicher, was von beidem er tun würde.

»Das ist nicht fair!«, schrie ich, ohne mich zu bemühen, leise zu sein. »Ihr habt mich belogen. Ihr habt uns alle belogen. Ihr habt uns befohlen, uns von den Menschen fernzuhalten, ohne uns zu sagen, warum. Und ohne uns zu sagen, dass wir eigentlich dazu bestimmt sind, mit ihnen zusammen zu sein.« Zornerfüllt blickten die Höchsten Wölfe mich an. Es war mir egal. »Die Legenden erzählen nichts von dem Widerspruch, und dabei ist es das Wichtigste von allem. Jetzt werdet ihr alle Wölfe und Menschen im Tal töten, nur weil wir nichts anderes getan haben, als uns an die Legenden zu halten! Und das alles nur, weil die Legenden lügen!«

»Sie hat recht«, sagte eine greise Stimme, eine Stimme, die wie zerbrechende Zweige und verwehter Staub klang.

Frandra und Jandru warfen die Köpfe herum. Zorindru, der Anführer der Höchsten Wölfe, der die Aussprache geleitet hatte, saß neben einem großen Felsen. Ich hatte keine Ahnung, wie lange er dort schon saß. Neben ihm, die Hand auf seinen Rücken gelegt, stand TaLis Großmutter.

»Habt ihr wirklich geglaubt«, sagte der greise Wolf zu Frandra und Jandru, »sie würde einfach so mit euch mitgehen? Und habt ihr wirklich geglaubt, ich würde nicht herausfinden, was ihr vorhabt?« Er sprach leise, und sein Nackenfell sträubte sich nur ein winziges Stück, doch das genügte, dass Frandra und Jandru die Ohren anlegten. Sie sahen getadelten Welpen so ähnlich, dass ich beinahe in Versuchung geriet zu lachen.

Ich wollte zur alten Frau laufen, um sie zu begrüßen, hatte aber viel zu viel Ehrfurcht vor dem greisen Höchsten Wolf, als dass ich mich hätte rühren können. Tlitoo kannte keine solchen Bedenken. Er flog zur alten Frau, landete zuerst auf ihrer Schulter und hüpfte auf den Rücken des greisen Höchsten Wolfes. Von dort fauchte und funkelte er Jandru und Frandra böse an.

»NiaLi und ich haben uns beraten«, erklärte Zorindru und nickte der alten Frau zu. »Ich glaube, es ist an der Zeit, den Kleinwölfen im Tal – und den Menschen – ein wenig von den Gründen zu erzählen, warum wir das tun, was wir tun.« Lächelnd öffnete er sein riesiges Maul und schüttelte Tlitoo aus seinem Fell. Der Rabe landete auf einem nahe gelegenen Felsen und starrte Frandra und Jandru immer noch böse an.

»Das sind die Geheimnisse der Höchsten Wölfe!«, protestierte Frandra.

»Und es wird Zeit, dass ihr sie teilt!«, warf die alte Frau ungehalten ein, ohne die geringste Furcht vor den riesigen Wölfen zu zeigen. Mir fiel ein, dass sie sowohl unsere Sprache als auch die Ursprache verstand. »Ihr habt viel zu lange Geheimnisse vor uns gehabt«, sagte sie. »Zorindru hat mir erzählt, dass ihr plant, uns alle zu töten, und ich will wissen, warum.«

»Menschen oder Kleinwölfe können das nicht verstehen«, sagte Frandra verächtlich. »Wir haben die Last des Abkommens auf uns genommen, weil ihr zu schwach dafür seid. Wir müssen euch gar nichts erzählen.«

»Da bin ich anderer Meinung«, sagte Zorindru sanft.

Frandra öffnete den Mund, um zu widersprechen, doch Zorindru brachte sie mit der Andeutung eines Knurrens zum Schweigen. »Noch leite ich den Rat der Höchsten Wölfe«, sagte er, »und wenn Kaala das Tal verlassen soll, dann hat sie ein Recht, den wahren Grund dafür zu kennen. Ich werde dir nicht alles erzählen, Jungwölfin – es gibt Geheimnisse, die die Höchsten Wölfe bewahren müssen –, aber ich werde dir so viel erzählen, wie ich kann.«

Ich senkte Ohren und Rute vor dem greisen Höchsten Wolf. Die alte Frau streckte mir die Hand entgegen, und ich ging zu ihr, damit sie sich auf mich stützen konnte, als sie sich auf einem flachen Felsen niederließ. Ich setzte mich neben sie auf den kühlen Boden. Zorindru legte seinen alten Körper neben uns und begann, mit seiner an zerbrechende Zweige erinnernden Stimme zu sprechen.

»Eure Legenden sagen in einigen Teilen die Wahrheit«,

sagte er, »aber nicht in allem. Es ist wahr, dass Indru und sein Rudel die Menschen verändert haben. Genauso wahr ist, dass die Ahnen die Wölfe und Menschen beinahe ausgerottet hätten und dass Indru ein Versprechen gab, um sie zu retten. Aber er versprach nicht, die Menschen zu meiden. Er versprach, dass er und seine Nachkommen für alle Zeiten über sie wachen würden.«

Ich sah ihn eine Weile schweigend an. Ich glaubte dem greisen Wolf. Etwas in seiner Haltung ließ mich ihm vertrauen, und es leuchtete mir ein, dass Indru über die Menschen wachen wollte, dass es genau das war, was Wölfe tun sollten. Und wenn das wahr war, dann war auch alles, was Frandra und Jandru gesagt hatten, wahr. »Aber es hat nicht funktioniert?«, fragte ich schließlich.

»Nein. Wölfe und Menschen kämpften gegeneinander, und die Wölfe brachen ihr Versprechen.« Tiefer Schmerz lag im Blick des greisen Wolfs. Er schüttelte sich heftig und fuhr fort. »Als die Wölfe ihr Wort brachen, sandten die Ahnen einen Winter, der drei Jahre lang dauerte, um alle Wölfe und alle Menschen zu vernichten. Doch dann brachte eine Jungwölfin mit dem Namen Lydda Menschen und Wölfe wieder zusammen, und der lange Winter hatte ein Ende.«

Inzwischen wusste ich, dass Lydda, die Jungwölfin, von der er sprach, die Traumwölfin war, die mich besuchte. »Unsere Legenden sagen, dass sie den Winter verursacht hat, indem sie zu den Menschen ging«, sagte ich.

»So war es nicht. Sie beendete den langen Winter, indem sie Menschen und Wölfe wieder zusammenbrachte. Das war es, was die Ahnen überzeugte, uns noch eine Chance zu geben – eine letzte Chance –, mit den Menschen zusammenzuleben, ohne dass es zum Krieg käme.«

»Aber es kam zum Krieg«, sagte ich und dachte daran, was die Traumwölfin mir erzählt hatte.

»Es hätte fast einen gegeben«, sagte der greise Wolf, »wenn wir ihn nicht verhindert hätten. Wölfe und Menschen begannen gegeneinander zu kämpfen, und da wurde der Rat der Höchsten Wölfe einberufen. Wir wussten, dass die Ahnen uns erneut einen langen Winter schicken würden, wenn wir zuließen, dass die Kämpfe andauerten. Wir begriffen, dass wir, wenn wir über die Menschen wachen wollten, dies aus der Ferne tun mussten. Also riefen wir die Aussprachen ins Leben, um Indrus Versprechen zu erfüllen, ohne einen Krieg zu riskieren.«

»Was geschah mit Lydda?«, fragte ich. Vor Übelkeit krampfte sich mein Magen zusammen. Ich fragte mich, ob Zorindru mich belügen würde.

»Wir mussten sie fortschicken«, sagte der greise Wolf und bestätigte damit, was die Traumwölfin mir erzählt hatte. »Wenn sie geblieben wäre, hätte sie nur weitere Schwierigkeiten verursacht. Sie hatte nicht die Stärke zu tun, was getan werden musste.«

Tlitoo krächzte etwas, das nichts anderes als eine Beleidigung sein konnte. Zorindru musste die Bestürzung und Missbilligung in meiner Miene gesehen haben, denn er senkte seine Nase zu meiner herab.

»Lydda dachte nur an ihren Menschen und was das Beste für ihn war«, sagte er. »Doch es ging um eine Entscheidung, die weisere Wölfe fällen mussten. Wir hatten keine Wahl, als sie fortzuschicken. Es war zum Besten aller Wölfe.«

»Und jetzt sterben die Hochwölfe«, beharrte Tlitoo.

Zorindru nickte. »Seit Generationen«, sagte der greise Wolf, »versuchen wir, Wölfe zu finden, die unseren Platz einnehmen können, haben entschieden, welche von ihnen Welpen haben dürfen und welche nicht. Wir haben das an vielen Orten getan – in Tälern, auf Inseln und Berghöhen. Und an allen diesen Orten sind wir immer wieder gescheitert. Hier im Großen Tal waren wir einem Erfolg am nächsten. Du warst eine Überraschung, Kaala. Wenn ein Welpe ohne Erlaubnis geboren wird, muss er normalerweise getötet werden, so wie es mit deinen Wurfgefährten geschah. Aber als Frandra und Jandru uns von deiner Geburt und dem Zeichen des Halbmondes auf deiner Brust erzählten, glaubten einige, du könntest diejenige sein, die ein neues Geschlecht von Hüterwölfen begründen wird. Aus diesem Grund wurdest du verschont, und deshalb wollen wir dich aus dem Tal bringen.«

»Du weißt, wer mein Vater ist.« Ich wusste es, so sicher wie ich wusste, dass der Mond jede Nacht aufgeht.

»Das werde ich dir nicht sagen«, sagte Zorindru, und seine Stimme ließ keinen Zweifel daran, dass er nicht nachgeben würde. »Aber ich kann dir sagen, dass wir glauben, in dir gefunden zu haben, was wir seit der Zeit von Lydda gesucht haben. Der Rat der Höchsten Wölfe ist anderer Meinung. Sie glauben, dass, weil du die Menschen so liebst, deine Kinder es auch tun werden.«

Tlitoos Stimme war noch nie so sanft gewesen wie jetzt, als er sagte:

»Du lügst. Hochwölfe
Haben mehr Geheimnisse.
Was soll geschehen?«

Ich dachte, Zorindru würde fuchsteufelswild werden. Frandra und Jandru waren es auf jeden Fall. Doch der Blick, mit dem der greise Wolf den Raben bedachte, war nachdenklich und voller Schmerz.

»Und es werden auch Geheimnisse bleiben, Rabe. Kein Ast auf der ganzen Welt, auf den du fliegen könntest, könnte dir ausreichend Schutz bieten, wenn ich dir alle Geheimnisse des Hohen Rates anvertrauen würde.«

»Kaala«, sagte Frandra und tat ihr Bestes, um versöhnlich zu klingen. »Du musst uns vertrauen, wenn wir dir sagen, dass es das Beste für dich ist, jetzt das Tal mit uns zu verlassen. Wir haben dir das Leben gerettet, als du ein Winzjunges warst. Wir wollen nur dein Bestes.«

Ich sah ihr nicht in die Augen. Lydda hatte das Tal verlassen. Lydda hatte getan, was man ihr befohlen hatte. Ich blickte hinauf in das Gesicht des greisen Höchsten Wolfs.

»Ich gehe nicht mit euch«, sagte ich ruhig. »Wenn ihr mich zwingt mitzukommen, werde ich aufhören zu fressen und sterben. Vielleicht«, sagte ich und hoffte, ich klänge, als wüsste ich, wovon ich redete, »kann ich die Kämpfe ja verhindern.«

Ich glaubte, ein Lächeln in den Augen des Höchsten Wolfes zu erkennen. Doch es war zu schnell wieder verschwunden, als dass ich mir sicher sein konnte.

»Dann werde ich mit dem Rat darüber reden«, erklärte er zu meiner Überraschung.

Ich blinzelte ihn an. Jandru knurrte leise vor Erstaunen.

»Du bittest sie, den Kampf zu verhindern?«, fragte ich, »und meinem Rudel zu helfen?«

»Das kann ich nicht«, antwortete der Höchste Wolf. »Sobald sich Zähne in Fleisch graben, kann ich nichts mehr tun. Aber vielleicht verschonen sie die Wölfe des Großen Tals und die Menschen, wenn es zu keinem Kampf kommt.«

»Dann wird es zu spät sein!«, protestierte Frandra. »Sie muss jetzt fortgehen, oder all unsere Mühen sind umsonst gewesen!«

»Sie hat das Recht, ihre eigene Wahl zu treffen«, sagte TaLis Großmutter scharf. »Das kannst du ihr nicht nehmen.«

Frandra und Jandru knurrten beide und näherten sich ihr drohend. Unerschrocken sah sie die Wölfe an.

»Nein«, sagte Zorindru, »das können wir nicht.« Er funkelte die anderen beiden Höchsten Wölfe böse an. Beide legten die Ohren an und zogen sich von der alten Frau zurück.

Zorindru senkte den Kopf, um mir in die Augen zu schauen.

»Aber hör zu, Jungwölfin«, sagte er sanft, »ich kann nichts garantieren. Ich bin der Anführer der Höchsten Wölfe, doch ich kann dem Rat nicht vorschreiben, was er zu tun hat. Vielleicht töten sie die Wölfe des Großen Tals trotzdem, auch wenn es nicht zum Kampf kommt. Was ich tun kann, ist, dich aus dem Tal zu bringen. Ich kann auch deine Freunde – Ázzuen und Marra – mitnehmen, damit du nicht alleine bist. Und ich bringe dich zu deiner

Mutter«, sagte er und beobachtete mich dabei aufmerksam. »Ich kann herausfinden, wo sie ist, und dich zu ihr bringen.«

Verblüfft schaute ich zu ihm hoch, und mein Herz raste. Meine Mutter. Es verging kein Tag in meinem Leben, an dem ich mich nicht fragte, wo sie sein mochte, an dem ich nicht darüber nachdachte, wie ich sie finden konnte. Ich hatte ihr versprochen, sie zu suchen. Wenn Zorindru mich zu ihr bringen könnte, würde ich mir keine Gedanken mehr um Ruuqo oder die Wölfe vom Felsgipfel machen müssen. Ich würde mich nicht mehr darum sorgen müssen, ob ich das *Romma* bekam oder wie ich den Kampf verhindern sollte. Ich wäre mit meiner Mutter und vielleicht sogar mit meinem Vater zusammen und würde mir nie wieder Sorgen machen müssen, allein zu sein.

Und meine Rudelgefährten würden sterben, selbst wenn sie nicht kämpften. Und TaLi würde sterben. Und BreLan und MikLan.

»Nein«, sagte ich. »Ich werde nicht zulassen, dass mein Rudel oder unsere Menschen getötet werden. Ich werde Ruuqo davon überzeugen, den Kampf zu verhindern.«

»Also gut. Ich werde sofort mit dem Rat sprechen«, sagte er und setzte sich steifbeinig in Richtung des Steinkreises in Bewegung. Vor Frandra und Jandru blieb er noch einmal stehen. »Ihr kommt mit mir«, befahl er. Sie sahen aus, als wollten sie ihm widersprechen, und Frandra knurrte leise in sich hinein, aber beide legten die Ohren an und folgten ihm. Über ihre Schultern warfen sie mir einen letzten finsteren Blick zu.

Ich schaute ihnen nach. Noch ehe ihre Ruten ganz

verschwunden waren, stieß Tlitoo einen schrillen Schrei aus.

»Worauf wartest du, Wölflein? Du bist zu fett, als dass ich dich tragen könnte!«

Ich hielt einen Augenblick lang inne und fragte mich, ob ich die alte Frau allein im Wald lassen konnte.

»Geh, Kleines«, sagte sie. »Ich habe schon in diesem Wald auf mich aufgepasst, bevor die Urgroßmutter deiner Urgroßmutter geboren war. Ich werde zu dir kommen, wenn ich kann.«

Ich ließ zu, dass sie sich erneut auf meinen Rücken stützte, um sich von dem Felsen zu erheben. Dann machte ich mich auf den weiten Weg zurück in unser Revier.

Ich war erst wenige Schritte gelaufen, als mich leise Tritte auf trockenen Blättern anhalten ließen. Ázzuen und Marra stellten sich vor mir auf den Weg.

»Du hast doch wohl nicht gedacht, wir würden dich alleine gehen lassen, oder?«, sagte Ázzuen.

* * *

Anfangs versuchte ich, sie davon zu überzeugen, sofort aus dem Tal zu fliehen und auf mich und unsere Menschen zu warten. Ich erzählte ihnen von Lydda und den Plänen der Höchsten Wölfe. Sie wollten nicht gehen.

»Es geht auch um unsere Zukunft«, sagte Marra. »Wir haben das Recht, zu bleiben und zu versuchen, den Kampf zu verhindern.«

»Und wir werden BreLan und MikLan nicht zurücklassen, damit sie getötet werden«, fügte Ázzuen hinzu.

»Wir haben uns bereits entschieden«, sagte Marra. »Also verschwende keine Zeit damit, herumzustreiten.«

Ich atmete tief durch, um ihnen noch einmal ins Gewissen zu reden. Doch da ging mir auf, dass ich sie gar nicht überzeugen wollte. Ich legte Ázzuen den Kopf auf den Rücken und setzte eine Pfote auf Marras Schulter. Meine letzten Zweifel verschwanden.

»Hier entlang«, sagte Ázzuen.

19

Die Nacht war bereits halb vorbei, als wir die Ebene des Hohen Grases erreichten und uns im Schutz der Bäume an dem Hang niederkauerten, von dem aus wir vor so vielen Monden beobachtet hatten, wie unser Rudel mit dem Bären kämpfte. Das Gras, das der Wiese ihren Namen gab, wurde allmählich trocken, stand aber nach den ergiebigen Regenfällen des Herbstes immer noch hoch. Die dichtstehenden Bäume des Waldes boten uns gute Möglichkeiten, uns zu verbergen. So konnten wir unbemerkt beobachten, was um uns vor sich ging. Zu unserer Linken entdeckten wir unser Rudel. Ruuqo, vorsichtig wie immer, wartete ab und beobachtete. Rechts von uns und weiter draußen auf der Ebene, auf einer kahlen, graslosen Stelle, standen Menschenfrauen und Kinder, TaLi mitten unter ihnen. Sie sangen und schlugen in einem schwierigen, fesselnden Rhythmus mit Hölzern gegen hohle Stämme. Direkt vor uns, auf halber Strecke über die Ebene, standen ungefähr zwanzig Menschenmänner in zwei Kreisen um eine Gruppe von Elen herum. Sechs Jüngere, unter ihnen MikLan, bildeten den inneren Kreis, knapp sechs Wolfslängen von den Elen entfernt. Die erwachsenen Männer bildeten den äußeren Kreis. BreLan war unter ihnen, ebenso der Sohn des Anführers von TaLis Sippe, der, mit dem sie sich paaren sollte.

»Wir kommen zu spät«, flüsterte Marra.

Hinter den Menschen, im Gras verborgen, lagen die

Wölfe vom Felsgipfel und ein Rudel, das, der starken Witterung nach Fichten zufolge, das Rudel vom Höhenwald sein musste. Sie belauerten die Menschen, als seien sie Beute.

Die Menschen schienen nicht zu wissen, dass Wölfe in ihrer Nähe waren. Es war eine Zeremonie, genau wie Torell gesagt hatte. Acht der Männer hielten ausgehöhlte Kürbisse in den Händen. Sie schüttelten sie wild, und irgendetwas in den Kürbissen klapperte laut und fügte sich in die rhythmischen Schläge der Hölzer. Das Trommeln und Klappern schien die Elen zu verzaubern, sie rührten sich nicht von der Stelle. Ich spürte, wie der Klang mich ebenfalls fesselte, und ich musste mich schütteln, um wieder einen klaren Kopf zu bekommen.

»Es ist ihre Prüfung, ob sie erwachsen sind«, sagte Ázzuen. »Trevegg hat es uns erklärt, bevor wir aufgebrochen sind.«

»Ihr habt Trevegg gefragt?«, fragte ich alarmiert. Hatten sie sich womöglich verraten? Ich seufzte. Es war zu spät, um sich über solche Dinge Gedanken zu machen. »Was haben die Elen damit zu tun?« Mir fiel auf, dass sich nur weibliche Elen in der Mitte des Kreises befanden, und ich fragte mich, wo die Bullen waren.

»Die Jungmenschen müssen beweisen, dass sie kräftig sind«, antwortete Ázzuen. »Es ist so ähnlich wie unsere erste Jagd. Die Jungen müssen ganz allein eine Elenkuh töten, um zu beweisen, dass sie bereit sind, erwachsen zu werden. Niemand verlässt die Ebene, bevor nicht jeder einen Elen getötet hat. Deshalb hat Torell diese Zeremonie gewählt. Ihre Aufmerksamkeit wird vollkommen auf die Beute gerichtet sein.«

»Und sie nehmen wirklich nichts anderes wahr?«, fragte Marra. »Wie können sie die Wölfe vom Felsgipfel übersehen? Oder unser Rudel?«

Ich stellte mir dieselbe Frage. Das hohe Gras bot unzählige Möglichkeiten, sich zu verstecken, doch wenn die Menschen achtgeben würden, würden sie die Bewegungen im Gras bemerken, die die Wölfe verursachten, als sie begannen, sich zu verteilen und direkt hinter den Menschen einen Halbkreis zu bilden. Aber sie bemerkten nichts.

Das Klappern der Kürbisse und das Schlagen der Hölzer wurde lauter, und erneut spürte ich, wie ich in ihren Bann gezogen wurde.

»Es ist der Rhythmus der Kürbisse und Hölzer, glaube ich«, sagte ich und hoffte, dass wir zu Ruuqo gelangen konnten, damit er Torell aufhalten konnte. »Er fesselt ihre Aufmerksamkeit genauso wie die der Elen.« Ich schaute zu TaLi. »Warum jagen die Frauen nicht?«

»Trevegg sagt, die Menschen wollen nicht mehr, dass ihre Frauen jagen«, schnaubte Marra. »Ich verstehe nicht, warum sie die Anzahl ihrer Jäger halbieren wollen, aber Trevegg sagt, es sei so. Er kommt hierher.« Witternd hob sie die Nase in Richtung unseres Rudels. »Ich glaube, er wusste, dass wir fortlaufen würden, aber er hat nichts gesagt.«

Ich wandte meine Aufmerksamkeit von dem Kreis der Menschen und den Elen ab. Ich konnte gerade eben Treveggs Umrisse im Gras erkennen, als er sich vorsichtig auf uns zubewegte. Es gab keine Möglichkeit, herauszufinden, ob er Ruuqo und den anderen erzählt hatte, dass wir hier waren. Wir mussten rasch handeln.

»Als Erstes«, sagte ich, »müssen wir unsere Menschen fortbringen. Dann können wir versuchen, Ruuqo dazu zu bringen, die Wölfe vom Felsgipfel von einem Angriff abzuhalten.«

»Ich wüsste nicht, wie wir BreLan und MikLan in Sicherheit bringen sollen.« Marras Stimme klang angespannt. »Sie sind zu nahe bei den Wölfen vom Felsgipfel. Du könntest dein Mädchen holen und mit ihr verschwinden«, sagte sie und beobachtete mich aus den Augenwinkeln. »Sie ist uns am nächsten.«

»Nein«, erklärte ich. »Wir retten sie alle.«

Von unserem Platz aus hatten wir eine gute Sicht auf den größten Teil der Ebene. Aber die Sicht war nicht gut genug, dass ich mit Sicherheit hätte sagen können, wie viele Wölfe sich an die Menschenmänner heranpirschten. Ich brauchte einen besseren Beobachtungsposten.

»Ich gehe hoch zu diesem Felsen da«, sagte ich und deutete auf einen Brocken im höhergelegenen Teil des Waldes, der einen guten Ausblick über die Ebene bot.

»Sei vorsichtig«, meinte Ázzuen. »Die vom Felsgipfel können dich sehen, wenn du nicht in Deckung bleibst. Und beeil dich. Ich glaube nicht, dass wir viel Zeit haben.«

»Ich passe schon auf.« Ich verdrehte die Augen. Ázzuen machte sich ständig Sorgen.

Der Felsen war nicht weit entfernt, aber ich musste auf dem Bauch unter niedrigen Büschen durchkriechen, um dorthin zu gelangen. Ich plante, einfach auf seinen höchsten Punkt zu klettern und mich dabei so flach wie möglich zu machen. Ich glaubte nicht, dass irgendjemand auf der

Ebene so wachsam sein würde. Die Felskuppe war flach, und ich würde mühelos hinüberblicken können.

Ich hatte den höchsten Punkt fast erreicht, als sich der Himmel über mir verdunkelte und mich etwas fest am Nackenfell packte. Ich wurde von den Pfoten gerissen und vom Felsen heruntergezogen, dann wurde ich auf einen Haufen Rinde und Dreck geworfen. Ich war so überrascht, dass ich nicht einmal aufjaulte.

Eine große Pfote verschloss mir die Schnauze.

»Still!«, zischte Frandra. »Steh auf und komm mit.«

Ich blieb, wo ich war. Frandra packte mich erneut beim Nackenfell und begann, mich durch Staub und Blätter und über Felsbrocken zu zerren. Ich strampelte mit den Beinen und versuchte, loszukommen, doch ich war unglücklich auf die Seite gestürzt, und die Höchste Wölfin war viel zu kräftig, als dass ich mich aus dieser Lage hätte befreien können. Nach einigen wenigen Wolfslängen hielt sie an und ließ mich los. Jandru wartete bereits. Ich spuckte Staub und Blätter aus und stand auf. Wütend starrte ich sie an. Unwillkürlich senkte ich Ohren und Rute vor ihnen. Das bedeutete aber noch lange nicht, dass ich höflich sein würde.

»Dämlicher Welpe«, flüsterte Jandru verärgert. »Du hättest einfach mit uns kommen sollen. Du hättest alles ruinieren können. Jetzt folge uns. Und keinen Ton von dir.«

»Ich habe euch gesagt, dass ich nicht mitkomme«, flüsterte ich zurück und schüttelte mein Nackenfell aus. »Zorindru hat gesagt, er versucht, mit den anderen Höchsten Wölfen zu sprechen.«

»Das tut er gerade«, knurrte Jandru. »Aber er weiß nicht, ob sie zustimmen werden, die Wölfe des Tals zu verschonen, selbst wenn du den Kampf verhindern kannst. Und das ist auch vollkommen gleichgültig! Der Kampf wird jeden Moment beginnen, und du wirst ihn nicht verhindern können.«

»Der Rat der Höchsten Wölfe ist hier«, knurrte Frandra. »Selbst die von außerhalb des Tals. Es sind an die hundert, und sie haben die Ebene umzingelt. Sobald der Kampf beginnt, werden sie jeden Wolf und jeden Menschen hier töten. Anschließend werden sie auch jeden Wolf und jeden Menschen im Tal aufspüren. Wir haben keine Zeit zu verlieren.«

»Sie haben noch nicht angefangen zu kämpfen«, sagte ich trotzig. »Ihr könnt nicht wissen, ob sie es wirklich tun werden.«

»Aber das ist doch offensichtlich!«, sagte Jandru, ohne sich länger die Mühe zu machen, zu flüstern. »Du wirst jetzt auf deinen eigenen Pfoten mit uns kommen, oder wir werden dich hinter uns herschleifen. Mir ist es völlig egal, *wie* du von hier wegkommst.«

Ich spürte, wie meine Augen schmal wurden und meine Lefzen sich zurückzogen. Meine Ohren stellten sich auf und zogen die Haut in meinem Gesicht straff, und mein Rückenfell sträubte sich. Ich knurrte die Höchsten Wölfe an.

Verdutzt sahen sie mich an. Dann lachte Jandru mich aus. »Ich sorge dafür, dass der Weg frei ist«, sagte er zu Frandra. »Du kommst mit ihr nach. Egal, ob sie will oder nicht.«

Er wandte uns die Rute zu und verschwand rasch und leise. Ich funkelte Frandra an und knurrte erneut.

»Komm einfach mit«, sagte sie müde. »Ich würde dich lieber nicht mitschleifen müssen.«

Schwarze Flügel und scharfe Klauen stürzten sich auf ihren Kopf. Tlitoo krallte sich in die empfindliche Haut zwischen den Ohren der Höchsten Wölfin. Frandra jaulte vor Schmerz auf und schüttelte kräftig den Kopf. Ein grauer Blitz schoss aus dem Unterholz, und Ázzuen stürzte sich auf Frandras linke Flanke. Ich bewegte mich genau im selben Moment, und irgendwie schafften wir es, die Höchste Wölfin aus dem Gleichgewicht zu bringen. Es war nicht so viel anders, als große Beute zu jagen.

»Ich hab dir doch gesagt, du sollst vorsichtig sein«, keuchte Ázzuen und grinste mich an, als er wieder auf die Füße kam. Ich wusste nicht, ob ich ihn anknurren oder ihm danken sollte.

»Na los, Wölfe!«, rief Tlitoo. »Ich werde den Trottelwolf beschäftigen.«

Genau in diesem Augenblick hörten wir Marra rufen.

»Kaala!« Ihre Stimme klang verzweifelt. »Die Felsgipfler greifen an!«

Ázzuen und ich hechteten in den dichtesten Teil des Unterholzes, damit Frandra uns nicht so leicht folgen konnte. Hinter uns hörte ich frustriertes Knurren und triumphierendes Krächzen. Schwer atmend duckten wir uns neben Marra. Trevegg erreichte gerade die Kuppe des Hügels.

»Die Wölfe vom Felsgipfel und vom Höhenwald sind kurz davor anzugreifen«, sagte Marra schnell. »Wir müssen unsere Menschen da rausholen.«

»Nein«, sagte Trevegg und legte sich flach neben uns, »das könnt ihr nicht. Es ist zu gefährlich. Ich weiß, was ihr vorhabt, aber ihr müsst euch aus dem Kampf heraushalten. Ruuqo hat sich immer noch nicht entschieden«, fügte er hinzu. »Was du gesagt hast, hat Eindruck auf ihn gemacht, Kaala, selbst wenn er es nicht zugeben würde, weil du seine Autorität in Frage gestellt hast. Ich habe mit ihm gesprochen, als du weg warst. Rissa will keinen Kampf, und Ruuqo wird sich nicht gegen sie stellen, solange es nicht unbedingt notwendig ist. Ich bin gekommen, um dir zu sagen, dass das Rudel vom Schnellen Fluss heute nicht kämpfen wird. Ruuqo wird dir vielleicht sogar gestatten, zum Rudel zurückzukehren.«

»Das ändert nichts«, sagte Ázzuen.

»Warum?«, wollte der Altwolf wissen.

»Erzähl's ihm, Wölflein«, sagte Tlitoo und landete neben mir. Mit Genugtuung sah ich die Fellfetzen, die noch in seinem Schnabel und in seinen Krallen hingen.

»Mir was erzählen?«

»Es ändert nichts, ob die Wölfe vom Schnellen Fluss kämpfen oder nicht«, erklärte Tlitoo, ehe ich den Mund aufmachen konnte. »Sobald ein Wolf kämpft, sterben alle Wölfe. Und die Menschen auch«, fügte er noch schnell hinzu.

»Rabe, du redest Unsinn«, sagte der Altwolf entsetzt. »Und dafür haben wir keine Zeit.«

»Das ist kein Unsinn«, sagte ich, bevor Tlitoo beleidigt sein konnte und eine Szene machte. »Es ist wahr.«

»Dein Gehirn ist wie gefrorener Schlamm, Trottelwolf«, krächzte Tlitoo gekränkt und flog davon.

»Was der Vogel sagt, ist wahr?«, fragte Trevegg.

»Ja.« Ich erzählte ihm von dem Rat der Höchsten Wölfe, von der Entscheidung, die sie getroffen hatten. Ich erklärte, dass die Höchsten Wölfe des Tals und von außerhalb in der Nähe waren und uns beobachteten. Jetzt konnte ich sie auch sehen, wie sie die Ebene einkreisten und versuchten, mit den Bäumen zu verschmelzen. Sie beobachteten uns und warteten ab, angriffsbereit wie zur Jagd. Ich redete schnell und warf immer wieder einen Blick auf die Ebene, wo Torell und sein Rudel sich jetzt langsam an ihre Beute heranpirschten. Trevegg hörte zu, und sein Gesicht wurde immer grimmiger, als er die Höchsten Wölfe ebenfalls bemerkte, wie sie die Ebene einkesselten, bereit zum Angriff.

»Alle Wölfe im Tal und auch die Menschen«, wiederholte er und zählte blinzelnd die Höchsten Wölfe. »Auch diejenigen, die nicht kämpfen?«

Ich nickte.

Trevegg knurrte besorgt. »Ich werde es Ruuqo erzählen. Wir werden einen Weg finden, Torell aufzuhalten.« Bevor ich antworten konnte, begann Trevegg, langsam den Hügel hinunterzukriechen, um nicht gesehen zu werden.

»Was jetzt?«, fragte Marra. »Ich hole MikLan, egal, was passiert. Aber wir können nicht einfach zu ihnen hinunterspazieren. Es gibt nicht genügend Deckung.«

»Ich weiß nicht«, sagte ich und beobachtete, wie Trevegg zu Ruuqo schlich.

Die Wölfe vom Felsgipfel bewegten sich vorsichtig, um den Vorteil eines Überraschungsangriffs nicht zu verspielen. Jeden Augenblick erwartete ich, dass Frandra und

Jandru sich hinter meinem Rücken anschleichen und mich erneut packen würden. Uns blieben nur noch wenige Augenblicke.

»Vielleicht kann dein Mädchen mit den anderen Menschen reden«, sagte Marra. »Vielleicht kannst du versuchen, in der Ursprache mit ihr zu sprechen, und sie könnte BreLan und MikLan da rausholen.«

Ich glaubte nicht, dass das funktionieren würde. Wenn die Menschen gewarnt wären, würden sie sich einfach umdrehen und kämpfen.

»Ich habe sie geholt«, sagte Tlitoo. Ich hatte nicht darauf geachtet, wohin er geflogen war, während wir mit Trevegg gesprochen hatten. Er war zu den Menschenfrauen geflogen und kam jetzt zurück, gefolgt von einer atemlosen und verwirrten TaLi.

»Wolf!«, rief sie und warf sich auf mich. Mit einem Wuff ließ ich die Luft aus meinen Lungen entweichen, als sie mir beinahe die Rippen gebrochen hätte. »Der Rabe hat mir keine Ruhe gelassen, bis ich mit ihm gegangen bin. Ich bin den ganzen Hügel hinaufgerannt.«

TaLis normalerweise glattes Haar war zerrauft, als hätte jemand mehrmals daran gezogen. Ich konnte mir ziemlich gut vorstellen, wie Tlitoo sie dazu gebracht hatte, mitzukommen.

»Sieh hin, Mensch«, sagte Tlitoo und nickte in Richtung der Wiese. TaLi, die ihn nicht verstand, setzte sich neben mich auf den Boden.

»Was ist los, Silbermond?«

Tlitoo krächzte ungeduldig, zog TaLi an den Haaren und zwang sie, den Kopf zur Wiese zu drehen.

»Hör auf damit!«, knurrte ich. »Lass sie in Ruhe!«

»Ich tue ihr nicht weh, Wolf. Nicht sehr. Und sie muss es sehen. Vielleicht kann sie mit ihren Leuten reden.«

TaLi stockte der Atem. Sie hatte die Wölfe gesehen, die sich an die Menschen anpirschten. Der Mond schien hell, und von unserem Hügel aus konnte sie mühelos die dunklen Umrisse von Torells Rudel erkennen.

»Ich muss HuLin warnen!«, rief sie.

»Das darfst du nicht«, sagte ich und versuchte, mit ihr in der Ursprache zu sprechen, in der Hoffnung, dass sie mich verstehen konnte. »Es ist zu gefährlich.«

»Wir brauchen dich, um BreLan und MikLan zu holen«, fügte Ázzuen hinzu, ohne sich um die Ursprache zu kümmern. Es brachte alles nichts, TaLi sprang auf.

»Sie darf nicht gehen!«, warf Marra ein. »Was, wenn sie die Menschen warnt und dadurch die Wölfe dazu bringt, anzugreifen? Es war dumm, sie herzubringen«, warf sie Tlitoo vor und vergaß ganz, dass sie vorher genau denselben Vorschlag gemacht hatte.

Die Wölfe vom Felsgipfel und vom Höhenwald hatten jetzt die Menschen vollständig umzingelt. Die Wölfe zogen den Kreis immer enger zusammen und pirschten sich an die Menschen heran, als wären sie Beute. Im Gegensatz zu den Menschen bemerkten die Elen sie und wurden unruhig. Panik stieg in mir auf. Wir hatten nur noch wenige Augenblicke, bevor die Wölfe angreifen würden. Ich warf TaLi um und setzte mich auf sie, um sie davon abzuhalten, zu ihrer Sippe zu laufen.

»Wir müssen zu Ruuqo«, sagte Ázzuen. »Wir müssen Trevegg helfen, den Kampf zu verhindern.«

»Wir müssen unsere Menschen holen«, bellte Marra scharf. »Wir müssen zu ihnen laufen und sie so von den anderen trennen, wie wir es mit Beute tun würden, um sie aus dem Kampf rauszuhalten. Wir schaffen das. Sobald die Wölfe angreifen, rennen wir zu unseren Menschen. Dein Mädchen wird auf uns warten, Kaala, und du kannst uns helfen, BreLan und MikLan zu holen.« Ihr draufgängerischer Tonfall machte mich nervös.

»Was, wenn sie nicht mitkommen?«, wollte Ázzuen wissen. »Und was, wenn unter den Elen eine Stampede ausbricht?« Er zitterte, zweifellos dachte er an die Stampede der Pferde, die uns beinahe das Leben gekostet hatte. »Dann säßen wir richtig in der Klemme. Wir müssen das Rudel dazu bringen, uns zu helfen.«

»Ich gehe runter, um näher bei MikLan zu sein«, sagte Marra. »Und ich werde ihn zwingen, das Tal mit mir zu verlassen. Ihr zwei könnt tun, was ihr wollt.« Ich sah ein verzweifeltes Glühen in ihrem Blick.

»Warte«, sagte ich. Marra und Ázzuen sahen mich an. Ázzuen hatte mich auf eine Idee gebracht.

»Ich werde MikLan und BreLan nicht im Stich lassen«, erklärte ich. »Wir haben mit ihnen gejagt, und deshalb gehören sie zum Rudel. Aber genauso wenig werde ich die Wölfe vom Schnellen Fluss im Stich lassen. Sie haben uns gefüttert und uns gelehrt, was es heißt, Wolf zu sein. Was haben wir davon, uns selbst und unsere Menschen zu retten, wenn wir das auf Kosten unseres Rudels und der Menschensippe tun?« Ich holte tief Luft.

»Die Elen sind schon halb am Durchdrehen«, sagte ich. »Was, wenn wirklich eine Stampede ausbricht? Die Wölfe könnten die Menschen nicht angreifen. Es gäbe keinen Kampf, und die Höchsten Wölfe hätten keinen Grund, irgendwen zu töten.«

»Eine Elenstampede ist nichts, was man so aus Spaß anzetteln sollte«, sagte Ázzuen. Ehrfurcht schlich sich in seine Stimme.

Marras Miene hellte sich auf. »Wir hätten Zeit gewonnen.«

»Entscheidet euch besser schnell«, fügte Tlitoo hinzu.

Und wirklich, genau in diesem Augenblick gab Torell das Zeichen zum Angriff. TaLi stieß mich kräftig und schüttelte mich ab. Sie stand auf und rannte den Hügel hinunter, um ihre Sippe zu warnen.

Ich wartete nicht länger. Ich heulte. Ázzuen und Marra fielen ein. Torells Kopf fuhr herum, und sogar aus dieser Entfernung konnte ich sein Zähnefletschen erkennen. Die Menschen in ihrem Kreis fuhren zusammen und sahen sich um. Einer von ihnen rief etwas und deutete auf die Wölfe. Diejenigen im äußeren Kreis drehten sich um und zielten mit ihren Spitzstecken auf die Wölfe, die ihnen am nächsten waren. Ich hoffte, das sei Warnung genug und die Wölfe würden sich zurückziehen. Doch das taten sie nicht. Die Reaktion der Menschen schien sie zu verärgern, und sie gingen zum Angriff über.

»Jetzt!«, schrie ich. Ázzuen, Marra und ich stürmten den Hügel hinunter auf die Elen zu.

»Du weißt, dass du verrückt bist, oder?«, keuchte Ázzuen.

Ich grinste ihn an. Es fühlte sich gut an, endlich etwas zu tun, selbst wenn das unseren Tod bedeuten konnte.

Je näher wir kamen, umso größer wirkten die Elen. Ich spürte Angst in mir aufsteigen und schluckte sie hinunter. Selbst wenn ich jetzt umkehren wollte, es war zu spät. Marra, flink und furchtlos, stürzte sich mitten zwischen die Elen. Ázzuen und ich folgten ihr, rannten an ein paar verdutzten Jungwölfen vom Höhenwald vorbei und unter den Beinen eines alten Menschenmannes hindurch. Wir liefen geradewegs in die Elenherde hinein.

Die Elen stoben auseinander. Menschen und Wölfe rannten ebenfalls in alle Richtungen. Einen Augenblick erstarrte ich vor Entsetzen, als ich an die Stampede der Pferde und Reels Tod dachte. Ich schüttelte mich kräftig. Seit jenem Tag hatte ich mit den Menschen gejagt und ein Reh erlegt. Ich hatte gemeinsam mit meinem Rudel die Elen gehetzt. Ich würde es schaffen.

»Es klappt!«, schrie Marra laut, als sie an mir vorbeiraste. Ich fragte mich, ob sie überhaupt so etwas wie Furcht verspürte. »Hier entlang!«

Marra und Ázzuen entdeckten eine Lücke zwischen den laufenden Elen und stürmten hindurch. Ich wich einem Huf aus und folgte ihnen. Unser Schwung trug uns an den laufenden Elen vorbei. Atemlos hechelnd blieben wir stehen, um uns anzusehen, was wir geschafft hatten. Die Elen liefen wild durcheinander, und die Wölfe und Menschen waren zu sehr damit beschäftigt, ihnen auszuweichen, als dass sie einander angreifen konnten. Ich konnte nicht fassen, dass es tatsächlich geklappt hatte.

»Wir holen BreLan und MikLan«, sagte Marra. »Wenn die vom Felsgipfel immer noch kämpfen wollen, treffen wir dich am Überquerungsbaum und verlassen das Tal.«

Marra wartete meine Antwort nicht ab, sondern machte sich zu der Stelle auf, wo MikLan zuletzt gestanden hatte. Ázzuen folgte ihr. Ich sah TaLi den Hügel herunterstolpern, von dort, wo ich sie verlassen hatte, und rannte auf sie zu, ohne die Elen aus den Augen zu lassen. Etwas an der Art, wie sie sich verhielten, machte mich nervös. Sie wurden von knurrenden Wölfen und Menschen mit Spitzstecken gehetzt. Sie hätten schon längst die Flucht ergreifen sollen. Doch das taten sie nicht. Sie drängten sich immer noch aneinander.

In diesem Moment hörte ich ein Krachen im Unterholz auf der anderen Seite der Ebene. Etwas trat aus dem Wald heraus, fast genau hinter der Stelle, wo das Rudel vom Schnellen Fluss gewartet hatte. Ich hob den Kopf und erwartete, die Höchsten Wölfe angreifen zu sehen. Doch sie waren es nicht.

Das ist unmöglich, dachte ich. *Das kann nicht sein. Die Elenbullen ziehen nicht zusammen herum. Elen jagen nicht.*

Dennoch genau das taten sie. Sieben Bullen, angeführt von Ranor und seinem Bruder Yonor, stürmten mit gesenkten Köpfen und zornigen Blicken wie Jäger aus dem Wald. Ich hörte ihr Röhren, und die Art und Weise, wie sie liefen, verriet ihre Wut. Sie mussten dort auf der Lauer gelegen und auf eine Gelegenheit gewartet haben, diejenigen anzugreifen, die ihre Gefährtinnen bedrohten. Voller Entsetzen sah ich zu und blickte dann zurück auf die weiblichen Elen. Ich begriff, dass ich die Folgen der Stampede falsch eingeschätzt hatte. Ich war davon ausgegangen, es würde wie die Stampede der Pferde so schnell vorbei sein, wie es begonnen hatte. Doch die Elen liefen immer noch hin und her, und als sie ihre Bullen auf sich zurennen sahen, wandten sie sich um, um zu kämpfen.

»Sie verhalten sich anders als die Pferde!«, rief ich. »Warum?«

»Sie sind Elen«, antwortete Tlitoo, der über mir schwebte. »Sie verhalten sich nie wie normale Beute.« Er landete und legte den Kopf schräg. »Sieht aus, als hätten sie gelernt zu jagen.«

Ich hörte Rissa verzweifelt eine Warnung bellen. Trevegg lief Gefahr, von zwei Elenbullen überrannt zu werden. Die Wölfe vom Schnellen Fluss waren auseinandergestoben, als die Elen auf sie zugestürmt waren. Ruuqo bellte einen wütenden Befehl, und er selbst, Yllin und Minn setzten Ranor und den anderen vier Elen nach, die Ranor zu den tobenden Elenweibchen führte. Werrna und Rissa blieben zurück, um auf Trevegg zu warten, der von uns zurückkehrte. Sein Weg kreuzte sich mit dem der beiden anderen Elen, die herumgeschwenkt waren, als wollten sie ihn mit voller Absicht überrennen.

Auf Rissas Warnung hin begann Trevegg zu rennen. Dann stolperte er und kam nur humpelnd auf die Pfoten. Die beiden Elen hatten ihn eingeholt.

Werrna griff einen von ihnen an. Es war ein junger Elen, kleiner als die anderen, und als er von einem solch großen Wolf angegriffen wurde, nahm er Reißaus. Doch der andere Elen war Yonor, und der wich nicht zurück. Er senkte den Kopf und stürmte auf Trevegg zu. Nie und nimmer blieb dem Altwolf genügend Zeit, um rechtzeitig auszuweichen. Ich begann zu rennen.

Rissa knurrte und sprang Yonor frontal an. Für einen

Wolf allein war es höchst gefährlich, direkt den Kopf eines Elenbullen anzuspringen, doch es war ihre einzige Möglichkeit, um seine Aufmerksamkeit weg von Trevegg auf sich zu lenken. Yonor röhrte siegesgewiss, als Rissa sprang, riss den Kopf herum, erwischte sie mit seinem riesigen Geweih und schleuderte sie zu Boden. Rissa jaulte vor Schmerz auf.

Ich lief, so schnell mich meine Beine trugen. Irgendwo hinter mir vernahm ich Ruuqos verzweifelt aufheulendes Bellen. Ich sah, dass Werrna zu uns zurückraste, und wusste, dass der Rest des Rudels unmittelbar hinter ihr sein würde. Sie würden zu spät kommen. Ich war dem Elen am nächsten. Yonor sah mich an, als ich auf ihn zurannte, und schnaubte, als sei ich unbedeutend und garantiert keine Bedrohung für ihn. Ich hätte schwören können, dass er lächelte, als er sich auf die Hinterbeine stellte, um Rissa zu zerschmettern. Furcht schnürte mir die Kehle zu, als ich daran dachte, wie mühelos er sie zu Boden geworfen hatte. Ich ignorierte die Furcht, versuchte stattdessen, mich daran zu erinnern, wie ich mit TaLi gejagt hatte – an den Zeitpunkt des Angriffs, an den Sprungwinkel. Bei einem Gegner von Yonors Größe musste ich mit List und Taktik vorgehen, nicht nur mit Kraft. Ich glaubte nicht, dass es mir gelingen würde, ihn genügend zu bremsen, wenn ich ihn an der Flanke packte. Ich schluckte hart. Ich hatte nur eine einzige Chance. Ich zwang mich, tief Luft zu holen, spannte die Muskeln in den Läufen an, sprang und erwischte Yonors Nase mit den Zähnen. Er bockte und trat um sich und versuchte, mich abzuschütteln. Ich ließ nicht los. Er schleuderte mich hin und her, als sei ich nicht schwerer als das Blatt eines Baums, und ich fühlte mich, als würde mein Hals in zwei Hälften brechen und meine Läufe mir aus dem Leib gerissen. Nichts hatte jemals so weh getan.

»Silbermond!« TaLis Schrei trug über die Ebene. In meiner Angst um Trevegg und Rissa hatte ich sie vollkommen vergessen. Selbst mit meinem hin- und hergeschleuderten Kopf konnte ich ihre Füße auf den Boden trommeln hören. *Sie muss ihre Fußumhüllungen tragen*, dachte ich. Ich war froh, dass sie mir helfen wollte, doch sie konnte unmöglich rechtzeitig hier sein.

Aus dem Augenwinkel sah ich, wie Werrna, die am nächsten gewesen war, sich auf Yonors Flanke stürzte. Die flinke Yllin war beinahe bei uns, Ruuqo kam direkt hinter ihr. Ich begann abzurutschen und wusste, dass ich mich nicht mehr lange würde festhalten können. Schwarze Flügel schlugen auf Yonors Kopf ein. Tlitoo versuchte zu helfen und Yonor zu verwirren, machte es mir aber auch schwerer, mich festzuhalten.

Plötzlich gab Yonor ein ersticktes Röcheln von sich und stolperte. Mehr brauchte mein Rudel nicht. Werrna, Ruuqo und Yllin rissen ihn zu Boden. Beinahe wäre er auf mich gestürzt, doch ich schaffte es gerade noch rechtzeitig, mich aus dem Weg zu rollen, ehe er zu Boden ging. Das Rudel tötete ihn rasch.

Ich kroch zur Seite und sah TaLi schwer atmend gute zehn Wolfslängen entfernt von uns stehen. Ihr Spitzstecken hatte sich tief in Yonors Hals gegraben. Sie musste ihn geworfen haben, und zwar mit aller Kraft. Er hatte das gewaltige Tier nicht getötet, aber es hatte ihn genügend geschwächt, so dass das Rudel ihn erlegen konnte. TaLi umklammerte einen der Stecken, mit denen sie die anderen durch die Luft schnellen ließ, und das Funkeln einer Jägerin lag in ihren Augen.

Trevegg kam wieder auf die Pfoten, doch Rissa erhob sich nicht. Ruuqo erreichte uns und begann, Rissa das Fell zu lecken. Sie hob den Kopf, um ihn anzusehen. Sie hechelte, als bekäme sie nicht genügend Luft, und Blut trat aus einer Wunde, die Yonors Geweih hinterlassen hatte. Zögernd kam TaLi näher und kniete sich neben Rissa. Ruuqos Fell sträubte sich.

»Ich will ihr nur helfen, Wolf«, sagte TaLi leise mit einem leichten Zittern in der Stimme. »Wenn sie keine Luft bekommt, wird sie sterben. Dieses Geräusch hat auch mein Vetter gemacht, als er sich die Rippen verletzt hat, und ich habe ihm geholfen, zu atmen, bis meine Großmutter da war und seine Knochen richten konnte.«

»Lass sie«, sagte Trevegg.

Ruuqo zögerte. Rissa schnappte röchelnd nach Luft. Schließlich neigte Ruuqo den Kopf und trat beiseite.

TaLi nahm einen der Beutel von ihrem Rücken und einen weiteren, der um ihren Hals hing. Beiden entnahm sie ein paar Pflanzen und mischte sie in der Hand. Sie griff zu ihrem Wasserbeutel, der über ihrer Schulter hing, und mischte die Kräuter zu einem Brei, den sie Rissa anbot.

»Du musst das fressen«, sagte TaLi. »Es wird dir helfen, den Weg für deinen Atem zu öffnen.«

»Es ist in Ordnung«, sagte ich zu Rissa und schob TaLis Hand mit meiner Nase zu ihr hin. »Sie gehört zum Rudel.«

Behutsam presste TaLi die Masse in Rissas Schnauze.

Sie zitterte ein wenig, als sie Rissas scharfe Zähne berührte. Ich lehnte mich an sie. Rissa leckte TaLis Hand sauber. Nach wenigen Augenblicken wurde ihr Atmen leichter, und sie hörte auf zu keuchen.

»Ihre Rippen sind entweder geprellt oder gebrochen«, sagte TaLi. »Ich kann ihr bei mir zu Hause besser helfen, aber sie muss unterwegs sehr vorsichtig sein.« Das Mädchen sprach sehr bestimmt, den Blick auf Rissa gerichtet.

TaLi blickte auf und sah Ruuqo in die Augen. Sie starrten einander an. Ich glaube nicht, dass TaLi die Gefahr bemerkte, in der sie sich befand. Ruuqo begann, die Lefzen zu einem Zähnefletschen zurückzuziehen, doch dann senkte er den Kopf und half Rissa, aufzustehen.

»Sag ihr, dass ich ihr danke«, erklärte Ruuqo.

»Warum hast du die Stampede unter den Elen ausgelöst, Kaala?«, fragte Rissa, als sie unsicher wieder auf den Beinen stand. »Ich habe gesehen, wie du zwischen ihnen herumgelaufen bist.«

»Ich musste den Kampf verhindern«, sagte ich. Rasch erzählte ich von dem Beschluss der Höchsten Wölfe. Wut verschleierte Ruuqos Blick.

»Also haben die Höchsten Wölfe uns belogen? Und sie würden uns alle umbringen?«

»Wir müssen Torell davon abhalten zu kämpfen«, meinte Trevegg und leckte sich die verletzte Pfote. »Er wird es erneut versuchen, sobald sich die Elen beruhigt haben.« Der Altwolf sah mich an und brachte es fertig zu lachen. »Du hast die Stampede mit Absicht provoziert? Auf diese Lösung wäre ich nicht gekommen. Sie hat uns Zeit verschafft.«

»Aber mehr auch nicht«, sagte Rissa mit schwacher Stimme. »Torell wird den Kampf nicht aufgeben.« Sie blickte auf die Mitte der Wiese und schnappte nach Luft. »Genauso wenig wie Ranor.«

Ich blickte auf. Die Elenbullen hatten zwar zusammen angegriffen, besaßen aber nicht die Disziplin eines Wolfsrudels. Ihr Drang, miteinander zu wetteifern, schien größer zu sein als ihr Zorn auf die Menschen und Wölfe. Welchen Plan sie anfangs auch gehabt haben mochten, sie hatten ihn vergessen. Sie liefen wild durcheinander und versuchten, ihre Gefährtinnen zurückzuholen. Einige kämpften sogar gegeneinander. Andere verließen die Ebene bereits mit ihren Weibchen. Die Wölfe und Menschen kümmerten sich um die Mitglieder ihrer Rudel, um zu schauen, wer verletzt war, und schienen den Kampf gegeneinander vergessen zu haben. Es sah aus, als hätten wir den Kampf zumindest vorerst erfolgreich verhindert.

Doch als ich Rissas Blick folgte, sah ich, dass ich mich irrte.

Ranor stand neben seinem toten Bruder und starrte auf ihn hinab, starrte vor allem auf TaLis Spitzstecken, der aus Yonors Hals herausragte. Sein Blick wanderte vom Spitzstecken zu TaLi, beobachtete, wie das Mädchen Rissas Rippen befühlte und weitere Pflanzen auf die blutende Wunde legte. Das gewaltige Tier senkte sein riesiges Geweih, und ein tiefes, knurrendes Gurgeln kam aus seiner Kehle, so als ob er einen anderen Bullen herausfordern würde. Er rief die anderen Elen.

»Kommt zu mir!«, befahl er.

Nur zwei der anderen Bullen blickten auf. Einer von

ihnen war derjenige, den Werrna zuvor gehetzt hatte, und beides waren junge, rangniedere Tiere.

»Das Menschenkind hat meinen Bruder abgeschlachtet«, rief Ranor. »Selbst halberwachsen sind sie schon Mörder. Wir werden ihre Jungen töten, bevor sie stark genug sind, uns zu töten.« Er zischte durch die Zähne und lief auf eine Gruppe kleiner Menschen zu. Sie waren von den anderen getrennt worden und versteckten sich an einer Stelle mit besonders hohem Gras. Die beiden jungen Elen folgten ihm, schwangen die Köpfe hin und her und röhrten.

TaLi schnappte nach Luft, als sie erkannte, wohin Ranor und die anderen liefen. Sie machte einige Schritte vorwärts und blickte dann zurück auf Rissa, die langsam ging und schwer atmete.

»Ich kann sie nicht allein lassen«, murmelte sie.

Ich berührte sie mit der Nase am Handrücken und rannte auf die kleinen Menschen zu. Besser gesagt, ich versuchte es. Mein Rücken und mein Hals schmerzten so sehr, dass ich nur halb so schnell vorankam wie üblich. Die Elen würden die kleinen Menschen lange vor mir erreichen. Ich schaute mich um und überlegte, was ich tun sollte. In diesem Moment sah ich Ázzuen und Marra bei BreLan und MikLan stehen. Sie waren nah genug, um die jungen Menschen zu erreichen, aber sie standen mit den Rücken zu den angreifenden Elen, ihre Augen auf Torell und einige Wölfe seines Rudels gerichtet, die streitend hin und her liefen.

»Helft ihnen«, rief ich. Doch meine Stimme war nicht laut genug, und ich war außer Atem. Das Gefecht mit Yonor hatte mich stärker mitgenommen als angenommen. Mein Rudel hörte mich nicht durch das Gebrüll der Elen und die Rufe der Menschen und Wölfe. Suchend hielt ich nach Tlitoo Ausschau, der meine Nachricht hätte überbringen können, konnte ihn aber nirgends finden.

»Welpen in Gefahr!« Werrnas dröhnende Stimme erschreckte mich so sehr, dass ich strauchelte. Sie begann zu laufen. Ázzuens Kopf wirbelte herum, und er begriff sofort, auf wen Ranor und die anderen Elen es abgesehen hatten. Er stieß BreLan mit dem Kopf in die Hüfte, und BreLan sah die angreifenden Elen ebenfalls. Er schrie laut, und mehrere Menschen rannten vom anderen Ende der Ebene zu ihren Jungen, um sie zu beschützen. Doch auch sie würden es nicht rechtzeitig schaffen.

»Wir können sie besiegen«, rief Ranor. »Es wird Zeit, dass wir uns nicht länger vor den Jägern fürchten und uns die Ebene zurückerobern.« Die anderen beiden Elen rannten schneller. Ich hörte rasche Schritte hinter mir, als Yllin zu mir aufschloss.

»Sag mir, was ich tun muss«, rief sie. »Sag mir, wie man mit den Menschen jagt.«

»Sei offen für sie«, keuchte ich. »Finde einen, mit dem du dich verständigen kannst, und jage mit ihm, wie du es mit einem Rudelgefährten tun würdest. Du wirst merken, sie sind uns vertrauter, als du denkst.«

Yllin nickte und rannte weiter, ihre Läufe verschwanden in einem Wirbel aus Fell und Staub.

Werrna überholte mich ebenfalls. »Ich werde die Elen jagen, wie ich es immer schon getan habe«, schnaubte sie, »mit Zähnen und mit List. Aber ich werde nicht zulassen, dass sie Welpen etwas antun. Nicht einmal Menschenwelpen.«

Sie sprintete davon und folgte Yllin auf der Pfote.

Ich konnte nicht mehr rennen. Die Schmerzen waren zu stark. Humpelnd lief ich weiter. Ich konnte nur zusehen und hoffen.

Marra und Ázzuen rasten auf die jungen Elen zu, die Ranor zu Hilfe kamen, um sie anzugreifen. MikLan und BreLan waren dicht hinter ihnen. Ich war zu erschöpft, um ihnen zuzurufen, was sie tun mussten, aber sie brauchten meine Hilfe gar nicht. Die vier bewegten sich wie ein Rudel, das seit Jahren zusammen jagt, wie Wasser, das die Felsen im Fluss umspült.

Ázzuen und Marra liefen an den Flanken der beiden Elen und trieben sie auf BreLan und MikLan zu, die schreiend mit ihren Spitzstecken fuchtelten. Schnaubend und prustend schwenkten die Elen zur Seite ab. Sie wendeten, um erneut anzugreifen, doch die Wölfe und Menschen trieben sie ein zweites Mal fort. Die Elen verloren die Nerven und flohen auf die Ebene hinaus. Ázzuen und Marra folgten ihnen, um sicherzugehen, dass sie nicht zurückkamen.

Damit blieb nur Ranor übrig. Der riesige Elenbulle brüllte vor Zorn und lief noch schneller auf die Menschenwelpen zu. Als er nur noch einen Sprung von den kleinen Menschen entfernt war, rammten ihn Werrna und Yllin von der Seite. Werrna johlte triumphierend auf. Im selben Moment schleuderte ein Menschenmann seinen Spitzstecken. Der Mensch musste fast so schnell rennen können wie ein Wolf, wenn er so schnell dorthin gekommen war.

Der Stecken streifte Ranors Flanke. Der zeitgleiche Angriff von zwei Seiten verblüffte Ranor, und er taumelte für einen Moment. Dann fing er sich wieder, senkte den Kopf und griff erneut an.

Werrna und Yllin standen dem Menschen gegenüber. Werrna starrte ihn einen Augenblick lang an, dann schüttelte sie sich und wandte sich ab. Doch Yllin streckte den Kopf vor und öffnete die Schnauze, um die Witterung des Menschen aufzunehmen. Sie leckte ihm die Hand. Es geschah so schnell, dass ich mich fragte, ob ich es nur geträumt hatte. Dann rannten die beiden Seite an Seite auf Ranor zu.

Ich hatte sie beinahe erreicht, als Ranor abrupt die Richtung wechselte, um Werrna und Yllin auszuweichen. Einen Moment lang blieb er reglos stehen, dann schaute er über die Schulter.

»Kommt zu mir«, rief er den beiden jungen Elen erneut zu. »Seid ihr Feiglinge? Ihr werdet niemals Gefährtinnen finden, wenn ihr so schnell davonlauft. Kommt zurück, um zu kämpfen, und ich werde meine Gefährtinnen mit euch teilen.« Die beiden jungen Elen schnaubten und rannten zu ihm zurück. Alle drei gingen langsam auf die Menschenjungen zu. Nur Yllin und ihr Mensch standen ihnen im Weg. Werrna sprintete zu ihnen. Kurz darauf standen Ázzuen, Marra, BreLan und MikLan an ihrer Seite. Die Menschen hielten ihre Spitzstecken in die Höhe und drohten mit schweren Steinen. Die Wölfe knurrten zähnefletschend. Tlitoo und drei weitere Raben kreisten über ihnen. Die jungen Elen brachen aus und rannten davon.

Ranor zögerte einen Moment, dann sah er die große

Menschengruppe, die über die Ebene rannte, um ihre Jungen zu retten. Er schüttelte heftig den Kopf. »Das werde ich nicht vergessen«, zischte er zwischen den Zähnen hervor. »Ich werde nicht vergessen, was ihr Wölfe getan habt.«

Er schüttelte noch einmal den Kopf und verließ mit den anderen Elen die Ebene.

20

Die Wölfe vom Schnellen Fluss warteten nicht, bis die Menschen sie erreicht hatten, denn ängstliche Menschen konnten unberechenbar sein. Werrna und Yllin trabten schnell davon. Ázzuen drückte sich an BreLans Hüfte, und Marra berührte MikLans Hand sanft mit der Nase. Dann stürmten die beiden den erwachsenen Wölfen hinterher. Einen Augenblick lang glaubte ich, die Menschen würden ihnen nachsetzen, obwohl die Wölfe ihre Jungen gerettet hatten, doch sie schauten ihnen nur argwöhnisch nach, als sie davonstoben.

Der Kampf war jedoch noch nicht vorbei.

Ruuqo und Minn hatten mich eingeholt, und die anderen versammelten sich um uns. Ich blickte über die Schulter und sah, wie Rissa mit TaLi, Trevegg und Unnan langsam auf uns zukam. Yllins Blick war unverwandt auf den Menschen gerichtet, neben dem sie gestanden hatte. Werrna streckte sich ungezwungen und gähnte, offensichtlich zufrieden mit sich. Ich konnte nicht fassen, wie ruhig sie war.

»Schade, dass wir Ranor nicht verfolgen und ihm beibringen können, keine Wölfe vom Schnellen Fluss zu jagen«, sagte sie und blickte der immer kleiner werdenden Silhouette des Elenbullen nach. Tlitoo folgte dem Elen und stürzte hinab, um ihn am Schwanz zu ziehen. »Aber ich glaube, Torell hat uns etwas zu sagen«, stellte Werrna fest.

Das war eine ziemliche Untertreibung. Torell und sechs

Wölfe vom Felsgipfel stürmten vor Wut kochend auf uns zu. Die Wölfe vom Höhenwald folgten etwas langsamer. Beunruhigt hielt ich nach unseren Menschen Ausschau, für den Fall, dass sie so eine große Gruppe Wölfe als Bedrohung empfinden und beschließen könnten, anzugreifen.

Torell und Ceela erreichten uns gleichzeitig, der Rest ihres Rudels folgte dichtauf. Ich war merkwürdig enttäuscht darüber, dass Pell nicht bei ihnen war.

»Es ist noch nicht vorbei«, knurrte Torell. »Eure Welpen haben unsere Jagd gestört, aber wir werden weiterjagen. Und ihr werdet uns nicht noch einmal stören, oder ich schwöre dir, Ruuqo, dass ich jeden Wolf deines Rudels umbringen werde.«

»Es ist vorbei«, sagte Ruuqo. »Es hätte niemals beginnen dürfen. Du wirst die Ebene verlassen und uns nicht mehr belästigen. Oder du wirst gegen die Wölfe vom Schnellen Fluss kämpfen müssen.«

Torell wirkte überrascht. Vermutlich hatte er nicht damit gerechnet, dass Ruuqo seine Herausforderung annehmen würde.

»Ihr seid schuld, dass einer meiner besten Jäger verletzt wurde. Ich weiß nicht, ob er jemals wieder wird laufen können.«

Ich schaute an ihm vorbei und sah, dass Pell am Boden lag. Mein Herzschlag setzte einen Moment lang aus. Er war wach und hatte den Kopf gehoben, stand aber nicht auf.

»Dein Stolz und deine Dummheit haben dich deinen Jäger gekostet«, sagte Ruuqo, »und mir beinahe meine Gefährtin genommen. Ich werde nicht zulassen, dass du mein Rudel in Gefahr bringst. Verlass die Ebene, solange du noch kannst, Torell. Ich habe heute keine Geduld mit dir.«

Ein Knurren ertönte rings um mich, als jeder Wolf vom Schnellen Fluss Ruuqos Befehl bekräftigte.

»Wenn ihr nicht verschwindet«, erklärte Werrna, »werdet ihr euren Kampf bekommen.«

»Und ihr werdet auch gegen die Wölfe vom Höhenwald kämpfen müssen.«

Sonnen, der Leitwolf des Rudels vom Höhenwald, trat vor. »Wir hätten nicht auf dich hören sollen, Torell. Du hast uns nur in Schwierigkeiten gebracht und das Leben meines Rudels aufs Spiel gesetzt. Wenn du gegen das Rudel vom Schnellen Fluss kämpfst, kämpfst du auch gegen uns. Vielleicht wäre das Tal ohne die Wölfe vom Felsgipfel besser dran.«

Torell knurrte verbittert. Ceela trat einen Schritt vor. Hechelnd stellte Werrna sich ihr entgegen. Wir alle folgten ihrem Beispiel und drängten die Wölfe vom Felsgipfel zurück. Die Wölfe vom Höhenwald rückten ihnen von hinten auf den Leib. Einen Moment lang glaubte ich, Torell und Ceela wären wirklich verrückt genug, ohne realistische Erfolgschancen zu kämpfen, doch offensichtlich hatten sie noch einen letzten Rest Verstand übrig behalten. Die Wölfe vom Felsgipfel brachen aus und rannten davon. Meine Abscheu ihnen gegenüber verstärkte sich, als ich sah, dass sie Pell zurückließen. Sonnen nickte Ruuqo zu und folgte dann mit seinem Rudel, um sicherzugehen, dass Torell die Ebene auch wirklich verließ.

Sobald die vom Felsgipfel verschwunden waren, ging

TaLis Großmutter, die endlich die Ebene des Hohen Grases erreicht hatte, selbstbewusst hinüber zu Pell. Sie winkte TaLi zu, die sofort zu ihr eilte. Beide bückten sich und begannen, sich an ihren Kräutern zu schaffen zu machen, um dem verletzten Wolf zu helfen. Ich blickte auf und sah, wie die Höchsten Wölfe, die sich rund um die Ebene versteckt hatten, ihre Lauerstellungen aufgaben und lautlos im Wald verschwanden. Ich spürte, wie meine Brust vor Erleichterung weiter wurde. Mein Hals und mein Rücken waren so steif geworden, dass ich glaubte, keinen Moment länger stehen zu können. Ich stöhnte leise.

Ganz behutsam legte Ruuqo mir den Kopf auf die Schulter. Er dankte mir nicht und sagte auch nicht, dass er im Unrecht gewesen war, als er nicht auf mich gehört hatte – er ließ einfach seinen Kopf für eine Weile auf meinem Rücken ruhen. Verlegen senkte ich den Kopf, ehe ich dankbar seine Schnauze leckte und dann zusah, wie er an Rissas Seite zurückkehrte. Ich versuchte, die stechenden Schmerzen in meinem Körper nicht zu beachten, und lief zu einer Stelle, wo der Wald auf die Ebene traf.

Eine Sache musste ich noch erledigen.

* * *

Ich hatte Zorindru gesehen, wie er uns beobachtete, als wir die Wölfe vom Felsgipfel vertrieben hatten. Er trat aus dem Wald, bevor ich ihn erreichte. Frandra und Jandru waren bei ihm. Sie warteten auf mich an einer flachen, staubigen Stelle, direkt vor den Bäumen. Alle drei beobachteten mich schweigend und warteten darauf, dass ich etwas sagte. Ich wusste, dass sich die Höchsten Wölfe trotz allem – obwohl es uns gelungen war, den Kampf zu verhindern, und obwohl wir die Wölfe vom Felsgipfel vertrieben hatten – immer noch entscheiden konnten, uns zu töten. Tlitoo landete zu meinen Füßen, stellte sich zwischen mich und die Höchsten Wölfe und legte für einen winzigen Augenblick den Kopf an meine Brust. Ich holte tief Luft und spürte, wie jede einzelne Rippe vor Schmerz protestierte. Ehrerbietig senkte ich den Kopf.

»Sie haben nicht gekämpft«, sagte ich zu Zorindru.

»Das heißt?« Der Tonfall des greisen Höchsten Wolfes verriet nichts.

»Sie haben nicht gekämpft«, sagte ich noch einmal. »Du hast gesagt, wenn sie kämpfen, würden die Höchsten Wölfe sie töten. Würden uns alle töten. Aber sie haben nicht gekämpft.« Ich blickte auf, um ihm in die Augen zu schauen. »Sie haben nicht gekämpft, also dürft ihr keine Wölfe oder Menschen töten.«

»Sie haben nicht gekämpft, weil du eine Stampede verursacht hast«, schnaubte Frandra. »Woher sollen wir wissen, dass sie nicht doch bei der nächsten Gelegenheit kämpfen?«

Tlitoo pickte eine Spinne auf und warf sie auf die Höchste Wölfin.

Ich blickte über meine Schulter auf die Menschen und Wölfe, die über die ganze Ebene verteilt waren. Die alte Krianan hatte Pell verlassen und kam zu uns herüber. TaLi war bei ihm geblieben und stellte irgendetwas Kompliziertes mit dem verletzten Bein des Wolfes an. Ein kleiner Junge hockte neben ihr und half ihr. Sonnen beobachtete TaLi respektvoll, und eine Wölfin vom Höhenwald leckte dem Jungen über den Kopf und brachte ihn damit zum Lachen. Überall auf der Ebene vergewisserten sich Wölfe, dass ihre Rudelgefährten unverletzt geblieben waren, während die Menschen sich sammelten und sich mit ebenso viel Liebe und Sorge um ihre Jungen und Alten kümmerten, wie die Wölfe es taten.

»Ihr habt uns niemals eine Chance gegeben«, sagte ich. »Ihr habt gesagt, die Höchsten Wölfe hätten Lydda fortgeschickt. Sie hatte niemals eine Chance, den Krieg zu verhindern. Also könnt ihr auch nicht wissen, ob es ihr gelungen wäre oder nicht.« Ich hob das Kinn und reckte die Rute ein winziges Stück höher in die Luft. »Ihr solltet uns wenigstens eine Chance geben.«

Alle drei Höchsten Wölfe betrachteten mich schweigend. Die alte Frau war endlich bei uns angelangt und legte mir die Hand auf den Rücken.

»Nun, Zorindru?«, fragte sie.

»Ich entscheide in dieser Sache nicht allein, NiaLi«, sagte er. »Das weißt du. Der Rat glaubt, dass es trotzdem zum Kampf kommen wird – dass es nur eine Frage der Zeit ist. Aber sie haben mir ein Jahr Aufschub gegeben.« Er seufzte. »Sie glauben, dass du scheitern wirst, Kaala, aber sie werden es dich ein Jahr lang versuchen lassen, den Frieden im Tal zu wahren.« Er blickte mich streng und so lange an, dass ich mich zu winden begann. »Mein Angebot gilt immer noch, Jungwolf. Ich kann dich zu deiner Mutter bringen. Und deine Rudelgefährten und deine drei Menschen können ebenfalls mitkommen. Ich glaube, es ist sehr wichtig, dass du am Leben bleibst.«

»Sie kämpfen immer, Kaala«, sagte Jandru leise. »Ganz gleich, was du versuchst, wenn die Wölfe den Menschen zu vertraut werden, kämpfen sie. Du musst mit uns kommen. Deine Kinder werden Hüter sein und das Volk der Wölfe retten.«

»Nein«, warf die alte Frau plötzlich ein. »Ihr irrt euch.«

»Was sagst du da?«, knurrte Frandra.

»Sie sagt, dass ihr euch irrt«, wiederholte Tlitoo hilfsbereit und suchte nach etwas, mit dem er Frandra erneut bewerfen konnte.

»Seht euch um«, forderte die alte Frau. Sie deutete auf die Wiese hinter sich. »Ich glaube, ihr habt einen Fehler gemacht, euch von den Menschen fernzuhalten und uns auf dieselbe Art zu beobachten wie Geschöpfe, die ihr jagen könnt. Ihr könnt keine Hüter sein, wenn ihr euch versteckt.«

Sie bückte sich, um zu mir zu sprechen. »Hör mir zu, Silbermond«, sagte sie eindringlich. »Ich glaube, du hast immer schon etwas gewusst, was die Krianan-Wölfe nie begriffen haben. Nämlich, dass die Wölfe, um wirklich über die Menschen wachen zu können, sie nicht nur aus der Ferne beobachten dürfen, um sich dann nur mit einigen wenigen von ihnen einmal im Mond bei den Aussprachen zu treffen. Sie müssen wirklich in unserer Nähe bleiben, genauso, wie du es mit TaLi machst. Die zwei Rudel müssen zu einem werden.«

»Dann wird es Krieg geben!«, brach es aus Frandra heraus. »Die Menschen werden wieder zu viel von den Wölfen lernen. Sie werden noch besser darin werden, zu töten.

Besser darin, alles zu beherrschen. Genauso, wie es zu Zeiten von Indru und Lydda geschehen ist!«

»Dann werden die Wölfe besser darin werden müssen, mit den Menschen zusammen zu sein«, sagte Zorindru langsam und sah die alte Frau nachdenklich an. »Es ist einen Versuch wert. Aber wenn du das tust, Kaala, wenn du dich entscheidest, so vertraut mit deinen Menschen zu werden, dann musst du einen Weg finden, wie du für immer bei ihnen bleiben kannst. Sie werden so viel von dir lernen, dass sie, sobald du sie allein lässt, die ganze Welt zerstören werden. Ganz gleich, welche Opfer du und diejenigen, die dir folgen, auch bringen – sobald ihr einmal damit begonnen habt, gibt es kein Zurück mehr. Und du musst andere davon überzeugen, dir zu folgen. Das Schicksal deines Rudels wird auf ewig mit dem dieser Menschen verbunden sein.«

Ich begann zu zittern. Wie konnten sie das von mir verlangen? Ich war nicht einmal ein Jahr alt. Wie sollte ich eine Entscheidung für so viele Wölfe treffen? Wie sollte ich den Wunsch aufgeben, meine Mutter finden zu wollen? Vielleicht für immer?

»Nun, Jungwölfin«, sagte Zorindru zu mir, »wie lautet deine Entscheidung?«

Ich schaute über die Ebene. Ich sah, wie TaLi Pells Wunden versorgte, während BreLan und Ázzuen neben ihnen standen. Ich sah, wie sich MikLan neben Marra kauerte, ihr Fell streichelte und sie immer wieder von oben bis unten nach Verletzungen absuchte. Während ich zusah, ging Yllin mutig zu dem Jungmenschen, der ihr geholfen hatte, Ranor zu vertreiben, und stupste ihn mit der Schnauze in den Bauch, dass er beinahe hintenüberfiel. Um einiges zögerlicher kroch Trevegg zu einer greisen Frau, die in den Beutel an ihrer Taille griff, um ihm etwas Feuerfleisch zu geben. Zwei kleine Menschen begannen, mit einem einjährigen Jungwolf vom Höhenwald zu balgen, während Sonnen lachend zuschaute. Sie sahen aus wie ein ganz normales Rudel, das sich nach einer Jagd oder einem Kampf ausruht. Und ein Rudel bleibt zusammen, selbst wenn es einmal schwierig wird.

TaLi stand auf und half Pell auf die Pfoten. Dann schaute sie zu uns hinüber, wo wir standen und sie beobachteten. Die alte Frau legte mir noch einmal die Hand auf den Rücken.

»Ich bleibe«, erklärte ich. »Wir bleiben bei den Menschen.«

»Also gut«, meinte Zorindru, »wir werden den Wölfen des Großen Tals noch eine Chance geben.«

Ich leckte ihn voller Dankbarkeit, verneigte mich vor allen Höchsten Wölfen und vor der alten Frau. Dann schüttelte ich mich kurz und rannte zurück zur Ebene, wo die Wölfe und Menschen meines Rudels auf mich warteten.

EPILOG

Lydda stand an der Baumgrenze, die den Übergang zwischen der Welt des Todes und der Welt des Lebens bildete. Sie beobachtete die junge, mit einem silbernen Mond gezeichnete Wölfin, die gerade eben erst halberwachsen war und die jetzt zu den Menschen und Wölfen lief, die dort zusammenstanden. Es gibt noch so vieles zu tun, dachte Lydda. Sie warf einen Blick zurück über ihre Schulter, zurück in die Welt des Todes. Es blieben ihr nur noch wenige Augenblicke, bevor man sie vermissen würde, und sie würde vermutlich Ärger bekommen. Trotzdem betrachtete sie das Leben auf der Wiese noch eine Weile. Und als die Sonne am Himmel aufging und die Geschöpfe im Großen Tal wieder zueinanderfanden, spürte sie, wie eine schwere Bürde von ihrem Herzen fiel. Und ganz vorsichtig, nur ein klein wenig, begann ihre Rute zu wedeln.

DANKSAGUNGEN

Es gibt drei Frauen, ohne die dieses Buch niemals geschrieben worden wäre. Meine Schreibkameradinnen, Ratgeberinnen und Führerinnen durch den Nebel: Pamela Berkman, Harriet Rohmer und meine Mutter und Mentorin Jean Hearst haben mit mir geschrieben, lange bevor die Wölfe durch die Tür spazierten. Sie haben mir geholfen, meinen Weg als Schriftstellerin zu finden und die Strapazen eines ersten Romans durchzustehen. Mein Vater, Joe Hearst, brachte mir schon sehr früh bei, dass das Allerwichtigste im Leben ist, eine Arbeit zu finden, die man liebt. Und er hat mir ein Beispiel von genau dieser Einstellung gegeben – als Physiker, Fotograf und Universalgenie. Meine Eltern boten mir zudem endlose Unterstützung und ein lebenslanges Beispiel dafür, was es heißt, selbstbestimmt und mutig zu leben.

Mein Bruder Ed und meine Schwester Marti waren meine Helden seit unserer gemeinsamen Zeit als Welpen und meine Herausforderer und Ratgeber als Erwachsene. Sie haben immer schon geglaubt, dass ich eines Tage ein erfolgreiches Buch schreiben würde. Meine Großeltern sind nicht hier, um die Wölfe zu erleben, doch ihre Liebe hat mir geholfen, ein Mensch zu werden, der Bücher schreiben kann.

Ich habe keine Ahnung, womit ich es verdient habe, meine Superagentin Mollie Glick zu finden. Ihre Begeisterung für die Wölfe, ihre besonnene Anleitung, ihre außergewöhnliche Klugheit und Intelligenz waren ein Geschenk und eine Freude. Zum zweiten Mal war mir das Glück hold, als die Wölfe ihren Weg zu der wundervollen Kerri Kolen bei Simon & Schuster fanden, deren einfühlende Bemerkungen und kluge Ratschläge das Buch voranbrachten. Dank auch an Victoria Meyer und Leah Wasielewski, Simon & Schusters kluges Publicity- und Marketingteam, an Marcella Berger und Simon & Schusters beeindruckendes Team für fremdsprachige Rechte und an Jessica Regel von der Agentur Jean Naggar, meine Lehrerin in der Welt der Audiorechte.

Wenn man sehr viel Glück hat, darf man mit einer Gruppe von Menschen zusammenarbeiten, die das eigene Leben verändern und einen zu der Erkenntnis bringen, dass wir hier auf dieser Erde sind, um Dinge zu bewirken. Meinen Verbündeten und teuren Freunden Paul Foster, David Greco, Xenia Lisanevich und Johanna Vondeling alles Liebe. Genauso wie dem Dreamteam Jennifer Bendery, Colleen Brondou, Allison Brunner, Paul Cohen, Jessica Egbert, Lynn Honrado, Ocean Howell, Erin Jow, Tamara Keller, Bruce Lundquist, Deb Nasitka, Mariana Raykov, Karen Warner, Jennifer Whitney, Jesse Wiley, Akemi Yamaguchi und Mary Zook – ich danke euch, dass ihr diese wundervolle Reise mit mir unternommen habt. Allen in der Zauberwelt von Jossey-Bass, ich danke euch dafür, dass ihr einen Ort geschaffen habt, an dem sich Träume erfüllen können.

Tausend Dank an Bonnie Akimoto, Allison Brunner und Cheryl Greenway für ihre unglaubliche Freundschaft und Unterstützung. Ich bin all den guten Freunden unendlich dankbar, die mich ermutigt und mich daran erinnert haben, die Wohnung gelegentlich zu verlassen: Bruce Bellingham, Diane Bodiford, Laura Coen, Emily Felt, Diana Gordon, Rick Gutierrez, Nina Kreiden, Lesley Iura, Jane Levikov, Katie Levine, Donna Ryan, Mehran Saky, Carl Shapiro, Liane Shayer, Starla Sireno, Kathe Sweeney, Tigris, Erik Thrasher, Bernadette Walter, Jeff Wyneken. Und ein besonderes Dankeschön und alles Liebe an Allison, Bonnie, Cheryl, Johanna, Pam und meine Familie, die immer da waren, um mich aufzufangen, wenn ich strauchelte.

Danke an Meister Norman Lin, der mich Vertrauen, Mut und Durchhaltevermögen im Angesicht der Verzweiflung lehrte. Und Dank meinen Mitschülern und Freunden beim SF Taekwondo. Ich hätte es nicht durch die Strapazen eines ersten Romans geschafft, ohne all das, was ich von euch allen an diesem besonderen Ort gelernt habe.

Dank an Susan Holt für die wunderbaren Gespräche über Wölfe und Koevolution, für das Kutschieren durch Frankreich, um Höhlenmalereien zu betrachten, und für die Leihgabe der Huskys. Und vielen Dank an Joan Irwin, der mich vor den Huskys rettete.

Ich hatte das unglaubliche Glück, früh in meiner Laufbahn auf wundervolle Mentoren und großartige Ratgeber zu treffen, während ich mein erstes Buch schrieb und veröffentlichte. Mein Dank gilt Alan Schrader, Carol Brown, Debra Hunter, Frances Hesselbein, Lynn Luckow, Murray Dropkin, Debbie Notkin, Sheryl Fullerton und Heather Florence.

Ich hatte das Privileg, mit großen Denkern und Autoren im gesellschaftlichen und öffentlichen Bereich zusammenarbeiten zu können, und ich bin dankbar, dass ich an ihrer Arbeit teilhaben durfte. Jedes Buch, an dem ich gemeinsam mit jedem von euch arbeiten durfte, war ein Beispiel für das Gute in dieser Welt.

Ich war immer wieder überrascht und erstaunt über die Freimütigkeit der Experten zu den Themen Wolf, Hund und Entwicklungsgeschichte, die großzügig ihre Zeit und ihr Wissen mit mir teilten. Die Wolfsexperten Norm Bishop, Luigi Boitani und Amy Kay Kerber waren so freundlich, ein frühes Manuskript zu lesen und mir Ratschläge zu geben. Raymond Coppinger, Temple Grandin, Paul Tacon und Elizabeth Marshall Thomas berieten mich bei Fragen der Evolution des Wolfes, des Hundes und des Menschen. Rick McIntyre, Doug Smith, Bob Landis und Jess Edberg kannten wundervolle Wolfsgeschichten und wussten stets Rat. Connie Millar schenkte mir ihre unschätzbare Hilfe und großartige Gespräche über Paleoökologie und Klimaforschung.

Ich habe Tausende von Büchern gelesen, während ich an *Der Schwur der Wölfe* schrieb, und alle von ihnen haben mein Schreiben beeinflusst. Besonders hilfreich waren die Werke von Luigi Boitani, Stephen Budiansky, Raymond und Lorna Coppinger, Temple Grandin, Bernd Heinrich, Barry Lopez, David Mech, Michael Pollan, Doug Smith und Elizabeth Marshall Thomas sowie die Forschungen von Robert Wayne und D. K. Belyaev. Ich danke dem Internationalen Wolfszentrum, den Defenders of Wildlife, der Yellowstone Association, Wolf Haven, Wolf Park und dem Wild Canid Survival and Research Center für die großartigen Informationen über Wölfe und den Stand der

Forschung. Danke auch an Jean Clottes und die wunderbaren Menschen in Les Combarelles, Font-de-Gaume und dem Museum von Les Eyzies. Dank an James Hopkins und Bernadette Walter für ihre Hilfe beim Entwurf des Großen Tals.

Dank an Sam Blake und Danielle Johansen im Never Cry Wolf Rescue, an Dante, Comanche, Lady Cheyenne und Motzy für ihre Zustimmung, mit mir Modell zu stehen, und an Lori Cheung für die zauberhaften Wolffotos. Ich danke Jerry Bauer für das entzückende Fotoshooting und die phantastischen Bilder.

Ich kann nie wirklich glauben, dass man tatsächlich in irgendeine Bibliothek gehen darf und jedes Buch einfach so lesen kann. Ich bin ausgesprochen dankbar für diese wunderbaren Quellen.

Ein Großteil dieses Buches wurde in Cafés in San Francisco und Berkeley geschrieben. Dank an Michael und alle anderen im »It's a Grind« auf der Polk Street, Alix und Golanz im »Royal Ground«, Phillip und seiner Gang im »Crepe House«. Und ein großes Dankeschön allen Cafébesitzern, die Schriftsteller stundenlang in ihren Cafés sitzen und auf ihre Laptops einhacken lassen. Und für alle von euch, die genauso wie ich Caféschreiber seid: Bestellt viel, teilt euren Tisch mit anderen und gebt großzügiges Trinkgeld!

Die ersten Kapitel des Buches sind in einem Workshop in der Squaw Valley Community of Writers entstanden, und die Erfahrung, von anderen Schriftstellern umgeben zu sein, hat mich verwandelt. Ich bin besonders dankbar für die guten Ratschläge, die ich von Sandra Hall, James

Houston und Janet Fitch bekam. Dank auch an Donna Levin und meine Mitschüler im CWP.

Und zum Schluss, aber darum sicherlich nicht am allerwenigsten, möchte ich allen mehr oder weniger gezähmten Wölfen danken, die mir bei meinen Nachforschungen geholfen haben: Emmi, Jude, Nike, Talisman (aka Demonchild) und Ice, Kuma, Xöchi, Scooby, Rufus, Senga und Tess, Flash, Fee und Mingus, Shakespeare, Noni, Ginger & Caramel (Danke für den Hinweis dafür, wie man seinen Menschen am Handgelenk packen kann), und eine besondere Erwähnung den Kätzchen Dominic und Blossom, die mir beigebracht haben, wer hier eigentlich wen zähmt.

Jede Ähnlichkeit zwischen den Wölfen in diesem Buch und den Menschen, die ich kenne, ist zufällig. Fast zufällig.